ARTTU TUOMINEN

Was wir verschweigen

AF204809

Weitere Titel des Autors:

Was wir verbergen

Titel auch als Hörbuch erhältlich

ARTTU TUOMINEN

WAS WIR VERSCHWEIGEN

KRIMINALROMAN

Aus dem Finnischen
von Anke Michler-Janhunen

Lübbe

Diese Übersetzung wurde gefördert von

Dieser Titel ist auch als Hörbuch und E-Book erschienen

Textredaktion: Anja Lademacher, Bonn
Titelillustration: © Amedeo Zullo/shutterstock; © ASolo/shutterstock
Umschlaggestaltung: Manuela Städele-Monverde
Satz: Dörlemann Satz, Lemförde
Gesetzt aus der Minion
Druck und Verarbeitung: GGP Media GmbH, Pößneck
Printed in Germany
ISBN 978-3-404-18850-5

2   4   5   3

Sie finden uns im Internet unter luebbe.de
Bitte beachten Sie auch: lesejury.de

Für Susanne,
meine beste Freundin

Woran ich mich erinnere:

An den langsam fließenden Kokemäki
An meinen Vater im Wohnzimmer,
über das Zeichenbrett gebeugt
An frische Blumen in der Vase
An den Geruch der aufsteigenden Blasen im Brunnen
An den Mittsommerabend 1991,
als ein Johannisfeuer nach dem anderen rings um den See
aufflammte

An dich.

PROLOG

»Und was, wenn hier Häuser gebaut werden?«, fragt der schmächtigere der beiden Jungen, klettert auf einen Findling und setzt sich. Moosfetzen lösen sich und rollen herab.

»Hier? Mitten im Wald? Warum sollte man hier bauen? Hier führt doch nicht einmal ein Weg her«, antwortet der Stämmigere der beiden und sticht den Spaten in den Boden. Das spitz zulaufende Spatenblatt gleitet durch die weiche Moosschicht und trifft auf harten Moränengrund.

»Siebenundzwanzig Jahre sind eine lange Zeit, und der Platz ist schön. Wenn ich ein Erwachsener wäre, würde ich mir hier auf der Anhöhe ein Haus bauen.«

»Na, dann bau dir doch eins«, stöhnt der Stämmigere, wuchtet einen Torfballen zur Seite und sticht einer Heidekrautpflanze die Wurzeln ab. »Wie tief graben wir?«

»Mindestens einen halben Meter, damit es vom Bodenfrost nicht wieder nach oben gedrückt wird.«

»Jetzt bist du aber mal dran mit Graben. Verdammt steinig hier.«

»Mein Grips und deine Muckis«, grinst der schmächtigere Junge, springt aber vom Felsen herunter und greift nach dem Spaten. Sie graben abwechselnd und schichten die ausgehobene Erde zu Haufen auf. Als sie finden, das Loch wäre tief genug, legen sie eine orangefarbene, zylinderförmige Kapsel hinein. Feuchter, leicht säuerlicher Geruch steigt ihnen in die Nase. Die Jungen betrachten kurz ihr Werk und das Ding in der Kuhle, bevor sie alles wieder zuschaufeln. Sie sind nassgeschwitzt und atmen schwer.

Als das Loch wieder mit Erde gefüllt ist, sagt der Schmächtigere der beiden:

»Ich wette um einen Tausender, dass es hier liegen wird, bis in tausend Jahren irgendein Archäologe darauf stößt.«

»Nein, lass uns schwören«, schlägt der Stämmigere vor. »Dann *müssen* wir es tun.«

»Okay, worauf schwören wir?«

»Auf X.«

Sie fassen sich mit gekreuzten Unterarmen an den Händen und schauen einander fest in die Augen. Der Stämmigere fängt an: »Ich verspreche und schwöre, dass wir, egal was passiert, selbst wenn ein Krieg ausbricht oder die Pest, dass wir das, was wir heute vergraben haben, in siebenundzwanzig Jahren gemeinsam wieder ausgraben werden.«

Der Schmächtigere fährt fort: »Ich verspreche und schwöre, dass ich über dieses Versteck mit keinem Menschen sprechen werde. Sollte einer von uns sterben, dann wird der andere hierherkommen und es allein wieder ausgraben.«

Über dem Wald hängt nach dem Regen ein frischer Duft, eine Mischung aus Harz, Kiefernnadeln und Erde. Die Sonne schimmert zwischen den Bäumen hindurch und bescheint ihre Gesichter. Sie halten kurz inne, fassen sich noch immer mit überkreuzten Unterarmen an den Händen und lauschen, wie der Wind durch die Kiefernwipfel fährt. Sie wollen dem Moment etwas Feierlichkeit verleihen.

»Hast du das gespürt?«, fragt der Schmächtigere.

»Was?«

»Das Rauschen.«

Der Stämmigere nickt.

Bevor sie gehen, drehen sie sich noch einmal um und werfen einen Blick auf den Felsen und den hellen Fleck, der sich davor im Unterholz abzeichnet.

I

TOTSCHLAG

1

Antti sitzt im Sessel und starrt den Mann auf der anderen Seite des Raumes an. Er greift nach der Schnapsflasche auf dem Boden, trinkt einen großen Schluck und starrt weiter zu ihm hinüber. Draußen ist es dunkel. Der Wind braust über das Dach, die Balken ächzen. Im Raum sind viele Leute. Antti schraubt die Flasche wieder zu und stellt sie zurück auf den Boden. Lachen, laute Gespräche. Jemand geht hinaus, andere kommen herein. Ein kalter Luftzug streift die Gesichter. Tabakrauch.

Dort drüben am Kamin stehen ein hochgewachsener Mann und eine Frau. Antti starrt den Mann unverwandt an, ohne den Blick auch nur eine Sekunde von ihm abzuwenden. Der Mann hat einen großen Bauch, der wie schwabbelnder Teig über dem Gürtel hängt. Als beide in schallendes Gelächter ausbrechen, wackelt der Bauch. Anttis Blick wird unstet, die Stimmen verschwimmen. Alle Bewegungen sehen aus wie in Zeitlupe. Formlose Schatten an den Wänden.

Der hochgewachsene Mann legt der Frau die Hand auf die Hüfte, fährt ihr über das Hinterteil, steckt seine Finger unter ihren Rock und bietet ihr den letzten Schluck Koskenkorva aus der Flasche an. Die Frau lacht wiehernd und wehrt die Hand ab, nimmt einen Schluck. Er greift erneut nach ihr, drückt sie an sich, flüstert etwas und fasst ihr an den Hintern. Im Mundwinkel wippt eine Zigarette. Lachend versucht sie sich zu befreien, doch er lässt sie nicht los und zieht sie noch fester an sich. Lautes Lachen, klappernde Absätze, sie ringt um ihr Gleichgewicht. Jetzt schiebt sie ihm ihre Hüfte entgegen, und ihre Bäuche berühren sich. Die von Besenreisern gezeichneten Waden spannen sich, sie gibt nach und lässt sich von dem Mann Hals, Schulter und Nacken küssen. Sie wirft den Kopf zurück und schließt die Augen. Der Mann knutscht stürmisch ihren Hals, fährt mit den Lippen hinab, nähert sich dem faltigen Brustansatz, der üppig aus dem Ausschnitt quillt.

Antti trinkt die Flasche leer, schraubt den Verschluss zu und steht auf. Er torkelt durch das Gedränge. Männer, Frauen, Bekannte, Fremde. Ist ihm egal. Irgendjemand ruft etwas. Es fährt ihm direkt durch sein Trommelfell, aber das Gesicht dazu fehlt. Die Ränder seines Gesichtsfeldes flimmern. Deutlich nimmt er die verschiedenen Ausdünstungen im Raum wahr. Er geht ins Bad, lehnt die Stirn an die Wandpaneele und pinkelt ins Toilettenbecken. Jemand rüttelt an der Türklinke. Antti starrt sein Ebenbild im Spiegel kurz an und geht wieder hinaus, sucht am Türrahmen Halt, geht weiter in die Küche. Auf der Spüle türmen sich leere Flaschen. Er beugt sich hinunter und trinkt Wasser direkt aus dem Hahn.

Auf dem Küchentisch liegt ein Brotmesser. Antti greift danach und kehrt ins Wohnzimmer zurück. Sein Blick irrt träge und unstet durch den Raum. Die Schatten sind gewachsen und reichen jetzt bis an die Decke. Sie sind überall und bewegen sich. Der Mann und die Frau am Kamin belecken sich immer noch. Ihre Hüften klatschen aneinander, Hände wandern unter ihren Rock und zwischen seine Beine. Noch mehr weißes Schenkelfleisch wird sichtbar.

Antti stützt sich an der Wand ab, stolpert über einen Hocker, verliert aber nicht das Gleichgewicht. Der baumlange Kerl steht mit dem Rücken zu ihm. Anttis Finger schließen sich fester um den Messergriff. Die Frau öffnet ihre Augen und sieht ihn näher kommen. Ihre Blicke verhaken sich ineinander.

Blut tropft. Antti rennt durch die Dunkelheit. Der Wald duftet nach Erde und vermoderndem Laub. Windböen pfeifen in den Wipfeln der Fichten. Vibration. Alles ist in Bewegung. Bäume, Sträucher, die Luft. Zweige brechen knackend, die Beine geben nach. Antti fällt mit dem Gesicht ins Moos. Er reißt sich die Hand auf, erhebt sich wieder, läuft weiter. Schmerz. Nadeln schlagen ihm ins Gesicht. Rinnsale laufen ihm aus dem Haar, über das Gesicht, in Hals und Nacken. Die schwarzen Stämme der Bäume rauschen vorüber, Hände und Kleider kleben vom Blut. Antti weiß, dass irgendwo das Meer ist, weit kann es nicht sein. Er kann es nicht sehen, aber hören und riechen. Weit hinter ihm verklingen die Schreie. Jetzt ist auch das letzte Licht erloschen. Antti ist allein. Er läuft.

Und läuft.

Und läuft …

2

Jari Paloviita, Interimsleiter des Kriminalkommissariats Pori, schaute aus dem Fenster. Dunkelheit. Der Regen peitschte gegen die Scheiben, Wassertropfen zeichneten feine Linien und vereinigten sich zu Rinnsalen, deren Schatten schmale schwarze Streifen auf sein Gesicht warfen.

Ein Blick auf die Uhr. Fünf vor sechs. Er schob den Stuhl zurück, rückte das Hörgerät zurecht und zog die Jacke über. Obwohl er es seit zwei Monaten trug, hatte er sich immer noch nicht an das Ding in seinem rechten Ohr gewöhnt. Es fühlte sich ständig so an, als würde es gleich herausrutschen, obwohl das gar nicht stimmte. Er hasste den Stöpsel in seinem Ohr. Mit vierzig ein Hörgerät verschrieben zu bekommen, war einfach peinlich.

Manchmal kam es ihm so vor, als ob die Leute ihn deshalb für dümmer hielten.

Hörbehindert.

Er gähnte. Sein Blick wanderte über den Schreibtisch und blieb an dem Foto seiner Familie hängen, das vor ziemlich genau einem Jahr entstanden war. Er und seine Frau Terhi in der Mitte, beide mit einem der Mädchen auf dem Schoß. Auf dem Foto lächelten sie alle, aber er wusste, wie schwer das hinzubekommen war. Das Foto ist eine Lüge, dachte er, so wie die meisten Fotos in dieser Welt. Menschen lächeln, weil man das auf Fotos eben machte. Die Fotoalben der Menschen waren Sammlungen gelogenen Lächelns.

Das Gefühl, beobachtet zu werden, riss ihn aus seinen Überlegungen. Er hob den Blick, sah Kriminaloberkommissar Henrik Oksman im Türrahmen stehen und fuhr zusammen.

»Mann, hast du mich erschreckt. Komm rein, ich wollte gerade gehen.«

Oksman trat in den Raum. Er war drei Jahre jünger als Paloviita und wurde auf dem Revier hinter vorgehaltener Hand »der Ochse« genannt. Oksman war hochgewachsen und trocken wie ein alter Fichtenzweig. Sein Gesicht war schmal und kantig mit dünnen Lippen und stechenden, schwarzen Augen, in denen eine Spur von Grausamkeit lag. Paloviita und Oksman waren Partner, schon seit drei Jahren. Aber im Moment vertrat Paloviita den Kommissariatsleiter Juhani Heinonen, der sich hatte freistellen lassen. Und so war er zurzeit Oksmans Vorgesetzter. Die Situation war ein bisschen seltsam und würde sich erst zum Jahreswechsel wieder normalisieren, wenn Heinonen zurückkehrte.

Paloviita schaltete sein Diensthandy aus und legte es neben Papierbergen und Laptop auf den Schreibtisch. Dann schaute er Oksman fragend an.

»Messerstecherei in Ahlainen, das Opfer ist tot«, gab Oksman bekannt. »Verdächtiger auf der Flucht.«

Paloviita fluchte im Geist, zog aber seine Jacke nicht aus. Er signalisierte Oksman fortzufahren und sah hinaus. Draußen wütete ein waschechter Herbststurm.

»Der Ort liegt auf der Landspitze Korpholma abseits der Hauptstraße. Ein Saufgelage in einem Wochenendhaus. Zwei Wagen und die Technik sind schon unterwegs.«

»Gut«, erwiderte Paloviita und schaute auf die Uhr an der Wand, die Punkt sechs zeigte. »Gibt es Augenzeugen? Wissen wir, wen wir suchen?«

Oksman blickte Paloviita direkt in die Augen. »Den Namen des Täters kennen wir nicht, aber viele haben die Tat beobachtet. Wie gesagt, da sind eine Menge Leute vor Ort. Der Angreifer ist in den Wald geflüchtet. Einer der Streifenwagen hat einen Hund dabei.«

»Gut«, wiederholte Paloviita und wollte etwas Kluges sagen, aber sein Gehirn war wie verkleistert. Oksman erwartete offensichtlich weitere Anweisungen von ihm, und die Stille zog sich quälend in die Länge. Schließlich unterbrach Oksman selbst das Schweigen:

»Es ist auch möglich, dass es niemanden gibt, den wir suchen könnten.«

»Was meinst du damit?«

»Vielleicht ist niemand vom Tatort geflohen. Vielleicht ist der Angreifer noch vor Ort und die Geschichte von dem Flüchtenden reine Erfindung.«

»Ja. Aha«, antwortete Paloviita und versuchte ein Gähnen zu unterdrücken. Es misslang ihm, und das Gähnen bahnte sich umso heftiger seinen Weg hinter der Armbeuge hervor. »Ich muss nach Hause, wir haben etwas vor«, fuhr Paloviita fort und bemerkte, dass er anfing, sich zu rechtfertigen. Oksman ließ ihn keinen Moment lang aus den Augen.

»Du leitest die Ermittlungen vor Ort. Ist Linda noch da?«, fragte Paloviita.

»Ja.«

»Fahrt zusammen da raus. Ihr wisst, was zu tun ist. Nimm die Zeugenaussagen auf und sorg dafür, dass die Technik nichts vermasselt. Je mehr Hunde ihr bekommt, desto besser. Aber keiner geht ohne Schussweste und Helm.«

Oksmans spannte die Wangenmuskulatur an: »Das Wetter ist scheußlich.«

»In der Tat. Wer ist der Leiter der Spurensicherung?«

»Raunela.«

»Gut, er hat Erfahrung bei allen Witterungen.« Paloviita schaute erneut zur Uhr. »Jetzt muss ich aber wirklich gehen. Eigentlich sollte ich schon längst unterwegs sein. Ich nehme mein Telefon mit. Du kannst mich jederzeit erreichen, egal aus welchem Grund.«

Er schnappte sich sein Diensthandy, das er bereits ausgeschaltet hatte, und steckte es in seine Jackentasche.

Oksman nickte und ging hinaus in den Flur. Paloviita fluchte im Geiste. Er müsste eigentlich bleiben. Na klar müsste er bleiben, und Oksman wusste das auch. Es ging um ein Tötungsdelikt, der Verdächtige war auf der Flucht, vermutlich bewaffnet und gefährlich – und Paloviita trug die Verantwortung. Auch wenn das Ganze wie ein Selbstläufer klang: Messerstecherei unter Betrunkenen in Privaträumen. Aber das konnte sich blitzschnell ändern. Eine Bedrohungslage konnte entstehen, vielleicht musste Gewalt angewendet werden. Und wer weiß, was sonst noch passieren konnte, wenn ein verzweifelter Mensch in eine ausweglose Situation geriet. Er sollte zumindest so lange im Büro bleiben, bis der Verdächtige gefasst war. Sollte jemand verletzt werden, würden sich alle Blicke auf ihn richten.

Aber es war bereits nach sechs und Zeit für den Abendbrei der Mädchen. Wenn er sich verspätete, erwartete ihn zu Hause die Hölle. Terhi wollte heute zur Weihnachtsfeier mit ihren Kollegen, und er hatte versprochen, sich um die Kinder zu kümmern.

Kam er zu spät, drohte ihm ein Krach, auf den er keine Lust hatte. Zumindest nicht heute, nicht an diesem Abend. Außerdem hatten Henrik Oksman und Linda Toivonen die Zügel in der Hand, ein besseres Team konnte man sich nicht wünschen. Beide waren mindestens ebenso fähig wie er. Und außerdem war er ja den ganzen Abend erreichbar.

Paloviita schaltete das Licht im Büro aus und ging zum Fahrstuhl. Obwohl alles in geordneten Bahnen lief, war er unruhig. Er drückte den Knopf für das Erdgeschoss. Der Fall weckte schlimme Vorahnungen in ihm. Doch dann schüttelte er die Gedanken ab. Sicher lag alles nur daran, dass dies sein erstes Tötungsdelikt in seiner neuen Rolle als Chef war.

Kaum trat er aus der Tür, schlugen ihm eisige Regentropfen ins Gesicht. Himmel, was für ein Sturm. Drinnen am Schreibtisch hatte er nicht geahnt, dass es so schlimm war. Vornübergebeugt rannte er zu seinem Wagen, war aber trotzdem durchnässt, als er sich hinters Steuer fallen ließ. Er dachte an Henrik Oksman und Linda Toivonen – und all die anderen Kollegen: die Techniker, die Polizisten, die den Tatort sicherten, und alle, die bei diesem Wetter durch den dunklen Wald stapfen mussten – und fühlte so etwas wie Schadenfreude. Chef zu sein hatte neben dem Gehalt noch andere gute Seiten. Daran könnte er sich glatt gewöhnen.

3

Als Paloviita zu Hause eintraf, wartete seine Frau schon in voller Festmontur im Flur auf ihn. Ihre Haare waren zu einem eleganten Dutt hochgesteckt, ein paar Strähnen kräuselten sich locker in der Stirn. Ihr Make-up war stärker als sonst, und sie trug große Perlenohrringe. Er hatte sie ihr zum zehnten Hochzeitstag geschenkt, aber wenn sie gemeinsam ausgingen, trug sie die Ohrringe nie. Immer nur, wenn sie sich mit ihren Freundinnen verabredete.

In der Wohnung roch es nach einer Mischung aus Parfüm und Haarlack. Paloviita ließ Jacke und Schuhe im Vorraum stehen und trat in den Flur. »Du siehst schön aus«, sagte er und lächelte, doch sein Lächeln wurde nicht erwidert.

»Hast du mal auf die Uhr geschaut? Hättest du nicht wenigstens heute mal pünktlich sein können? Du wusstest doch, dass ich was vorhabe. Immer bleibst du bis zur letzten Sekunde im Büro!«

Paloviitas Lächeln erlosch. Er schaute zur Uhr in der Küche: halb sieben, genau genommen kurz vor halb.

»Ich habe doch gesagt, dass ich spätestens um halb zu Hause bin.«

Terhi erwiderte nichts, schwirrte ins Bad ab und kontrollierte ihr Make-up.

»Wann kommst du nach Hause?«

»Die Feier ist um eins zu Ende. Aber vielleicht gehe ich danach noch mit ein paar Kolleginnen was trinken. Warte nicht auf mich.«

»Wo war die Feier noch mal?«, fragte er.

»Papi«, kreischten die Mädchen fröhlich und stürmten aus dem Spielzimmer in den Flur. Paloviita fing sie auf, drehte sie ein paar Runden in der Luft und ließ sie wieder herunter. Er gab jeder einen Kuss auf die Wange und fuhr ihnen durch die Haare. Die Mädchen umklammerten seine Hosenbeine.

Autoscheinwerfer leuchteten durch das Küchenfenster, und Paloviita schaute hinaus. Auf der Zufahrt stand im strömenden Regen ein neuer, protziger BMW. Die Scheinwerfer leuchteten direkt ins Fenster, und er konnte nicht erkennen, wer hinter dem Steuer saß.

»Du wirst abgeholt«, rief er Terhi zu, die im Bad ihre Puderdose zudrehte, in die Handtasche steckte und nach ihrem langen, eleganten Wollmantel griff. Dann durchsuchte sie hektisch den Vorraum und anschließend den Garderobenschrank im Flur. Draußen wurde gehupt. »Wo ist denn mein Regenschirm?«

Paloviita angelte ihn vom Garderobenschrank herunter, Terhi riss ihm den Schirm aus der Hand und zog in Windeseile ihre hohen Lederstiefel an. Paloviita begleitete sie an die Haustür und versuchte, ihr einen Kuss zu geben, doch Terhi schob ihn beiseite und sagte lächelnd: »Das Make-up verwischt.« Dann öffnete sie die Tür, drehte sich noch einmal um und rief: »Denk dran, den Mädchen ihre Vitamin-D-Tropfen zu geben, sie stehen oben im Regal in der Küche.«

»Sei vorsichtig«, rief er ihr noch hinterher, aber die Tür fiel schon mit einem lauten Krachen ins Schloss. Paloviita ging in die Küche und sah seiner Frau nach, wie sie sich unter den Regenschirm duckte, um ihre Frisur zu schützen, während sie zu dem Auto lief. Dann nahm sie auf dem Beifahrersitz Platz. Der BMW setzte zurück auf die Straße. Paloviita versuchte erneut, zu erkennen, wer am Steuer saß, konnte aber im Schein der Straßenlaterne nur die Silhouette eines Mannes ausmachen. Das Wasser aus den Pfützen spritzte zur Seite, als der Wagen beschleunigte. Er stand so lange am Fenster, bis auch die roten Rücklichter des Wagens am Ende der Straße verschwunden waren. Dann griff er nach dem Kugelschreiber auf dem Küchenwagen, schrieb das Autokennzeichen auf ein Post-it und steckte ihn zusammengefaltet in die Hosentasche seiner Jeans. Der Wind fegte über die Briefkästen, die in einer Reihe am Straßenrand aufgestellt waren, und öffnete ihre Klappen wie die Schnäbel hungriger Vogeljungen.

Der Regen ließ nicht nach, sondern nahm mit dem Einbrechen der Nacht sogar noch zu. Ebenso der Wind, der über das Dach und die Regenrinnen heulte, und klang, als ob ein Mensch schrie. Die Straße hatte sich in einen strömenden Bach verwandelt. Paloviita steckte die Mädchen in die Badewanne. Während sie im Wasser plantschten, saß er auf der Bank der Sauna im Bad, passte auf sie auf und las dabei Zeitung. Auf Seite fünf stand sein Name. Erwähnt wurde er im Zusammenhang mit einem Mord, der demnächst vor Gericht verhandelt werden würde und viel Aufmerksamkeit in den Medien bekommen hatte. Er war der zuständige Ermittler in dem Fall gewesen, bevor er die Vertretung seines Chefs übernommen hatte.

Nach dem Bad kochte er für die Mädchen Brei, den er anbrennen ließ. Also schmierte er ihnen stattdessen zwei Butterbrote. Während er das Kinderzimmer zum Schlafengehen vorbereitete, verwüsteten die Mädchen das komplette Spielzimmer. Sie hatten den Inhalt aller Spielzeugkisten zu einem großen Berg angehäuft. Ein einziges Durcheinander aus Plüschtieren, Legosteinen, Barbiepuppen und Ponys. Zuerst versuchte Paloviita die Spielsachen in die richtigen Kisten zu sortieren, gab dann aber auf und schaufelte sie einfach zurück. Terhi konnte das Durcheinander morgen entwirren, schließlich hatte sie sich das System ausgedacht.

Die letzte halbe Stunde bis zum Schlafengehen verging im Schneckentempo. Die Mädchen trugen pausenlos Spielsachen ins Wohnzimmer, und Paloviita trug sie im gleichen Rhythmus wieder zurück. Die Laken waren vom Rumhüpfen zerwühlt, Decken und Kissen lagen wüst durcheinander. Der Sekundenzeiger tickte so langsam wie eine sich allmählich in Gang setzende Diesellok. Von Zeit zu Zeit warf Paloviita einen Blick auf sein Diensthandy, aber es blieb stumm. Als er die Mädchen endlich im Bett hatte, machte er sich eine Dose Amstel auf und entdeckte auf dem oberen Regal die ungeöffnete Packung mit den Vitamin-D-Tropfen. Der Verschluss knirschte, als er ihn auf- und wieder zudrehte und das Fläschchen zurück ins Regal stellte. Die Stunden in der Polizeischule waren nicht für die Katz gewesen.

Paloviita setzte sich auf das Sofa, schaltete erst den *History Channel* ein und zappte dann durch die Programme. Die Abendnachrichten begannen. Die Wirtschaft erholte sich, und die Zinsen stiegen. Paloviita stöhnte. Ihm war die Rezession ganz gelegen gekommen, die Zinsen waren niedrig gewesen, doch jetzt sah es leider so aus, als wäre es damit vorbei. Gut für viele, schlecht für ihn. Er schaltete den Fernseher aus, sah nach den Mädchen, ging nach oben, zog sich aus und legte sich schlafen. Der Regen trommelte gegen das Dach.

Im Traum lief er über eine Wiese, auf der ihm die Gräser bis zu den Achseln reichten. Die Mittagssonne schien warm auf seine Wangen, die Farben leuchteten unwirklich intensiv. Hunderte Insekten. Schmetterlinge, Libellen. Fliegen klebten auf der Haut, drangen in die Augen, in den Mund.

Und die ganze Zeit über quälte ihn ein seltsamer Gedanke. Etwas, das von außerhalb des Traumes zu ihm durchdrang. Es kam von ganz weit her und wurde von jemand anderem ausgesendet.

Kosmisches Rauschen.

Es gab keine Zeit, im Traum verharrte alles regungslos – er war der Einzige, der sich bewegte.

Weil er durch die Zeit reiste.

Paloviita breitete die Arme aus und fuhr mit den Handflächen über die Halme. Die Schwalben flogen tief auf der Jagd nach Insekten. So weit das Auge reichte, ringsum nichts als Wiese, weit wie die Prärie. Wolken hingen über der Unendlichkeit wie eine Armada aus Kriegsschiffen.

Wieder schob sich ein seltsamer Gedanke störend in den Traum und überdeckte ihn wie die Schatten der Wolken.

Er war ein Fremder auf der Reise durch die Zeit.

Aus dem Grasmeer erhob sich ein lange verlassenes Haus. Die Farbe an den Wänden bröckelte, Bretter hingen lose herab, die Fensteröffnungen blickten leer und traurig. Der Horizont schwankte.

Er reiste auf einem Kugelschreiber durch die Zeit, und im Radio wurde kosmisches Rauschen gespielt.

Im Traum hörte er das Weinen eines Mädchens. Es klang angsterfüllt und schrecklich und drängte sich durch die Zeitspalten des Traums in sein Bewusstsein. Mit einem Schlag war Paloviita hellwach. Er war schweißgebadet, die Härchen auf seinen Armen standen zu Berge.

Sara weinte im Schlaf und verstummte wieder. Der Regen trommelte gegen die Fensterbänke aus Blech. Paloviita lauschte, ob Sara noch einmal anfing zu weinen, aber im Haus blieb es still. Es war halb fünf Uhr morgens. Terhis Betthälfte war leer. Er wurde erst wieder wach, als Terhi nach Hause kam. Aber sie kam nicht nach oben ins Bett, sondern legte sich auf das Sofa im Wohnzimmer.

Der Wind kam und ging in Wellen.

4

Henrik Oksman stellte den Wagen hinter den anderen auf dem Waldweg ab. Tropfen prasselten gegen die Scheibe. Es war stockdunkel. Im Lichtkegel der Autoscheinwerfer glänzten die Stämme der Fichten schwarz. Oksman und Linda Toivonen stiegen aus, zogen ihre Regensachen an und gingen in Richtung Grundstück, das von hellen Scheinwerfern ausgeleuchtet wurde. Der Wind wehte scharf, und sie mussten ihre Kapuzen festhalten, damit er sie ihnen nicht vom Kopf riss. Ihre Gesichter waren sofort nass, und der kalte Novemberregen lief ihnen den Hals hinunter in die Kleidung. Die Müdigkeit, die im warmen Auto von ihnen Besitz ergriffen hatte, war wie weggeblasen.

»Was für ein Höllenwetter«, rief Linda über den Sturm hinweg.

Sie erreichten das Grundstück, auf dem das Wochenendhaus stand. Die Polizisten hatten versucht, Absperrbänder um das Haus herum zu befestigen, doch sie waren fast alle wieder gerissen und flatterten lose im Wind. Eine Menge Leute stand herum. Im Wald und unten am Strand blinkten Taschenlampen. Eine Gruppe war damit beschäftigt, Flutlichtscheinwerfer aufzustellen. Außerhalb der Lichtkegel war es düster wie in einem Grab. In den Pfützen bildeten sich Blasen, Schuhe versanken im Matsch und in tiefen Fahrrinnen. Im Wochenendhaus und auf der Terrasse brannte Licht. Sie konnten erkennen, dass sich auch im Inneren des Gebäudes viele Personen aufhielten: uniformierte Polizisten, in weiße Schutzanzüge gehüllte Kriminaltechniker, aber auch Zivilisten.

Oksman und Toivonen steuerten auf zwei mit einem Flutscheinwerfer hantierende Polizeibeamte zu. Sie waren von der Kriminaltechnik: Der Ältere war Ville Raunela, der Jüngere Teemu Salminen. Raunela, der in zwei Jahren in Rente gehen würde, war vor allem für zwei Dinge bekannt: Er erledigte seine Aufgabe immer sorgfältig und korrekt, und er war grimmig wie ein Berggeist. Er hatte einen großen Bauch, eine Brille mit dickem Rand und einen kahlen Hinterkopf, der jetzt von einer Mütze verdeckt wurde. Salminen war das komplette Gegenteil seines Kollegen: dreißig Jahre jünger, schlank, sportlich und meistens guter Laune. Die Männer kämpften mit einer Kabeltrommel. Ihre Kapuzen hingen ihnen nass auf dem Rücken. Schon von Weitem konnten Oksman und Linda ihr Fluchen hören.

»Wieso leuchtest du dorthin? Hier spielt die Musik!« Das war Raunela.

»Versuch mal den anderen Stecker.«

»Welchen anderen Stecker? Hier gibt es nur diesen einen. Himmelarsch, wir werden ja wohl noch dieses Kabel anschließen können!«

»Wir haben noch ein zweites mit, das mit der … soll ich es …«

»Fuchtel nicht so rum, leuchte gefälligst hierher!«

Oksman schaltete seine Taschenlampe an. Raunela und Salminen drehten sich verwundert um.

»Wie ist die Lage?«, fragte Oksman, nahm Raunela den Stecker aus der Hand, drehte ihn einmal und steckte ihn dann in die Steckdose. Der Flutlichtscheinwerfer flammte auf und warf einen hellen Lichtkegel auf den Boden.

»Schwarz wie ein Wichtelarsch«, sagte Raunela und wischte seine Brillengläser mit einem Papiertaschentuch trocken. »So ein gottverdammter Einsatzort!«

Salminens Taschenlampe erlosch, und er musste ein paarmal mit der Hand draufschlagen, bevor sie wieder leuchtete. »Wenn der Wind stärker wird und der Strom ausfällt, dann ist hier der Teufel los. Wir sollten uns sicherheitshalber ein paar Notstromaggregate herbringen lassen«, sagte er, richtete den Scheinwerfer auf die Terrasse aus und fuhr zu Raunela gewandt fort: »Der bleibt so nicht stehen, wir brauchen ein paar Gewichte.«

»Soll ich mich in eins verwandeln, oder wie?«

»Such mal nach einem großen Stein.«

»Such doch selber, Mann. So eine verdammte Mistkacke. Ist doch sowieso egal, wir können auch alle postwendend wieder abziehen. Messerstechereien unter Besoffenen haben wir in diesem Land schon oft genug untersucht.«

Ein Hundeführerteam ging durch den Lichtkegel in Richtung Strand. Ein Schäferhund zog an der Leine, dahinter zwei Polizisten, die ihre Taschenlampen hin und her schwenkten. Oksman und Linda wussten, dass sie aus Raunela und Salminen nicht mehr herauskriegen würden. »Wo ist die Leiche?«, fragte Linda.

»Im Haus. Geht durch die rechte Tür«, antwortete Salminen und justierte den Scheinwerfer.

Sie stiegen die Treppe zur Terrasse hinauf. Oben sammelte ein Techniker im weißen Anzug Zigarettenkippen ein und steckte sie in durchsichtige Tütchen. Das Meer toste in der Dunkelheit. Oksman schaute in Richtung Ufer. Nur die Wellen, die an die Ufersteine klatschten, waren zu erkennen. Draußen auf dem

Meer leuchtete in der Ferne das Licht eines einsamen Häuschens. Durch die großen Terrassenfenster sahen sie, dass sich drinnen mindestens fünfzehn Zivilpersonen befanden, etwa die Hälfte von ihnen Männer, die anderen Frauen. Sie waren aufgefordert worden, auf dem Sofa und auf Stühlen, die in einer Reihe an der Wand aufgestellt worden waren, Platz zu nehmen. Zwei Polizeibeamte nahmen die Personalien auf. Oksman und Linda zogen ihre Regenmäntel aus, hängten sie an einen Nagel, der aus einem der Stützpfeiler ragte, und gingen hinein.

Warme Luft schlug ihnen entgegen. Neben dem Kamin lag in einer Blutlache und mit dem Gesicht zum Boden die Leiche eines Mannes mit beleibter Körpermitte. Seine Haut war schon leicht gräulich. Auf den Mann war mehrere Male mit einem Messer eingestochen worden. Das Hemd am Rücken war von dickflüssigem Blut durchtränkt. Zwei Techniker machten sich bei der Leiche zu schaffen. Überall lagen leere Flaschen, wohl mehr als hundert – Schnaps- und Bierflaschen sowie Dosen in allen Farben und Größen. Abgesehen von dem Flaschenmeer wirkte der Raum recht ordentlich, das Wochenendhaus ziemlich neu und gut ausgestattet. Die abgestandene Luft im Inneren roch nach Alkohol und Zigaretten. Oksman streifte sich Einweghandschuhe über.

Es war unschwer zu erkennen, dass die Gesellschaft auf dem Sofa aus Männern und Frauen vom Fach bestand. Alles Alkoholiker durch und durch, und das hier war ihr Saufcamp gewesen. Oksman ging zur Leiche. Einer der Techniker, eine Frau, erhob sich und begrüßte ihn. Sie sah müde aus, was Oksman nicht verwunderte, schließlich war auch er müde. Und sie hatten noch eine lange Nacht vor sich.

»Messerstiche im Rücken und im Hals. Mindestens sechs.«

»Wo ist das Messer?«

»Wurde nicht gefunden. Der Angreifer ist durch diese Tür geflohen, offensichtlich mit dem Messer«, sagte sie und deutete auf eine Tür, deren Türgriff und Glasscheibe voller roter Flecken waren. Und auf dem Boden neben der Tür waren blutige Fußabdrücke zu sehen.

Oksman betrachtete die Menschen im Raum. Niemand hatte Blutspuren an der Kleidung oder an den Händen. Die Technikerin erriet Oksmans Gedanken:

»Es gibt viele Augenzeugen. Die Erstbefragung wurde durchgeführt, gestaltete sich aber schwierig. Die meisten haben mindestens zwei Promille.«

»Wir müssen sie wegschaffen und den Ort absperren.«

Der zweite Techniker, ein Mann, erhob sich. »Und wie in aller Welt sollen wir das anstellen? Wir können sie ja nicht vor die Tür jagen. Und Fahrzeuge, um die Meute irgendwohin zu kutschieren, haben wir auch nicht.«

»Ich muss mal aufs Klo. Ich pisse mir gleich in die Hose«, rief eine Frau und erhob sich. Der Polizeibeamte versuchte die Frau dazu zu bringen, sich wieder hinzusetzen, aber sie ließ sich nicht aufhalten und torkelte in Richtung Toilette. Der Polizist hob die Schultern und fasste die Frau am Arm, um sie zu stützen.

»Pfoten weg, du Scheißbulle«, fuhr sie ihn an und schüttelte seine Hand ab.

»Ich muss auch pinkeln«, meldete sich ein Mann.

»Wann kann man hier mal eine rauchen?«, fragte ein weiterer.

»Wie lange dauert das hier noch. Gebt uns wenigstens eine Pulle Schnaps«, lallte ein dritter.

Oksman wusste, dass die Situation ihnen schon bald entgleiten würde, wenn sie nichts unternahmen. Er wendete sich wieder an den Mann von der Spurensicherung, hielt dessen grimmigem Blick stand und sagte ruhig: »Wie dem auch sei, sie müssen hier schnellstmöglich raus, wir müssen alle Spuren sichern.«

»Erklär du uns nicht, wie wir die Tatortsicherung durchzuführen haben.«

Oksman wandte sich an einen der Polizisten: »Bestell irgendwo einen Kleinbus und wenn du keinen bekommst, dann ein paar Großraumtaxis. Wir müssen sie hier wegschaffen.«

»Und wohin sollen wir sie bringen?«

»Wenn euch nichts anderes einfällt, eben ins Präsidium.«

»Und wer bezahlt den Spaß?«

»Die Finnen bezahlen immer brav ihre Steuern«, entgegnete Oksman.

»Blöder Ochse«, hörte Oksman den männlichen Technikerkollegen murmeln, als dieser sich wieder über die Leiche beugte.

Die Tür wurde geöffnet, und Raunela und Salminen kamen herein. Sie hatten ihre Regenkleidung gegen weiße Schutzanzüge getauscht. Beiden rann das Wasser übers Gesicht, Raunela trocknete mal wieder seine Brillengläser.

»Kriegen wir die Bude hier verdammt noch mal bald leer?«, polterte er los. Der männliche Technikerkollege schaute wütend zu Oksman hinüber. Oksman ging zu Raunela.

»So wird das nichts. Die Truppe fängt an, unruhig zu werden.«

Raunela nickte. »Draußen ist es noch schlimmer. Alles der reinste Brei. Wenn es weiter so regnet, können wir das Außengelände komplett vergessen.«

Oksman winkte den Polizisten zu sich heran und zog einen Spiralblock aus der Brusttasche: »Kennen wir den Namen des Opfers schon?«

Der Polizist schaute auf seine Aufzeichnungen: »Rami Nieminen. Aber niemand hier scheint ihn zu kennen.«

»Und der Verdächtige, der geflohen ist?«

Der Mann zuckte mit den Achseln: »Sein Vorname ist Antti, aber niemand kennt seinen Nachnamen. Er war heute zum ersten Mal dabei.«

»Wem gehört das Wochenendhaus?«

Der Polizist wies mit dem Stift auf eine Frau, die in einem Sessel saß und deren verlebtes Äußeres kaum Rückschlüsse auf ihr

Alter zuließ. Sie war sicher über fünfzig, hatte sich aber gekleidet wie eine Zwanzigjährige, trug einen Minirock, Netzstrumpfhosen und Stöckelschuhe. Ihr Busen quoll aus dem freizügigen Ausschnitt, ihr Make-up war schrill und bunt wie die Farben des Regenbogens, und ihre Augen waren halb geschlossen.

Oksman sah die Frau an und sagte dann zu Linda: »Befrag du die Hausbesitzerin. Versuch herauszufinden, um wen es sich bei all den Leuten handelt, und wie sie in diesen abgelegenen Winkel gelangt sind. Ich schaue mich in der Zwischenzeit ein wenig um.«

Linda nickte und wandte sich an die Frau, während Oksman in die Küche ging. Auch hier war alles mit Flaschen übersät: sämtliche Abstellflächen, der Tisch und auch der Fußboden. Hier und da lagen zwischen den Flaschen Lebensmittelverpackungen, benutzte Servietten, und in der Spüle stapelte sich dreckiges Geschirr. Dem Gestank nach zu urteilen, hatte die Meute schon mehrere Wochen hier gehaust. Oksman öffnete die Schranktür unter der Spüle. Der Abfalleimer quoll über, und auch der Boden des Schranks war voller Müll. Ihm stieg ein solch entsetzlicher Gestank in die Nase, dass er die Tür schnell wieder schloss. In der Schublade fand er eine Reihe sauberer Brot- und Schälmesser. Der Messerblock war leer, aus dem Berg schmutzigen Geschirrs ragte hier und da ein Messergriff heraus. In diesem Durcheinander war es schwer zu sagen, ob eines der Messer oder gar mehrere fehlten.

Dann drehte Oksman eine Runde durch die übrigen Räume. Neben dem Wohnzimmer und der Küche gab es noch zwei kleine Schlafzimmer. Auch sie waren unaufgeräumt, die Betten nicht gemacht und der Boden klebrig von verschüttetem Bier. Auf einem Nachtschränkchen lagen ein benutztes Kondom und die aufgerissene Verpackung.

Als er an der Toilette vorbeikam, stolperte eine Frau heraus und stieß fast mit ihm zusammen. Sie taumelte, Oksman hielt sie fest und roch Alkohol und Zigarettenqualm in ihrem Atem, mit dem sich ein aufdringlicher Parfümgeruch verband. Sie kicherte, schlang ihren linken Arm um Oksmans Hals und kniff ihm mit der anderen Hand in den Hintern.

»Oha, du hast ja einen Arsch aus Stein«, gluckste sie und versuchte Oksman zu küssen. Er wich ihr aus, aber die Frau ließ nicht locker, sie prüfte seinen Bizeps, und ihre Lippen fummelten an seiner Wange herum.

»Na, du Schmuseboy«, quakte sie. »Wie wär's mit uns beiden?«

Oksman befreite sich aus der Umklammerung. Der Polizist, der die Frau zur Toilette begleitet hatte, kam ihm zu Hilfe und brachte die Frau zurück auf ihren Platz. Linda Toivonen tat derweil ihr Bestes, die Besitzerin des Wochenendhauses zu befragen. Aber deren Blick irrte unstet umher, ab und zu fuhr sie sich mit der Zunge über die rot verschmierten Lippen. Oksman fand, dass es besser wäre, Linda in Ruhe ihren Job machen zu lassen, und so ging er hinaus auf die Terrasse.

Als die Tür hinter ihm ins Schloss gefallen war, sah der männliche Technikerkollege zu der Frau hinüber, die wieder Platz genommen hatte, und raunte seiner Kollegin zu: »Die Prinzessin war wohl nicht gut genug für unseren Ochsen. War wohl zu weiblich.«

Draußen pfiff der Wind wie eine Lokomotive, wirbelte durch die Wipfel der Bäume und peitschte das Seil gegen den Fahnenmast. Ein Windspiel flatterte wie verrückt. Oksman zog die Regenkleidung wieder über und ging hinaus. Seine Stiefel versanken gleich unterhalb der Treppe im Morast, der Regen stand waagerecht und fuhr ihm stechend ins Gesicht. Er schaltete seine Taschenlampe ein, fand den Pfad, der zum Strand hinunterführte und folgte ihm. Das Tosen des Meeres drang selbst durch den Sturm und klang wie das Heulen eines Raubtieres. Auf halbem Weg kam ihm ein Kollege entgegen, der ihm im Vorbeigehen zurief: »Höllisches Wetter. In dem stockdunklen Wald können auch die Hundeführer nichts ausrichten. Bald werden hier Bäume umstürzen.«

Am Ufer stand eine Sauna, in der Licht brannte. Oksman öffnete die Tür einen Spalt und stellte fest, dass sich niemand darin befand, die Sauna aber ebenso unaufgeräumt war wie das Wochenendhaus. Im Saunavorraum hatte jemand geschlafen, auf dem Boden lag ein blauer Schlafsack und daneben stand eine Sporttasche, aus der Männersachen quollen.

Das Meer war dunkel. Die Wellen drängten eine nach der anderen ans Ufer wie unsichtbare Riesen und zerschellten an den Uferfelsen zu weißem Schaum. Nur ein einziger unbeweglicher Punkt leuchtete in der Dunkelheit. Während er zu dem Licht schaute, erlosch es. Oksman sah auf seine Uhr, die selbst leuchtenden Zeiger standen auf Punkt sieben. Es würde noch mehr als zwölf Stunden dauern, bevor es wieder hell wurde. Der Regen machte keinerlei Anstalten nachzulassen. Von weit her war das Bellen eines Polizeihundes zu hören, klar und scharf. Oksman hielt angespannt inne. Das Bellen hörte nicht auf, erklang weiter gleichmäßig, fast manisch und wurde vom Sturm von links herübergeweht. Oksman lief im Laufschritt zurück zur Hütte. Der Lichtkegel seiner Taschenlampe hüpfte hin und her, das Wasser spritzte, die Stiefel schlitterten.

Vor dem Haus, im Schein des Lichts, stand eine Gruppe Polizisten mit dem Rücken zum Wind. Oksman steuerte auf sie zu. Das Funkgerät knarrte, und einer von ihnen bestätigte etwas. Dann sahen sie Oksman aus dem Dunkeln auf sie zustürmen und wandten sich ihm zu.

»Wir haben ihn«, bestätigte ihm der Polizist, der das Funkgerät bedient hatte, ohne gefragt worden zu sein. »Er wird gerade hergebracht.«

»Und das Messer?«, fragte Oksman.

Der Polizist drückte die Sprechtaste seines nagelneuen VIRVE-

Funkgeräts für das landesweit einheitliche Funknetz und fragte, ob auch das Messer gefunden worden sei.

Das Telefon rauschte. »Nein, haben wir nicht. Aber der Mann ist voller Blut und stammelt zusammenhangloses Zeug. Er war auf Strümpfen und ohne Jacke unterwegs. Wir bringen ihn gleich zum Wagen.«

»Nummer zwei bestätigt«, sagte der Polizist und rief seinem Kollegen auf der Terrasse zu: »Sie bringen ihn. Mach das Auto startklar, und lass uns hier verschwinden!«

»Wird aber auch Zeit«, antwortete ihm dieser.

Linda Toivonen kam auf die Terrasse. Oksman sah, dass sie lächelte. Es war Freitag, der neunte November 2018. Der eisige Wind kam und ging in Böen.

5

Am nächsten Morgen fand Paloviita die Sachen seiner Frau im Flur verstreut. Im Vorraum die Lederstiefel, jeder in einer Ecke, ihr Mantel auf dem Boden. Paloviita hängte ihn auf einen Bügel, glättete die gröbsten Falten und konnte der Versuchung nicht widerstehen, die Taschen zu durchsuchen. Er fand eine Taxiquittung und ein paar zerknüllte Geldscheine. Dann stellte er die Schuhe ordentlich in den Schrank und untersuchte Terhis Handtasche, die auf dem Tischchen im Flur stand. Portemonnaie und Handy waren da, ebenso die Hausschlüssel. Den Kassenbons nach zu urteilen, war es ein langer Abend im Anton gewesen, die Feier war wohl weitergegangen, bis das Lichtzeichen den Ausschankschluss angezeigt hatte. Das eine oder andere Getränk musste auch geflossen sein. Terhi schlief auf dem Sofa unter einer Wolldecke mit dem Gesicht zur Lehne. Auch die Mädchen schliefen noch fest. Auf dem Sofatisch standen ein Wasserglas und eine angebrochene Packung Aspirin.

Paloviita setzte Kaffee auf und holte die Satakunta-Morgenzeitung aus dem Briefkasten. Der Regen hatte nachgelassen, aber der Wind wehte immer noch in Böen. Paloviita schmierte ein Brot, briet ein Ei für Terhi und schüttete den restlichen Kaffee in die Thermoskanne. Für die Mädchen kochte er Brei, ließ ihn auch diesmal anbrennen und kippte ihn in den Müll. Er schrieb einen Zettel, auf dem er Terhi mitteilte, dass man am Abend eine Leiche gefunden hatte und er ins Büro musste. Er würde nach Hause kommen, sobald er die Dinge im Büro in die richtigen Bahnen gelenkt hätte. Dann ging er aus dem Haus. Am Horizont zogen schwarze Wolkenbänke auf.

Als Paloviita im Büro eintraf, erwartete ihn Henrik Oksman schon. Paloviita zog seine Jacke aus und setzte sich.

»Na, wie lief's?«, fragte er und betrachtete Oksman genauer: keine Spur von Müdigkeit, Bart rasiert und die Haare noch feucht vom Duschen. Paloviita fühlte sich, als wäre er dem Grab entstiegen. Oksmans stechender Blick bohrte sich schon wieder in sein Innerstes.

»Ordentlich nass war es, wir sind alle vollkommen durchweicht. Wir müssen heute noch mal bei Tageslicht in das Wochenendhaus. Die Arrestzellen sind voll mit den Säufern aus dem Mökki.«

»Wieso das?« Paloviita sah Oksman fragend an.

»Wir mussten sie da wegschaffen, bevor sie uns alle Spuren zerstört hätten. Die meisten wussten nicht wohin.«

»Und da hast du entschieden, sie hierher bringen zu lassen?«, bemerkte Paloviita in zu strengem Ton, aus dem sein schlechtes Gewissen sprach, weil er selbst nach Hause verschwunden war.

»Das war meine Entscheidung, und ich trage die Verantwortung dafür. Außerdem müssen sie alle noch einmal vernommen werden. Die meisten waren so betrunken, dass wir kein vernünftiges Wort aus ihnen herausbekommen haben.«

Paloviita nickte. Er wusste, Oksman hatte richtig gehandelt, aber er konnte es ihm nicht sagen.

»Und der Angreifer? Der vom Tatort geflohen ist? Habt ihr den?«

»Ein Hundeführerteam hat einen halben Kilometer entfernt im Wald einen Mann unter einer Fichte gefunden, dessen Sachen komplett durchnässt und voller Blut waren.«

»Ist er freiwillig mitgekommen?«

»Ja. Er war völlig unterkühlt und stark alkoholisiert. Wenn wir ihn nicht gefunden hätten, wäre er höchstwahrscheinlich erfroren.«

»Ausgezeichnet«, sagte Paloviita und lächelte. Der Tag fing großartig an. Er wäre spätestens zu Mittag wieder zu Hause.

»Und die Leiche?«

»Ist schon in der Rechtsmedizin. Wird Montag untersucht«, antwortete Oksman und fuhr fort. »Das Messer wurde noch nicht gefunden. Die Suche wird heute bei besseren Lichtverhältnissen fortgesetzt.«

Paloviita schaute aus dem Fenster. Es wurde langsam hell. Der Himmel war immer noch wolkenverhangen, der Wind kräftig, aber es regnete nicht mehr. »Ist Linda schon da?«

»Nein, noch nicht.«

»Bitte sie, zu mir zu kommen, wenn sie da ist.«

»Wie verfahren wir weiter mit dem Verdächtigen?«

»Verhör ihn gemeinsam mit Linda. Es sieht ganz so aus, als ob ihr alles im Griff habt.«

Paloviita wendete seine Aufmerksamkeit den Papieren zu und gab damit zu verstehen, dass die Unterredung beendet war. Als Oksman schon fast zur Tür hinaus war, hob er seinen Blick noch einmal und sagte: »Gute Arbeit, Henrik.«

Oksman nickte und verschwand im Flur.

Paloviita war guter Dinge. Der Abend war auch ohne ihn gut verlaufen, nichts Außergewöhnliches war vorgefallen. Linda und Oksman würden den Fall ohne Komplikationen zu einem guten Ende bringen.

Er blätterte in den Papieren vor sich. Sie gehörten zu einem anderen Fall, einem Tötungsdelikt, das schon ein Jahr zurücklag. Ein Mann hatte seine Freundin mit dem Gürtel eines Saunamantels erwürgt und versucht, die Leiche zu entsorgen, indem er sie in der Badewanne mit hundert Litern Rohrreiniger übergossen hatte, die er sich zuvor kistenweise in den umliegenden Geschäften besorgt und dabei ganze Regale mit dem Zeug leer gekauft hatte. Aber natürlich hatte es nicht funktioniert. Die Lauge hatte die Abwasserleitungen im Haus durchgeätzt, und die Brühe war in die Wohnung unter ihm gelaufen. Deren Eigentümer wiederum hatte den Hausverwalter angerufen, der die Leiche – beziehungsweise das, was von ihr übrig war – in der Badewanne gefunden hatte. Beim Eintreffen empfing sie solch eine Schweinerei und ein solch bestialischer Gestank, wie es Paloviita noch nie erlebt hatte und wohl auch so schnell nicht wieder erleben würde. Die Haut der Frau war so schwer verätzt, dass man die Leiche anhand der Zähne identifizieren musste.

Der Fall hatte viel Aufmerksamkeit in den Medien bekommen, und der Leiter der Ermittlungen, Juhani Heinonen, hatte auf diese Weise eine gewisse Berühmtheit erlangt. Unter anderem aus diesem Grund hatte Heinonen auch eine Vertretungsstelle beim Zentralen Kriminalamt in Helsinki angetreten, sodass Paloviita ihn hier kommissarisch vertrat. Jetzt sollte der Fall dem Staatsanwalt vorgelegt werden, und Paloviita ging ihn noch einmal Punkt für Punkt durch. Wahrscheinlich würde er als Zeuge vor Gericht aussagen müssen, denn er hatte die Ermittlungen so lange geleitet, bis sie an eine andere Abteilung übergeben worden waren.

Der Verdächtige, Veeti Sirniö, war ein vierundzwanzigjähriges, mit anabolen Steroiden vollgepumptes narzisstisches Arschloch, das in den Augen von Paloviita völlig überflüssigerweise auf dieser Erde lebte. Zum Glück war der Typ nicht die hellste Kerze auf der Torte und hatte seine Spuren nicht besonders geschickt verwischt. Sie hatten ihn noch am selben Tag, an dem die Leiche gefunden worden war, in der Wohnung seines Bruders aufgespürt. Er hatte schon eine neue Frau am Wickel. Sirniö, den sie im ganzen Polizeigebäude nur Mr Muscle nannten, war in den Verhören nichts zu entlocken gewesen, stattdessen hatte er sie beschimpft und auf den Boden gerotzt. Aber die Beweislage war eindeutig. Unter anderem waren in Sirniös Geldbörse die Quittungen für exakt dieselbe Menge Flaschen Rohrreiniger gefunden worden, wie es leere Flaschen im Bad gegeben hatte.

Später stellte sich heraus, dass Sirniös Freundin, die sechs Jahre jüngere Abiturientin Kaisa Maria Angervo, ungefragt eine Zigarette von Sirniö genommen hatte, was für ihn als Motiv gereicht hatte, den Gürtel des Saunamantels aus dem Bad zu holen und sie von hinten zu erwürgen (oder wie Sirniö es ausdrückte: »Der Schlampe mal ein bisschen Manieren beizubringen.«).

Paloviita hoffte, dass für Sirniö lebenslänglich herausspringen würde, obwohl er selbst dies für ein zu mildes Urteil hielt.

Es klopfte an der Tür, und Paloviita hob den Kopf. In der Tür stand sein Vorgesetzter Tapio Vesalainen. Vesalainen war der Leiter der Kriminalpolizei und ein ergrauter Gentleman, der immer sorgfältig ausgewählte Garderobe trug. Paloviita mochte den Kriminaldirektor, auch wegen dessen Unverblümtheit. Er war umgänglich und aufgeschlossen, und zwischen ihnen war ein herzliches Miteinander entstanden.

»Na, Chef?«, fragte Vesalainen und trat ein.

Paloviita bat ihn mit einer Geste, sich zu setzen. »Und selbst?«, fragte er, um dann selber fortzufahren: »Wir sind auf der Zielgeraden. Noch gut einen Monat.«

»Was liegt im Moment an?«

»Die Ermittlungen zu Mr Muscle sind abgeschlossen. Ich habe schon mit dem Staatsanwalt gesprochen. Er stimmt mit mir darin überein, dass die Anklage auf Mord lauten wird.«

»Wer ist der zuständige Staatsanwalt?«

»Wihlman.«

»Gut. Was gibt es noch?«

»Ein paar Schlägereien. Ein Kioskeinbruch, ein Autodiebstahl, und auf dem Zebrastreifen in der Itsenäisyydenkatu Ecke Otavankatu wurde eine Fußgängerin angefahren. Die Geschädigte ist ziemlich schwer verletzt. Und dann die Messerstecherei gestern auf Korpholma. Ein Mann tödlich verletzt, der Verdächtige gefasst und in Gewahrsam.«

»Gut. Wie fühlen Sie sich in Ihrer neuen Rolle?«

Paloviita sah seinen Vorgesetzten an. Vesalainen hatte sich zurückgelehnt und zupfte mit Zeigefinger und Daumen an seinen dünnen Schnurrbarthaaren, die ebenso grau waren wie sein Haupthaar.

»Es ist schon anders. Mehr Papierkram, aber man bekommt auch einen besseren Überblick.«

»Keine Angst vor der Verantwortung?«

Paloviita lacht. »Es gab so viel zu tun, dass ich keine Zeit hatte, mir darüber Gedanken zu machen.«

Vesalainen sah ihn ernst an, aber seine Augen lächelten weiter. »Was würden Sie sagen, wenn die Vertretung über den Jahreswechsel hinaus verlängert würde?«

Paloviita sah seinen Vorgesetzten perplex an.

Vesalainen lächelte, als er Paloviitas Gesichtsausdruck sah. »Heinonen hat mich gestern angerufen. Ihm wurde eine feste Stelle beim KRP, dem Zentralen Kriminalamt, angeboten, und er will sie annehmen.«

»Was heißt das?«

»Was das heißt?«, wiederholte Vesalainen lachend. »Vielleicht habe ich mich ja doch in Ihnen getäuscht. Vielleicht sind Sie doch kein finnischer Sherlock. Das heißt, dass die Leitung des Kommissariats im März ausgeschrieben wird. Ich bin gekommen, um Sie zu fragen, ob Sie die Vertretung bis dahin übernehmen würden? Und unter uns gesagt, ich bin mit Ihrer Arbeit mehr als zufrieden. Ich sähe Sie gern unter den Bewerbern, falls die Stelle ausgeschrieben und neu besetzt wird. Also, was sagen Sie?«

Paloviita sah, wie sich die Lippen seines Vorgesetzten bewegten, hörte die Worte, aber ihre Bedeutung erreichte ihn erst mit Verzögerung, so wie der Knall eines Überschallflugzeugs. Reflexartig korrigierte er die Position seines Hörgeräts.

»Hat es Ihnen die Sprache verschlagen?«, fragte Vesalainen mit einem Grinsen.

»Das kam etwas überraschend. Ich hatte mich darauf eingestellt, dass nach Weihnachten alles wieder wie vorher ist.«

»Ich auch«, antwortete Vesalainen. »Aber jetzt hat sich die Lage geändert.«

Paloviita wägte seine Worte ab, als er antwortete, und bemühte sich um einen ernsten Gesichtsausdruck. Allerdings fürchtete er dennoch, seine Begeisterung zu offen zu zeigen. Eine Welle der Genugtuung schwappte durch sein Inneres: »Natürlich bin ich interessiert und übernehme die Vertretung gern auch noch länger. Was die Bewerbung betrifft ... Heinonen hinterlässt große Fußspuren. Ich bin bei Weitem nicht so erfahren und weiß nicht ...«

Vesalainen lachte laut auf und beugte sich vor. »Papperlapapp, Jari! Wir wissen beide, dass Sie mindestens ebenso qualifiziert sind wie Heinonen. Ehrlich gesagt, bin ich sehr zufrieden, dass das KRP ihn übernehmen will. Juhani ist in bestimmten Fällen gut, aber er versteht einfach nichts von Zahlen und Kennziffern – aber wir brauchen hier jemanden, der etwas davon versteht. Die Stelle in Vantaa ist wie geschaffen für Heinonen. Sollten Sie sich für eine Bewerbung entscheiden, werde ich Sie der Auswahlkommission empfehlen.«

»Danke«, antwortete Paloviita. »Wenn Sie das so sehen, werde ich unter den Bewerbern sein.«

»Wunderbar. Dann sind wir uns also einig«, sagte Vesalainen und erhob sich. »Dann viel Erfolg weiterhin. Ich sage Ihnen Bescheid, wenn ich mehr weiß.«

Der Kriminaldirektor ging. Paloviita saß auf seinem Stuhl und starrte regungslos die Tür an. Sein Herz hämmerte. Als wäre er gerade aus einem Traum erwacht, kreisten seine Gedanken um das Gespräch. Hatte Vesalainen ihm gerade den Posten zugesagt? So gut wie. Ein Gedanke jagte den nächsten und landete beim Geld. Terhi und er waren seit Längerem knapp bei Kasse. Das regelmäßige Einkommen eines Hauptkommissars würde das Problem lösen. Terhi wusste nicht ansatzweise, wie dünn das Eis unter ihren Kreditraten tatsächlich war. Sie war es nicht gewohnt, sich einzuschränken, und er hatte es nie von ihr verlangt, denn jede Diskussion über Geld endete unweigerlich im Streit. Sie hatten im Laufe ihrer Ehe schon eine Reihe von Auseinandersetzungen miteinander geführt, und im Grunde ging es immer ums Geld. Die Stellvertretung hatte ihnen eine kurze Atempause verschafft, aber er machte sich bereits Sorgen, was passieren würde, wenn er nach Weihnachten wieder mit dem Gehalt eines Kriminaloberkommissars auskommen musste. Jetzt schien ihm das Schicksal einen Ausweg aus dem chronischen Engpass zu eröffnen.

Sein Telefon klingelte. Es war Terhi. Er drückte die Verbindungstaste, stand auf und schloss die Tür. »Guten Morgen, wie fühlst du dich?«

»Was glaubst du?«

»Wann bist du nach Hause gekommen?«, fragte Paloviita, obwohl er die Antwort auf die Minute genau wusste. 05:28 Uhr. Das hatte auf der Taxiquittung gestanden.

»Was spielt das für eine Rolle?«

»Was ist los?«

»Was los ist? Ich habe einen Kater, und du lässt mich hier allein mit den Mädchen. Hier sieht es aus wie bei den Hottentotten. Und die Spielzeugkisten sind ein komplettes Chaos.«

»Ist es so wichtig, wo welcher Barbie-Schuh liegt?«

»Na klar! Du hast leicht reden dort im Büro. Der Herr muss sich ja nicht die ganze Zeit das Theater anhören, wenn die Mädchen ihre Sachen nicht finden. Außerdem passt so nicht alles in die Kisten.«

Paloviita wurde langsam wütend. »Woher kann ich denn wissen, wo welches Puzzleteil hingehört. Du sortierst die Kisten alle paar Wochen komplett neu, und ich muss dann aus dem Stegreif wissen, wo die Frozen-Puppe heute reinkommt.«

»Du kannst mich mal! Ich gehe zweimal im Jahr mit meinen Freundinnen aus, und nicht einmal dann darf ich eine Stunde länger schlafen. Aber wenn du irgendeinen Sauna- oder Pokerabend hast, dann muss es still im Haus sein und etwas Herzhaftes auf dem Tisch stehen. Das werde ich mir merken!«

»Terhi, hör mal zu. Ich musste ins Büro. Wir haben einen Mord. Eine Messerstecherei, und ich bin für die Ermittlungen verantwortlich. Ein Mensch ist tot, ermordet. Wir haben darüber gesprochen, damals, als ich die Vertretung übernommen habe.«

»Also alles wie immer. Du bist und bleibst ein Scheißkerl und wirst dich niemals ändern!«

»Ich komme, sobald ich kann, in Ordnung? Dann reden wir. Dann kannst du dich weiter ausruhen. Aber erst muss ich mich um diesen Fall kümmern.«

Mit einem Hauch von Nachsicht in der Stimme fuhr sie fort: »Kann sich nicht Oksman darum kümmern? Er ist doch ein guter Polizist. Sag einfach, du wärst krank oder so was.«

»Henrik ist nicht Kommissariatsleiter, ich bin es. Es wird nicht lange dauern, Schatz. Hör mal, ich habe auch gute Nachrichten. Lass uns darüber reden, wenn ich zu Hause bin. Stell den Mädchen ein Video an, und leg dich wieder aufs Sofa.«

»Bring etwas Salziges mit, wenn du kommst«, sagte Terhi und beendete das Telefonat.

Paloviita schüttelte noch kurz den Kopf und vertiefte sich dann wieder in die Mr-Muscle-Papiere. Er hatte schon eine Stellungnahme in einer Boulevardzeitung abgegeben und war sich sicher, dass sich noch vor Weihnachten die nächste melden würde. Damals, als der Fall frisch war, verging kaum eine Woche ohne Heinonens Konterfei in einer Zeitung. Paloviita lag das öffentliche Posieren eigentlich nicht so, aber jetzt konnte es seiner Karriere neuen Schwung verleihen. Und ein Fernsehauftritt würde bei Terhi (und ihrem Vater) ordentlich Eindruck schinden.

Es klopfte an der Tür. Linda Toivonen trat mit einem Lächeln ein: »Morgen!«

Paloviitas Blick streifte die Uhr. Er sah, dass Linda es bemerkte, und errötete. Heinonen hatte immer auf die Uhr geschaut, wenn seine Mitarbeiter kamen oder gingen. Jetzt sah es ganz so aus, als wäre die Unsitte auf ihn übergegangen.

Linda war zwei Jahre älter als Paloviita und in jüngeren Jahren in jeder Hinsicht sagenhaft gut aussehend gewesen. Hochgewachsen, schlank, üppige lange Haare. Paloviita wusste, so wie jeder hier im Revier, dass Linda mit Anfang zwanzig nebenberuflich als Model gearbeitet hatte. Ein Streifenpolizist hatte einmal einen alten Stockmann-Kaufhauskatalog in die Hände bekommen, in dem Linda als Unterwäschemodel posiert hatte. Der Katalog hatte in der Umkleidekabine seine Runden gemacht, bis ein älterer Polizist ihn einkassiert und vernichtet hatte. Linda und Paloviita waren seit acht Jahren Kollegen und vertrauten einander vollkommen.

»Morgen«, entgegnete Paloviita und wies auf den freien Stuhl, aber aus irgendeinem Grund blieb Linda in der Tür stehen. Sie lutschte eine Halspastille und schaute ihn argwöhnisch an. Ihre Augen waren nach der kurzen Nacht gerötet.

»Henrik hat schon gesagt, dass es gestern spät geworden ist.«

Linda nickte. »Ich habe mich wohl etwas verkühlt, ich fühle mich ein wenig krank. Besser, wenn ich nicht näher komme.«

»Wie geht es zu Hause?«, fragte Paloviita.

»Wie soll es gehen. Alles im Lot«, antwortete Linda zurückhaltend.

»Diese Messerstecherei. Hast du den Mann gesehen, den sie festgenommen haben?«

Die Halspastille knackte zwischen den Zähnen, als Linda sie zerbiss. »Habe ich. Ein groß gewachsener Mann, er war komplett durch den Wind. Ich weiß nicht, was er sonst noch genommen hat, aber Alkohol hatte er ganz sicher in großen Mengen intus. Er stand komplett neben sich, wie der Besen neben dem Schneemann.«

»Wenn der Mann einigermaßen ausgenüchtert ist, hol ihn dir in die Eins, und verhör ihn gemeinsam mit Henrik.«

»Das wird sicher Nachmittag. Wir haben die Bude voll mit diesen Hüttensäufern«, entgegnete Linda.

»Das hat Henrik schon erzählt. Himmel, was für ein Schlamassel. Bittet die Ordnungspolizei um Amtshilfe. Und fragt auch Vironen, vielleicht hat er noch jemanden, der euch helfen kann. Wir müssen sie möglichst schnell wieder loswerden. Das ist hier keine Herberge. Heute ist Sonnabend, und die Weihnachtsfeiern haben angefangen. Uns gehen die Einzelzimmer aus.«

»Bist du bei den Verhören dabei?«, fragte Linda.

»Ich werde es wohl nicht schaffen. Ich habe eine ganze Menge auf dem Tisch. Und eigentlich ist heute mein freier Tag. Die Vernehmungen sind doch Routine, das schafft ihr auch ohne mich. Ruft an, wenn ihr mich braucht.«

Linda nickte. »Henrik und ich fahren jetzt erst noch mal raus zu dem Wochenendhaus. Gestern Abend waren die Wetterverhältnisse zu schlecht. Ein Hundeteam begleitet uns. Mal sehen, vielleicht finden wir ja das Messer.«

»Prima, meldet euch, wenn ihr es findet. Oder wenn sonst irgendwas ist.«

Linda nickte und entfernte sich, ließ aber die Tür offen. Paloviita erhob sich, um die Tür wieder zu schließen. Er hielt kurz inne und erschnupperte Lindas Parfum, in das sich der Geruch der Halspastillen mischte. Er runzelte die Stirn, irgendetwas an dieser Mischung war seltsam.

6

Die Fahrt nach Korpholma dauerte ziemlich genau eine halbe Stunde. Als sie losfuhren, war es noch dunkel, aber in Höhe der Brücke zur Insel Reposaari wurde es langsam hell. Das Schwarz des Himmels war verwaschen, und an einzelnen Stellen riss die Wolkendecke auf. Die Möwen flogen tief und absolvierten lange Gleitflüge im heftigen Wind. Das Meer war übersät mit Schaumkronen, die gegen die Steine der Uferstraße klatschten und bis auf den Asphalt spritzten.

Den ganzen Weg über hatten Linda und Oksman kein Wort gesprochen, nicht einmal das Wetter kommentiert. Als Paloviita Chef und Oksman und Linda Partner geworden waren, hatte Linda schnell festgestellt, dass es sinnlos war, mit Oksman ein wie auch immer geartetes Gespräch anzufangen, das nichts mit dem Fall zu tun hatte. So betrachtete sie die Gegend, die trotz aller Kargheit fast erhaben wirkte. Die Bäume hatten ihre Blätter abgeworfen und standen schwarz, bereit für den ersten Schnee. Die Wipfel bogen sich im Wind wie Peitschen, und nach der Nacht war die Straße übersät mit Zweigen und den Zapfen der Nadelbäume. Das Grundstück und das Wochenendhaus wirkten bei Tageslicht ganz anders. Sie stellten das Auto am Wegesrand ab. Ein Streifenwagen stand an der Einfahrt, die nachts eilig gezogenen Polizeibänder flatterten lose im Wind. Oksman grinste, als er sah, in welchem Zustand das Gelände war: eine Matschwüste voll schwarzer Pfützen, tiefer Reifenspuren und Stiefelabdrücken, in denen das Wasser stand. Eine große Fichte war im Sturm umgestürzt und versperrte den Weg zum Schuppen. Eine zweite Fichte lehnte gefährlich schräg am Stamm einer Birke vor dem Haus. Auf einer Gehwegplatte war eine Engelsfigur umgekippt und hatte einen Flügel verloren, während die Flügel einer Miniatur-Windmühle sich im Wind drehten wie die Rotoren eines Flugzeugs. Das Wochenendhaus sah bei Licht überraschend klein aus, ebenso das Grundstück, das sich, an beiden Seiten von Fichtenwald begrenzt, sanft zum Meer hin absenkte. Am Strand sahen sie jetzt auch die Sauna, in die Oksman am Abend zuvor geschaut hatte. Der Weg dorthin war von Dutzenden im strömenden Regen hin und her eilender Polizisten vollkommen zertreten worden.

Das Hundeführerteam wartete am Haus. Zwei Polizisten, ein Mann und eine Frau, die Linda beide gut kannte. Der Hund, eine schlanke Schäferhündin, war abgeleint und beschnüffelte das Fundament des Hauses. Linda rief sie zu sich. Die Hündin kam mit hängender Zunge und wedelndem Schwanz zu ihr gelaufen. Linda kniete sich hin, um ihr raues Fell zu kraulen, und die Hündin leckte ihr das Gesicht ab. Linda lachte und versuchte, ihr auszuweichen so gut sie konnte. Oksman machte indessen nicht die geringsten Anstalten, die Hündin zu streicheln, und so begnügte sie sich damit, an seiner Hand zu schnüffeln, und streifte dann weiter umher.

Sie gingen zu den beiden Polizisten, die aussahen, als stünden sie schon länger hier.

»Was ist der Plan?«, fragte der Polizist mit der Wollmütze und wischte sich mit dem Handschuhrücken über die laufende Nase.

Oksman zeigte in Richtung Wald, in dem man den Verdächtigen gefasst hatte. »Versucht, das Messer zu finden. Folgt den Spuren, und durchkämmt das Gelände dort, wo er gefasst wurde. Wenn ihr nichts findet, kommt am Ufer entlang zurück.«

Die beiden nickten, die Frau rief den Hund zu sich und ließ ihn am Schuh des Verdächtigen die Spur aufnehmen.

»Heute Nacht hat es heftig geregnet«, stellte Linda fest. »Ist das ein Problem?«

»Kann sein. Aber Neea ist gut. Wir werden sehen.«

Im selben Moment bellte Neea einmal und drehte sich zum Wald. Die Hündin heftete die Schnauze auf den Boden und folgte im Schlängellauf der Spur. Die Hundeführer folgten ihr und verschwanden zwischen den Fichten.

»Fang du im Haus an«, sagte Oksman. »Ich schaue mir die Sauna und das Ufer an und komme dann nach.«

Linda nickte und steuerte auf das Haus zu. Sie war froh, Oksman kurz loszuwerden, und überzeugt, dass er ebenso erleichtert war. Oksman war mit Sicherheit der beste Polizist, den sie jemals getroffen hatte, aber als Mensch eine seltene Mutation. Henrik war vor drei Jahren zur Kriminalpolizei gekommen und hatte vorher ebenfalls drei Jahre bei der Wirtschaftskriminalität gearbeitet. Trotzdem wusste keiner etwas über ihn.

Das Windspiel auf der Terrasse klingelte wild, der Aschenbecher war geleert. Die Techniker hatten die Kippen eingesammelt, um Speichelproben zu sichern, die dann mit der DNA der Anwesenden und des Verdächtigen verglichen wurden. Bevor sie hineinging, drehte Linda sich noch einmal um und warf einen Blick auf das trostlose Gelände, das aussah wie ein frisch gepflügtes Feld. Die Hütte war ebenso unaufgeräumt wie am Abend zuvor, nur die Dosen und Flaschen waren weggebracht worden, um Fingerabdrücke sicherzustellen. Der Fußboden war klebrig und voller Schlammabdrücke, obwohl die Techniker versucht hatten zu verhindern, dass Schmutz von außen hereingetragen wurde. Doch die Wetterbedingungen waren wirklich außergewöhnlich gewesen, und Linda beneidete Ville Raunela und Teemu Salminen kein bisschen. Sie hatten mit Sicherheit alles getan, was unter diesen Bedingungen möglich gewesen war. Bei den technischen

Ermittlungen durfte man sich möglichst keine Fehler erlauben, denn vor Gericht würde die Verteidigung alles ans Licht zerren. Glücklicherweise schien der Fall dieses Mal so klar zu liegen, dass es keine Probleme geben würde. Wenn sie das Messer finden und darauf Spuren des Verdächtigen nachweisen konnten, würden sie den Fall einfach durchwinken können.

Vor dem Kamin war eine große Lache getrockneten Bluts. Die Luft war mit jenem Mief geschwängert, der immer nach Saufgelagen anzutreffen war: verschüttetes Bier, kalter Tabakrauch und ranziger Urin. Gemessen am Gestank waren die Räume in einem guten Zustand. Es war kein heruntergekommenes Säuferquartier, ganz im Gegenteil. Die Möbel wirkten ziemlich neu, an den Wänden hingen Gemälde, und auch sonst war alles geschmackvoll eingerichtet. Sie hatte am Abend zuvor kurz mit der Besitzerin gesprochen, aber nicht sehr viel aus ihr herausbekommen.

Linda stöhnte. Ihr Kopf schmerzte, und ihr war übel. Die Luft in dem Raum machte das Ganze noch schlimmer. Sie zog ihren Block aus der Tasche und las ihre Notizen vom vergangenen Abend durch: Besitzerin des Grundstücks war Kaija Suokas, geboren 1967. Sie war seit drei Jahren Witwe und hatte ihren Kindern deren Erbhälfte abgekauft. Arbeitslos. Davor zwanzig Jahre lang Bankangestellte bei der Osuuspankki. Die Leute waren ihr zufolge Bekannte – gleichwohl kannte sie nur einige von ihnen beim Namen. Ihren Angaben zufolge hatten sie zwischen fünf und acht Tage hier verbracht, sicher war sie sich allerdings nicht. Vielleicht waren es auch nur vier gewesen, vielleicht aber auch zehn. Alkohol war geflossen, hin und wieder hatte jemand Nachschub geholt oder er wurde ihnen gebracht. Es war ein ständiges Kommen und Gehen. Genaueres wusste sie nicht mehr, nur, dass sie viel Spaß hatten. Den Verdächtigen kannte weder sie noch einer der anderen. Er war später als die meisten eingetroffen, offensichtlich mit jemandem zusammen hierhergefahren und zum Saufen geblieben. Alle hatten übereinstimmend ausgesagt, dass er kaum gesprochen oder sich an Gesprächen beteiligt hatte, sondern meistens allein in der Ecke saß und die anderen beobachtete.

Mehrere hatten den Messerangriff gesehen, ihre Schilderungen wichen jedoch deutlich voneinander ab. Aber alle gaben an, dass das Opfer Rami Nieminen mit einer Frau namens Jutta Ruusila zusammengestanden und sich unterhalten hatte. Der Tatverdächtige war mit dem Messer in der Hand hinter ihm aufgetaucht und hatte zugestochen, woraufhin Panik ausgebrochen war, sodass keiner mehr sagen konnte, was dann genau geschah. Einer hatte ausgesagt, dass der Verdächtige etwas geschrien habe, bevor er zustach, ein anderer behauptete, es sei das Opfer gewesen, das geschrien habe. Wieder andere hatten nichts von alldem gehört. Auf jeden Fall war alles genauso schnell vorbei gewesen, wie es angefangen hatte. Keiner konnte sagen, ob dem Vorfall ein Streit oder Wortgefecht vorausgegangen war. Ebenso konnte keiner sich daran erinnern, ob die beiden zu irgendeinem Zeitpunkt miteinander gesprochen hatten. Aber das musste nichts heißen. Linda wusste aus Erfahrung, dass die Gründe für ein Kapitalverbrechen in Finnland meistens belanglos waren. Meistens hatte jemand einfach aus der falschen Flasche getrunken oder einen zu langen Schluck aus der gemeinsamen Flasche genommen.

Nach der Tat war der Verdächtige zur Tür gestürmt, hatte diese zunächst in die falsche Richtung zu öffnen versucht, war dann hinausgestolpert und in den Wald gerannt. Ob er zu diesem Zeitpunkt das Messer noch in der Hand hielt oder nicht, wusste keiner zu sagen. Auf jeden Fall hatten sie es im Haus nicht gefunden. Niemand hatte den Mann an der Flucht gehindert, und es war auch keiner Nieminen zu Hilfe geeilt. Man hatte das Opfer blutend liegengelassen, und die meisten hatten einfach weitergemacht, als wäre nichts geschehen. Viele von ihnen waren so zugedröhnt gewesen, dass sie von dem ganzen Vorfall nichts mitbekommen hatten, bevor die Polizei auftauchte.

Linda klappte ihren Block wieder zu und steckte ihn in die Tasche. Jutta Ruusila musste noch mal verhört werden, denn sie hatte während des Messerangriffs am nächsten gestanden und offensichtlich auch das Opfer am besten gekannt. Außerdem brauchten sie weitere Informationen zur Person des Tatverdächtigen und zu möglichen Verbindungen zum Opfer, aber das konnten sie auch vom Büro aus erledigen. Linda verstand sowieso nicht, was sie überhaupt hier machten. Die Spurensicherung hatte ihre Arbeit getan, und sie sollten jetzt eigentlich die Alkis auf dem Revier vernehmen. Das hier war wieder einer von Oksmans Einfällen, die Linda nie so ganz verstand.

Sie ging in die Küche, fand in einem der Küchenschränke einen Pappbecher, trank einen Schluck nach Eisen schmeckendes Leitungswasser und schluckte eine weitere Kopfschmerztablette. Dabei entdeckte sie noch etwas anderes: eine fast volle Halbliterflasche Brandy. Sie ging zur Türöffnung und schaute aus dem Wohnzimmerfenster hinaus. Keine Spur von Oksman oder dem Hundeführerteam. Also ging sie zurück zum Küchenschrank, nahm die Flasche herunter und schraubte sie auf. Sie schnupperte daran, stellte fest, dass es das war, was es sein sollte, goss ein paar Zentimeter Brandy in den Pappbecher und trank ihn in einem Zug aus. Eine warme Welle breitete sich vom Rachen bis in den Magen aus. Sie schenkte sich ein weiteres Mal ein, diesmal etwas mehr, und trank auch das in wenigen Schlucken aus. Dann stürzte sie noch zwei Becher Wasser hinterher, zerknüllte den Becher, warf ihn in den Müll und steckte sich eine Halspastille in den Mund. Sie fühlte sich gleich besser.

Draußen suchte sie einen windgeschützten Platz, zündete sich eine Zigarette an und schaute auf die Uhr. Gleich zehn. Oksman war noch immer nicht zu sehen. Sie mussten sich bald auf den Weg machen, wenn sie mit den Vernehmungen fertig werden wollten, bevor ihre Schicht zu Ende war.

Henrik Oksman stand vor dem Saunahäuschen. Irgendein Idiot hatte am Abend die Tür offengelassen, und jetzt schlug sie im Wind hin und her. Eine Leiste hatte sich bereits gelöst. Der horizontal peitschende Regen und der Wind, der gestern mit Böen von bis zu fünfundzwanzig Metern in der Sekunde über den Bottnischen Meerbusen gefegt war, hatten im Inneren alles durchweicht. Auf dem Boden stand das Wasser, und darin schwammen der gleiche blaue Schlafsack und die Stofftasche, die er schon am Abend zuvor gesehen hatte. Nur jetzt pitschnass.

Was für ein Schlamassel.

Oksman stieg über den Haufen hinweg und wäre beinahe ausgerutscht. Er ging in die Dusche und sah sich dort um. Alles war ordentlich, ebenso der eigentliche Saunaraum. Offensichtlich war die Sauna seit Längerem nicht angeheizt worden. Auf den Bänken lagen Liegestuhlkissen, Angelzubehör und eine alte Mikrowelle, deren Kabel über das Geländer hing wie ein Galgenstrick.

Oksman kehrte in den Vorraum zurück, beugte sich über die Tasche und durchsuchte sie. Der Inhalt war vollkommen durchweicht. Oksman nahm ein Kleidungsstück nach dem anderen aus der Tasche, untersuchte es und legte es dann neben sich auf die Bank. Er ging jede Hose, jedes Hemd und alle Taschen durch, fand aber nichts Interessantes. Die Sachen gehörten auf jeden Fall einem Mann und waren schon länger nicht gewaschen worden. Sie stanken wie das Fell eines nassen Hundes. Weder in der Tasche noch im Schlafsack fand sich ein Hinweis auf den Namen des Besitzers.

Er ging wieder nach draußen und versuchte, die Tür zu schließen, aber das Schloss war verbogen, also versperrte er die Tür mit einem großen Stein, den er am Ufer fand. Das Wasser war über Nacht um einen Meter gestiegen. Überall am Ufer lag Unrat, den der Sturm angespült hatte: Styropor-Fetzen und Plastikmüll, Algen und Schilf. Die Wellen schwappten unaufhörlich ans Ufer, zerliefen und rollten wieder an. Der eisige, trockene Wind drang unter die Haut. Er wehte jetzt nicht mehr aus westlicher Richtung, sondern aus nördlicher und trug die Vorboten des Winters mit sich. Wenn die Wolken sich ganz auflösten, wie Oksman vermutete, konnte es Frost geben. Das wäre gut, dann würde es trockener werden.

Im Wald roch es nach nassem Moos und feuchter Erde. Er folgte dem Pfad am Ufer entlang, der von der Sauna zu einem Klohäuschen ohne Tür führte. Von der Decke des Plumpsklos baumelte ein Kristallleuchter, der träge im Wind schaukelte. Vom Sitz aus hatte man einen ungehinderten Blick hinaus aufs Meer. Oksman zog sein Handy aus der Tasche und rief seine Mutter an. Er wollte gerade wieder auflegen, als sie sich doch noch meldete.

»Henrik?«, fragte sie mit dünner Stimme wie immer.

»Hallo, Mutter«, sagte Henrik und blickte sich instinktiv um, ob ihn jemand hören konnte. »Wie fühlst du dich?«

»Ausgezeichnet«, antwortete sie. »Und du? Bist du gesund?«

»Ja, mir geht es gut. Wie geht es Vater?«

»Auch gut.«

»Soll ich vorbeikommen?«

»Brauchst du nicht, wir haben alles.«

»Ist Vater zu Hause?«

»Ja.«

»*Mit wem zum Teufel sprichst du?*«, erscholl eine Stimme aus dem Hintergrund.

Obwohl seine Mutter versuchte, das Telefon mit der Hand abzuschirmen, hörte Oksman, wie sie antwortete: »Jemand von der Energieversorgung. Wegen des Sturms.«

»*Sag ihnen, hier ist alles in Ordnung, und sie sollen gefälligst selbst nachschauen kommen. Oder sag ihnen lieber, sie sollen sich das Telefon in den Arsch schieben, und leg auf!*«

»Ich muss Schluss machen. Schön, dass du angerufen hast, bleib gesund«, sagte Mutter schnell, dann war die Verbindung unterbrochen. Oksman steckte sein Telefon zurück in die Tasche und schaute noch einen Moment den Wellen zu, wie sie Unrat am Ufer hin und her rollten. Als er wieder beim Haus ankam, saß Linda im Korbstuhl auf der Terrasse. Das Hundeteam durchstreifte noch den Wald. Als Linda Oksman kommen sah, erhob sie sich und sagte:

»Lass uns fahren, hier erfriert man ja.«

7

Linda spähte durch das Sichtfenster in die Zelle. Ein großgewachsener Mann lag mit geschlossenen Augen auf einer plastikbeschichteten Matratze, der Brustkorb hob und senkte sich gleichmäßig. »Wie ist sein Zustand?«

»Er war schon rauchen«, sagte der Diensthabende.

»Wir nehmen ihn mit in die Eins«, ordnete Oksman an.

»Und die anderen?«

»Können entlassen werden, wenn wir alle Informationen haben«, antwortete Linda.

Der Diensthabende schob den Riegel zur Seite und öffnete die Tür. »Aufwachen!«, schmetterte er. »Zeit zum Aufstehen!«

Der Mann öffnete die Augen und setzte sich auf. Das strubbelige, ungeschnittene Haar stand in alle Richtungen ab, seine Pupillen waren erweitert, und sein Blick irrte unstet umher. »Es geht zur Vernehmung«, sagte Oksman und trat zur Seite, um den Diensthabenden mit den Handschellen in die Zelle zu lassen.

Der Polizist half dem Mann auf und legte ihm Handschellen an. Ganz offensichtlich war der Mann nicht zum ersten Mal Gast in einer Arrestzelle, er kannte die Abläufe. Die Kriminaltechniker hatten ihm alle blutigen Kleidungsstücke abgenommen, und jetzt trug er den graurroten Trainingsanzug des Strafvollzugs.

»Kann ich erst noch eine quarzen?«, brummte er und schaute den Diensthabenden an, der wiederum fragend zu Oksman und Linda schaute. Oksman nickte, und der Diensthabende begleitete den Mann nach draußen zur Raucherinsel.

»Als Polizist ist man heutzutage eher eine Raucher-Eskorte«, konstatierte Linda. Und wie nicht anders zu erwarten, reagierte Oksman nicht auf ihre Bemerkung.

Als sie vom Rauchen zurückkamen, begleitete der Polizist den Mann in den Vernehmungsraum. Linda und Oksman setzten sich an die eine Seite des Tisches, der Mann wurde ihnen gegenüber platziert und schaute sie gelangweilt an. Er sah müde und verkatert aus, blauschwarze Bartstoppeln kündeten von einer mehrtägigen Rasurpause. Gesicht, Hals und Hände waren dreckig wie bei einem Automechaniker. Der Gestank, der von ihm ausging, war eine Mischung aus Tabakqualm und Ethanol. Linda und Oksman war dieser Mief nur allzu vertraut: die Ausdünstungen des Wermutbruders.

Oksman schaltete die Videokamera ein und verlas die Angaben zum Verhör, die Uhrzeit und den Anlass, namentlich die Messerattacke vom 9. November 2018, die zum Tod des Rami Nieminen geführt habe, ferner, dass gegen den Anwesenden ein begründeter Tatverdacht bestehe und er als Beschuldigter in der Sache vernommen werde. Auch jetzt verzog der Mann keine Miene, und Oksman beschlichen erste Zweifel, ob er überhaupt verstand, wo er sich befand und worum es ging. Dann forderte Oksman ihn auf:

»Nennen Sie Ihren vollständigen Namen und Ihr Geburtsdatum.«

»Antti Johannes Mielonen, 14. Januar 1978.«

»Wohnort?«

»Keiner.«

»Die letzte Adresse, unter der Sie gemeldet waren?«

Die Antwort ließ auf sich warten, und es sah wirklich so aus, als dachte er angestrengt nach, bevor er antwortete: »Haftanstalt Köyliö, davor in der Kirkkokatu-Straße in Nakkila.«

»Beruf oder Berufsausbildung?«

»Keine. Das heißt, doch, ich habe mal einen Schweißer-Lehrgang besucht.«

»Wissen Sie, was Ihnen vorgeworfen wird und warum Sie festgenommen wurden?«

Mielonen schüttelte den Kopf.

Oksman öffnete die vor ihm liegende Akte und legte zwei Fotos vor Mielonen auf den Tisch. »Gestern Abend, gegen 17.45 Uhr wurde in einem auf der Landzunge Korpholma im Stadtteil Ahlainen befindlichen Wochenendhaus dieser Mann erstochen. Sein Name ist Rami Sakari Nieminen, geboren 1977. Erinnern Sie sich jetzt?«

Mielonen zog die Bilder mit zitternden Fingern näher heran und betrachtete sie aufmerksam. Seine Stirn legte sich in Falten, und er gab sich anscheinend wirklich Mühe, etwas Vernünftiges zu denken. Dann glättete sich seine Stirn wieder, er richtete den Blick auf die Vernehmungsbeamten und schüttelte den Kopf.

»Keine Erinnerung?«, hakte Linda nach.

»Es gibt mehrere Augenzeugen, die gesehen haben, wie Sie das Opfer mit einem langen Küchenmesser insgesamt sechs Mal in den Rücken und in den Hals gestochen haben. Was sagen Sie zu dieser Anschuldigung?«, fragte Oksman.

»Ich weiß nicht, ich kann mich nicht erinnern.«

Linda lachte auf. »Das kommt überraschend häufig vor, dass man in diesem Raum ganz plötzlich sein Gedächtnis verliert. Dann erzählen Sie mal alles, woran Sie sich den gestrigen Abend betreffend erinnern.«

»Ich hab gesoffen.«

»In dem Wochenendhaus?«, fragte Oksman und lehnte sich vor.

»Ja, es wird wohl ein Wochenendhaus gewesen sein.«

»Waren andere vor Ort?«

»Ja, 'ne Menge. Da war ein ganzer Haufen Leute.«

»Kannten Sie jemanden von ihnen?«

Wieder eine Pause, während er angestrengt nachdachte. Jetzt war sich Oksman sicher, dass Mielonen ihnen nichts vormachte. Er hatte in der Tat nur sehr verschwommene Erinnerungen an den gestrigen Abend.

»Versuchen Sie es«, ermutigte Oksman ihn. »Es ist wichtig. Denken Sie daran, dass gegen Sie der begründete Verdacht besteht, den Tod von Rami Sakari Nieminen verursacht zu haben.«

»Ja, ein paar kannte ich. Doch. Sie haben mich mitgenommen da raus, sind dann aber wieder abgehauen und haben mich allein dort gelassen.«

Linda schnippte mit ihrem Kugelschreiber. »Erinnern Sie sich an die Namen?«

»Sami Wahlman, aber er wird von allen nur Walle genannt, und dann noch Kimmo … Irgendwas. So ein langer Kerl mit Glatze.«

»Kimmo Sarin?«, schlug Linda vor. Er wurde bei der Polizei nur Kimble genannt. Walle und Sarin waren alte Bekannte der Polizei und dem König Alkohol verfallen. Beide gingen zwar einer Arbeit nach, verstrickten sich aber immer wieder in kriminelle Machenschaften. Walle hatte einmal eine kurze Haftstrafe wegen Urkundenfälschung und schweren Betrugs abgesessen.

»Ja genau, Sarin war es. Aber die sind wieder gefahren und haben mich da zurückgelassen.«

»Wann ist das gewesen?«, fragte Oksman.

»Welcher ist heute?«

»Sonnabend, 10. November. Die Messerstecherei trug sich gestern am Freitag zu. Zu der Zeit, als der Sturm tobte.«

Die Erwähnung des Sturms brachte etwas in Antti Mielonen in Bewegung. Sein Blick hellte sich auf. »Das war vorher. Vor dem Sturm, meine ich. Ich habe mich im Saunahäuschen hingehauen.«

»Also, Sie sind in Begleitung von Sami Wahlman und Kimmo Sarin am Donnerstag in dem Wochenendhaus eingetroffen und haben die Nacht auf Freitag im Saunahäuschen unten am Strand verbracht. Besitzen Sie einen blauen Schlafsack und eine graue Sporttasche?«

»Ja, das sind meine Sachen. Sind die noch da?«

Oksman nickte. Die Dinge begannen Gestalt anzunehmen. Er erinnerte sich an die offen stehende Saunatür und die durchweichten Sachen. Verdammt, warum hatte jemand auch das noch vermasseln müssen.

»Die Sachen sind bestimmt noch da«, antwortete Oksman und dachte daran, dass sie wohl immer noch in der Pfütze im Vorraum schwammen. »Lassen Sie uns weitermachen. Irgendwann sind Sie in der Sauna aufgewacht. Was ist dann passiert?«

»Ja, dann bin ich aufgewacht. Da waren die weg, meine Bekannten. Dann bin ich hoch in die Hütte gegangen. Da hat es schon geregnet, aber es war noch nicht sehr windig. Die haben schon lustig gefeiert. Ich habe keine Ahnung, woher die den ganzen Stoff hatten, aber die waren alle schon hackedicht. Keiner hat mich was gefragt, und ich habe einfach mitgemacht. Mir wurde von überall her was angeboten.«

»War Rami Nieminen zu diesem Zeitpunkt dort?«

»Wer?«

Linda Toivonen und Oksman warfen sich einen Blick zu. »Das Opfer, Rami Nieminen, war der zu diesem Zeitpunkt in der Hütte?«

Mielonen sah wieder völlig verloren aus. Seine Augen irrten umher, als suchten sie etwas, an dem sie sich festhalten konnten. Dann fiel sein Blick auf die blutigen Fotos vor ihm, auf denen das Opfer mit dem Gesicht nach unten lag. »Ich weiß nicht, wie der aussieht«, sagte er schließlich.

Linda nahm eine Frontalaufnahme aus der Akte, die sie von dem Toten gemacht hatten und gab sie Mielonen. Er betrachtete sie und schob sie dann zurück. »Ja, der war da. Ich erinnere mich an ihn.«

»Wieso erinnern Sie sich an ihn?«

»Keine Ahnung ... er hat viel gequatscht ... und war echt groß.«

»Worüber hat er gesprochen?«

»Der hat die ganze Zeit irgendwas geredet, aber ich weiß nicht mehr, was.«

»Haben Sie sich darüber geärgert?«

»Über was?«

»Darüber, dass er die ganze Zeit gequatscht hat.«

»Nein.«

»Hatten Sie ihn vorher schon einmal gesehen?«

Mielonen schüttelte den Kopf. »Nein. An so eine Latte würde ich mich erinnern.«

»Was ist dann passiert?«

»Nichts. Wir haben Schnaps getrunken. Draußen war scheußliches Wetter, der Wind war stärker geworden, und wir sind drinnen sitzen geblieben.«

»Wo saßen Sie und wo Nieminen?«

Mielonen sah Oksman fragend an.

»Haben Sie miteinander gesprochen?«

Wieder irrte sein Blick umher. Mielonens Stirn legte sich in Falten bei dem Versuch, sich den Abend ins Gedächtnis zu rufen. »Ich glaube, nicht. Zumindest kann ich mich nicht erinnern. Ich war schon ziemlich benebelt.«

»Die Augenzeugen haben ausgesagt, dass Sie in die Küche oder zur Toilette gegangen und von dort mit einem Messer zurückgekommen sind und Nieminen in Rücken und Hals gestochen haben.«

»Kann ich mich nicht dran erinnern«, sagte Mielonen überraschend energisch. Der Tonfall unterschied sich so gravierend von der apathischen und unsicheren Stimme, mit der er bis jetzt gesprochen hatte, dass Oksman hellhörig wurde und beschloss nachzuhaken:

»Sie erinnern sich an viele Dinge, aber dann ist der Film plötzlich gerissen? Merkwürdigerweise genau im Moment der Messerstecherei. Waren Sie überhaupt in der Hütte?«

»War ich.«

»Aber an die Messerstecherei können Sie sich nicht erinnern.«

»Nein.«

»Haben Sie Rami Nieminen erstochen?«

»Nein.«

»Sie sind sich also sicher, dass Sie ihn nicht erstochen haben, obwohl Sie gerade gesagt haben, dass Sie sich an nichts erinnern.«

»Wenn ich ihn erstochen hätte, würde ich mich daran erinnern.«

»Wer hat ihn dann umgebracht?«

»Keine Ahnung.«

»Warum sind Sie in den Wald gerannt, ohne Schuhe und Jacke, und haben sich unter einer Fichte versteckt? Warum war Ihre Kleidung mit Blut beschmiert?«

Mielonen schaute Hilfe suchend zu Linda, begegnete aber nur ihrem harten Blick, und antwortete nicht.

»Ihre Kleidung wird kriminaltechnisch untersucht. Ich wette um tausend Euro, wir erhalten bald Bescheid, dass das Blut auf Ihren Sachen und Händen mit dem Blut von Rami Nieminen übereinstimmt. Was sagen Sie dann?«

Mielonen sah auf seine zitternden Hände und sagte noch immer nichts. Linda hob ein Paar verschlissene Springerstiefel auf den Tisch, deren Schnürsenkel nur halb eingefädelt waren. »Gehören die Ihnen?«

Mielonen warf einen Blick auf die Schuhe und schwieg. Linda sagte: »Jetzt wette ich einen Tausender, dass die Ihnen gehören. Aber das werden wir herausbekommen. Die standen auf der Terrasse. Ich bin sicher, wir werden auch im Haus jede Menge Fingerabdrücke und DNA-Spuren von Ihnen finden.«

»Ich habe doch schon gesagt, dass ich da war«, raunzte Mielonen ärgerlich. In seiner Stimme lag nichts mehr von all der Unsicherheit, die am Anfang noch zu spüren gewesen war, und Oksman überlegte, ob er ihnen vielleicht doch etwas vorgespielt hatte.

»Jetzt sind wir mal ehrlich. Was ist an dem Abend passiert? Sie hatten alle viel getrunken. Gab es Streit? Hat Nieminen irgendetwas gesagt, hat er Ihnen oder irgendjemand anderem etwas getan?«

»Ich weiß es nicht! Himmelarsch, das habe ich doch schon zig Mal gesagt. Ich kann mich nicht erinnern!«

»Haben Sie Rami Nieminen mit einem Messer in Rücken und Hals gestochen?«

Mielonen antwortete nicht. Seine Miene war verhärtet, die Hände zitterten, Hals und Mundwinkel zuckten.

»Warum haben Sie sich im Wald versteckt?«

Keine Antwort.

»Wo ist das Messer? Haben Sie es weggeworfen? Wo haben Sie es versteckt?«

Keine Antwort. Mielonen starrte düster auf seine Hände.

»Ende der Vernehmung um 12.39 Uhr«, sagte Oksman in die Kamera. »Die ermittelnden Beamten stellen beim Staatsanwalt Haftantrag gegen Antti Johannes Mielonen wegen des Verdachts der Tötung von Rami Sakari Nieminen.«

Linda Toivonen und Henrik Oksman verließen das Vernehmungszimmer und ließen Mielonen in Handschellen auf seinem Stuhl zurück. Die frische Luft im Flur tat gut nach den miefigen Ausdünstungen des Alkis.

8

Jari Paloviita wollte gerade aufbrechen, als Henrik Oksman und Linda Toivonen sein Büro betraten. Paloviita war guter Laune. Nachdem er die Akte von Mr Muscle noch einmal durchgesehen hatte, war er sich sicher, dass Veeti Sirniö vom Amtsgericht zu lebenslänglicher Haft verurteilt werden würde. Das Beweismaterial war lückenlos, die Tatausführung besonders grausam, und Sirniö hatte zu keinem Zeitpunkt Reue gezeigt. Paloviita brannte vor Eifer, die Fälle bewegten sich mit einer Leichtigkeit voran wie die Eisschollen auf dem Fluss Kokemäenjoki im Frühjahr.

»Und, haben wir den Täter?« Paloviita fiel es schwer, seine Begeisterung darüber zu verbergen, dass er gleich Terhi von der bevorstehenden potenziellen Beförderung erzählen würde. Er musste sich zwingen, ernst zu bleiben.

»Ja«, stellte Oksman fest, und Paloviita begegnete wieder diesem Blick aus den kleinen schwarzen Augen. Er dachte, dass Ochse viel zu schmeichelhaft für Oksman war. Er sah eher aus wie eine Ratte.

»Hat er gestanden?«

»Er behauptet, dass er sich an nichts erinnert. Er gibt zu, in dem Haus gewesen zu sein, aber vom Zeitpunkt der Messerstecherei an hat er passenderweise eine Erinnerungslücke. Warten wir den Bericht der Technik und den Obduktionsbericht ab.«

»Gute Arbeit von euch beiden. Ich mache für heute Schluss. Wissen wir schon, wer der Verdächtige ist? An seinen Namen wird er sich doch erinnern, oder?«

»Sein Name ist Antti Johannes Mielonen, geboren am 14. Januar 1978 in Pori. Sein Strafregister reicht bis in die frühe Jugend zurück: als Kind in Obhut genommen, im Heim aufgewachsen, als Teenager Autodiebstähle, Eigentumsdelikte und Schlägereien.

Das erste Mal mit siebzehn im Jugendknast, nach Erreichen der Volljährigkeit hat er sieben Mal eingesessen. Insgesamt vier Jahre und acht Monate. Drei davon in Kakola, ein Jahr in Sörkä und zum Schluss wegen einer Raubserie in Köyliö. Er war Teil einer Bande, die in verschiedenen Häfen an der Küste in Container eingebrochen ist. Mielonen war der Einzige, der gefasst wurde, hat aber den Mund gehalten und seine Partner nicht verraten, obwohl er dafür die doppelte Strafe aufgebrummt bekam. Aus der Haft entlassen im Juli.«

Jari Paloviita schaute Oksman an. »Wie sagtest du, war sein Name?«

»Antti Mielonen. Kennst du ihn?«

»Nein«, antwortete er schnell. Paloviita fühlte feine Stiche im Gesicht und auf der Kopfhaut. »Und der Ermordete?«

»Rami Sakari Nieminen. Sagt dir der etwas?«

Paloviita schüttelte den Kopf und lehnte sich zurück. Plötzlich begann er stark zu schwitzen, sein Gesicht glänzte, und der Schweiß lief in schmalen Rinnsalen an seiner Wirbelsäule entlang. »Ist auch er der Polizei bekannt?«

»Ja. Mielonen behauptet, dass er das Opfer nicht gekannt hat, aber das ist möglicherweise gelogen. Zumindest haben sie vor vier Jahren beide in Sörkä eingesessen. Ich versuche, mehr über die Zeit herauszubekommen. In jedem Fall war das Opfer kein sehr angenehmer Mensch. Er ist insgesamt sechs Mal wegen schwerer Körperverletzung und einmal wegen Totschlags verurteilt worden. Im Februar 2009 hat Rami Nieminen seinem Mitbewohner mit der Duschstange den Schädel eingeschlagen. Und in seiner Vergangenheit kann man noch auf die eine oder andere weitere Untat stoßen. Sein Strafregister ist kilometerlang und beginnt schon, als er noch ein kleiner Junge war. Wir müssen den Hintergrund der beiden noch genauer untersuchen, aber ich vermute, dass sie sich auch früher schon mal begegnet sind.«

Paloviita räusperte sich, und es klang wie ein dünnes Pfeifen. Ihm lief es abwechselnd heiß und kalt über den Rücken, und er befürchtete, sich übergeben zu müssen. Vorsichtshalber vergewisserte er sich, wo der Papierkorb stand.

»Bist du okay?«, fragte Linda. »Du bist total blass.«

»Bin ich das?«, fragte Paloviita zurück.

»Um ehrlich zu sein, du siehst gar nicht gut aus.«

»Findest du? Ich fühle mich gut.«

Oksman und Linda betrachteten ihn prüfend.

»Ich habe schlecht geschlafen und heute Morgen zu deftig gegessen. Ich fühle mich nur ein bisschen unwohl, vielleicht ist es die gleiche Erkältung wie bei dir.« Paloviita trank einen Schluck Wasser. »Was habt ihr gesagt?«

»Dass wir mögliche Verbindungen zwischen Antti Mielonen und Rami Nieminen noch genauer untersuchen müssen. Mielonens Blackout ist nicht glaubhaft, außerdem gibt es zu viele Lücken in seiner Geschichte, irgendetwas ist da faul.«

»Wann ist der Bericht der Spurensicherung fertig?«, fragte Paloviita und stellte zufrieden fest, dass seine Stimme fast normal klang.

Linda Toivonen und Henrik Oksman schauten sich an. Oksman zögerte, bevor er antwortete: »So schnell wie möglich … es gab da ein paar Probleme.«

»Welche Probleme?«

»Die Witterungsverhältnisse waren schwierig … die technische Untersuchung konnte nicht so sorgfältig durchgeführt werden, wie wir uns das gewünscht hätten.«

Paloviita bemerkte Oksmans Unsicherheit und fragte nach: »Moment mal, seid ihr sicher, dass wir den Richtigen verdächtigen? Wir müssen sicher sein, dass sich die Ermittlungen nicht gleich zu Beginn auf den Falschen konzentrieren.«

Linda starrte Paloviita überrascht an und sagte: »Er ist es, kein Zweifel. Ich dachte, das wäre klar geworden? Wir haben ausreichend Beweise, um ihn in Untersuchungshaft zu nehmen. Wir brauchen nur noch deine Unterschrift.«

Paloviita rutschte auf dem Stuhl hin und her. »Natürlich, sicher doch.« Er räusperte sich wieder. »Bringen wir die Papiere in Ordnung. Ich wollte nichts infrage stellen, aber das ist mein erstes Tötungsdelikt als leitender Ermittler. Ich möchte nicht, dass da etwas schiefgeht.«

Linda lächelte ihm ermutigend zu, und allein für dieses Lächeln hätte er sie küssen können.

»Natürlich wisst ihr, was ihr tut. Macht eure Arbeit weiter so wie bisher. Aber es würde sicher nicht schaden, auch die Motive und möglichen Verbindungen aller Anwesenden zu überprüfen. Nur zur Sicherheit, nicht wahr?«

Oksman nickte.

Paloviita klickte mit dem Kugelschreiber. »Eine Pressekonferenz brauchen wir in dem Fall sicher nicht zu organisieren. Gut so … ich habe noch genug zu tun.«

»Ich dachte, du wolltest gehen«, stellte Oksman fest.

Paloviita sah auf, begegnete den schwarzen Augen und reagierte übertrieben heftig: »Ja, wollte ich, aber erst muss ich noch …«

Oksman und Linda sahen sich an, verließen den Raum und schlossen die Tür hinter sich. Paloviita lehnte sich zurück und atmete tief aus. Sein Unterhemd klebte ihm am Rücken. Er öffnete den obersten Hemdknopf, obwohl er gar nicht kniff.

Er fühlte sich, als hätte man ihm gerade eins mit dem Vorschlaghammer übergezogen.

Der Name. Ein einziger Name hatte ihm den Atem verschlagen und ein Wurmloch zwischen dem Jetzt und der Vergangenheit aufgerissen.

Wir reisen durch die Zeit.
Antti Johannes Mielonen.
Kosmisches Rauschen.
Rami Nieminen.

Wir reisen auf einem Kugelschreiber durch die Zeit.

Gemeinsam mit Antti Mielonen.

Die Erinnerungen kamen tröpfchenweise. Da gab es feine Splitter, wie Kohlenstaub, aber auch Steinchen, die Schmerz verursachten, und große Brocken, Meteorite, Kometen, die mit Wucht in sein Bewusstsein knallten. Mit einem Mal war alles wieder da. Ein einzelner Name hatte gereicht. *Antti Johannes Mielonen.* Und ein zweiter Name erschien in seinem Gefolge: *Tiina.* Er sprach ihn laut aus, denn er hatte ihn lange nicht auf der Zunge gespürt. Wann zuletzt? Er konnte sich nicht daran erinnern. Aber jetzt hauchte er ihn noch einmal, denn er verdiente es, ausgesprochen zu werden:

»Tiina.«

Noch zweimal wiederholte er den Namen und genoss, wie es sich anfühlte. Ihn auszusprechen tat gar nicht so weh, wie er befürchtet hatte. Es hatte einmal geschmerzt, sehr sogar, aber jetzt konnte er sogar leise lächeln.

Auf seiner geistigen Leinwand zeichnete sich ein Bild ab. Zwei Jungs, die nebeneinander auf dem Radweg fahren. Ihre T-Shirts haben sie ausgezogen, aus den Rucksäcken ragen Angelruten. Lachende Gesichter, der Fahrtwind spielt mit ihrem recht langen Haar. Da nimmt einer der beiden die Hände vom Lenker, lässt das Rad frei den Hang hinunterrollen, breitet die Arme aus, legt den Kopf in den Nacken und schließt die Augen.

Paloviita weinte.

Ohne zu wissen, warum. Erst bemerkte er es gar nicht, dann konnte er die Tränen nicht mehr stoppen.

Lange saß er regungslos und starrte aus dem Fenster. Dann erhob er sich, trocknete sich die Augen mit dem Ärmel, rückte das Hörgerät zurecht und ging auf den Flur zur Toilette. Er schaffte es gerade noch, sich über die Schüssel zu beugen, bevor sich sein Magen entleerte. Er wusch sich das Gesicht und betrachtete sich im Spiegel. Wohin entschwand die Zeit? Gab es sie noch, oder löste sie sich einfach auf wie platzende Seifenblasen? Er wusste es nicht, und es war ihm auch egal.

9

Henrik Oksman öffnete die Haustür und nahm den Gummigeruch der Schmutzmatte im Treppenhaus wahr. In einem der oberen Stockwerke schlug eine Tür. Er ging die Treppen bis zu seiner Wohnung im sechsten Stock zu Fuß. Seit drei Jahren wohnte er jetzt hier. Das Haus war schon ein wenig älter, aber kurz vor seinem Einzug umfangreich saniert worden. Er besaß eine vierundsechzig Quadratmeter große Zweizimmerwohnung mit einem geräumigen Bad und einem begehbaren Kleiderschrank. Decken und Wände bestanden aus überstrichenem Beton. Die Plattenbausiedlung Pormestarinluoto am Rande von Poris Stadtzentrum war kein architektonisches Meisterwerk, aber besser als ihr Ruf.

Oksman hängte seine Sachen in die Garderobe und stellte seine braunen Lederschuhe sorgfältig in eine Reihe neben drei Paar völlig identischer Straßenschuhe. Er ging ins Bad, drehte fünfmal den Wasserhahn auf, wusch sich fünfmal die Hände und drehte fünfmal den Hahn wieder zu. Im Wohnzimmer hing ein Boxsack von der Decke. Vor dem Fenster in der Küche stand ein Tisch für zwei Personen, davor ein Stuhl. Weitere Möbel gab es nicht. Die Aluminium-Jalousien waren geschlossen, auf dem Fußboden in der Ecke stand ein Vierzehn-Zoll-Röhrenfernseher.

Oksman nahm ein Fertiggericht aus dem Kühlschrank: Omas Hackbällchen mit Kartoffelbrei, stieß mit der Messerspitze ein paar Löcher in die Plastikabdeckung und stellte es in die Mikrowelle. Er wartete auf das akustische Signal und stellte die dampfende Box auf den Tisch. Auf dem Tisch stand ein Korb, in dem in Plastik eingeschweißte Gabeln und Messer lagen. Er griff nach einer der Packungen, öffnete sie und begann zu essen. Nach dem Essen ging Oksman ins Wohnzimmer, zog sich bis auf die Unterhose aus und ließ Arme und Hüfte kreisen. Er beugte den Kopf in den Nacken und legte das Kinn auf die Brust, dehnte den Kopf nach links und nach rechts, lockerte Handgelenke und Schultern. Als seine Muskeln aufgewärmt waren, wickelte er sich die Boxbandagen um seine Fingerknöchel und Handgelenke und streifte die Sandsackhandschuhe über.

Er fing langsam an, schlug mit beiden Händen abwechselnd eine Gerade, die den Sandsack nur sacht berührte, sodass er langsam zu schwingen begann. Oksman bewegte sich seitlich hin und her, beugte seinen Oberkörper im Takt des Sackes vor und zurück und schlug immer dann auf ihn ein, wenn die Distanz am kürzesten war. Die Schläge waren locker, aus den Beinen und der Hüfte heraus, und sie klatschten leicht wie Pfeile auf die Lederhülle. Bei jedem Schlag entwich seiner Nase ein scharfes Schnauben. Nach und nach zog Oksman das Tempo an, baute Haken und Jabs ein. Sein Oberkörper bewegte sich jetzt schneller, er machte Ausweichbewegungen und versuchte, die nächste Schwingung des Sandsacks vorwegzunehmen. Dabei blieb sein Rumpf in gleichbleibender Distanz, seine Beine bewegten sich auf dem Parkett wie die eines Tänzers. Er spannte Waden und Oberkörper fester an. Die Schläge hagelten jetzt in Serien. Die Kombinationen schwirrten heran wie ein Bienenschwarm, stachen in die Seite, züchtigten den Sack und brachten ihn zum Schwingen. Der Boxsack bewegte sich immer schneller, schoss auf ihn zu, doch Oksman wich geschickt aus und platzierte seine Faust mit unbarmherziger Kraft in dessen Flanke. Haken und Gerade prasselten aus wechselnden Richtungen auf ihn nieder. Der Schweiß lief in Rinnsalen vom Haaransatz über das Gesicht, in den Nacken und über den Rücken und fiel tropfend auf den Boden. Die immer kraftvoller werdenden Schläge hämmerten auf den Sack ein wie auf einen Amboss. Bei jedem Schlag entfuhr ihm ein kräftiges Ächzen, Speicheltropfen spritzten zwischen den Zähnen hervor.

Nach einer halben Stunde beendete Oksman schweißtriefend das Training. Die Unterhose war durchgeschwitzt, sein Brustkorb hob und senkte sich im Takt des Keuchens. Dann legte er sich mit dem Rücken auf den Boden, er machte weiter mit Rumpfbeugen, Beinheben und Beinkreisen. Zum Schluss folgten einhundert Liegestütze, dann ging er unter die Dusche.

Er stellte das Wasser fünfmal an, bevor er unter die Dusche trat. Es war kochend heiß, und das Badezimmer füllte sich mit Dampf. Dann schrubbte er sich mit Waschlotion ab, wiederholte die Prozedur fünfmal und achtete sorgfältig darauf, den Wasserhahn fünfmal wieder zuzudrehen. Nachdem er sich abgetrocknet hatte, stopfte er seine Sachen und das Handtuch in die Waschmaschine und stellte sie an. Er drehte den Hahn am Waschbecken fünfmal auf, putzte sich fünfmal die Zähne und drehte ihn fünfmal wieder zu. Dann füllte er heißes Wasser und Allzweckreiniger in einen Eimer und putzte das Bad. Er nahm sich nacheinander Waschbecken, Toilettenbrille, Duschwanne, Spiegel und Fußboden vor, wechselte das Wasser und wischte den Parkettboden im Wohnzimmer sauber.

Es war exakt elf Uhr, als er ins Schlafzimmer ging, die in einer Ecke zusammengerollte Matratze auf dem Boden ausbreitete und sich schlafen legte. Zuvor stellte er noch drei Wecker in eine Reihe neben sich und schaltete das Nachtlicht aus. In dieser Nacht schlief Oksman kaum. Er hörte immerfort das Bellen eines Hundes, wütend und wild, und es füllte jede seiner Gehirnzellen bis zum Bersten.

10

Jari Paloviita steuerte den Honda in die Zufahrt vor der Garage und öffnete das Tor per Fernbedienung. Er stellte den Wagen neben den Mercedes seiner Frau und stieg aus. Erst jetzt realisierte er, dass er zu Hause angekommen war. An die Fahrt hierher erinnerte er sich nicht mehr.

Es war halb zehn Uhr abends. Die Mädchen schliefen schon, alle Zimmer waren dunkel. Paloviita schaute auf sein Telefon und sah, dass Terhi im Laufe des Nachmittags und Abends fünfmal versucht hatte, ihn anzurufen. Die Haustür war abgeschlossen, und er zog den Schlüssel aus der Jackentasche.

Terhi saß im Wohnzimmer auf der Couch und schaute fern. Sie war schon im Nachthemd und hatte sich in einen Morgenmantel eingewickelt. Sie hob nicht einmal den Blick, als er eintrat. Paloviita hängte seine Jacke auf einen Bügel und ging in die Küche. Der Tisch war fertig gedeckt: Reis mit Huhn und Salat. Das Essen auf dem Teller war kalt. Paloviita stellte den Teller in den Kühlschrank. Im Kühlschrank lag ein Brief von der Bank an Terhis Vater, der seinerzeit für ihren Hauskredit gebürgt hatte. Der Brief war extra für ihn hier platziert worden. In dem Brief wurde der Bürge darüber informiert, dass die Raten für den Hauskredit der Familie Paloviita seit längerer Zeit nicht beglichen worden waren. Paloviita zerknüllte den Brief und warf ihn in den Müll. Danach ging er in das Zimmer der Mädchen, zog die Bettdecken zurecht, strich ihnen über die Haare und gab jeder einen Kuss auf die Wange. Als er endlich ins Wohnzimmer zurückkam und sich neben Terhi aufs Sofa setzte, stand diese wortlos auf und ging nach oben. Paloviita hörte, wie seine Frau sich die Zähne putzte. Er griff nach der Fernbedienung und schaltete zu einer Reality-Show um. Er starrte auf den Bildschirm, sah und hörte aber nichts. Erst als der Zeiger klackend auf die Zwölf sprang, fuhr er zusammen und schaltete den Fernseher aus.

Terhi schlief schon. Paloviita machte kein Licht, ging um das Bett herum auf seine Seite, zog sich aus und setzte sich auf den Bettrand. Der Fußboden war eisig kalt. Draußen hatte sich der Wind gelegt, Sterne zeigten sich am Himmel, und die Luft war abgekühlt. Hin und wieder fuhr noch eine Windböe über die Fensterbleche. Paloviita lauschte dem gleichmäßigen Atem seiner Frau und fuhr sich über das Gesicht. Geräusche drangen von unten herauf. Sara sprach im Schlaf. Das hatte sie schon als kleines Kind getan. Paloviita dachte, dass es ihr so später unmöglich sein würde, jemals Geheimnisse vor ihrem Ehemann zu haben.

»Warum bist du Lehrerin geworden?«, fragte er plötzlich laut. Er wusste selbst nicht, warum er das tat. Die Worte waren ihm einfach über die Lippen gekommen.

Terhis Atmung machte eine Pause, dann hörte er es rascheln und Terhis verschlafene Stimme, die aus der Dunkelheit fragte: »Wie spät ist es?«

»Gleich halb eins.«

»Was faselst du da mitten in der Nacht? Ich hätte fast einen Herzschlag bekommen.«

»Ich habe gefragt, warum du Lehrerin geworden bist.«

Wieder Rascheln, als Terhi nach dem Schalter der Nachttischlampe suchte. Die Lampe ging an, und Terhi setzte sich auf. Er konnte den Duft des Shampoos in ihren Haaren riechen. Sein Blick blieb an der zartrosa Haut in ihrer Halsgrube hängen.

»Was soll die Frage, jetzt um diese Zeit? Und überhaupt, warum hast du heute den ganzen Tag nicht auf meine Anrufe reagiert?«

Paloviita sagte noch immer nichts. Er hatte keine Kraft zum Streiten. Terhi legte sich zurück aufs Kissen und knipste das Licht aus. Eine Weile verstrich, und Paloviita dachte schon, Terhi wäre eingeschlafen, als diese plötzlich aus der Dunkelheit heraus antwortete: »Ich wollte immer Lehrerin werden. Ich konnte mir nie vorstellen, eine andere Arbeit zu haben.«

»Habe ich dir jemals erzählt, was ich werden wollte?«

Die Lampe wurde wieder angeschaltet. »Was ist los? Du benimmst dich so seltsam.« Terhis Stimme war jetzt weicher, und Paloviita nahm echte Besorgnis darin wahr. Jene Art von Gefühl, das sie früher, vor den Kindern, miteinander verbunden hatte. Eine Hand, warm und trocken, berührte seinen Rücken, und er zuckte zusammen. Terhi streichelte seinen Rücken, und da konnte Paloviita die Tränen nicht mehr zurückhalten.

»Ich wollte nie Polizist werden. Das war der letzte Beruf, den ich mir hätte vorstellen können. Als Kind war ich ein richtiger Angsthase und habe mich vor jeder Kleinigkeit gefürchtet.«

»Wie kommst du denn jetzt mitten in der Nacht auf solche Gedanken? Du bist kein Kind mehr und ein Angsthase schon gar nicht.«

»Ich hatte eine kleine Schwester. Ihr Name war Tiina.«

»Ich weiß, sie hatte eine Behinderung und ist gestorben, als du zwölf warst.«

»Sie ist ertrunken.«

Terhi richtete sich auf. »Das habe ich nicht gewusst. Was ist damals passiert?«

»Es war meine Schuld. Ich sollte auf sie aufpassen, aber ich habe versagt. Ich habe versucht, sie zu retten, aber ich konnte es nicht.«

Terhi berührte ihn wieder am Rücken. »Liebling, warum hast du mir das nie erzählt?«

Paloviita wischte sich mit dem Handrücken die Tränen ab, legte sich hin und zog die Decke hoch. »Ich weiß es nicht.«

»Dich trifft keine Schuld. Du warst erst zwölf, und man hätte dir niemals ganz alleine die Verantwortung für deine behinderte Schwester geben dürfen. Du warst doch selbst noch ein Kind. Es war falsch von deinen Eltern, dich in so eine Situation zu bringen.«

»Hast du manchmal das Gefühl, dass du dieses Leben nicht verdienst? Dass alles eine Lüge ist, eine einzige Lüge?«

»Was ist eine Lüge? Unsere Ehe, unsere Kinder? Du … vielleicht solltest du ein paar Tage zu Hause bleiben und abschalten.«

Paloviita starrte die Holzpaneele an der Decke an. »Ich hatte einen Kumpel, er war mein bester Freund und hieß Antti Mielonen. Ich habe sehr lange nicht an ihn gedacht. Heute hat mich etwas an ihn erinnert. Wir haben immer so getan, als könnten wir durch die Zeit reisen. Und in gewisser Weise konnten wir das auch. Zumindest haben wir das geglaubt.«

Terhi legte ihre Hand auf Jaris Stirn und kontrollierte, ob er Fieber hatte. »Jeder von uns hatte einen besten Freund oder eine beste Freundin. Ich auch. Sie hieß Katri. Manchmal habe ich furchtbare Sehnsucht nach ihr. Sie arbeitet als Friseurin irgendwo in Helsinki. Ich habe seit mehr als zehn Jahren nichts von ihr gehört. Das ist ganz normal. Man hat nie wieder so gute Freunde wie in der Kindheit.«

»Antti hat mir vor langer Zeit das Leben gerettet.« Jari entblößte seinen Haaransatz und zeigte eine alte, schon lange verblasste Narbe. »Ich habe eine Kugel abbekommen, hier, direkt am Kopf.«

»Du hast mir erzählt, die Narbe wäre von einem Fahrradunfall und die Wunde mit mehreren Stichen genäht worden.«

»Und das hier«, Jari nahm das Hörgerät aus dem Ohr, legte es in seine ausgestreckte Handfläche und betrachtete es. »Mein Trommelfell ist gerissen. Deswegen kann ich nicht mehr schwimmen gehen, weil ich dann Schmerzen im Ohr bekomme.«

»Wovon sprichst du eigentlich? Du hattest einen plötzlichen Hörverlust. Das ist völlig normal, das haben viele, wenn sie älter werden. Und das muss nicht dauerhaft so bleiben. Du bist wegen deiner neuen Arbeit gestresst und fängst an, Gespenster zu sehen. Aber es gibt keine Gespenster und keine Geister. Nur übermüdete Menschen, die glauben, überall welche zu sehen. Du bist niemandem etwas schuldig.«

Paloviita antwortete nicht und starrte weiter an die Decke. Terhi wartete, ob er weitersprechen würde, aber als er nichts mehr sagte, schaltete sie das Licht aus und drehte sich mit dem Gesicht zur Wand.

»Liebling, lass uns morgen weiter darüber reden. Du solltest jetzt auch schlafen. Du bist übermüdet und überreizt. Morgen früh kommt dir alles leichter vor, glaub mir.«

Es dauerte nicht lange und Terhis Atem wurde wieder schwer und gleichmäßig. Paloviita blieb noch lange wach und lauschte ihrem Atemgeräusch. Als er endlich Schlaf fand, träumte er von einer nasskalten Wiese und einem verlassenen Haus.

II

X – STEHT FÜR DEN SCHATZ

11

»Zeig mal!«, feixt Jari und kriecht zu Antti.

»Zerreiß sie nicht«, sagt Antti, hält die Zeitschrift in sicherer Entfernung von Jaris grapschenden Fingern und betrachtet die Titelseite. »Mann, das ist eine. Das ist tatsächlich eine, sogar die Weihnachtsausgabe!«

Antti legt sich auf den Bauch, sodass der Lichtstrahl, der durch den Schlitz der Luke scheint, genau auf das Titelbild des Magazins fällt. Jari kriecht neben Antti. Im Papiermüllcontainer riecht es nach einer Mischung aus verrottetem Papier und Schimmel. Auf der Titelseite hockt eine dunkelhaarige Frau, die nur mit einer Wichtelmütze bekleidet ist. Darunter steht zu lesen, dass der Weihnachtsmann für brave Mädchen einen prallen Sack bereithält. Eine andere Schlagzeile verspricht, dass Ruprechts dicker Knüppel einsatzbereit ist.

»Geil, der Busen!«, sagt Jari und grinst.

»Aus Silikon«, stellt Antti fachkundig fest und schlägt die Zeitschrift auf. Auf der nächsten Seite befinden sich das Inhaltsverzeichnis und ein Leitartikel zur Alkoholpolitik. Die Jungs überspringen beides und blättern weiter, betrachten genussvoll die Fotos und nähern sich langsam der Heftmitte, wo, wie sie wissen, die schärfsten Bilder zu finden sind. Und sie werden nicht enttäuscht. Die Bildserie zeigt einen Weihnachtsmann (der allerdings keinen Bart, dafür aber einen Waschbrettbauch und eine gewaltige Erektion hat), wie er mit einer Weihnachtselfin rummacht, die in den Augen von Jari und Antti alles andere als brav aussieht.

Der Blick der Jungen wird glasig, ihr Mund trocken. Antti liest die Lesergeschichte laut vor. Sie ist so schlüpfrig, dass sie ständig kichern müssen. Je weiter die Geschichte voranschreitet, umso schwerer fällt Antti das Lesen, weil er bei jeder Zeile heftig losprusten muss. Trotz all des Lachens bemerkt Jari unterhalb des Bauchnabels eine Veränderung an sich. Die Hose kneift extrem, und er muss das Knie anziehen, um sich Platz zu verschaffen.

Antti erzählt, dass er in der Umkleidekabine im Freibad Marias Brüste gesehen hat und dass die riesig sind. Dann sucht er im Magazin welche, die so ähnlich aussehen.

»Das hast du nicht! Da wette ich um 'nen Zehner!«, entgegnet Jari, obwohl er weiß, dass es gut möglich ist. Es kann tatsächlich sein, dass Antti auf das Zwischendach geklettert ist und von dort auf die Mädchenseite hinübergucken konnte. Aber so groß wie die Brüste der Frau auf dem Foto waren Marias garantiert nicht!

Die Metallklappe des Papiermüllcontainers wird aufgerissen, und sie werden von einem hellen Lichtstrahl geblendet. Ein fleischiges Männergesicht schiebt sich in die Öffnung. Obwohl das Gesicht im Dunkeln bleibt, erkennen die Jungs die speckige Silhouette des Hausmeisters sofort. Blitzschnell wie ein Schlangenbändiger streckt er seine Hand in den Container und reißt ihnen das Magazin aus der Hand. Gesicht und Zeitschrift verschwinden aus ihrem Sichtfeld, dafür hören sie jetzt den Alten umso deutlicher donnern: »Raus mit euch, und zwar dalli!«

Alle Kinder im Wohnblock wissen, wie sie ihm aus dem Weg gehen, dem Hausmeister aus Aufgang C, der mindestens einhundertzwanzig Kilo auf die Waage bringt und von Anttis Vater immer nur Walross genannt wird. Zugegeben, ein bisschen sieht er tatsächlich aus wie ein Walross. Mit seinen hängenden Wangen, seiner breiten Nase und den Nüstern, die aussehen wie zwei nebeneinanderliegende Höhleneingänge, wenn er sie aufbläht. Gesicht und Hals sind ständig gerötet und von dünnen Äderchen durchzogen, und der Bauch quabbelt über der Hose wie ein Wackelpudding. Das Walross hat Antti schon seit geraumer Zeit auf dem Kieker. Und in diesem Moment durchfurcht ein Grinsen sein gesamtes Gesicht, aus dem man ablesen kann, wie diebisch es ihn freut, Antti auf frischer Tat ertappt zu haben. Offen gesagt sieht er aus, als hüpfe ihm gleich das Herz vor Freude aus dem Leibe.

Jari steckt den Kopf aus der Luke und kneift in der hellen Frühlingssonne die Augen zusammen. Er stößt sich leichtfüßig ab und springt auf den Rand des Containers und von dort auf den Asphalt. Antti folgt ihm ein paar Sekunden später. Der Hausmeister glotzt sie unter seinen buschigen Augenbrauen hervor hämisch an. Sein Gesicht und sein kahler Schädel glänzen von Schweiß.

»Wie oft habe ich euch Bengeln gesagt, dass ihr im Papiermüll nichts zu suchen habt, he?« Das Walross pumpt sich auf und wandert mit dem Blick von Antti zu Jari. »Und wessen Sprössling bist du?«

Jari schaut zu Antti und zurück zum Hausmeister. »Paloviita«, antwortet Jari.

»Du solltest dir besser überlegen, in wessen Gesellschaft du dich begibst«, sagt der Hausmeister zu Jari, obwohl die Worte eigentlich direkt gegen Antti geschleudert waren. Dann blickt das Walross angewidert auf die Zeitschrift in seinen Händen, so, als ob er zum ersten Mal ein Pornomagazin sähe, und dreht sie zu einer Rolle zusammen.

»Also diese Art von Spiel. Pornografie. Wissen eure Eltern, was für ein Schundblatt ihr hier lest, he?«

Die beiden stehen stumm da. Jari guckt auf seine Schuhspitzen, doch Antti sieht dem Walross direkt in die Augen.

»Das ist das letzte Mal, dass ich euch Helden im Papiercontainer erwische, klar? Da sind schon viele drin krepiert. Außerdem ist es eine Straftat, die Post anderer Leute zu lesen. Und nur damit das klar ist, ich könnte euch deswegen anzeigen.«

Jari schluckt, sein Unterleib krampft sich unter einer kalten Welle zusammen.

»Eure Eltern informiere ich in jedem Fall.« Er dreht die Pornozeitschrift zu einer noch engeren Rolle zusammen und hofft darauf, Entsetzen im Blick der beiden zu entdecken. Aber aus Anttis Augen starrt ihm nur blanker Trotz entgegen.

Unverschämter Rotzjunge. Genau wie sein Vater.

»Die Sache ist die«, sagt das Walross und beugt sich jetzt zu Jari, in dessen Augen er endlich jenem angstschlotternden Blick begegnet, den er sich erhoffte, »dass ich dich hier auf unserem Hof nicht mehr sehen will. Hast du das kapiert?«

Jari schluckt und nickt.

»Und du, Mielonen junior«, wendet sich der Hausmeister wieder Antti zu, »wie oft habe ich dir das schon gesagt. Muss ich wirklich …«

Weiter kommt das Walross nicht, denn Antti schnellt urplötzlich nach vorn. Ungeachtet seines behäbigen Äußeren ist die Bewegung so flink und geschmeidig, wie sie bei einem Dreizehnjährigen nur sein kann. Der Hausmeister ist völlig überrumpelt. Antti greift blitzschnell nach dem Magazin, reißt es ihm aus der Hand, dreht sich im gleichen Moment um und braust über den Hof davon.

»Lauf!«, schreit Antti und reißt Jari aus seiner Erstarrung. Jaris Beine gehorchen instinktiv und setzen sich mit dem Körper in Bewegung. Keine Sekunde zu früh, denn auch das Walross hat reagiert und greift nach ihm, streift aber nur den Kragen seines Sweatshirts. Jari folgt Antti so schnell, wie er kann. Antti lacht hysterisch und steckt damit auch Jari an. Aber das Walross hat noch nicht aufgegeben und stürmt ihnen hinterher. Sie hören sein schweres Keuchen hinter sich, der Boden dröhnt jedes Mal, wenn die pfahlartigen Beine aufstampfen. Tobend vor Wut brüllt er hinter ihnen: »Stehen geblieben! Verdammt, ihr Teufelsbrut! Kommt zurück! Sofort!«

Hinter ihrem Wohnblock liegt ein Stück Brachland, auf dem mannshohe Birken und Weidenbüsche wachsen. Die Gräser dort hat der Schnee im Winter zu Boden gedrückt. Hierhin steuern die Jungs. Jari holt Antti schnell ein, und sie lachen laut vor Panik, trauen sich aber erst am Rand der Wiese, einen Blick zurückzuwerfen. Der Hausmeister hat schon nach ein paar Metern die Verfolgung aufgegeben, und jetzt steht er mit den Händen in den Hüften keuchend auf dem Hof und sieht ihnen nach. Sein Bauch spannt, und die Wangen leuchten wie die Flanken eines Feuerwehrautos. Das Walross zieht ein Stofftaschentuch hervor und trocknet sich die Birne. Die Jungs bleiben stehen. Zwischen ihnen und dem Hausmeister liegen etwa dreißig Meter. Weit genug entfernt, um sich sicher zu fühlen, und nah genug, um das Walross auf die Palme zu bringen. Sie sehen, wie dessen graue Zellen geradezu dampfen, während er überlegt, ob es sich lohnt, die Verfolgung wieder aufzunehmen. Kurz sieht es so aus, als ob er es tatsächlich noch einmal versuchen will, doch er gibt sofort auf, als er bemerkt, dass auch die Jungs bereit sind, umgehend loszuflitzen.

»Jungs!« Das Walross schnaubt und trampelt auf der Stelle wie ein Stier, der an einem Sparren festgebunden ist. Die Nasenlöcher ziehen sich zusammen. Jetzt brüllt er nicht mehr, sondern spricht mit tiefer Stimme, in der ein drohender Unterton mitschwingt: »Kommt sofort zurück! Gebt mir die Zeitschrift! Ihr solltet euch besser nicht mit mir anlegen.«

Doch Antti und Jari stehen nebeneinander, ein siegessicheres Leuchten auf den Gesichtern. »Komm doch und hol sie dir, Fettwanst!«, ruft Antti.

»Fang uns, wenn du kannst!«, traut sich auch Jari.

»Gottverdammte …!«, knurrt das Walross und stürzt los. Obwohl er fast vierzig Kilo Übergewicht auf die Waage bringt, sind seine Bewegungen überraschend schnell. Er stürmt wie eine Dampflokomotive voran. Seine Füße tackern über den Rasen, und kurz sieht es so aus, als könnte er die beiden tatsächlich erreichen, doch dann laufen auch sie los, und die Distanz wächst schnell wieder. Antti und Jari tauchen in einem Weidengebüsch unter, und als der Hausmeister dort ankommt, sind sie längst schon wieder weg.

Das Walross hetzt entlang der Grundstücksgrenze hin und her wie ein Wachhund hinterm Zaun und glotzt ihnen wütend hinterher. Sie haben schon fast den Radweg erreicht, als Antti plötzlich anhält, seine Hose herunterzieht und dem Walross seinen Hintern entgegenstreckt. Jari schüttelt sich vor Lachen. Dem Hausmeister entgleisen die Gesichtszüge, und Schatten von Demütigung, Wut und Überraschung huschen über sein Gesicht. Antti klatscht sich auf den Allerwertesten und wiehert. Jetzt gibt das Walross keinen Ton mehr von sich und schüttelt nur wütend die Faust.

Gerade rechtzeitig, bevor ein Auto vorbeifährt, zieht Antti die Hose wieder hoch und stopft sich das Magazin unters Hemd. Dann traben sie gemächlich auf dem Radweg davon.

Das Haus, in dem Antti wohnt, und der Hausmeister bleiben zurück. Der Frühling macht sich bemerkbar. Die Bäume und Sträucher stehen kurz davor auszuschlagen, an sonnigen Flecken sprießen die ersten grünen Halme. Hier im Norden reicht die Kraft des Winters bis in den Mai. Noch einen Monat. Anfang Juni beginnen schon die Sommerferien. Ihre letzten in der Grundschule. Ab der siebten besuchen sie dann die Mittelstufe ihrer neunklassigen Gemeinschaftsschule. Der Gedanke an neue Fächer und neue Lehrer jagt ihnen Angst ein. Doch jetzt ist erst einmal Frühling! Die Weihnachtsausgabe mit dem glänzenden Cover liegt vor ihnen, und sie haben Zigaretten, die sie Anttis Vater stibitzt haben. Das ist alles, was sie im Moment brauchen, alles, was ihnen wichtig ist.

12

Die Jungs lassen ihre Fahrräder ins Gras fallen und klettern die Anhöhe hinauf. Im Wald ist es kühl. Die Stämme der Kiefern filtern das Sonnenlicht, das wie ein Fächer auf den Heideteppich fällt. Es riecht nach Erde und etwas Süßlichem.

Der Pfad schlängelt sich durch die Bäume über den Hügel, führt auf dessen Rückseite wieder herab und dann über einen seit Langem unbenutzten Sandweg. Hinter ihm liegt eine Waldwiese, auf der im Sommer Weidenröschen, Disteln und bunte Blumen wachsen. Der Schnee ist geschmolzen, aber alles liegt noch niedergedrückt und abgestorben am Boden, nur hier und da ist ein einzelner grüner Halm zu sehen. Mitten auf der Waldwiese steht ein verlassenes Haus, dessen Farbe fast vollständig abgeblättert ist. Die Fensteröffnungen starren liderlos, und das komplett mit Moos überwucherte Ziegeldach ist stellenweise eingesackt. Vorsichtig nähern sie sich dem Haus. Manchmal kommen die größeren Jungs hierher, um Bier zu trinken und *Mädchen zu bumsen*. Antti behauptet zumindest, sie dabei beobachtet zu haben, aber Jari hat da so seine Zweifel. Manchmal scheint Antti fast täglich nackten Brüsten und Exhibitionisten zu begegnen. Auf jeden Fall meiden sie das Haus, wenn die Großen hier sind.

Aber im Moment sieht alles ruhig aus.

Über die Wiese führt ein ausgetretener Trampelpfad. Ein einzelner Star schreckt aus dem Dickicht auf. An der Tür vergewissern sie sich noch einmal, dass die Luft rein ist, und verschwinden ins Hausinnere. Das Gebäude ist schon ziemlich verfallen. Es riecht nach morschem Holz und Katzenpisse. Die Pappverkleidung ist von den Wänden gerissen und gibt den Blick auf die blanken Bohlen frei. Eine dunkle Spur getrockneten Urins schlängelt sich von der Ecke neben dem Holzherd durch ein

Meer aus Zigarettenstummeln wie ein tropischer Fluss durch den Dschungel. Der Ort ist dreckig, vergammelt und gefährlich – mit anderen Worten perfekt!

In einer Ecke lümmelt eine Federkernmatratze, die sie vors Fenster schleppen und sich bäuchlings darauflegen. Sie öffnen die Weihnachtausgabe und machen dort weiter, wo sie im Papiercontainer unterbrochen wurden. Die Pornozeitschrift ist ein Superfund! Im Winter hatten sie schon mal eine, die sie lange hinter der Garage von Jaris Eltern versteckt hielten. Aber die war schon so zerfleddert und durchweicht, dass sich ihre Seiten kaum noch umblättern ließen. Irgendwann war sie dann total durchlöchert, und sie hatten sich von ihr trennen müssen. Doch jetzt halten sie einen neuen Schatz in den Händen, an dem sie lange Freude haben würden.

Sie lesen abwechselnd laut vor und kichern sich scheckig. Die Sonne wandert nach Westen, und die beiden rutschen mit der Matratze dem einfallenden Licht hinterher. Als sie genug haben, kramt Antti eine blaue Pall-Mall-Schachtel hervor, zieht seinen Pulli aus und hält ihn Jari hin, damit er ihn über seinen ziehen kann. Dann zündet sich Antti eine Zigarette an und hält Jari die Schachtel hin. Nachdem Jari sich ein Paar Gummihandschuhe übergestreift hat, zündet auch er sich eine an. Antti schert sich nicht um den Tabakrauch in seinen Klamotten. Er sagt immer, dass seine Eltern schon so lange rauchen, dass sie Hundescheiße nicht mehr von einer Duftkerze unterscheiden können.

Sie liegen nebeneinander auf der Matratze, betrachten die Schimmelspuren an der Decke und rauchen schweigend. Der Qualm steigt in Schwaden bis zur Decke und zerstiebt dort in feine Wolken. Jari entdeckt einen alten Löffel, und sie kratzen mit dem Griff ihre Namen untereinander in die Bodendielen.

»Noch vier Wochen, dann sind Ferien«, sagt Antti und ritzt hinter die Namen eine großes X.

»Was heißt das?«

»Das heißt, dass wir Freunde sind.«

»Ein X?«

»Das ist ein uraltes Symbol. Die Seeräuber haben so das Versteck auf einer Karte markiert. Aber ursprünglich kommt das Zeichen aus dem alten Rom und bedeutet Freundschaft.«

»Nee, bedeutet es nicht, du denkst dir das doch aus«, lacht Jari.

»Ganz egal, kann doch sein. Wenn wir es beschließen, dann bedeutet es das.«

»Wir haben einmal beim Sommerhaus im Schilf eine Flasche gefunden. Die hatte da schon viele Jahre gelegen. In der Flasche war eine alte Schatzkarte, und Papa und Mama sind mit mir im Ruderboot zu einer Insel gerudert, um den Schatz zu suchen.«

Antti grinste. »Und, was gefunden?«

»Na klar. Auf der Karte war ein großer Felsen eingezeichnet, und auf der Insel gibt es einen großen Findling, der Uhu-Felsen genannt wird. In einer Felsritze war eine Dose mit Münzen versteckt. Da musste man hochklettern, und ich war der Einzige, der den steilen Felsen raufkam.«

»Meinst du die Dose mit dem ausländischen Geld, die in deinem Zimmer auf dem Tisch steht?«

Jari nickt.

»Ist dir nie aufgefallen, dass deine Eltern dich verarscht haben? Dass sie die Karte selbst gezeichnet und die Dose dort versteckt haben? Die Münzen sind moderne schwedische und norwegische Kronen. Von wegen Piratengeld.«

»Aber darum geht es doch gar nicht«, ereifert sich Jari. Na klar hat er das geahnt, aber tief in seinem Inneren will er weiter daran glauben, dass Karte und Schatz echt sein könnten. Er sehnt sich nach jenem Sommer zurück, in dem er die Münzen gefunden hat. Damals war alles einfacher. Es fühlt sich schlecht an, dass sie ihre Mökki verkaufen mussten, als Tiina geboren wurde.

»Wir werden unseren eigenen Schatz vergraben und eine Karte dazu zeichnen«, schlägt Antti plötzlich vor.

Jari sieht, dass Antti friert. Er hat Gänsehaut an den Armen. Also zieht er Anttis Pulli wieder aus und reicht ihn zurück. »Und was verstecken wir?«, fragt er scheinbar teilnahmslos, obwohl er nur schwer die Begeisterung verbergen kann, die Anttis Vorschlag in ihm ausgelöst hat.

»Na, auf jeden Fall kein Geld«, sagt Antti.

»Wir können uns gegenseitig einen Brief schreiben«, schlägt Jari vor.

»Einen Brief?«

»Ja, wir vergraben die dann gemeinsam und legen zusammen ein Datum fest, sagen wir in dreißig Jahren. Dann versprechen wir uns, dass wir sie an diesem Tag zusammen wieder ausgraben werden. Mein Vater hat erzählt, dass es Zeitkapseln gibt, in denen man Erinnerungen für die Menschen in der Zukunft aufbewahren kann.«

»Und was schreiben wir in die Briefe?«

»Das ist egal. Wir können ja aufschreiben, wie wir uns die Zukunft vorstellen. Und vorhersagen, was mal aus uns wird. Dann schauen wir in dreißig Jahren, ob wir richtig geraten haben.«

Antti ist begeistert bei der Sache. »Dann sind wir steinalt und Opas über vierzig.«

»Ich habe dann auf jeden Fall einen Ferrari. Und eine verdammt gut aussehende Kirsche. So eine«, sagt Jari und blättert in der Weihnachtsausgabe, bis er die Seite findet, auf der der Weihnachtsmann sich bei seiner vor dem Kamin knienden Gehilfin mit einem *speziellen Geschenk* bedankt, wie der Text unter dem Bild verkündet. Sie kringeln sich vor Lachen, und Antti entdeckt die Annoncen.

Pulsierender Ruprechtsstab für die heißeste Nacht des Jahres!
Praller Weihnachtsstrumpf bringt Wichtelfrauen zum Stöhnen!
Weihnachtselfin öffnet ihre heiße Grotte!

Sie werfen sich lachend rücklings auf die Matratze. »Dann düsen wir mit dem Pflasterporsche um den Block und schreiben selbst Lesergeschichten. Ich schreibe über dich und deine Frau«, johlt Antti.

Als sie sich langsam wieder beruhigt haben, sagt Jari: »Mein Vater hat auf dem Dachboden so eine Röhre aus Plastik, für seine Zeichnungen und Karten. Die hat einen Schraubverschluss mit Gummidichtung und ist wasserdicht. Wir hatten sie mit auf dem Boot. Die können wir nehmen. Mein Vater wird sie nicht vermissen, wahrscheinlich weiß er nicht mal mehr, dass er sie hat. Jetzt, wo wir auch das Boot nicht mehr haben.«

Antti wird plötzlich ernst und sieht Jari an. »Wir können die Briefe schreiben, aber ausgraben werden wir die nie.«

Jari starrt Antti an. Anttis Gesicht liegt im Schatten, nur die Augen glänzen. »Wie meinst du das?«

»Wir sind zwar noch Kinder, aber ich bin nicht bescheuert. Du gehst aufs Gymnasium, und aus dir wird mal was. Ich kann nicht mal richtig lesen. Wenn wir erwachsen sind, werden wir keine Freunde mehr sein. Dann sind wir total verschieden.«

»Aber sicher sind wir dann noch Freunde!«, ruft Jari. Der Gedanke scheint ihm völlig absurd. »Sicher sind wir das, weil wir es uns versprechen. Und ein Versprechen darf man nicht brechen. Lass uns schwören, dass wir immer Freunde bleiben. Egal, wo wir dann wohnen oder was wir sind. Und den Schatz graben wir nur zusammen aus, das versprechen wir uns auch.«

Antti lächelt, aber seine Augen schauen ernst. »Auf was schwören wir?«

Jaris Blick fällt auf das eingeritzte X im Boden. »Auf das X. X bedeutet schließlich Freundschaft.«

»Und damit wird der Schatz auf Karten markiert«, ergänzt Antti.

»Lass uns die Arme kreuzen, so«, sagt Jari und reicht Antti seine Hände mit überkreuzten Unterarmen. Antti tut es ihm gleich. »Wir versprechen uns, dass wir Freunde für immer sein werden.«

»Freunde für immer«, wiederholt Antti.

Als sie sich wieder loslassen, sagt Antti: »Freitag schreiben wir die letzte Mathearbeit. Ich kann absolut nichts. Ich fliege mit Sicherheit durch.«

Jari winkt abwehrend mit der Hand, schaut auf die Uhr und sagt: »Du wirst bestimmt nicht durchfallen. Komm, wir gehen zu uns, meine Mutter hat gekocht. Danach üben wir zusammen. Mein Vater kann uns helfen, der ist ein Ass in Mathe.«

»Weißt du, worin mein Vater gut ist?«, fragt Antti, steht auf und klopft seine Sachen ab. »Er kann jeden Motor reparieren – ganz gleich, was für einen. Mein Vater hat gesagt, wenn ich ein Moped kriege, dann baut er mir einen größeren Zylinder ein. Dann kann ich sogar hundert fahren.«

»Bekommst du ein Moped?«

»Mein Vater hat gesagt, er kennt einen, der eine kaputte Suzuki PV hat und sie nicht reparieren kann. Die kriegt er vielleicht billig. Und er hat gesagt, er bringt mir bei, wie man Sachen repariert, und dann machen wir zusammen eine Reparaturwerkstatt auf.«

Sie gehen nach draußen. Die Sonne verschwindet gleich hinter dem Wald. Im Gebüsch neben dem eingestürzten Kuhstall ist ein alter Brunnen aus Betonringen zu sehen, dessen Holzdeckel mit der Zeit verfault und in den Brunnen gefallen ist. Jari kramt eine 10-Pfennig-Münze aus der Tasche und lässt sie in den Schacht fallen. Sie zählen, wie viele Sekunden es dauert, bis sie das Aufklatschen hören. Von unten steigt ein unangenehmer Geruch herauf. Im Sommer ist der Brunnen fast trocken, aber jetzt steht an seinem Grund eine schwarze, stinkende Brühe. Die Jungs fühlen sich von dem Brunnen gleichermaßen angezogen wie abgestoßen.

»Wie viele Tiere das Loch wohl im Laufe der Zeit verschluckt hat?«, überlegt Antti.

»Oder Babys«, ergänzt Jari. »In dem Haus hat vor langer Zeit eine Hexe gewohnt, die hat sich in der kürzesten Nacht des Sommers immer in die Stadt geschlichen, neugeborene Babys geraubt und sie im Brunnen ertränkt. Das hat ihr magische Kräfte verliehen, und ihr Leben verlängert. In der Mittsommernacht haben alle, die im Frühjahr ein Baby bekommen haben, ihre Häuser verrammelt und Wache gehalten. Trotzdem war am nächsten Morgen immer ein Baby verschwunden. Als die Hexe gefasst wurde, hat man sie bei lebendigem Leibe verbrannt und ihre Asche hier reingestreut.«

Antti lachte. »Du solltest diese Geschichten aufschreiben! Aber im Ernst, stell dir mal vor, wie schrecklich es wäre, wenn man da reinfällt. Keiner hört einen, egal wie laut man schreit. Und dann fängt es an zu regnen, und du kannst nicht mehr stehen.«

»Und die Hand der Hexe und die Händchen all der getöteten Babys greifen nach dir und ziehen dich in den Brunnenschlamm hinunter.«

Sie lachen, aber ihr Lachen klingt nicht ganz echt. Sie versuchen die Vorstellung, in den Brunnen zu fallen, aus ihren Köpfen zu verbannen.

»Was hast du dir übrigens gewünscht?«, fragt Antti.

»Das sage ich nicht, sonst geht es ja nicht in Erfüllung«, antwortet Jari und denkt an dunkles, gelocktes Haar und ein Gesicht voller Sommersprossen.

»Ich weiß es auch so«, feixt Antti.

»Ja?«

»*Eine Weihnachtselfin.*«

Vom Wald her sind Stimmen zu hören. Sie verstecken sich hinter dem Haus. Kurz darauf erscheinen drei Jungs auf der Wiese. Sie kennen die Ankömmlinge: Rami Nieminen, Santeri Aho und Petteri Kallio. Jari schluckt und lässt die Gruppe nicht aus den Augen. Ihm ist nicht entgangen, dass sich Nieminens Gang in letzter Zeit aus irgendwelchen Gründen besonders für ihn interessiert hat. Bis jetzt ist es ihm gelungen, ihnen aus dem Weg zu gehen, aber sehr lange würde ihm das Glück nicht mehr hold sein.

»Was wollen die Vollpfosten denn hier?«

»Los, wir verschwinden«, sagt Jari und zieht Antti am Ärmel Richtung Wald.

Nieminens Gang schlendert heran, als befände sie sich auf einem Sonntagsspaziergang. Der Größte von ihnen, Santeri Aho, hat einen Stock in der Hand, mit dem er die wenigen nach dem Winter noch aufrecht stehenden Weidenröschen und Wiesenkerbel umnietet.

Antti und Jari rennen zum Wald, immer darauf bedacht, dass das Haus zwischen ihnen und der Gruppe liegt. Am Waldrand halten sie inne und sehen, wie Nieminen und seine Kumpels in das verlassene Haus gehen. Dann kehren Antti und Jari in einem Bogen zu der Stelle zurück, an der sie ihre Fahrräder abgestellt haben.

»Mann, die wollen sich doch nicht etwa hier einquartieren«, flucht Jari.

»Die halten es hier nicht lange aus, du wirst sehen.«

»Irgendjemand müsste denen mal so richtig eine reinhauen«, sagt Jari. »Im Winter hat Nieminen dem Jasper einen Basketball so hart an den Kopf geworfen, dass seine Unterlippe aufgeplatzt ist. Mit voller Kraft aus einer Entfernung von weniger als einem Meter! Und als der Lehrer ihn in die Dusche geschickt hat, hat er nur gelacht.«

»Rami wäre ein Nichts ohne seine beiden Arschkriecher, die ihm folgen wie die Schmeißfliegen. Ich bin mir sicher, wenn er allein wäre, würde ich ihn besiegen.«

»Aber der ist nie allein. Und selbst wenn du ihn besiegst, am nächsten Tag käme er mit seiner Meute an. Es ist besser einen Bogen um sie zu machen.«

»Scheiße!«, ruft Antti und wirft den Kopf in den Nacken.

»Was ist?«

»Die Weihnachtsausgabe! Verdammt, wir haben sie im Haus liegen lassen.«

»Red keinen Mist.«

Antti schüttelt den Kopf, und Jari sieht, dass er die Wahrheit sagt.

»Das war ja ein kurzer Spaß.«

13

Jaris Vater sitzt am Wohnzimmertisch und beugt sich konzentriert über seine Zeichnungen. Auf dem Tisch stapeln sich verschieden lange Lineale und mehrere Rollen Klarsichtfolie. Er trägt ein kurzärmeliges Hemd, Jeans und weiße Wollsocken. Wenn Vater zeichnet, schwebt im Raum ein feiner Geruch nach Azeton.

Das Haus von Jaris Eltern ist aus Stein gebaut, und die der Straße zugewandte Seite fast ganz aus Glas. Es hat mehrere Dachfenster und eine große Markise. Jaris Vater hat das Haus selbst entworfen. Das erwähnt Jari gegenüber jedem seiner Freunde, der ihn besuchen kommt. In der Küche riecht es nach Braten. Als Jaris Mutter sieht, dass Antti mitgekommen ist, stellt sie automatisch auch für ihn einen Teller hin. Die Jungs waschen sich im Bad die Hände, und Jari putzt sich sicherheitshalber auch schnell die Zähne.

Jaris sechsjährige Schwester Tiina kommt trippelnd aus ihrem Zimmer gerannt, wirft sich an Anttis Hals und bleibt dort hängen. Antti schwingt sie sich auf den Rücken und beginnt, wie wild mit ihr durchs Wohnzimmer zu galoppieren. Jaris Vater hebt den Blick, schaut, woher der plötzliche Lärm kommt, und vertieft sich dann wieder in seine Zeichnung. Tiina kreischt und lacht und hält sich mit aller Kraft an Antti fest, der wie ein wilder Mustang den Kopf nach hinten wirft, schnaubt, wiehert und tobt.

»Tiina, lass Antti los, hörst du!«, ruft seine Mutter mit einem Lächeln im Gesicht. Dann dreht sie sich zu Jari: »Habt ihr schon Hände gewaschen? Dann könnt ihr euch gleich an den Tisch setzen. Das gilt auch für dich, Herr Architekt.«

Vater steht auf, wischt die Tinte ab, dreht den Deckel zu und sagt zu Jari: »Stifte und Papiere werden nicht angefasst. Pass auf, dass auch Tiina nichts durcheinanderbringt.«

Antti trägt Tiina in die Küche und hebt sie in den speziell für sie gefertigten Hochstuhl. Jaris Mutter bindet ihr ein Lätzchen um und gießt Milch in eine Schnabeltasse. Tiinas Wangen sind nach dem wilden Ritt gerötet, ihre mandelförmigen Augen himmeln Antti an. Antti sitzt ihr gegenüber und schneidet Grimassen, die Tiina zum Gackern bringen.

»Und, was habt ihr heute Schlimmes angestellt?«, fragt Vater, doch seine Miene ist dabei entspannt, und sie wissen, dass er es nicht ernst meint.

»Wir sind über die Brücken zu den Flussschären von Hevosluoto geradelt«, lügt Jari und schaut dabei Antti an, der Kartoffelbrei in seinen Mund schaufelt, als ob er seit Tagen nichts gegessen hätte.

»Wart ihr angeln?«, erkundigt sich Mutter.

»Nein, wir haben nachgesehen, ob der Stint schon aufsteigt.«

»Und, steigt er?«, fragt Vater.

Jari schüttelt den Kopf.

»Als ich in eurem Alter war, haben wir die Stinte mit dem Kescher rausgeholt und säckeweise nach Hause getragen. Heute sind die Schwärme deutlich kleiner.«

»Na klar, damals waren auch die Pferde so groß wie Häuser, und auf der Hantelbank hat jeder mindestens zweihundert Kilo gestemmt«, kontert Jari und bringt damit Antti zum Prusten.

Vater runzelt die Stirn, aber in seinen Augenwinkeln lacht der Schalk.

Jaris Mutter bemüht sich unterdessen, Tiina zu füttern, aber die Kleine zappelt, schleudert den Kopf hin und her und wirft den Löffel auf den Boden. Kartoffelbrei spritzt an Wand und Kühlschranktür, der Hochstuhl wackelt und schwankt bedrohlich. Mutter hat alle Hände voll zu tun, sie festzuhalten.

»Tiina-Maus, der Stuhl kippt um. Iss doch etwas. Na, probiere wenigstens mal, bitte!«

»Antti üttern«, sagt Tiina.

Antti steht auf und tauscht wortlos mit Mutter den Platz. Tiina ist schlagartig ruhig. Antti füllt Kartoffelbrei und Soße auf und lässt den Löffel hüpfen wie ein galoppierendes Pferd. »Prrr, Kleiner Onkel möchte in den Stall, hühüü. Tor auf!«

Tiinas Mund öffnet sich weit wie bei einem Vogeljungen. Antti lädt eine neue Portion auf den Löffel und spielt jetzt eine Kuh. Jaris Mutter wuschelt Antti im Vorbeigehen durchs zu lang gewachsene Haar und gießt allen noch einmal Milch ein.

»Antti toll!«, sagt Tiina mit leuchtenden Augen und lächelt über das ganze Gesicht. Antti wischt ihr mit einer Serviette Soße vom Kinn.

»Wir schreiben Freitag einen Mathetest«, sagt Jari und schaut zu seinem Vater. »Kannst du uns bei ein paar Aufgaben helfen?«

Vater schaut auf die Uhr. »Heute? Ich muss den Längsschnitt bis morgen fertig haben«, sagt er, sieht Mutters Blick und fügt hinzu: »Aber so viel Zeit habe ich sicher. Um welches Gebiet geht es?«

»Geometrie«, sagt Antti, während er Tiina weiter füttert. »Ich bin ein kompletter Mathe-Idiot.«

Vater steht auf und beginnt, das Geschirr abzuräumen. »Okay, bis zum Test üben wir jeden Tag eine halbe Stunde. Wir kriegen das schon hin.«

Den restlichen Abend sitzen die Jungen auf dem Sofa im Kaminzimmer und lösen Matheaufgaben in ihren Übungsheften. Jari hilft Antti, und immer, wenn eine Aufgabe so schwer ist, dass sie beide nicht weiterkommen, gehen sie mit dem Aufgabenbuch zu Jaris Vater, der ihnen hilft. Jaris Mutter tut ihr Bestes, um Tiina von ihnen fernzuhalten, allerdings mit mäßigem Erfolg. Immer wieder kommt sie an und will, dass Antti sie Huckepack nimmt. Ein paarmal gibt er nach und galoppiert ein paar Runden, um sich eine Verschnaufpause zu verschaffen.

»Antti hopp, Antti hopp!«

Dann hoppelt sie selbst wie ein Pferd, kriecht auf allen vieren und schnaubt. Unter ihrer Hose zeichnet sich der Rand der Windel ab.

Um neun muss Antti nach Hause, und Jari bringt ihn noch ein Stück. Sie radeln durch den lauschigen Maiabend. Die Sonne steht schon tief am Himmel, spendet aber noch genügend Licht. Der Gesang Hunderter Vögel schallt durch die golden flimmernde Luft. Antti wohnt nicht weit weg, nur ein paar hundert Meter, aber den Jungs kommt der Weg irgendwie immer ungeheuer weit vor. Die Distanz zwischen Anttis und Jaris Zuhause ist größer als das, was man messen kann. Sie vergewissern sich, dass das Walross sich nicht auf dem Balkon verschanzt hat, und gehen um das Haus herum zur Eingangstür, wo Antti sein Rad am Ständer anschließt. Dann stehen sie dort noch einen Moment und reden, obwohl es schon recht kühl ist.

»Morgen machen wir die Karte und schreiben die Briefe«, erklärt Jari.

»Ich kenne einen guten Platz«, sagt Antti. »Auf dem Paradieshügel gibt es einen großen Stein mit einem Spalt, der aussieht wie ein X.«

»Du weißt aber schon, dass ein X nur im Märchen oder Film für einen Schatz steht.«

»Und wie werden Schätze dann in Wirklichkeit gekennzeichnet?«

»Mit einer kryptischen Verschlüsselung, die nur die Klügsten und Hartnäckigsten knacken können.«

»Aber wir kennzeichnen unseren Ort mit einem X, oder?«

»Weil wir dumm und faul sind?«

»Nein, weil X das Symbol für Freundschaft ist.«

»Klar wie Kloßbrühe«, strahlt Jari. »Was, wenn das Walross deinen Eltern etwas von dem Magazin gesteckt hat oder dass du ihm den Hintern entgegengestreckt hast?«

»Das hat er nicht«, sagt Antti. »Und wenn, ist auch egal. Total egal. Auch Jesus hatte einen Hintern, wenn auch sicher nicht so einen knackigen wie ich.«

»Und bewiesenermaßen hat der Weihnachtsmann auch einen. Und zwar einen besonders muskulösen.«

Über ihnen ist Poltern zu hören, eine Balkontür wird geöffnet, und verhaltene Stimmen sind zu hören. Anttis Vater tritt nach draußen und zündet sich eine Zigarette an.

»Halt einfach die Klappe, Weib!«, zischt er in Richtung offene Tür. »Halt dein Maul, oder ich stopfe es dir.«

Die Tür wird zugeschlagen, und Anttis Vater zieht über die Rüstung gebeugt an seiner Zigarette. Die Jungen können von unten die Rauchwolken sehen. Sie schauen sich an und warten, bis Anttis Vater aufgeraucht hat und wieder nach drinnen verschwunden ist. Erst dann stößt Antti die Haustür auf, schaltet das Licht im Hausflur an und rennt nach oben, wobei er immer zwei drei Treppenstufen auf einmal nimmt. Jari springt auf sein Tunturi-Rad und radelt zurück nach Hause. Es ist erstaunlich hell. Hinter dem Waldrand leuchtet der Himmel orangefarben, als stünde er in Flammen.

14

Rami Nieminen schaltet das Licht in seinem Zimmer aus und lauscht auf die Geräusche im Haus. Sein Vater ist im Erdgeschoss, der Dielenboden knarrt. Das bedeutet, er läuft vom Wohnzimmer in die Küche und wieder zurück. Er sagt etwas, aber Rami kann nicht hören, ob seine Mutter etwas darauf antwortet. Um diese Zeit ist sie normalerweise immer schon total zugedröhnt.

Draußen ist es noch hell, obwohl es schon fast zehn ist. Er öffnet die kleine Lüftungsklappe des Fensters und holt die Marlboro-Schachtel aus dem Schreibtisch. Es duftet nach frisch gemähtem Rasen, die Vögel zwitschern. Nieminen lauscht noch einmal, hört aber nur den Fernseher. Er zündet eine Zigarette an und bläst den Rauch aus der Fensteröffnung. Ihm gehen viele Dinge durch den Kopf. Zuerst das verbogene Schutzblech am Fahrrad. Er hat es seinem Vater noch nicht gesagt, aber er weiß, dass es früher oder später herauskommen wird. Das macht ihm zu schaffen, denn es bedeutet mal wieder Schläge mit dem Gürtel. Sicher mindestens ebenso viele wie damals, als er die Arbeiten in Mathe und Muttersprache verhauen hat und sitzen geblieben ist. Da hatte es ordentlich Schläge gehagelt, aber jetzt werden es wohl noch mehr, denn das Fahrrad war teuer. Vater hat gesagt, dass er sich den Arsch blutig geschuftet habe auf der Arbeit wegen dieses Fahrrads.

»Damit du es weißt: Wenn mit dem Rad irgendwas passiert, wenn du Blödsinn machst oder es beschädigst, dann verspreche ich dir, dann prügele ich deinen Arsch eigenhändig windelweich. Ist das klar? Gut, denn du weißt, ich halte meine Versprechen. Immer!«

Der Gürtel hängt an der Garderobe. Ein alter Soldatengürtel aus Leder, den Vater aus alten Armeebeständen gekauft hat und bei der Elchjagd trägt. Und den Vater immer dann benutzt, *wenn er nicht weiß, was er mit ihm machen soll.*

Dann holt Vater den Gürtel von der Garderobe.

»Leider muss ich dir eine Lehre erteilen, Sohn. Ich muss dich züchtigen, weil ich nicht weiß, was ich mit dir noch machen soll.«

Rami Nieminen steigt der Ledergeruch des Gürtels in die Nase (Vater fettet ihn oft in der Küche mit einem Paraffin, das er Judenfett nennt). Rami weiß, wie es klingt, wenn der Gürtel die Luft durchschneidet, und er weiß, welches Geräusch er macht, wenn er auf die entblößte Haut knallt – und er erinnert sich daran, wie schmerzhaft das Sitzen und Schlafen am nächsten Tag sind.

Der Gedanke an den Gürtel jagt ihm kalte Schauer über den ganzen Körper.

Rami hat einen Plan, der das Problem lösen könnte. Ein Weichei aus der Fünften, Tuominen oder Tapanila oder wie der heißt, hat genau so ein Rad wie er. Es geht nur noch darum, das Schutzblech zu besorgen, bevor Vater merkt, dass es verbeult ist.

Der Rauch breitet sich in seiner Lunge aus, dringt in die Luftbläschen ein und beruhigt seinen Geist. Für alles gibt es eine Lösung. Er ist ein Survivor, war er schon immer. Und er würde auch das hier überstehen. Seine Gedanken schweifen ab. Er sieht Henriikkas Gesicht vor sich. Er will sie. Er will das Mädchen haben, mehr als alles andere in der Welt. Ein eigenartiges Gefühl. Etwas zu wollen, das man niemals bekommen kann. Das macht kraftlos. Rami denkt an ihr Lächeln, an die Sommersprossen auf Nase und Wangen. Er denkt an ihre Haare: dick, lockig und märchenhaft.

Rami denkt noch an etwas anderes: an die Blicke, die Henriikka in der Stunde mit Jari Paloviita, dem Arschgesicht, gewechselt hat. Ein Gefühl der Eifersucht, wie er es noch nie erlebt hat, wütet in seinem Inneren. Er würde sonst was für einen solchen Blick geben. Er will Henriikka. Er weiß nicht, warum, aber er will sie haben.

Die Tür knarrt, und sein Vater kommt ins Zimmer. Rami fährt zusammen, schnipst die Zigarette aus dem Fenster und pustet den Rauch aus seinen Lungen. Süßlicher Zigarettenqualm schwebt im Zimmer. Rami stehen die Haare zu Berge. Der Vater sieht ihn an und grinst. Rami ist es ein totales Rätsel, warum er das Knarren der Treppenstufen nicht gehört hat. Die ächzen doch geradezu unter Vaters Gewicht. Plötzlich kapiert er, warum er sie nicht gehört hat: Die Stufen haben keinen Mucks von sich gegeben, weil sein Vater Kari Nieminen die Stufen ganz langsam emporgegangen ist und sein Gewicht vorsichtig verlagert hat, dabei nicht in der Mitte der Stufe, sondern am Rand aufgetreten ist, um ihn zu überraschen. Jubel über seinen Erfolg überzieht Vaters Gesicht und geht blitzschnell in Stirnrunzeln über.

»Hast du geraucht?«

Die Zigarettenschachtel liegt neben den unangerührten Schulbüchern auf dem Tisch. Vaters Blick saugt sich daran fest und kehrt dann langsam zu Ramis Gesicht zurück. Mit einem breiten Grinsen fragt er: »Was haben wir über Zigaretten gesagt?«

Rami fühlt sich hilflos unter dem Blick seines Vaters. Kari Nieminen streicht sich über das Gesicht und stöhnt: »Ehrlich gesagt, weiß ich nicht, was ich mit dir noch machen soll. Ich habe es versucht, es ernsthaft versucht, aber du hörst mir ja nicht zu. Du machst mich und Mutter sehr, sehr traurig.«

»Entschuldigung«, stottert Rami. »Das war das letzte Mal.«

Vater betätigt den Lichtschalter. Das Licht brennt auf der Netzhaut.

»Entschuldigung, wer?«

»Entschuldigung, Vater!«

»Was habe ich über Zigaretten gesagt?«

»Dass … wenn du siehst, dass ich rauche, macht dich das sehr traurig.«

Vater nickt, die Runzeln auf der Stirn glätten sich. »Und ich bin sehr traurig, weil du nicht zuhörst. Ich weiß, wie das läuft.

Vom Rauchen ist es nicht weit bis zum Autoklau, und ich habe deiner Mutter versprochen, dass du nicht so einer wirst.«

»Ich werde nicht so einer, Vater, bestimmt nicht!«

»Ich muss dir leider eine Lehre erteilen, Sohn. Ich muss dich züchtigen, weil ich nicht weiß, was ich mit dir noch machen soll.«

»Nicht der Gürtel, Vater.«

»Ich bin so erzogen worden, dass Versprechen gehalten werden. Ich halte meine Versprechen immer, das weißt du.«

Vater geht die Treppe hinunter. Diesmal knarrt und ächzt jede Stufe. Rami hört, wie Vater etwas zu Mutter sagt, die offensichtlich doch noch nicht weggedöst ist, und dann die Treppe wieder hochkommt. Der bekannte Ledergeruch füllt jetzt das Zimmer.

»Ich mache das nicht zu meinem Vergnügen, das kannst du mir glauben.«

Der Reviergesang eines Amselmännchens dringt durch das offene Lüftungsfenster herein. Die Töne werden in regelmäßigen Abständen vom Klatschen des Ledergürtels übertönt. Die Schläge sind gleichmäßig, vom Ächzen des Vaters begleitet und zahlreich:

Ich (klatsch) … bin (klatsch) … sehr (klatsch) … traurig (klatsch) … und (klatsch) … ich (klatsch) … weiß (klatsch) … nicht (klatsch) … was (klatsch) … ich (klatsch) … mit (klatsch) … dir (klatsch) … noch (klatsch) … machen (klatsch) … soll …

15

»Was soll das sein?«, fragt Antti und betrachtet das alte Röhrenradio auf dem Tisch in der Garage von Jaris Eltern, aus dem statt einer Antenne ein fünf Meter langes Kupferkabel herausragt. Jari steht auf einer Leiter und wickelt das Kabel um die Deckenlampe.

»Ein Radio«, sagt Jari und springt herunter, steckt den Stecker in die Steckdose und dreht den Lautstärkeregler auf. Aus den Monolautsprechern ertönt nur Rauschen und Pfeifen. Jetzt dreht Jari am Senderknopf. Rauschen und Pfeifen werden abwechselnd stärker und schwächer. Immer wenn der Kupferdraht Radiowellen einfängt, ist ein Knattern zu hören.

Antti beugt sich nach vorn. »Jetzt mal echt, erzähl schon. Was machen wir hier eigentlich? Außer ein Radio anstarren.«

»Wir reisen durch die Zeit«, antwortet Jari.

»Mit einem alten Radio.«

»In gewisser Weise.«

Jari dreht den Senderknopf so lange, bis er auf ein Signal trifft. Neben dem Rauschen sind jetzt schwache Stimmen zu hören. Sie sind sich sicher, dass es irgendeine ausländische Sprache ist, vielleicht Schwedisch oder Norwegisch.

»Durch die Zeit kann man nicht reisen«, sagt Antti. »Zeitmaschinen gibt es nicht, und wird es auch nie geben. Falls jemand jemals eine erfunden hat, dann wäre er ja wohl schon mal vorbeigekommen, um Hallo zu sagen, oder nicht?«

»Ich habe nicht von einer Zeitmaschine gesprochen, sondern von der Zeit. Die ist relativ. Das hat Einstein herausgefunden. Die Relativitätstheorie besagt, dass es möglich ist, durch die Zeit zu reisen, aber nur vorwärts. Bewegt man sich mit Lichtgeschwindigkeit von der Erde weg, vergeht die Zeit in der Rakete langsamer. Und wenn man auf die Erde zurückkommt, ist die Zeit hier schon weiter, und man ist quasi in die Zukunft gereist.«

Antti ist kurz still und sagt dann: »Das kann nicht sein. Zeitreisen sind unmöglich.«

»Doch, sie sind möglich«, versichert Jari und zeigt auf die orangefarbene Dokumentenhülse aus Plastik, die hinter dem Radio hervorlugt. »Wenn wir diese Zeitkapsel morgen vergraben und dann in eine Rakete springen, durch das Weltall reisen, sagen wir mal für zwei Monate, und wieder zurückkommen, dann sind siebenundzwanzig Jahre vergangen, und wir können sie sofort wieder ausgraben, ohne dass wir mehr als ein paar Monate gealtert sind.«

»Und was soll daran toll sein?«

»Stell dir doch mal vor, wie faszinierend es wäre, zu wissen, was in der Zukunft passiert. Es gibt vielleicht fliegende Autos, Teleporter und Gedankenleser-Helme.«

»Und was hat das für einen Sinn, wenn man nicht zurückreisen kann, um es jemandem zu erzählen? Wir wären immer noch Sechstklässler, aber all unsere Verwandten wären schon tot oder im Altersheim. Es wäre doch viel spannender, irgendein Wurmloch zu finden, durch das man in verschiedene Zeiten gucken kann.«

»Und welche Erklärung hast du für Typen, die die Zukunft vorhersagen können?«, fragt Jari.

»Das sind Betrüger. Zehn Mark pro Minute plus Ortsgebühr. Und dann erzählen sie dir genau das, was du hören willst. Dass du steinreich wirst, Macht und schöne Frauen haben wirst.«

»Nein, ich meine solche, wie, wie hieß der doch gleich, Nostradamus oder so, der schon lange vor Beginn unserer Zeitrechnung Flugzeuge vorhergesagt hat.«

»Der hatte sich irgendeinen Pilz reingepfiffen und kleine Männchen am Himmel fliegen sehen. Dann hat er sich gedacht, ah, das muss die Zukunft sein. Und tausend Jahre später denken alle, ah, der muss genial gewesen sein, dieser Nostradamus. Dabei war er nur ein ganz gewöhnlicher Junkie mit etwas mehr Fantasie.«

Sie lachen.

Jari dreht am Senderknopf, bis sie zwischen dem Rauschen eine regelmäßig an- und abschwellende Stimme hören. Sie versuchen einzelne Worte auszumachen.

»Vater sagt, wenn wir Sterne betrachten, dann schauen wir eigentlich in die Vergangenheit, weil das Licht von den Sternen bis zur Erde zig Millionen Jahre unterwegs ist. Er sagt, dass der

Stern, den wir sehen, vielleicht schon verloschen ist. Und dann hat er noch gesagt, dass manche glauben, dass es eine Art Strahlung gibt, in jedem von uns, die auch bleibt und durch die Zeit reist, und dass es Leute gibt, die behaupten, diese Energie schemenhaft und wie durch ein Fenster als eine Art Geist wahrnehmen zu können.«

»Das ist ja totaler Stuss.«

»Das ist wie mit dem Rauschen hier. Mein Vater hat mir das mal gezeigt. Er hat gesagt, dass das Universum voller Radiowellen ist, die von irgendwelchen Sternen kommen und Millionen Jahre gereist sind. Er sagt, wenn es uns gelingt, einen ausreichend starken Empfänger zu bauen, dann können wir vielleicht die Radiosendungen fremder Zivilisationen hören.«

»Beam me up Scotty!«, ergötzt sich Antti.

»Vater sagt, ein Teil des Knarzens kommt aus dem Weltraum und ist kosmisches Rauschen. Mitteilungen aus der Vergangenheit.«

»Dein Alter dreht langsam ab.«

»Wieso langsam? Der war schon immer ein Nerd. Und in der Schule der Vorsitzende des Schachklubs.«

Antti lacht. »Das ist echt zum Heulen, der Arme.«

»Morgen vergraben wir die Zeitkapsel«, sagt Jari mit einem Blick auf die orange Plastikkapsel und ermahnt Antti: »Denk dran, den Brief zu schreiben.« Er dreht am Radio, bis er ein interessantes Rauschen gefunden hat.

»Psst«, sagt Antti und neigt den Kopf.

»Was ist?«

»Pssst!«

Sie lauschen.

»Jarriii …«, raunt Antti. »Antttiii … Ich bin es, Gotttt! … Ich habe Durst, bringt mir ein Biiier …«

Jari stößt Antti in die Seite, der daraufhin zusammensackt und sich den Bauch hält. Jari stellt das Radio aus.

Stille kehrt ein. Antti schraubt die Dokumentenhülse auf und schnuppert daran. »Und die ist bestimmt wasserdicht?«

»Bestimmt, die ist mit Gummi abgedichtet.«

»Das ist 'ne blöde Idee. Ich habe keine Ahnung, was ich schreiben soll.«

»Ist vollkommen egal. Du kannst auch 'ne Muschi zeichnen. In siebenundzwanzig Jahren ist das genauso schräg wie heute«, sagt Jari und grinst. »Das Wichtigste ist, dass wir es zusammen wieder ausgraben.«

»Aber eine echte Zeitreise ist es trotzdem nicht.«

»Nein, das heißt ... irgendwie schon. Wenn man so will, ist es ein bisschen wie mit dem Sternenlicht oder dem kosmischen Rauschen. Die sausen auch dann noch durchs Weltall, wenn es uns nicht mehr gibt.«

»Dann erfährt aber nie jemand etwas von unseren Briefen, wenn wir sterben.«

»Quatsch, wir sterben doch nicht. Du und ich, wir leben ewig!«

III

GEÖFFNETE GRÄBER

16

Das Licht im Flur war erloschen. Jari Paloviita schloss die Tür zu seinem Büro von innen ab, zog die Jalousie zu und zusätzlich noch die Vorhänge vor. Er schaltete das Deckenlicht nicht an, sondern nur die Schreibtischlampe und zog die Akte zu sich heran, die Henrik Oksman ihm auf den Tisch gelegt hatte. Klar und deutlich prangte auf der Vorderseite das mit einem Dymo ausgedruckte Etikett: *Rami Sakari Nieminen, Angaben zur Person.*

Man sah sofort, dass Oksman akribische Arbeit geleistet und sorgfältig alle verfügbaren Informationen zur Person zusammengetragen hatte. Oksman erledigte nie etwas nur halb. Ein Umstand, den er normalerweise sehr schätzte, doch diesmal presste er bei dem Gedanken daran vor Anspannung die Kiefer aufeinander. Auf der ersten Seite waren die allgemeinen Personendaten zusammengetragen: geboren 25.5.1977 in Pori, unverheiratet, keine Kinder. Letzte Meldeadresse in Harjavalta, einer Kleinstadt südöstlich von Pori. Auf der nächsten Seite blickte Paloviita das von Alkohol und Drogen aufgedunsene Gesicht von Rami Nieminen entgegen. Das Foto war im Zuge einer Festnahme vor drei Jahren entstanden. Auch wenn Nieminen sich in siebenundzwanzig Jahren verändert hatte, erkannte Paloviita ihn sofort. Das fettige Haar war ungekämmt, der Bart nicht rasiert, und unter den blutunterlaufenen Augen zeichneten sich dicke dunkle Tränensäcke ab. Es war merkwürdig, Nieminens Antlitz zu betrachten. So bekannt es ihm einerseits war, so gänzlich fremd war es zugleich. Paloviita glaubte nicht an Geister. Aber während er das Bild betrachtete, überkam ihn das Gefühl, dass es vielleicht doch welche gab. Geister nicht im Sinne von übernatürlichen Wesen, sondern als Spuren aus der Vergangenheit. Narben und Wunden – Stigmata, die jederzeit anfangen konnten zu bluten.

Paloviita löste die Büroklammer, die das Foto hielt, legte es zur Seite und begann zu lesen.

Oksman und Linda hatten ihm bereits einen kurzen Abriss seines Werdegangs geliefert, aber das war wirklich nur eine grobe Zusammenfassung gewesen. Rami Nieminen hatte in seinem relativ kurzen Leben schon einiges zustande gebracht, aber ehrliche Arbeit war nur selten darunter gewesen. Dafür hatte sein Strafregister beachtliche Ausmaße erreicht. Überrascht war Paloviita davon nicht. Hätte man ihn vor siebenundzwanzig Jahren gefragt, welches Leben Rami Nieminen einmal führen würde, hätte er ganz sicher gesagt: heftig und kurz. Und so war es dann ja auch gekommen.

Nieminens kriminelle Karriere hatte früh begonnen. Der erste offizielle Eintrag im Register stammte vom Mai 1992, als der fünfzehnjährige Rami Nieminen eine Honda Monkey mit Kickstarter vom Schulhof geklaut hatte. Das Mokick war mit einem Lenkerschloss gesichert gewesen, und Rami hatte das Problem gelöst, indem er aus dem nahegelegenen Supermarkt einen Einkaufswagen gestohlen und das Gefährt damit durch die Straßen von ganz West-Pori chauffiert hatte. Ein Junge mit einem Kleinkraftrad im Einkaufswagen hatte natürlich mehrere Anrufe bei der Polizei zur Folge gehabt, und Nieminen war noch nicht sehr weit gekommen, als eine mobile Polizeistreife ihn aufsammelte.

Die erste Geldstrafe wurde ein Jahr später für versuchten Diebstahl verhängt. Nieminen hatte mit zwei Kumpeln versucht, in ein Autohaus einzubrechen. Sie waren auf das Dach geklettert, hatten das Dachfenster eingeschlagen und so den Alarm ausgelöst. Von da an hatte Rami Nieminens Strafregister stetig an Umfang zugelegt: Autodiebstähle, andere Eigentumsdelikte, Vandalismus, Körperverletzung, Betrug und so weiter, bis das Spiel abgepfiffen und er zu seiner ersten Haftstrafe verurteilt wurde. Vier Monate auf Bewährung, die in zwei Monate ohne Bewährung umgewandelt wurden, weil Nieminen während der Bewährungszeit einen dunkelblauen Golf stahl, betrunken am Steuer saß, sich mit der Polizei eine Verfolgungsjagd lieferte und in den Straßengraben fuhr. Das Urteil saß Nieminen im Jugendstrafvollzug von Kerava ab.

Im Gefängnis machte er Bekanntschaft mit Drogen.

Paloviita zählte in Nieminens Akte insgesamt siebenunddreißig Verstöße gegen das Betäubungsmittelgesetz, hauptsächlich wegen Besitzes illegaler Drogen, aber auch wegen Besitzes mit Verkaufsabsicht. In den Jahren 1998 bis 2010 verbüßte Nieminen insgesamt vier Haftstrafen für sechzehn unterschiedliche Vergehen. In den vergangenen Jahren hatte Rami Nieminen entweder in irgendeinem finnischen Gefängnis eingesessen oder auf die Vollstreckung des nächsten Urteils gewartet.

Paloviita hob den Blick von den Papieren und richtete ihn auf das Foto auf dem Tisch. Das Bild, das sich aus der Aktenlage klar und deutlich abzeichnete, unterschied sich nur unwesentlich von dem, das Paloviita von Rami Nieminen hatte. Es gab solche Menschen wie Mr Muscle und Rami Nieminen, ohne die es der Gesellschaft erheblich besser gehen würde. Aus Paloviitas Sicht hatte die Welt mit dem Tod von Nieminen keinen bedeutenden Verlust erlitten.

Vom Dezember 2013 fand sich ein interessanter Eintrag. Paloviita hatte darüber etwas in der Zeitung gelesen, es damals jedoch nicht mit Nieminen in Verbindung gebracht. Damals war Rami unter dem dringenden Verdacht des Mordes an der fünfunddreißigjährigen Milja Eveliina Wallin festgenommen worden. Der Leichnam der Frau war zwanzig Kilometer von seinem Zuhause entfernt in einem Entwässerungsgraben mit einer Kugel im Gehirn gefunden worden. Kinder hatten auf dem Weg zum

Rodelberg eine Hand entdeckt, die aus dem Eis ragte, und waren nach Hause gerannt, um es ihren Eltern zu erzählen. Die Kriminaltechniker hatten die Frau aus dem dreißig Zentimeter dicken Eis heraussägen müssen. Weil sie als vermisst galt, hatte die Polizei bereits eine Liste möglicher Tatverdächtiger angefertigt, und Rami Nieminen war zum Verhör geholt worden. Im Laufe der Ermittlungen hatte man auf dem Bettlaken der Frau unter anderem Samenflüssigkeit von Nieminen sichergestellt. Nieminen gab das Verhältnis zu, bestritt aber, geschossen zu haben. Schließlich musste er aus Mangel an Beweisen freigelassen werden. Aus den Unterlagen ging hervor, dass die Ermittlungen im Fall Wallin bis heute nicht abgeschlossen waren und der Täter bislang nicht gefasst werden konnte.

Paloviita stand auf, lief im Büro auf und ab, schüttelte die Arme aus und reckte den Brustkorb vor, um die Sauerstoffversorgung in Schwung zu bringen. Sein ganzer Körper zuckte, als er heftig gähnen musste, und Tränen traten ihm in die Augen. Das Öffnen alter Gräber setzte ihm ordentlich zu. Manchmal war es besser, die Dinge in der Erde ruhen zu lassen.

Oksman hatte das Übelste am Ende der Akte vermerkt. Es hatte sich dort angesammelt wie die schweren Elemente im Inneren der Erde. Dort ruhte all die Schlacke, die von Rami Nieminens Leben übrig geblieben war.

Im Februar 2009 tötete Nieminen seinen Mitbewohner in ihrer gemeinsamen Mietwohnung im Espooer Plattenbauviertel Suvela. Laut der Unterlagen handelte es sich dabei um ein Gewaltverbrechen, wie es für Finnland nur allzu typisch war und das sich nicht wesentlich von dem unterschied, dem Nieminen nun selbst zum Opfer gefallen war. Auch damals war dem Totschlag ein länger andauernder Saufexzess vorausgegangen, dem eine wechselnde, bunte Meute beigewohnt hatte. Saufkumpane kamen und gingen, Schnaps und andere Rauschmittel wurden in Massen konsumiert. Irgendwann waren dann Nieminen und sein

Mitbewohner aneinandergeraten. Zunächst war die Auseinandersetzung nur verbal ausgetragen worden, konnte zumindest oberflächlich beigelegt und der Abend feuchtfröhlich fortgesetzt werden. Später jedoch war der Streit erneut und um einiges heftiger aufgeflammt. Nieminens Mitbewohner, der etwa zwanzig Zentimeter kleiner und mindestens vierzig Kilo leichter war, wurde handgreiflich, konnte aber von den Anwesenden schnell beruhigt werden. In Nieminen hatte der Groll allerdings weiter gegärt, irgendwann war er aufgestanden, ins Bad gegangen und hatte die Metallstange vom Duschvorhang aus der Verankerung gerissen. Dann war er ins Wohnzimmer zurückgekehrt und hatte seinem Mitbewohner scheinbar zur Versöhnung die Hand entgegengestreckt. Während Nieminen dessen Hand drückte, zog er die Stange hervor und schlug damit so heftig auf den Arm seines Gegenübers, dass die Unterarmknochen knackten wie trockenes Fichtenholz. Der nächste Schlag traf dessen rechte Schulter und brach ihm das Schlüsselbein. Der dritte Schlag war tödlich. Er traf den Mann am Hinterkopf und zersplitterte seinen Schädel wie eine Porzellanschüssel. Dessen ungeachtet schlug Nieminen weiter auf ihn ein, brach ihm auch den anderen Arm, die Kniescheibe und das Jochbein. Der Staatsanwalt erhob vor dem Amtsgericht Anklage wegen Mordes, was es aus Paloviitas Sicht absolut war, doch das Gericht entschied auf Totschlag und verurteilte Nieminen zu sechs Jahren Haft, die er in der JVA Sörka absaß.

An dieser Stelle hatte Oksman einen möglichen Berührungspunkt mit Antti Mielonen am Rand notiert: *zusammen in Sörka eingesessen. Kannten sie sich?*

Paloviita befestigte Nieminens Foto wieder mit der Büroklammer auf der ersten Seite, schlug die Akte zu und zog eine weitere, identisch aussehende, heran. Auch auf dieser klebte ein Dymo-Etikett: *Antti Johannes Mielonen, Angaben zur Person.*

Paloviita betrachtete den Aktendeckel und den Namen darauf

lange. Er fürchtete sich davor, ihn zu öffnen. Er wusste, dass er dort auch ein Foto von Mielonen finden würde, und er konnte nicht vorhersagen, was der Anblick in ihm auslösen würde. Schuldgefühle vielleicht? Würde es überhaupt irgendetwas mit ihm machen, oder würde es ihn völlig kaltlassen? Das machte ihm am meisten Angst. Wie das Foto von Nieminen war auch Mielonens Bild schon ein paar Jahre älter und im Zusammenhang mit einer Verhaftung gemacht worden. Ihm wurde bewusst, wie vertraut ihm das Gesicht einmal gewesen war. Antti hatte sich verändert, wie hätte es auch anders sein können. Die Gesichtszüge eines Vierzigjährigen konnten schließlich nicht aussehen wie die eines Dreizehnjährigen. Doch trotz all der Spuren, die die Jahre in seinem Gesicht hinterlassen hatten, war ihm der Blick aus Anttis Augen sofort vertraut. Er selbst hatte sich in all den Jahren bedeutend mehr verändert. Paloviita versuchte zu ergründen, welche Reaktion der Anblick des Fotos in ihm auslöste, aber er fand keine Antwort. Stattdessen ergriff der plötzliche Wunsch von ihm Besitz, dem Foto etwas zu sagen wie: *Hi, alter Freund!* oder *Wie geht's? Lange nicht gesehen!* oder etwas ähnlich Kumpelhaftes. Natürlich sagte er nichts, betrachtete das Foto nur sehr lange. Ein Geist aus der Vergangenheit, schon der zweite am heutigen Tag.

Dann fing er an zu lesen.

Alle Papiere waren ebenso sorgfältig in chronologischer Reihenfolge angeordnet wie in der Akte von Nieminen. Das war so typisch für Oksman, dass Paloviita unwillkürlich lächeln musste. Er stellte sich vor, was passieren würde, wenn er eines der Dokumente einfach verschwinden ließe. Oksman würde sicher nicht eher ruhen, bis er es wieder aufgespürt hätte.

Im Laufe der Jahre hatte Paloviita oft überlegt, was Antti wohl nach dem Sommer 1991 widerfahren war. Jenem Sommer, der ihm immer noch unwirklich wie ein Traum vorkam, der aber leider nur allzu real war. Jenem Sommer, den er nur zu gern vergessen hätte, dessen Geister aber sein Leben bis ans Ende seiner Tage überschatten würden.

Warum hatte er nicht versucht herauszufinden, wie es Antti ergangen war? Das wäre in seiner Position ein Klacks gewesen. Das vor ihm liegende Material, das Oksman innerhalb nur eines Tages zusammengetragen hatte, bewies es. Er begriff, dass es die Angst war, die ihn gehindert hatte. Die Angst, Dinge könnten ans Licht kommen, die er nicht ein zweites Mal hätte verdrängen können. Dinge, die in ihm … ja, was genau ausgelöst hätten? Schuldgefühle? Schuld. Ein Wort, dem er lieber auswich.

Antti Johannes Mielonen. Geboren am 14.1.1978 in Pori. Unverheiratet, keine Kinder, keine früheren Ehen, kein ständiger Wohnsitz.

Der erste Stich ließ nicht lange auf sich warten. Zur fehlenden Adressangabe hatte Oksman den letzten bekannten Wohnsitz handschriftlich vermerkt: Nakkila, nur zwanzig Kilometer von Pori entfernt. Dort war er zuletzt vor drei Jahren gemeldet gewesen. Seit dem gilt er als OfW, ohne festen Wohnsitz, ist umhergezogen, hat im Knast gesessen, in Obdachlosenheimen übernachtet, sich bei Bekannten einquartiert, auch mal draußen genächtigt – was sich jeweils gerade ergab.

Zwischen den Papieren gab es ein Foto, das Oksman unweit des Tatorts gemacht hatte. Es zeigte einen durchweichten Schlafsack und eine Sporttasche, aus der Kleidungsstücke herausquollen. Antti Mielonens gesamte irdische Habe dümpelte in einer Pfütze.

Zwangsläufig wanderten seine Gedanken zu seinem Haus im Villengebiet Viikinäinen. Er dachte an die Autos in ihrer Garage, die sie in der Regel alle drei Jahre wechselten. An die Zimmer der Mädchen und den Flügel, den sie nur angeschafft hatten, weil er vom Architekten für eine Ecke im Wohnzimmer vorgesehen worden war. Er hatte zwölftausend Euro gekostet, und keiner hatte je einen Ton darauf gespielt. Das Grundstück war eines der teuersten der Gegend gewesen, obwohl der Lehmboden kein idealer Baugrund war und es auf der falschen Seite lag. Aber sie hatten genau dieses gewollt, weil es an einen nur wenige Hektar großen See grenzte. Für die Aussicht auf das Wasser waren sie bereit gewesen, eine Menge zu bezahlen. Und weil ihr Angebot um zwanzigtausend Euro höher gelegen hatte als das nächsthöchste, hatten sie den Zuschlag bekommen. Paloviita dachte an das verglaste Bücherregal, an den 60-Zoll-Fernseher und den im Küchenboden elektrisch versenkbaren Weinschrank. Er dachte an Terhi, Sini und Sara und daran, wie viele Gäste auf ihrer Hochzeit gewesen waren. Er erinnerte sich an ihre zweiwöchige Hochzeitsreise nach Puerto del Carmen und all die anderen Reisen, die Terhi und er unternommen hatten. Verlängerte Wochenendtrips nach Budapest, Berlin und Rom, und kurz nach der Geburt ihrer Mädchen Urlaub an den Sonnenstränden von Alanya und Costa del Sol.

Paloviita betrachtete erneut das Foto vom Schlafsack und den paar Klamotten und fühlte, wie ihm wieder übel wurde. Doch diesmal nicht vor Schuld, sondern vor Scham. Was tat er mit all dem Besitz? Nichts, rein gar nichts. Und sowieso, ohne die Kreditbürgschaft von Terhis Vater hätten sie sich überhaupt nichts anschaffen können.

Wo war Antti Mielonen gewesen, als er neben Terhi am Sandstrand von Benalmádena gelegen und mit einem Drink in der Hand aufs Mittelmeer geschaut hatte?

Paloviita wusste, dass die Antworten auf diese Frage auf der nächsten Seite auf ihn warteten, aber er war nicht besonders erpicht darauf, sie zu lesen. Viel Gutes war sicher nicht darunter. Das Foto mit dem durchweichten Häuflein Sachen im Vorraum der Sauna bewies es.

Er blätterte die Seite um und las weiter.

Die Aufzählung begann mit den frühesten Einträgen ins Strafregister wie schon bei Nieminen. Einträge aus Mielonens

Kindheit allerdings fehlten, wie Paloviita erleichtert feststellte. Zu lesen war lediglich, dass Antti Mielonen auf Beschluss des Sozialamtes im Juli 1991 in Obhut genommen worden war. Er war damals dreizehn Jahre alt. Ein Grund stand nicht in den Papieren.

In den Jahren 1991 bis 1993 war Mielonen in mehreren Pflegefamilien untergebracht, bevor er als Fünfzehnjähriger ins Kinderheim Varkaus kam, wo er bis zum vollendeten achtzehnten Lebensjahr blieb. Paloviita versuchte sich vorzustellen, wie es war, unter fremden Menschen in einer unbekannten Stadt aufzuwachsen – es gelang ihm nicht. Bis in diese Dimensionen reichte seine Fantasie einfach nicht.

Auch Mielonen war schon früh in kriminelle Machenschaften und Drogendelikte verstrickt. Zeitweise hatte Paloviita das Gefühl, er lese Nieminens Akte ein zweites Mal, so ähnlich war der Werdegang der beiden. Wie bei Nieminen war auch Mielonens erste kriminelle Tat ein Moped-Diebstahl. Allerdings handelte es sich bei Mielonen um eine Diebstahlserie, bei der er und zwei weitere Jugendliche aus dem Kinderheim Mopeds klauten, auseinandernahmen und die Ersatzteile weiterverkauften. Der Spaß fand ein schnelles Ende, und Mielonen wurde zu einer Geldstrafe und Schadensersatz verurteilt. An dem Tag, an dem er fünfzehn wurde, brach er die Schule ab, er hatte nie einen Schulabschluss gemacht. Aus den Moped-Diebstählen wurden Autodiebstähle mit älteren Jungs. In dieser Gesellschaft brannten sie auch Schnaps und schnüffelten, wofür sie natürlich Geld brauchten. Also klauten sie Autoradios, Lautsprecher, Werkzeuge, Reifen, Felgen und Batterien – also alles, was sich abschrauben ließ. Paloviita erinnerte sich, dass Antti schon als Kind gut mit Werkzeugen umgehen konnte. Offensichtlich war das Geschäft einträglich, zumindest nahm es schon bald professionelle Züge an. Aber es waren zu viele Leute daran beteiligt, und nicht jeder konnte seine Klappe halten. Und so klopfte es eines Abends, als Antti und seine Kumpels dabei waren, einen am Vorabend entwendeten Transit in Einzelteile zu zerlegen, an das Tor der Mietgarage. Mielonen wurde infolge seines in jungen Jahren erlangten umfangreichen Vorstrafenregisters zu drei Monaten auf Bewährung verurteilt. Erschwerend kam hinzu, dass Mielonen als Kopf der Gruppe praktisch das Zerlegen und den Ersatzteilhandel allein betrieben hatte. Allerdings reichte das Urteil nicht aus, um die einmal in Gang gesetzte Abwärtsspirale aufzuhalten. Bereits ein Jahr später verbüßte er seine erste Freiheitsstrafe für die zahlreichen Diebstähle und Diebstahlversuche im Jugendknast von Kerava. Paloviita musste sich von Zeit zu Zeit über die Augen streichen. Er lauschte, ob auf dem Flur Schritte zu hören waren. Aber alles blieb still, doch das Lesen erleichterte ihm das nicht. Die Stille intensivierte vielmehr seine Empfindungen, und er fühlte sich, als hätte ihn jemand mit nassem Sand zugeschaufelt.

Sobald Mielonen die Volljährigkeit erreicht hatte, wechselte er seine Wohnsitze beinahe ebenso häufig wie Nieminen. Von Varkaus zog er nach Joensuu, von dort weiter nach Ilomantsi, und eine Zeitlang wohnte er im fast schon in Lappland gelegenen Kuusamo, bevor er in den Süden zurückkehrte. Ein ganzes Jahr lang wohnte er in Helsinki, zog weiter nach Kotka und von dort nach Kouvola und schließlich zurück nach Helsinki. Die Adressen wechselten so schnell, dass Paloviita mitunter glaubte, ein Telefonbuch zu lesen. Alkohol wurde zu seinem ständigen Begleiter. Zahlreiche Einträge in seinem Strafregister belegten, dass Mielonen oft stark alkoholisiert festgenommen worden war.

Entweder lebte er danach halbwegs zivilisiert, oder er hatte einfach Glück, auf jeden Fall verzeichnete sein Strafregister eine fast fünfjährige Pause. Dann, am 8. Dezember 2016, wurde er bei jener Einbruchsserie erwischt, deren Ziel Container im Hafen gewesen waren und die Oksman schon erwähnt hatte. Der Wortlaut des Gerichtsurteils war der Akte beigefügt. Wäre es um jemand anderen gegangen, hätte die Lektüre vielleicht nur sein berufliches Interesse geweckt, aber in diesem Fall stimmte sie ihn einfach nur traurig. Mielonen, der offensichtlich schon damals chronisch pleite und ohne festen Wohnsitz war, hatte sich einer Bande angeschlossen, die das geklaute Zeug in relativ großem Stil auf dem Schwarzmarkt vertrieb: hochwertige Werkzeuge, Elektrotechnik und Markenkleidung. Zu ihren Kunden zählten auch mittelgroße Baufirmen und Großhändler. Irgendwann hatte ihr Business solche Ausmaße angenommen, dass sich sogar das Zentrale Kriminalamt in Helsinki dafür interessiert hatte. Irgendjemand bekam kalte Füße. Aus den Papieren gewann man den Eindruck, dass es sowieso nur eine Frage der Zeit gewesen war, bis die Gruppe aufflog. Ein Sündenbock musste her, und diese Rolle fiel Antti Mielonen zu. Bei einer Razzia im Hafen von Rauma wurde eine einzige Person erwischt. Die Beweise waren erdrückend und das Urteil entsprechend hart. Hätte er seine Mittäter preisgegeben, wäre ihm die lange Haftstrafe erspart geblieben. Obwohl die anderen ihn geschlossen verraten hatten, hielt Antti Mielonen bis zum Schluss den Mund und stand für die Konsequenzen alleine gerade, obwohl er eigentlich nur ein kleiner Fisch gewesen war. Die Haftstrafe saß Mielonen im geschlossenen Vollzug in Köyliö ab. Nach seiner Entlassung im Februar 2017 begann sein Leben als Tippelbruder, das ihn schließlich zum Wochenendhaus auf die Landzunge Korpholma geführt hatte, wo er mit Rami Nieminen zusammengetroffen war.

Auch in dieser Akte hatte Henrik Oksman den Vermerk über die kurze Zeitspanne eingefügt, die Mielonen gleichzeitig mit Nieminen in der JVA Sörnäinen eingesessen hatte. Und in der Tat war es sehr gut möglich, dass sich ihre Wege dort gekreuzt hatten. Und es wäre bei Weitem nicht das erste Mal, dass draußen eine Rechnung beglichen wurde für etwas, was innerhalb der Mauern vorgefallen war. Das, was Henrik Oksman nicht wusste – und, so hoffte Paloviita, auch niemals erfahren würde –, war der

Umstand, dass sich Antti Mielonen und Rami Nieminen schon lange vor Sörnäinen begegnet waren. Und auch damals war Blut geflossen.

Als Paloviita zu vorgerückter Stunde Mielonens Akte schloss, fröstelte ihn. Seine Hände waren eiskalt. Ihm war noch ein weiterer Umstand klargeworden. Etwas, das Henrik Oksman und Linda Toivonen längst erkannt hatten: Es gab keine großen Zweifel daran, dass Antti Mielonen Rami Nieminen getötet hatte.

Paloviita starrte auf die Tür seines Büros. Seine Gedanken wirbelten wild durcheinander und streiften dabei auch Terhi, die Mädchen, das Haus, die Autos. Seine Gedanken schweiften weit in die Vergangenheit, auf eine Wiese, auf der hohe Gräser, Engelwurz und Weidenröschen wuchsen, und sie berührten Dinge, die vor langer Zeit an einem Mittsommerabend geschehen waren. Als sich der größte Aufruhr gelegt hatte, erhob er sich. Nicht, dass sich seine Gedanken beruhigt, Widersprüche gelöst oder beunruhigende Vorstellungen verflüchtigt hätten. Er war nur ruhiger, weil er einen Entschluss gefasst hatte: Er würde Antti Mielonen helfen. Er wusste zwar noch nicht wie, aber irgendetwas würde ihm schon einfallen. Das war er ihm schuldig.

17

Das Gebiet zwischen Musa und Vähärauma, das Paviljong genannt wurde, bestand aus einem eigenartigen Konglomerat hundert Jahre alter Holzhäuschen und abgewohnter, flacher Plattenbauten. Asymmetrische Grundstücke grenzten kreuz und quer an die Straßen und waren mit allerlei Gebäuden der Marke Eigenbau bestückt. Zwischen alten Holzhäusern mit verwitterter Fassade erhoben sich schmucke Wohngebäude aus Stein, und daneben standen auf verwilderten Grundstücken windschiefe, halb verfallene Bretterbuden.

Kari Nieminen wohnte im Friisintie in einem zweistöckigen Frontkämpferhaus, dessen Holzkonstruktion außen mit einem Rauputz versehen war. Haus und Garten sahen gepflegt aus. Vor dem Grundstück stand ein etwa zehn Jahre alter Toyota Avensis. Linda fuhr nicht auf das Grundstück, sondern parkte im Schatten der Weißdornhecke. Der Morgen war noch leicht frostig und das Gras von Raureif bedeckt, aber die Straßen waren trocken. Aus dem Schornstein des Hauses stieg eine kerzengerade Rauchsäule in die Luft, die sich erst in den kälteren Luftschichten in seltsame Wurmgebilde auflöste. Linda und Oksman gingen durch den Garten und stiegen die Stufen zur Tür hinauf. Linda klingelte.

Sie vernahmen Geklapper, dann wurde ein Riegel zurückgeschoben und die Tür von einem etwa siebzigjährigen, grauhaarigen Mann geöffnet. Er trug eine Anzughose und Hosenträger. Abgesehen von seinem ausladenden Bauch war alles an ihm schmal und faltig, Arme, Brust und Gesicht.

»Kari Nieminen?«, vergewisserte sich Oksman.

Der Mann nickte und musterte sie von Kopf bis Fuß. Linda stellte sie vor, und beide zeigten ihre Dienstausweise.

»Sieh an, die Polizei ...«, kommentierte Kari Nieminen ihr Erscheinen, blickte zur Straße, auf der aber keiner zu sehen war, und bat sie herein. Die Wohnung roch nach einem alten Menschen. Es war eine Mischung aus Urin, zu lange gelagerten Lebensmitteln und ungewaschener Kleidung. Linda registrierte, dass Oksman sich bemühte, nichts anzufassen, auch wenn er das gut verbarg. Nieminen führte sie ins Wohnzimmer, wo sie sich auf das Sofa setzten und Nieminen ihnen gegenüber im Sessel Platz nahm. Der Fernseher lief. Irgendeine x-te Wiederholung von *Schatten der Leidenschaft*.

»Wir müssen Ihnen leider eine traurige Mitteilung machen«, begann Linda und sah Kari Nieminen dabei in die Augen. Keine

Regung. »Ihr Sohn Rami ist tot aufgefunden worden. Es tut uns leid«, fuhr sie fort.

Kari Nieminen sagte lange Zeit nichts und schaute nur abwechselnd zu Linda und zu Oksman. Linda nahm schon an, er sei schwerhörig, und wollte den Satz wiederholen, als er sich doch bewegte und sagte:

»Ach ja.«

»Es geht um ein Gewaltverbrechen. Er wurde am Freitagabend in Ahlainen mit einem Messer getötet. Ein Mann wurde festgenommen, er ist dringend tatverdächtig. Unser Beileid.«

Linda versuchte, irgendeine Regung in Karis Gesicht auszumachen, doch es blieb völlig ausdruckslos.

»Ach ja«, wiederholte Kari. Und nach einer kurzen Pause: »Jetzt ist es also passiert.«

»Sie wirken nicht besonders überrascht?«

Kari Nieminen lachte auf, und in seinem faltigen Gesicht zeigte sich zum ersten Mal eine Gefühlsregung: eine Verachtung, die so abgrundtief war, dass es sie beinahe erschreckte. »Überrascht? Wie könnte ich da überrascht sein. Reden Sie doch keinen Scheiß!«

Oksman und Linda warfen sich einen Blick zu. Kari Nieminen schaute sie mit funkelndem Blick an. »Der Bengel hat mir … uns nichts als Ärger gemacht. Ich habe immer gewusst, dass es eines Tages so kommen wird. Immerhin hat auch er schon einem Menschen das Leben genommen.«

»Wann haben Sie Rami zuletzt gesehen?«, fragte Linda.

Kari Nieminen schürzte die Lippen und schaute zu einem Kalender an der Wand. »Vor sieben Jahren, ziemlich genau, glaube ich. Damals war es auch Herbst.«

»Hat er Sie besucht?«

»Nein. Ich habe ihn beim Einkaufen gesehen.«

»Haben Sie mit ihm gesprochen?«

Kari Nieminen schüttelte den Kopf. »Nein. Gesehen haben

wir uns, aber das war es auch. Ich bin meiner Wege gegangen und er seiner.«

»Und davor?«, fragte Oksman.

»Sie meinen, wann wir zuletzt geredet haben? Daran kann ich mich nicht erinnern. Rami ist ausgezogen, bevor er achtzehn wurde. Er war damals schon durch und durch verdorben.« Dabei schaute er Oksman und Linda abwechselnd in die Augen. »Aber schieben Sie nicht mir oder Riikka die Schuld in die Schuhe. Wir haben versucht, es ihm auszutreiben. Sie können sich nicht vorstellen, wie es ist, mit so einem …, so einem Jungen. Ich habe es wirklich versucht, aber nichts hat geholfen. Der war schon missraten, als er auf die Welt kam, und aus einer hässlichen Ratte wird kein edler Kater.«

Linda beobachtete, wie Oksmans Miene düster wurde und er sich zurücklehnte, um den Abstand zwischen sich und Nieminen zu vergrößern. Schlagartig wurde ihr klar, dass der sonst so reservierte Oksman kurz davor war, seine Beherrschung zu verlieren.

»Sie haben keine Ahnung, wie viele schlaflose Nächte Riikka und ich wegen seiner Eskapaden hatten. Ich sage Ihnen, es waren hunderte. Bestimmt hat sie auch wegen Rami und den ständigen Sorgen ihren Krebs gekriegt.«

»Interessiert es Sie zu hören, was genau passiert ist?«, erkundigte sich Linda.

Kari Nieminen richtete seinen Blick auf Linda. »Das haben Sie doch schon gesagt. Eine Messerstecherei. Es hat bestimmt irgendeinen Streit gegeben, aber diesmal fand sich keine Eisenstange, so wie damals, als er seinen Kumpel erschlagen hat. Sie können sich nicht vorstellen, wie ich mich geschämt habe, dass so etwas passieren musste. Ich hätte noch härter durchgreifen sollen, früher, als er noch klein war, aber es war schon damals klar, aus dem wird nie was. Ein Fahrrad und alles hat er gekriegt …«

»Sagt Ihnen der Name Antti Mielonen etwas?«

Kari Nieminen sah jetzt Oksman an und schüttelte den Kopf. »Nein, wer soll das sein?«

»Der Mann, der verdächtigt wird, ihn getötet zu haben«, sagte Oksman. »Ihr Sohn ist in den Rücken und in den Hals gestochen worden. Der Rechtsmediziner sagt, dass er sofort tot war und nicht leiden musste. Den Messerstichen ging keine Schlägerei voraus.«

Kari Nieminen starrte Oksman weiter an, aber jetzt mit einem lauernden Blick, wie eine Katze, die eine hüpfende Blaumeise im Gras entdeckt hat. »Aber irgendeinen Streit hat es gegeben, nicht wahr? Menschen stechen sich ja nicht zum Vergnügen ab. So viel weiß ich auch. Irgendetwas wird Rami ihm schon getan haben.«

»Die Gründe, die zur Tötung geführt haben, sind noch Gegenstand unserer Ermittlungen. Es ist möglich, dass Ihr Sohn und dieser Mielonen sich kannten. Sie beide hatten …«, Oksman schaute hilfesuchend zu Linda, »… eine kriminelle Vergangenheit, und es ist möglich, dass es um alte, offene Rechnungen ging.«

»Das würde mich nicht wundern. Der war schon als kleiner Junge so. Immer am Klauen. Seine Kumpels waren ganz genauso. Von denen hat er das gelernt. Ich will nicht rumprahlen, das ist nicht meine Art. So bin ich nicht erzogen worden. Aber ich habe versucht, es ihm auszutreiben, so gut ich konnte. Da können Sie sicher sein. Und ich habe ihm Lehren erteilt, das habe ich, aber bei dem hat nichts gefruchtet.«

»Sie haben also in den vergangenen Jahren nichts von Ihrem Sohn gehört?«

Kari Nieminen schüttelte den Kopf, und jetzt zeichnete sich eine Spur von echter Sorge ab. »Er hat nie angerufen … aber uns schon hin und wieder um Geld angehauen, zumindest am Anfang, nachdem er abgehauen war. Riikka hat sich immer schreckliche Sorgen gemacht und ist auch einmal nach Helsinki gefahren, um ihn dort im Gefängnis zu besuchen. Mich kriegt keiner in so einen Bunker voller Abschaum, wo sie sich gegenseitig vergewaltigen. Aber, dem Himmel oder sonst wem sei Dank, dass Riikka das hier nicht mehr miterleben muss.«

Oksmans Wangenmuskulatur zuckte. Linda ließ ihren Blick durch den Raum schweifen, in dem die Zeit irgendwann Ende der Neunziger stehen geblieben zu sein schien. Vorhänge oder Teppiche waren seit Jahren nicht ausgetauscht worden, im Regal standen nur wenige Bücher, der Rest war mit allem möglichen Nippes vollgestellt, Glasvögeln und Souvenirs aus verschiedenen finnischen Städten. Die Bücher waren schon an ihrem Einband eindeutig zu erkennen – Klassiker in Massenauflage: *Hier unter dem Polarstern Band 1–3, Der unbekannte Soldat, Mein Kampf* und – beinahe innig angeschmiegt, die Bibel. Auf dem Regal darunter standen Fotos, in der Mitte das Hochzeitsbild von Kari und Riikka Nieminen. Kari mit Vokuhila-Frisur, buschigem Schnurrbart und einer auffälligen Fliege um den Hals. Riikkas Brautkleid war dezent körperbetont und rundete sich in der Bauchregion schon ein wenig. Links vom Hochzeitsbild stand ein Schwarz-Weiß-Foto des Kriegsmarschalls Mannerheim und rechts daneben ein Schwarz-Weiß-Foto von Kari Nieminen, das ihn als Soldaten zeigte. Mit den Streifen eines Unterfeldwebels am Kragen der grauen Dienstuniform.

Auf dem Regal standen auch die Fotos weiterer Verwandter, aber kein einziges von Rami.

Linda erhob sich, ging zu dem Regal und betrachtete die Fotografien. Sie zeigte auf das Hochzeitsfoto und fragte: »Darf ich?«

»Nur zu«, antwortete Kari Nieminen. Sein Gesichtsausdruck wurde ein bisschen weicher. Linda nahm das Foto in die Hand.

»Ihre Frau war schön«, stellte Linda fest, obwohl das nicht ganz der Wahrheit entsprach. Na, vielleicht die Augen.

Kari Nieminen lächelte. »Wir haben im Herbst '76 geheiratet. Rami war schon unterwegs, aber das war nicht der einzige Grund … ich habe sie wirklich geliebt.«

»Sie haben gesagt, sie ist an Krebs gestorben?«

»Ja, so eine Magengeschichte. Eines Tages hat sie über Magenschmerzen geklagt, also eigentlich schon seit ein paar Jahren immer mal wieder. Aber plötzlich war es so schlimm, dass sie nichts mehr drin behalten konnte. Sie hatte einen apfelsinengroßen Tumor.« Kari Nieminen veranschaulichte die Größe der Geschwulst mit der Faust. »Sie haben sie aufgeschnitten, aber gleich wieder zugemacht. Da war nichts mehr zu machen, haben sie gesagt. Sie hat Weihnachten nicht mehr erlebt.«

»Das tut mir leid«, sagte Linda und registrierte zum ersten Mal Wärme in seinem Blick.

Linda stellte das Foto zurück und fragte beiläufig: »Haben Sie vielleicht ein Foto von Rami? Eines, das wir uns für die Dauer der Ermittlungen leihen könnten?«

Die kurz wahrnehmbare Wärme in Kari Nieminens Augen war auf einen Schlag wie weggewischt und kalter Härte gewichen. »Wozu brauchen Sie ein altes vergilbtes Bild? Sie haben doch Fotos von ihm im Jahresabstand, jedes Mal, wenn er wieder in den Knast gewandert ist.«

Jetzt erhob sich auch Oksman und ging zum Regal. »Die Ermittlungen sind noch nicht abgeschlossen, eigentlich stehen wir erst am Anfang, aber es gibt einen Verdächtigen, und uns interessieren mögliche Verbindungen zwischen ihm und Ihrem Sohn.«

Widerstrebend stand Kari Nieminen auf und zog die unterste Schublade der Schrankwand auf, die von unsortierten Fotos überquoll. Ein Teil war noch im Umschlag vom Fotoladen, aber der größte Teil lag wild durcheinander. »Riikka und ich waren keine großen Fotokünstler. Es kann sein, dass es ein paar Babyfotos gibt, aber zu einem Fotografen haben wir ihn nie geschleift. Die heutigen Kinder werden total verhätschelt.«

Linda hockte sich hin und begann, die Fotos durchzugehen. Sie nahm sie haufenweise aus dem Schubfach und stapelte sie auf dem Fußboden. Zuerst nahm sie die unteren und machte dann mit den jüngeren, obenauf liegenden weiter. Oksman folgte Lindas geschmeidigen Fingern mit den Augen. Die meisten Bilder waren schon älteren Datums. Der erste Stapel war von einer Reise und zeigte Landschaften: einen See, einen Geröllhang oder trockenen Wasserfall, Rentiere auf der Straße, ein Gebäude und irgendein Denkmal. Rami war nur auf einzelnen Aufnahmen am Bildrand zu sehen. Filmmaterial war für den Jungen jedenfalls nicht verschwendet worden. Oksman konnte trotzdem sehen, dass Rami ein hübscher Junge gewesen sein musste. Je neuer die Fotos waren, umso weniger gab es. Aus den Neunzigern fanden sich praktisch keine mehr. Entweder waren keine mehr entstanden, oder jemand hatte sie weggeschmissen, oder sie waren einfach verschwunden. Zuletzt nahm sich Linda einen großen Umschlag mit einem Adleremblem darauf vor, eine Sammlung von Schulfotos, wie sie und Oksman erkannten.

Linda zog knapp ein Dutzend Fotos aus dem Umschlag. Auf dem obersten Bild war der etwa zehnjährige Rami zu erkennen, bei dessen Anblick sich Kari Nieminen erhob und in die Küche ging. Linda und Oksman hörten, wie er ein Glas aus dem Schrank nahm, den Wasserhahn aufdrehte, trank und das Glas erneut befüllte.

Auf dem Foto sah Rami Nieminen aus wie jeder x-beliebige zehnjährige Schuljunge, mit Ausnahme der Augen, die irgendwie dumpf dreinblickten. Der Mund lächelte, wie man auf Fotos zu lächeln hatte, aber die Augen, die direkt in die Kamera blickten, lächelten nicht. Sie wirkten leblos wie die Augen eines Fisches. Die anderen Fotos unterschieden sich kaum: lächellose Blicke in die Kamera, Jahr um Jahr. Die Fotos hatten etwas Abstoßendes an sich. Linda und Oksman spürten es beide, auch ohne es auszusprechen.

Auf drei Fotos trug Rami das gleiche gelbe T-Shirt, im ersten Jahr war es viel zu groß, im zweiten Jahr passte es und im dritten saß es viel zu knapp. Das Star-Wars-Logo auf der Brust leuchtete im ersten Jahr strahlend neu, auf dem letzten bröckelte es und war ausgeblichen.

Kari Nieminen kam zurück, lehnte sich an den Türrahmen und blieb dort stehen.

Unter den Fotos waren auch die Klassenfotos der fünften und sechsten Klasse, auf denen Rami Nieminen aufgrund seiner Größe und des gelben T-Shirts leicht auszumachen war.

Linda zeigte Kari Nieminen das Schülerporträt aus der sechsten Klasse, auf dem Rami deutlich älter aussah als seine Altersgenossen. Die kindlichen Gesichtszüge waren vollständig verschwunden und hatten kantigen Konturen Platz gemacht. Über der Oberlippe schimmerte der erste Bartflaum. »Dürfen wir uns das ausleihen? Wir fertigen eine Kopie an und geben es Ihnen dann zurück.«

»Und diese hier?«, fügte Oksman hinzu und hob die Klassenfotos der fünften und sechsten hoch.

Kari Nieminen sah aus, als überlegte er, nickte dann aber schließlich. »Völlig wurscht. Sie können alle nehmen. Und zurückzugeben brauchen Sie keines davon. Ich hätte die gar nicht genommen, die waren sauteuer. Aber Riikka wollte sie unbedingt, dabei hat sie sie nie angesehen, nicht damals und nicht später.«

Linda steckte die Fotos in ihre Schultertasche, nahm eine Visitenkarte heraus und reichte sie Kari Nieminen. »Wir müssen leider aufbrechen. Auf der Karte steht meine Nummer. Sie können mich und meine Kollegen jederzeit anrufen.«

Kari Nieminen begleitete sie an die Haustür.

»Noch mal unser Beileid. Vielleicht möchten Sie einen Bekannten anrufen, der Ihnen Gesellschaft leisten kann oder zu dem Sie gehen können?«

Kari Nieminen knurrte. »Wen soll ich denn anrufen, und wer würde schon hierherkommen?«

»Wenn Sie wollen, können wir jemandem von der Gemeinde Bescheid sagen oder von der Sozialfürsorge.«

»So eine rührselige Kuh kommt mir nicht über die Schwelle, damit das klar ist. Die haben sich noch nie die Mühe gemacht vorbeizuschauen, nicht einmal als Riikka gestorben ist.«

Draußen dämmerte es bläulich. Das Licht hatte versucht, die Landschaft aufzuhellen, war dann aber unter seinem eigenen Gewicht zusammengebrochen. Linda dachte, dass der Herbst wie ein schnelles Ein- und Ausatmen war: Genug zum Überleben, aber für mehr reichte es nicht.

Henrik Oksman und Linda Toivonen verharrten noch einen Moment auf der Treppe, denn Kari Nieminen hatte die Tür noch nicht zugemacht, sondern stand im offenen Eingang.

»Ich habe es wirklich mit diesem Jungen probiert. Das können Sie mir glauben. Ich habe alles versucht. Aber der hat mir verdammt noch mal nicht geglaubt. Selbst wenn ich ihn bis aufs rohe Fleisch ausgepeitscht hätte. Ein Scheißmörder ist aus ihm geworden.«

Kurzzeitig sah es so aus, als schluckte Kari Nieminen die Tränen hinunter. »Aber sicher ist auch, der hat sich nichts gefallen lassen. Den hat garantiert kein Neger in den Arsch gefickt, nicht im Loch und nicht draußen.«

Jetzt weinte Nieminen bitterlich. Linda wusste nicht, was sie noch sagen sollte. Sie bekundete noch einmal ihr Mitgefühl und verschwand dann mit Oksman in Richtung Auto. Die Fahrt verlief wieder schweigend, aber diesmal lag hinter dem Schweigen noch etwas anderes als bei der Herfahrt. Erst als sie in der Dienststelle ankamen, sagte Oksman: »Wenn du die Fotos ablichtest, mach auch Vergrößerungen von den Klassenfotos.«

»Wieso? Brauchst du die?«

»Wahrscheinlich nicht. Nur zur Sicherheit.«

18

Paloviita fuhr mit dem Fahrstuhl ins Erdgeschoss. Unten winkte ihn der diensthabende Polizist an der Einlasskontrolle in seinen Glaskasten. Er konnte sich an den Vornamen des Mannes absolut nicht erinnern, aber der Nachname, Grönroos, prangte glücklicherweise an seiner Brust. Er hielt einen Lottoschein und eine metallene Kaffeedose in der Hand.

»Möchte sich der Herr Kommissar an unserer Lotto-Tippgemeinschaft beteiligen? Ein paar Mitspieler könnten wir noch gebrauchen.«

»Wie viel?«, fragte Paloviita und kramte sein Portemonnaie hervor.

»Ein Fünfer für einmal, zehn für eine Woche.«

Paloviita reichte ihm einen Fünf-Euro-Schein und versuchte angestrengt, auf den Vornamen zu kommen. Zwecklos. Grönroos reichte ihm den Anteilsschein wie einen zerbrechlichen Keks.

»Aus Jux habe ich auch Linda und den Ochsen gefragt. Sie hätten mal Oksmans Ausdruck sehen sollen. Wie ein wildgewordenes Pferd. Kapier echt nicht, wieso. Linda hat auch die Augen verdreht, als ob sie sich gleich in die Hosen macht. Wie halten Sie das bloß aus mit den beiden?«

Dann fiel Grönroos etwas ein, und er wurde ernst: »Aber bald seid ihr ja wieder Partner, wenn Heinonen zurückkommt. Falls er überhaupt zurückkommt. Ich habe gehört, dass er vielleicht für immer beim Zentralen Kriminalamt bleibt.«

»Weiß nicht«, antwortete Paloviita. Und plötzlich kam ihm auch Grönroos' Vorname wieder in den Sinn: Olavi. Wie sein Vater. »Mir ist nichts zu Ohren gekommen.«

Paloviita wollte sich gerade umdrehen, als Grönroos ihm noch nachrief: »Diese Woche geht es um vier Komma fünf Millionen. Wir haben schon gewitzelt, wie wir unseren Abschied feiern werden. Das wären fünf Hunderter pro Nase, damit du das schon mal weißt.« Paloviita hob die Hand zum Abschied und ging weiter den Flur entlang in Richtung Kriminaltechnik. An der Feuertür hielt er seinen Chip vor das elektronische Schloss und drückte die Tür auf. Der Bereich Kriminaltechnik war eine geschlossene Abteilung, und in die Labore konnte nicht jeder hineinmarschieren wie er wollte. Schon allein der Atem einer Person konnte eine Probe mit Fremd-DNA kontaminieren. Deswegen wurden ungebetene Besucher nicht gern gesehen. Paloviita warf einen Blick in das Büro von Ville Raunela, fand es aber leer vor, und ging weiter zum Pausenraum am Ende des Flurs. Dort saß Raunela mit einer Kollegin beim Essen: sie Pizza und er Salat aus der Tupperdose. Sie bedeuteten ihm, sich mit an den Tisch zu setzen. Paloviita folgte der Aufforderung und zog sich einen Stuhl heran.

»Kaffee?«, fragte die Kollegin, wischte sich den Mund ab und warf die zusammengeknüllte Serviette quer durch den Raum zielgenau in den Mülleimer.

Er schüttelte den Kopf.

»Was führt denn den Kommissariatsleiter hier runter ins Reich der Morlocks?«, fragte Raunela, trank einen Schluck Wasser und rülpste. Paloviita entging der verborgene Spott in Raunelas Frage nicht, der, wenn man ehrlich war, auch nicht besonders verborgen war.

»Eigentlich bin ich hier, weil ich dich treffen wollte. Hast du einen Moment?«, fragte er mit einem Blick auf dessen Kollegin. Sie verstand und verließ die Küche.

Paloviita wartete noch ein paar Sekunden und sagte dann: »Das hier ist kein geheimes Treffen.« Sein Versuch, entspannt zu lächeln, misslang allerdings.

»Aha. Na, dann leg mal los«, antwortete Raunela und spießte ein Stück Feta auf die Gabel.

»Diese Messerstecherei«, setzte Paloviita an, blickte zur Tür und fuhr fort. »Die am Freitag. Das Wetter war wohl ziemlich schlecht?«

»Ja, was ist damit?«

»Ich habe Henrik und Linda jedenfalls so verstanden, dass die Bedingungen ziemlich anspruchsvoll waren.«

Raunela legte die Gabel auf den Tisch und schaute Paloviita jetzt unverwandt an. »Das stimmt. Es herrschte ein ausgesprochenes Scheißwetter. An dem Tag fegte der schlimmste Sturm des Jahres über Pori hinweg.«

Paloviita zeigte keine Regung angesichts Raunelas heftiger Reaktion. Er war an sein aufbrausendes Naturell gewöhnt. »Zwei Dinge sind es, die Henrik besondere Sorge bereiten. Verstehe mich nicht falsch, das ist keine Kritik. Aber in dem Fall erhebt der Staatsanwalt vielleicht Mordanklage und dann …«

»Ja, ja, ich weiß. Das haben Linda und Henrik auch schon gesagt. Das waren üble Bedingungen. Vollkommen dunkel, der Regen peitschte waagerecht, und auf dem Grundstück war ein Betrieb wie auf dem Weihnachtsmarkt. So gesehen, haben wir einen ziemlich guten Job gemacht, finde ich. Das hätte auch in einer Katastrophe enden können.«

»Super, genau das wollte ich hören«, log Paloviita.

Raunelas Miene wurde eine Spur milder. »Aber ehrlich gesagt, draußen haben wir absolut keine Spuren sicherstellen können. Das war eine einzige Matschwüste.«

»Und drinnen?«

»Auch das war nicht brillant. Man hätte die Bagage sofort rausbringen müssen. Aber bei dem Wetter konnten wir sie natürlich nicht vor die Tür jagen. Henrik verdient wirklich Anerkennung dafür, dass er die aus dem Weg geschafft hat.«

»Aber der zeitliche Ablauf der Ereignisse am Tatort, der ist eindeutig, oder?«

Raunela schaute Paloviita abschätzend an. Dieser bemühte

sich, gleichgültig dreinzuschauen und nichts durch seine Mimik zu verraten.

»Ich habe meine Einschätzung schon Henrik und Linda mitgeteilt. Warum fragst du nicht sie?«

»Sie waren schon weg, als Vesalainen vorbeikam und von mir mehr zum Sachverhalt wissen wollte, also ob es nun Totschlag oder Mord war. Außerdem höre ich die Dinge gern direkt von dir, das ist klarer und ein bisschen wie in alten Zeiten.«

Paloviita wusste, dass Raunela empfänglich war für Lob, und so versuchte er es in angemessenen Portionen in seine Sätze einzustreuen.

»Es ist zumindest ziemlich klar«, antwortete Raunela.

»Definiere ziemlich.«

»Sicher ist, dass sich dieser Mielonen zum Zeitpunkt der Messerstecherei im Inneren des Wochenendhauses aufgehalten hat. Sein Hemd war voll vom Blut des Opfers. Auch ein paar Schnürstiefel, die wir drinnen gefunden haben, gehören Mielonen.«

»Was beweist das?«

»Wie viele würden schon bei Regen und Sturm ohne Schuhe in den Wald rennen? Genau. Da hatte es jemand sehr eilig, von dort wegzukommen.«

»Und das Messer?«

»Ist nicht gefunden worden, wie bekannt. Aber wir wissen, dass es sich um ein Küchenmesser mit schmaler Klinge handelt. Kein Soldaten- oder Jagdmesser, kein Mora oder irgendein anderes Arbeitsmesser.«

»Stammt es aus dem Wochenendhaus?«

»Das kann keiner mit Sicherheit sagen. Die Besitzerin weiß nicht, ob ein Messer von dort fehlt oder nicht. Sicher ist nur, dass es keines der Messer war, die wir sichergestellt haben. Wir haben alle untersucht, sie sind sauber.«

»Und auf dem Grundstück wurde es nicht gefunden?«

»Das habe ich doch gerade gesagt«, entgegnete Raunela ungehalten.

»Das war keine Kritik. Das Auffinden der Tatwaffe wäre nur äußerst hilfreich. Der Verdächtige behauptet, er erinnere sich an nichts. Mit den sogenannten Zeugen steht es nicht viel anders. Wir brauchen dringend weitere Beweise.«

Raunela starrte Paloviita an, seine Oberlippe zuckte, seine Augen verengten sich. »Wozu weitere Beweise? Ein blutverschmierter Tatverdächtiger und ein Haufen Leute, die eindeutig auf ihn zeigen und sagen, er war's, das soll nicht reichen?«

»Findest du es nicht merkwürdig, dass an Kleidung oder Händen von keiner einzigen weiteren Person Blutspuren gefunden wurden?«, warf Paloviita ein.

»Was meinst du damit?«

»Ein Mann wird erstochen, und keiner eilt ihm zu Hilfe? Die Bude ist voll wie bei einem Gewerkschaftskongress, und alle drehen nur Däumchen, während aus einem von ihnen Blut sprudelt, als sei er die Havis Amanda?«

»Ich mache den Job schon so lange, mich wundert nichts mehr«, entgegnete Raunela. »Vor einem Jahr starb bei einem Saufgelage ein Mann. Es war nichts weiter als ein stinknormaler Herzinfarkt, aber keiner der Anwesenden hat bemerkt, dass er tot war. Sie dachten, er wäre besoffen eingepennt. Es dauerte ganze fünf Tage, bis sie merkten, dass etwas nicht stimmte. Da hatte er schon angefangen zu stinken, und sie riefen den Krankenwagen. Von der Sorte Typen, wie sie in dem Mökki versammelt waren, würde ich nicht allzu viel erwarten.«

»Ich finde es auf jeden Fall merkwürdig«, fuhr Paloviita fort, obwohl ihm klar war, dass Raunela recht hatte. »Es könnte aber auch so gewesen sein, dass Mielonen der Einzige war, der versucht hat, ihm zu helfen, und dass deswegen seine Klamotten voller Blut waren.«

Raunela schnaubte verächtlich. »Ja klar … es soll auch Leute geben, die glauben an Ufos, und sogar noch mehr glauben an Jesus. Aber sag mal, Sherlock, wieso eilt Mielonen seinem Kumpel erst zu Hilfe und rennt dann in den Wald?«

»Das ist erst mal nur reine Spekulation«, erklärte Paloviita und fühlte sich wie ein kompletter Idiot, als er fortfuhr: »Ich persönlich glaube keineswegs daran, aber vor Gericht, da kommen die mit allen möglichen Theorien, so abwegig sie auch sein mögen. Darauf müssen wir gefasst sein und Antworten bereithalten. Also rein theoretisch, es könnte doch auch sein, dass jemand anders in der Mökki der Messerstecher ist. Oder es waren mehrere. Soweit ich verstanden habe, waren das nicht Mielonens engste Kumpel, sondern er war so etwas wie ein Außenseiter. Es könnte doch sein, dass sie ihn gemeinschaftlich zum Sündenbock machen wollen und Mielonen abgehauen ist, weil er fürchten musste, das nächste Opfer zu werden.«

Raunela klatschte in die Hände und warf den Kopf zurück. »Gratuliere. Du hättest Schriftsteller werden sollen.«

»Wie gesagt, das ist nur so ins Blaue geredet. Aber falls es theoretisch möglich ist, dann hätten die Menschen dort auch Zeit genug gehabt, die Beweismittel, vor allem das Messer, verschwinden zu lassen, sich die Hände zu waschen, Klamotten zu wechseln und so weiter. Du hast doch selbst gesagt, dass das Wetter äußerst ungünstig war. Außerdem hat nur einer dieser sogenannten Zeugen Mielonen auf dem Foto erkannt.«

Raunela lehnte sich zurück, verschränkte die Arme über der Brust und räusperte sich: »Ich weiß nicht, was es bringen soll, solche Theorien zu entwickeln. Wir wissen doch, wie es ist, sie verselbstständigen sich und kriegen Ableger. Der Fall ist eindeutig, und daran besteht kein Zweifel, egal wie die Witterungsbedingungen vor Ort waren: Mielonen hat den Typen auf dem Gewissen. Es ist euer Bier zu klären, ob es Totschlag war oder Mord. Aber Mielonen war der Mann, der das Messer geschwungen hat. Und er war stark alkoholisiert. Vielleicht hat Nieminen einen

Schluck aus der falschen Flasche genommen oder sein Gesicht hat ihn einfach genervt. Oder sie kannten sich von früher, und alte Rechnungen wurden ein für alle Mal beglichen. So ist das bei tausend anderen Fällen in diesem Land abgelaufen, und so war es auch hier. Er hat zugestochen und sich aus dem Staub gemacht. Das Messer hat er unterwegs irgendwo weggeworfen. Für eine Verurteilung ist die Tatwaffe nicht unbedingt notwendig, wenn die sonstigen Beweise ausreichen.«

»Aber hier reichen sie eben nicht aus«, beharrte Paloviita, woraufhin Raunela nur das Gesicht verzog. So langsam ging Paloviita Raunelas Überheblichkeit echt auf die Nerven. »Meiner Meinung nach habt ihr bei der Tatortuntersuchung versagt. Und das denke nicht nur ich, sondern auch die übrigen Polizisten unserer Abteilung. Da beißt die Maus keinen Faden ab. In so einem Fall, wenn sich die Meute mit Mühe und Not noch an den eigenen Namen erinnert, muss die technische Beweislage wasserdicht sein. Jetzt haben wir nichts als einen löchrigen Flickenteppich. Die Aussagen der Saufbrüder sind vollkommen wertlos. Selbst der erbärmlichste Anwalt wird sie vor Gericht aussehen lassen wie stotternde Affen. So ist das nun mal in Finnland. An der Schuld darf nicht der geringste Zweifel bestehen, die Beweise müssen lückenlos sein.«

Paloviitas Gesicht und Hals waren rot angelaufen, als er fortfuhr: »Alle quasseln ständig davon, dass das ein Routinefall ist – so wie hundert andere auch. In einem Mökki wurde Alkohol in Massen konsumiert, ein Messer gezückt, und einer musste dran glauben. Klarer Fall, ab damit zum Staatsanwalt. Aber ehrlich gesagt, kann ich das mit den Beweisen nicht guten Gewissens unterschreiben. Wenn wir die Tatwaffe nicht finden, dann bröckelt uns der Fall unter den Fingern weg, und das wäre extrem peinlich. Was glaubst du, auf wen man dann als Erstes zeigt?« Raunela, dem sonst nie die Worte fehlten, saß schweigend da und starrte Paloviita an. Er hatte ihn noch nie so aufgewühlt erlebt.

Paloviita erhob sich. »Ich will alle Unterlagen ausgehändigt bekommen.« Und weil Raunela keinen Finger rührte, ergänzte er eine Oktave tiefer: »Sofort!«

Als Paloviita die technische Abteilung mit dem Ordner unterm Arm verließ, sah er nicht nach links oder rechts, sondern starrte auf den Fußboden vor sich. Seine Aufregung hatte sich gelegt und der Scham Platz gemacht, die ihn ergriff wie eine Welle. Er wusste nur zu gut, dass er sich unfair verhalten und seine Position als Vorgesetzter missbraucht hatte. Raunela und die anderen Techniker hatten alles getan, was unter diesen Umständen in ihrer Macht gestanden hatte. Auch wusste er nur zu gut, dass er selbst sich aus der Verantwortung gestohlen und Oksman die Regie überlassen hatte. Falls jemand in der Kritik zu stehen hatte, dann war er es. Darüber hinaus hatte er sich gerade auf eine Art und Weise in die Ermittlungen eingemischt, die alles andere als ethisch korrekt war.

19

Nach der Rückkehr von ihrem Besuch bei Kari Nieminen, steuerte Linda Toivonen die Mensa an und Henrik Oksman den Duschraum. Bevor Oksman sich auszog, vergewisserte er sich, dass weder in der Umkleide noch in den Duschen jemand war. Er legte seine Kleidung in einer genau festgelegten Reihenfolge zusammengefaltet auf die Bank, schaltete die Dusche fünfmal an und stellte sich erst darunter, als das Wasser kochend heiß war. Er rieb sich mit Seife ein, rubbelte wieder und wieder, bis seine Haut krebsrot und der Duschraum voller Dampf waren. Er wollte den Geruch wegwaschen, der bei Kari Nieminen geherrscht hatte, damit er ihm nicht unter die Haut drang. Er fürchtete nichts mehr, als dass all die Ausdünstungen und Bakterien aus diesen Wohnungen irgendwann durch seine Poren in die Haut eindringen und in sein Inneres wandern könnten.

Aber es gab Gerüche, die ließen sich nicht durch Waschen entfernen. Der bei Kari Nieminen gehörte dazu. Er war einer jener Gerüche, die sich schon vor langer Zeit in seinem Inneren ausgebreitet hatten und die er nie mehr loswerden würde.

Oksman schreckte aus seinen Gedanken auf, als hinter ihm ein Wasserhahn aufgedreht wurde. Er drehte sich um und sah einen jungen Mann, der wartete, dass das Wasser warm wurde. Der Polizeimeister bemerkte Oksmans Blick, lächelte und trat unter die Dusche. Oksman setzte seine Waschroutine fort und betrachtete weiter verstohlen den Mann, der mit geschlossenen Augen und ihm zugewandtem Gesicht duschte. Das Wasser lief vom Kopf über die behaarte Brust und den Bauch zu den Oberschenkeln. Er rieb sich Shampoo in die Haare, dessen Geruch sich mit dem von Oksmans Shampoo vermischte. Oksman drehte das Wasser ab, langte nach dem Handtuch und band es sich um die Hüften. Er ging in den Umkleideraum und begann schnell, die sauberen Wechselsachen anzuziehen, hatte aber gerade erst die Unterhose hochgezogen, als der junge Polizeimeister schon aus der Dusche kam. Dieser trocknete seine rabenschwarzen Haare, die strubbelig zu allen Seiten abstanden, und warf sich dann das Handtuch über die Schultern.

»Musste mal kurz unter die Dusche«, sagte der Polizeimeister und schaute zu Oksman, der sich gerade ein frisches Hemd aus seinem Spind nahm. Oksmans Oberkörper und Arme waren angespannt, und die Rippen traten hervor.

»Wir sind einem Graffiti-Sprüher anderthalb Kilometer auf den Gleisen hinterhergerannt, und wahrscheinlich wären wir ihm noch bedeutend länger nachgejagt, aber er hat sich den Knöchel gebrochen.«

Oksman überlegte, ob der Polizeimeister neu war, denn er

hatte ihn zuvor noch nie gesehen. Außerdem hätte keiner der anderen ein Gespräch mit ihm angefangen.

»Machst du Kraftsport?«, fragte der Polizeimeister und betrachtete Oksmans Oberkörper, auf dem sich im grellen Licht der Umkleide deutlich die Brust- und Bauchmuskulatur abzeichnete. Schnell knöpfte Oksman sein Hemd zu.

»Gelegentlich.«

Der Polizeimeister hielt ihm die Hand entgegen: »Pasi Jaakola, ich habe vor zwei Wochen angefangen.«

Oksman hätte gern auf das Händeschütteln verzichtet, ergriff aber pflichtschuldig die ihm entgegengestreckte Hand. Der Polizeimeister hatte eine große Hand und einen starken Händedruck. »Henrik Oksman.«

»In welchem Bereich bist du?«

»Kriminalpolizei.«

»Ah, Klasse. Da will ich auch hin. Im Winter soll es eine Art Rotation geben, vielleicht werden wir dann Kollegen.«

»Vielleicht.«

»Ich dachte nur, falls du Lust hast, zusammen zu trainieren, ich kenne hier noch niemanden.«

Oksman hätte beinahe gesagt, dass auch er immer noch niemanden kannte, obwohl er schon seit sechs Jahren hier arbeitete. Stattdessen zog er sich schnell weiter an, packte die benutzten Sachen und das Handtuch in seine Sporttasche und warf sie sich über die Schulter.

Als Oksman schon an der Tür war, rief ihm der Polizeimeister hinterher: »Bis demnächst!«

Aus der Mensa kam ein Strom Menschen, und Oksman wich in einen Seitengang aus, um ihnen aus dem Weg zu gehen.

Eine Hand legte sich auf seine Schulter: »Grüß dich, Henrik.«

Oksman fuhr herum und sah Ville Raunela vor sich. Er grinste, aber hinter seinen Augen schwelte zornige Glut.

»Viel Betrieb heute«, stellte Raunela fest.

Oksman antwortete nicht und betrachtete Raunela ausdruckslos. »Der neue Chef hat beschlossen, gleich mal Wind in die Segel zu blasen«, fuhr er fort, wirkte jetzt aber deutlich unsicherer.

Oksman reagierte noch immer nicht, also musste Raunela deutlicher werden und direkt zur Sache kommen. »Jari war heute bei der Technik. Hat ordentlich den Kommissar rausgekehrt und ziemlich klargemacht, dass wir in der Untersuchung der Messerstecherei versagt haben. Hast du eine Idee, was das soll?«

Oksman hörte zwar Raunelas Worte, aber sie lösten in ihm keinerlei Empfindungen aus. Er hatte keinen blassen Schimmer, wovon Raunela sprach. Aber Oksmans Miene verdüsterte sich dennoch. Raunela, der gerade erst richtig in Fahrt kam, hatte nicht vor, so schnell wieder aufzugeben, und ließ seinem Zorn freien Lauf, sodass es von den Wänden schallte. »Ich schätze es, offen und ehrlich zu reden. Ich denke, das weißt du nach all den Jahren, die wir zusammenarbeiten. Ich würde es sehr begrüßen, Henrik, dass du direkt zu mir kommst, wenn du irgendetwas zu beanstanden hast, und persönlich mit mir darüber sprichst, anstatt deinen Vorgesetzten vorzuschicken wie ein rotznasiger kleiner Junge.«

»Ich habe keine Ahnung, wovon du sprichst«, sagte Oksman ungerührt. Und das stimmte. Er hatte immer noch keinen blassen Schimmer, was Raunela ihm sagen wollte.

Raunelas Gesicht und Hals waren gerötet, er ballte seine Hände zur Faust und öffnete sie wieder. Aus den Büroräumen kam schon Publikum, um die Auseinandersetzung mitzuverfolgen.

»Ach ja, du weißt nicht, wovon ich spreche? Davon, dass dein Chef heute Vormittag bei uns war und unsere Arbeit durch den Dreck gezogen hat. Davon, dass er mehr oder weniger gesagt hat, dass unsere technischen Ermittlungen für den Arsch waren.«

So langsam schwante Oksman, was Raunela so aufbrachte. Er sagte: »Davon weiß ich nichts.«

»Wie, du weißt nichts davon? Hör mal, wie sollte Jari denn sonst auf den Trichter gekommen sein, dass es Schwierigkeiten bei den technischen Untersuchungen gab? Du warst doch dabei und hast gesehen, was für ein Chaos das war. Bitte schön, nur zu, zieht euch doch selbst den Anzug an, du und dein Chef, und versucht dann bei Sturm und im kniehohen Modder Schuhabdrücke sicherzustellen.«

Auch ein paar vorbeieilende Polizeibeamte blieben jetzt stehen, nahezu ein Dutzend Kollegen verfolgten inzwischen den Disput. Der Vorfall war besonders deshalb so interessant, weil es der Ochse war, der hier den Kopf gewaschen bekam, ein Kollege, den kaum jemand richtig einzuschätzen wusste, geschweige denn sympathisch fand.

»Was hat er noch gesagt?«, fragte Oksman ungerührt, ohne sich um die Zuhörerschaft zu scheren.

Raunelas Gedankenkarussell fand zurück auf die Schiene, aber ohne die Geschwindigkeit zu verringern. »Was er noch gesagt hat? Na, dass die Beweise kaum für den Staatsanwalt reichen würden.«

Zum ersten Mal während der ganzen Unterredung zeigte Oksmans Gesicht eine Reaktion. »Wiederhole wortgenau, was er gesagt hat.«

Jetzt bemerkte auch Raunela, dass sich eine Schar Zuhörer um sie versammelt hatte. Seine Empörung legte sich etwas. Rechts von ihnen stand eine Tür offen, das Büro dahinter war leer. Raunela zog Oksman hinter sich in den Raum und schaute ihm fest in die Augen. Seine Oberlippe schob sich energisch nach vorne.

»Es ist nun mal so: Eine Abteilung scheißt der anderen nicht vor die Tür! Oder wie würdest du dich fühlen, wenn ich ständig bei deinem Chef antanzen und mich beschweren würde, wie verdammt unfähig ihr alle seid?«

Oksman entschied, darauf nicht zu erwidern, dass Raunela genau dies tagaus, tagein tat, denn ihm wurde nun allmählich klar, was Raunela meinte. Raunela schnauzte niemanden aus Böswilligkeit an und wollte niemandem wirklich schaden, er war einfach so. In einer Sekunde von null auf hundert. Jetzt verstand Oksman auch, dass Raunela ernstlich und zutiefst verletzt war.

»Ich habe wirklich keine Ahnung, wovon du sprichst«, wiederholte er. »Erzähle mir, was Paloviita gesagt hat, möglichst genau.«

Raunela schaute Oksman mit leicht schief gelegtem Kopf an und überlegte, ob er das ernst meinte oder ihn nur zum Narren hielt. Offensichtlich entschied er sich für Ersteres, denn jetzt verschwand auch der letzte Hauch von Ärger aus Raunelas Gesicht.

»Er kam runter und erkundigte sich nach den technischen Ermittlungen. Nichts von dem, was ich ihm sagte, hat er geglaubt, hatte immer eine andere Erklärung bereit.«

»Was meinst du damit, was hat er nicht geglaubt?«

»Jari war der Meinung, dass Antti Mielonen nicht zwangsläufig der Messerstecher ist, obwohl wir beide wissen, dass daran kein Zweifel besteht. Trotzdem zog er eine Theorie nach der anderen aus dem Ärmel, dass jeder Beliebige aus dem Mökki der Messerstecher sein könnte oder vielleicht sogar alle zusammen. Und das Schlimmste daran ist, dass ich das Gefühl hatte, er meinte es ernst.«

Oksman hob die Brauen.

»Es ist doch verdammt noch mal so, wenn das irgendeine Verschwörung gewesen wäre, dann hätten doch alle die gleiche Geschichte erzählt und sich nicht jeder ein bisschen anders erinnert«, fuhr Raunela fort.

»Das ist in der Tat merkwürdig«, konstatierte Oksman, sprach aber mehr zu sich selbst als zu Raunela.

»Und du willst davon nichts gewusst haben, und Linda auch nicht?«

Oksman schüttelte den Kopf und verzog die Lippen. Seine Gedanken waren bereits ganz woanders, kehrten aber noch einmal kurz zum Gespräch zurück, und er sagte zu Raunela: »Das kam für mich vollkommen überraschend. Natürlich haben wir davon gesprochen, dass das Wetter miserabel war, aber ich hatte nicht den Eindruck, dass Jari sich deswegen besondere Sorgen machte. Vielleicht reagiert er einfach über, weil das sein erstes Gewaltverbrechen als Kommissar ist. Ich spreche mit ihm.«

Raunela ging in den Flur, kam aber noch einmal zurück ins Zimmer und sagte: »Ach so, noch eine Sache. Paloviita hat sich alle Unterlagen zu dem Fall geben lassen. Auch das fand ich merkwürdig, zumal ich ihm gesagt habe, dass du unseren Bericht schon hast. Wenn du ihn siehst, sag ihm, er soll uns unsere Akte schnellstmöglich zurückgeben.«

Henrik Oksman aß nie in der Kantine der Dienststelle. Er hatte immer eigenes Essen dabei, dieses Mal vakuumverpacktes Hühnerfrikassee in der Assiette. Er vergewisserte sich, dass im Pausenraum niemand war, und machte sich sein Essen in der Mikrowelle warm. Dann ging er damit in sein Büro und schloss die Tür. Nach dem Essen wusch er sich fünfmal die Hände mit kochend heißem Wasser.

Die Büros von Jari Paloviita und Henrik Oksman lagen nebeneinander. Früher hatten sie sich gegenübergelegen, aber seit Anfang August residierte Paloviita in Heinonens Büro. Paloviitas altes Büro war vorübergehend an Linda übergegangen, die vorher ganz am Ende des Flurs gesessen hatte. Paloviitas Tür war geschlossen, aber Oksman wusste, dass er da war. Licht fiel durch das schmale Fenster unter der Decke in den Flur. Auch das war ungewöhnlich, denn normalerweise stand Paloviitas Tür immer offen, außer, wenn er mit seiner Frau sprach. Doch jetzt war nichts zu hören.

Oksman saß an seinem Schreibtisch und dachte über das Gespräch nach, das er gerade mit Ville Raunela geführt hatte. Irgendetwas war da faul. Das war glasklar. Eigentlich hatte er es schon gewusst, seit er zum ersten Mal mit Paloviita über den Fall gesprochen hatte. Er hatte es damals in Paloviitas Augen gesehen, es aber nicht zu benennen gewusst. Warum war Paloviita zu Raunela gegangen und hatte sich die Akte geben lassen und nicht zum Beispiel ihn oder Linda darum gebeten?

Oksman hörte, wie Paloviita in seinem Zimmer hüstelte, die Schlüssel klimperten, sich seine Bürotür öffnete, er durch den Flur sauste und sich dabei die Jacke überzog. Er runzelte die Stirn, erhob sich und war gerade in dem Moment an der Tür, als Paloviita im Treppenhaus verschwand. Ein Blick auf die Uhr sagte ihm, dass es kurz vor eins war. Er ging zu seinem Stuhl zurück, kreuzte die Arme über der Brust und blieb so eine Zeitlang unbeweglich sitzen. Dann stand er auf und warf einen Blick in den Flur. Er war leer. Paloviitas Tür war zu. Er drückte die Klinke herunter, aber die Tür war verschlossen. Dann zog er sein Schlüsselbund aus der Tasche, fand den richtigen Schlüssel und schloss auf. Er machte kein Licht, lauschte nur kurz und ging dann hinter Paloviitas Schreibtisch. Hier herrschte ein ziemliches Chaos. Das hatte Oksman schon immer abgestoßen: Paloviita kleidete sich tadellos, sah gepflegt aus und war auch sonst bei allem supergenau, aber auf seinem Schreibtisch sah es aus wie in einem Schweinestall. Dreckige Kaffeetassen stapelten sich in den Ecken, auf dem Fensterbrett und sogar auf einigen Akten. Allein der Anblick der nicht abgewaschenen Tassen jagte Oksman einen kalten Schauer über den Rücken.

Zuoberst lag die Akte von Mr Muscle. Sie hatten den Fall gemeinsam untersucht. Bald würde er vor Gericht stehen, begleitet von fetten Schlagzeilen. Er konnte sich noch genau an den Gestank in der Wohnung erinnern. Der stechende Geruch der verätzten Leiche wollte ewig nicht von ihm weichen.

Direkt darunter lag eine Archivmappe mit dem Titel *Rami Sakari Nieminen* und dem mit Filzstift vermerkten Aktenzeichen. Als er den Deckel aufschlug, stellte er fest, dass diese Akte mit der auf seinem Schreibtisch komplett übereinstimmte. Paloviita hätte also jederzeit ihn oder Linda fragen können, wenn er die Akte hätte sehen wollen. Noch etwas fiel Oksman auf: Paloviita hatte von einzelnen Papieren Kopien gemacht und sie – absichtlich oder auch nicht – unter den Etatplan geschoben. Die meisten Kopien betrafen Fotos vom Tatort. Sie ließen erkennen, wie verdreckt es in dem Sommerhaus gewesen war: leere Flaschen, umgekippte Bierdosen und weggeworfene Zigarettenschachteln lagen überall herum. Unter den Papieren waren auch die vom Band transkribierten Zeugenaussagen, die von den Polizisten aufgenommen worden waren, die zuerst am Tatort eintrafen.

Die Feuerschutztür im Korridor klappte, und Oksman legte die Dokumente eilig wieder an ihren Platz zurück, rückte die Archivmappe zurecht und steckte die Hände in die Taschen.

»Was schleichst du denn hier im Dunkeln herum?«, fragte Linda. Oksman fuhr herum und schaute erschrocken wie ein Kind, das beim Keksklauen erwischt worden war. Linda schaltete das Deckenlicht ein und musste lächeln, als sie Oksmans Gesichtsausdruck sah. Sie lehnte sich Kaugummi kauend an den Türrahmen.

Oksman zog einen Zettel aus einem Stapel, erwischte zufällig seine eigene Kilometerabrechnung und wedelte damit Linda zu. »Ich habe nur das hier gesucht«, sagte er und zischte an Linda vorbei in sein Büro.

Linda schaltete das Licht wieder aus und schloss die Tür.

Oksman ließ sich in seinen Stuhl fallen, sein Herz raste noch immer. Er gab sich Zeit, um sich zu beruhigen. Mit Paloviita und dem Fall war irgendetwas nicht so, wie es sein sollte. Was auch immer der Grund für Paloviitas dubioses Verhalten war, er würde es herausfinden.

20

Zu Hause ging Oksman zunächst unter die Dusche und wechselte zum dritten Mal am heutigen Tag seine Kleider. Er schmiss sie in die Waschmaschine, stellte sie an und machte sich in der Mikrowelle in der Küche ein Fertiggericht warm: Hackbällchen mit Kartoffelbrei und Sahnesauce. Dabei schaute er aus dem Fenster und beobachtete, wie Menschen mit dem Auto wegfuhren und andere ankamen. Die einen trugen Arbeitskleidung, die anderen waren elegant gekleidet. Er sah Menschen, die ihren Hund Gassi führten, Familien mit ihren Kindern und Gruppen von Jugendlichen, die nebeneinanderliefen, als würde die Straße ihnen gehören.

Als die Wäsche fertig war, hängte er sie zum Trocknen auf, zog seine Jacke über und verließ die Wohnung. Jetzt war auch er einer von denen, die irgendwohin unterwegs waren.

Es war Viertel vor sechs. Die Straßenlaternen brannten schon, es wurde jetzt schnell dunkel. Oksman startete den Wagen und fuhr aus der Stadt hinaus. Die Felder waren schon umgepflügt und schwarz, so wie auch die Wälder, die sie begrenzten. Bei fast jedem zweiten Haus stand ein Pferd auf der Weide. Die Straße war noch immer von Zweigen gesäumt, die der Sturm abgerissen hatte. Der Wind hatte wieder zugenommen, aber diesmal war er trocken und wehte aus Norden. Die Sterne blinkten. Oksman überlegte, dass sie wahrscheinlich Ende der Woche den ersten Schnee kriegen würden.

Oksmans Eltern wohnten weit draußen in der Pampa, im ländlich geprägten Stadtteil Lattomeri im Südwesten Poris. Dort stand Henriks Geburtshaus, in dem er gewohnt hatte, bis er achtzehn wurde. Das Wohnhaus war aus den Sechzigern, aus Ziegeln gebaut, und an vielen Stellen bröckelte der Putz. Es stand auf einem großen Stück Land, das auf der einen Seite von einem langgestreckten ehemaligen Kuhstall und auf der anderen Seite von einer Blechhalle für die Maschinen begrenzt wurde. Gewaltige Johannisbeersträucher wuchsen links und rechts der Einfahrt, zwischen der Straße und dem Haus befand sich eine kleine Apfelplantage. Der Rasen war gepflegt und frisch gemäht, trotz des Sturms lag kaum ein welkes Blatt auf dem Boden. Die Hoflaternen brannten, und aus dem Schornstein stieg Rauch auf.

Vaters Volvo stand nicht vor dem Haus.

Oksman parkte seinen Opel neben dem Rasen. Im Zwinger sprang Riki umher, ein Dobermann mit einem schweren Hüftschaden, dessen Rippen unter dem Fell hervorstachen wie Stangen am Lattenzaun, wild bellend gegen das Gitter. Zwischendurch drehte er humpelnd Runden, vorbei an einer mickrigen Hundehütte aus Holz, die so klein schien, dass es ein Wunder war, dass er überhaupt hineinpasste. Im Umfeld des Hundezwingers roch es nach verwesten Knochen, Exkrementen und Hundefutter.

In Küche und Wohnzimmer brannte Licht, ebenso über der Eingangstür. Oksman stieg die Stufen bis zur Tür hinauf, auf dem Türschild stand nur ein Name: Timo Oksman. Er klingelte, hörte schwere Schritte, dann wurde die Tür geöffnet. Seine Mutter trug eine schwarze Stoffhose und eine dicke Wolljacke. In ihrem Gesicht zeichnete sich Überraschung und zugleich Erschrecken ab.

»Ist Vater zu Hause?«

»Nein. Er ist bei den Dahlmans, helfen, den Traktor zu reparieren.«

»Darf ich reinkommen?«

Mutters Blick huschte über das Grundstück. Riki bellte mit Schaum vor dem Maul, die kupierten Ohren waren angelegt. »Komm rein.«

Im Haus herrschte der gleiche Geruch, wie Oksman ihn bei Kari Nieminen wahrgenommen hatte. Der Geruch von alten

Menschen. Eine Mischung aus Medikamenten, Essensresten und Inkontinenz. Oksman zog im Flur die Schuhe aus, stellte sie neben die Stiefel seines Vaters und hängte seine Jacke neben die Jagdjacke seines Vaters. Die Fußbodendielen unter dem Linoleum bogen sich, im Kanonenofen brannte Feuer.

Sie gingen in die Küche, wo Mutter die Kaffeemaschine anstellte und immer wieder aus dem Fenster schaute. Rikis Kläffen wurde eine Spur schwächer.

Oksman setzte sich an den Küchentisch, und Mutter stellte eine Kaffeetasse vor ihn hin. »Wie läuft es mit der Arbeit?«

Oksman schaute seine Mutter an, die sich an der Kaffeemaschine zu schaffen machte und geschäftig in den Schränken wühlte. Sie hatte abgenommen und war noch schmaler als früher, die Knochen an Fingern und Handgelenk traten unter der mit Altersflecken übersäten Haut scharf hervor.

»Gut. Und bei dir?«

»Gut«, antwortete Mutter und schichtete Jaffa-Kekse auf einen Teller.

»Und Vater?«

»Gut. Sehr gut.« Mutter blickte wieder aus dem Fenster und wirtschaftete dann weiter herum, ohne ihren Sohn anzusehen.

Oksman registrierte, dass Mutter nur ihm eine Tasse hingestellt hatte. »Hast du immer noch Probleme mit dem Magen?«

Die Kaffeemaschine blubberte, und endlich wandte sich Mutter ihm zu. Sie versuchte zu lächeln, brachte aber kein Lächeln zustande. »Viel besser«, sagte sie und schob Oksman den Keksteller hin. »Isst du ausreichend?«, fragte er. »Du bist so schmal geworden.«

Oksman betrachtete die Kekse, nahm aber keinen. »Warst du mal beim Arzt?«

Wieder drehte ihm Mutter den Rücken zu und tat so, als ob sie die Zuckerdose suchte. Oksman wusste, dass sie im linken Schrank stand, und Mutter wusste es auch. »Wo ist denn der Zucker schon wieder?«, murmelte sie und schob Tüten und Verpackungen hin und her.

Oksman stand auf, holte eine Packung Würfelzucker vom Regal und stellte sie auf den Tisch. Der Kaffee war durchgelaufen, und Mutter füllte seine Tasse.

»Ich brauche nicht zum Arzt, dem Magen geht's schon viel besser. Aber dein Vater, der hat's im Rücken … er hat jede Nacht Schmerzen und kann kaum noch schlafen.«

Oksman kostete vom Kaffee. Er war brühend heiß und stark. »Lässt Vater dich nicht zum Arzt?«

Mutter lachte ungläubig. »Red keinen Schmarrn. Natürlich würde Vater mich zum Arzt bringen, wenn ich will. Ich habe doch gesagt, es geht mir schon viel besser. Aber Vaters Rücken … das kommt davon, wenn man das ganze Leben schuftet.«

Jetzt war es an Oksman zu lachen. Er trank noch einen Schluck Kaffee.

Riki fing wieder an zu bellen, und Mutter schob die Gardine beiseite.

Der mit einer Lampe verbundene Bewegungsmelder am Ende der Blechhalle war ausgelöst worden. Im strahlend weißen Lichtkegel saß ein Hase, der sich nicht entschließen konnte, ob er verharren oder fliehen sollte. Riki sprang, lahmte, bellte. Endlich hoppelte der Hase gemächlich davon und verschwand im Dunkeln. Oksman stand auf, öffnete die Ofenluke, schürte die Glut und legte das letzte Holzscheit nach.

Dann ging Oksman in die Diele, schlüpfte in Vaters Stiefel und ging auf den Hof. Der Hund, der sich gerade beruhigt hatte, fing wieder an wild zu bellen und im Zwinger herumzuspringen wie ein Fuchs in einer Pelztierfarm. Das Licht im Hof erlosch, ging aber sofort wieder an. Oksman ging zum Holzschuppen, füllte einen Korb mit Brennholz und trug ihn ins Haus. Er schaute nicht in Richtung Hund, roch nur den widerlichen Gestank aus dem Zwinger. Zurück im Haus wusch Oksman sich im Bad die Hände, pumpte erneut Seife in die Handflächen, wusch sie erneut und wiederholte die Prozedur. Als er in die Küche zurückkehrte, saß Mutter am Tisch. Oksman setzte sich hinter seine Tasse und trank den schon erkalteten Kaffee aus. Mutter wollte ihm nachschenken, aber Oksman erhob sich und stellte die Tasse in die Spüle.

Auch Mutter erhob sich, spülte die Tasse sofort ab und legte die Kekse vom Teller zurück in die Verpackung. Oksman sah zu, wie sie eine Tasse, einen Teller und einen Löffel abwusch, und sagte: »Ich gehe jetzt. Brauchst Vater nicht zu sagen, dass ich da war.«

Mutter drehte sich um, ein verletzter Ausdruck lag auf ihrem Gesicht, aber aus ihrer Stimme klang Erleichterung: »Natürlich sage ich ihm, dass du vorbeigeschaut hast. Wieso denn nicht?«

Oksman lächelte müde, zog aus seiner Hosentasche einen Fünfzig- und einen Zwanzigeuroschein und legte sie auf den Tisch. »Das ist für dich. Pack sie gut weg. Wenn irgendetwas ist, egal was, ruf mich an.«

Mutter betrachtete die Geldscheine, trocknete sich die Hände am Geschirrtuch, sagte aber nichts. Oksman zog Jacke und Schuhe an und ging hinaus. Er setzte den Wagen zurück und sah Mutter am Fenster in der Küche und dann im Schlafzimmer stehen. Die Scheinwerfer strichen über den dunklen Garten, über die Wand der Maschinenhalle, den Zwinger und schließlich die Hauswand. Rikis Bellen verstummte erst nach der großen Kurve, als auch die Lichter des Hauses nicht mehr zu sehen waren.

21

Die Soße wurde langsam dicker. Linda kostete mit einem Löffel, gab noch etwas Salz dazu und war zufrieden. Dann genehmigte sie sich noch einen Drink, gab aber diesmal weniger Wodka und mehr O-Saft hinein. Sie wollte nicht offensichtlich betrunken sein, wenn Linnea nach Hause kam. Sie wollte nur ein bisschen entspannen, das war alles.

Der Wodka stieg ihr zu Kopf. Als der Zeiger der Uhr auf die Fünf sprang, hörte sie, wie die Wohnungstür ins Schloss fiel. Sie kippte ihr Glas herunter, spülte es aus und stellte es in den Geschirrspüler.

Linnea kam in die Küche, als Linda gerade dabei war, den Tisch zu decken und dabei die Teller etwas zu hastig absetzte. Ein Teller brach entzwei. »Ups«, sagte sie, stellte Gläser neben die Teller und umarmte ihre Tochter zur Begrüßung. Sie hob Linnea in die Luft, obwohl sie kaum kleiner war als sie selbst, dafür aber viel schmaler und leicht wie ein Eisstiel. Sie drehte sich ein paarmal mit ihr. Sie wollte ihr durch die Haare streichen, aber Linnea wich ihr aus.

»Ich habe dein Lieblingsgericht gekocht. Spaghetti mit Hackfleischsoße. Das heißt, Spaghetti hatte ich nicht mehr, also habe ich Makkaroni gekocht. Ist das okay?«

Linnea betrachtete die Töpfe, die Linda auf den Tisch gestellt hatte, und sah dann ihre Mutter zum Kühlschrank schwanken. Linda lächelte. Linnea setzte sich an den Tisch und nahm ein wenig vom Essen.

»So wenig isst du nur?«, fragte ihre Mutter. »So wirst du nie groß und stark.« Dann griff sie nach der Kelle und tat Linnea noch eine ordentliche Portion auf. »Willst du Ketchup?«

»Nein, brauche ich nicht«, antwortete Linnea. »Johannas Vater hat Lasagne gemacht.«

»Aha«, sagte Linda enttäuscht. »Wenn du angerufen oder eine Nachricht geschickt hättest, dann hätte ich nicht gekocht.«

»Nein, gut, dass du etwas gekocht hast. Ich habe schon wieder Hunger. Außerdem ist das hier viel besser.«

Linda tat sich selbst auf und trank zwei Gläser Wasser. Sie sah ein, dass der letzte Wodka-Orange zu viel gewesen war und sie sich jetzt zusammenreißen musste. Als sie aufstand, stieß sie mit dem Oberschenkel gegen den Tisch und Milch schwappte über.

»Oh«, sagte Linda, holte einen Lappen und wischte den Tisch ab. Linnea trank den Rest Milch aus ihrem Glas, bedankte sich für das Essen, ging in ihr Zimmer und schloss die Tür. Kurz darauf war durch die geschlossene Tür Musik zu hören. Die schrille finnische Sängerin Sanni war zu hören, sie sang »Että mitähän vittua«. Linda stellte fest, dass Linnea so gut wie nichts gegessen und nur die Nudeln und die Soße auf dem Teller hin und her geschoben hatte, so wie schon als kleines Mädchen. Linda kippte die Reste in den Müll, vergewisserte sich mit einem Blick, dass die Tür zu Linneas Zimmer geschlossen war, und öffnete den Eckschrank. Die Flasche Stolichnaya war nur noch zu einem Viertel gefüllt, und sie nahm einen Schluck direkt aus der Flasche. Den hatte sie sich verdient. Wem, wenn nicht ihr gebührte eine gehörige Portion Entspannung nach der Arbeit. Im Fernsehen liefen erst die Nachrichten, dann der Wetterbericht und anschließend irgendeine Politsendung, der Linda nicht recht folgen konnte. Sie zappte durch die Kanäle, bis sie auf eine Krimiserie stieß, die sie vor langer Zeit schon einmal geschaut hatte.

Ihre Gedanken schweiften zu ihrem aktuellen Fall ab. Die Sache schien aufgeklärt. Sie hatten Glück gehabt, dass an jenem Abend die Hunde dabei waren. Ohne sie hätten sie den Verdächtigen nicht vor dem Morgen gefunden, und dann wäre Antti Mielonen höchstwahrscheinlich erfroren. Wäre es ein großer Verlust für die Gesellschaft gewesen? Und wie groß ist der Verlust, den die Gesellschaft durch den Tod von Rami Nieminen erlitten hat? Wer würde einen Typen wie ihn vermissen? Ihr fiel keiner ein, und das war irgendwie eine gute Sache, fand sie. Vielleicht war sie doch noch nicht so zynisch geworden, wie sie manchmal befürchtete.

Jetzt war es schon fast sieben. Linda ging zu Linneas Zimmer und stellte sich vor die Tür. Sie hörte viel zu laut Musik, aber dieses Mal war es kein Lied von Sanni. Vielleicht Madonna oder Eurodance. Ihre Tochter wurde zu schnell groß. Auch wenn sich noch keine körperlichen Veränderungen zeigten, so war sie doch seit gut einem Jahr auf dem Weg von der Kindheit zur Pubertät. Linda wünschte ihr, dass es für sie weniger schmerzvoll verlaufen möge als bei ihr damals. Aber auch sie hatte es bewältigt, oder etwa nicht?

Linda ging ins Bad, setzte sich auf die Toilette, atmete tief ein und rieb ihr Gesicht, das sich seltsam taub anfühlte. Sie zog ab, wusch ihre Hände und betrachtete sich im Spiegel. Es fiel ihr schwer, den Blick auf ihre Augen zu fixieren. Sie sahen klein und dunkel aus. Sie öffnete die Lippen, machte Grimassen, massierte ihre Wangen und wurde sich plötzlich bewusst, dass sie das Gesicht ihrer Mutter aus dem Spiegel anschaute. Linnea dagegen war genauso wie sie mit elf Jahren.

Irgendetwas an der Sache mit der Messerstecherei kam ihr komisch vor. Genauer gesagt hatte es mit dem Verhör des Verdächtigen zu tun. Linda hielt sich für eine gute Menschenkennerin, und sie war sich für einen Moment sicher gewesen, dass Mielonen ihnen etwas vormachte. Aber was genau spielte er ihnen vor? Er behauptete, dass er sich nicht erinnerte, aber das war bei Verhören eher die Regel als die Ausnahme. Doch das war es nicht allein. In einer Situation hatte sie deutlich wahrgenommen, dass Mielonen taktisch agierte, und sie war sich sicher, dass Oksman es auch gemerkt hatte. Beinahe so, als ob es um mehr ging als das, wonach es aussah. Und dann noch Paloviitas seltsame Reaktion, als sie ihm die Namen von Opfer und Beschuldigtem mitgeteilt hatten. Ihr Chef hatte behauptet, erkältet zu sein, aber das war gelogen. Sie hatte den Verdacht, dass er etwas wusste und dass er es ihnen verheimlichte. Linda schüttelte die Gedanken ab. Sie war müde, hatte wohl zu viele Krimiserien geschaut und ihre Fantasie nicht mehr unter Kontrolle.

Sie ging in den Flur, nahm Linneas Jacke und durchsuchte die

Taschen, fand jedoch nur Bonbonpapier. Sie roch am Kragen, an Linneas Schal und den Handschuhen, nahm aber nur den Geruch von ihrem Shampoo wahr. Linda hatte in diesem Alter ihre erste Bekanntschaft mit Zigaretten gemacht, aber vielleicht war ja die heutige Jugend klüger als sie damals. Sie hoffte es inständig.

Linda ging zurück in die Küche, nahm noch einen Schluck zur Ermutigung, spülte ihren Mund mit O-Saft aus, um den Schnapsgeruch zu übertünchen, und ging zum Zimmer ihrer Tochter. Sie klopfte an die Tür und wartete, bis Linnea sie hereinrief. Sie lag auf ihrem Bett und schaute Videos auf dem Handy. Aus den Bluetooth-Lautsprechern erklang Madonna, deren Musik allerdings komplett anders klang als in ihrer Jugend. Linda wankte zum Lautsprecher, drehte ihn leiser und setzte sich ans Bettende. Linnea setzte sich auf, rutschte mit dem Rücken an die Wand, schaute noch ein paarmal auf ihr Handy und legte es dann auf den Nachttisch. Dort stand immer noch die Winnie-Pooh-Lampe, die sie und Ville ihr damals vor acht Jahren gekauft hatten, als sie ihr eigenes Zimmer bekam. Mein Gott, war das lange her.

Linda versuchte, ruhig zu bleiben, atmete aber viel zu heftig ein und aus. Eine plötzliche Welle der Zärtlichkeit erfasste sie, doch sie unterdrückte den Wunsch, ihre Tochter zu umarmen.

»Was hältst du davon, wenn wir im Winter einfach irgendwohin fahren?«, hörte sie sich fragen, ohne dass sie das irgendwie geplant hatte. Es klang aber gut. Sie betrachtete Linnea, die sie abwartend musterte – oder bildete sie sich das nur ein?

»Einfach so? Und wohin?«

»Weiß nicht, nach Griechenland oder Spanien. Irgendwohin, wo es warm ist. Oder auf die Kanaren.«

Linnea rückte noch näher an die Wand und betrachtete ihre Mutter forschend.

»Nur wir beide, du und ich. Was denkst du?«

»Und von welchem Geld?«, fragte Linnea.

»Von welchem Geld? Last-Minute ist nicht so teuer. So viel kriege ich bestimmt zusammen.«

»Und Papa?«

»Was soll mit ihm sein?«, fragte Linda leicht genervt.

»Na, müssen wir ihn nicht fragen?«

»Wieso? Das geht ihn gar nichts an, wann und wohin wir verreisen.«

Linnea erwiderte nichts und schaute ihre Mutter nur an, die leicht vor- und zurückschwankte und schwer atmete.

»Er wird schon zustimmen, wieso denn nicht. Ihr wart doch auch letzten Sommer in Stockholm.«

»Und die Schule. Ich kann nicht einfach eine Woche wegbleiben.«

»Wieso nicht? Eine Woche ist doch egal. Du kannst die Schulbücher ja mitnehmen. Oder wir fahren in den Weihnachts- oder Skiferien.«

Mimik und Stimme waren jetzt offen provokativ: »In den Skiferien gibt es mit Sicherheit keine billigen Last-Minute-Angebote. Im letzten Sommer hattest du mir versprochen, dass wir zusammen in den Freizeitpark Linnanmäki fahren. Und was ist daraus geworden?«

Linneas Worte trafen Linda wie ein Schlag in die Magengrube. Das war unfair und sollte ihr wehtun. Linnea war darin echt gut. Hatte sie von ihrem Vater.

»Hackst du immer noch darauf herum? Ich habe dir doch versprochen, dass ich das wiedergutmache. Willst du etwa nicht ins Ausland?«

»Ich habe bei Papa den ganzen Tag mit gepacktem Rucksack gewartet, dass du mich abholst. So was will ich nicht noch mal erleben.«

Der zweite Schlag. »Darüber haben wir jetzt oft genug gesprochen. Ich hatte einen dringenden Einsatz. Meine Arbeit ist nun mal so, dass man nicht immer planen kann. Aber wenn dich eine

Last-Minute-Reise mit deiner Mutter nicht interessiert, dann fahr doch mit deinem Vater, wenn dir das lieber ist.«

Linda war klar, dass es nicht fair war, so verletzt zu reagieren, konnte sich aber nicht beherrschen. Außerdem machte es sie wütend. Ja, sie hatte einmal einen Fehler gemacht, aber musste man immer und immer wieder darauf herumreiten? Offensichtlich ja. Das war zu Villes persönlicher Waffe geworden, und jetzt hatte er auch Linnea angestachelt.

Linda verließ das Zimmer ihrer Tochter, haute sich aufs Sofa und zappte durch die Sender. Linnea schloss die Tür zu ihrem Zimmer und drehte die Musik wieder laut. Linda vergrub das Gesicht in den Händen. Heiße Tränen rannen über ihre Wangen und benetzten ihre Finger. Der Weinkrampf war kurz und heftig. Als sie sich wieder beruhigt hatte, ging sie in die Küche und goss sich den Rest Stolichnaya ein. Ein halbes Glas, den Rest füllte sie mit Orangensaft auf, der jetzt auch alle war. Ein Drittel trank sie sofort und verzog das Gesicht. Dann ging sie zurück ins Wohnzimmer. Die Krimifolge, deren Anfang sie gesehen hatte, war schon zu Ende, und es lief bereits eine neue amerikanische Serie, die noch flacher war. Sie legte sich der Länge nach auf das Sofa, starrte auf den Bildschirm und nahm in kurzen Abständen einen Schluck aus dem Glas auf ihrem Bauch.

In dieser Haltung wachte sie auf, als Linnea sie weckte. Das leere Glas war zwischen die Sofakissen gerutscht. Im Fernsehen lief ein Reality-Programm, bei dem eine Horde besoffener Finnen eine wilde Sexparty im Hotel feierten. Linnea stand im Nachthemd neben dem Sofa und rüttelte sie an der Schulter. Linda richtete sich ächzend auf, ihr Kopf brummte. Die plötzliche Bewegung brachte ihren Gleichgewichtssinn aus dem Takt, sie kniff ein Auge zu, um nicht doppelt zu sehen. Die Digitalanzeige am DVD-Player flimmerte vor ihren Augen, sie entzifferte sie trotzdem, es war 22:14. Ihr Mund war trocken wie Sandpapier.

»Ich gehe jetzt schlafen«, sagte Linnea.

»Hm«, murmelte Linda und richtete ihren stierenden Blick auf Linnea. Diese fischte das leere Glas vom Sofa und brachte es in die Küche. Linda versuchte, sich aufzurichten, fiel aber sofort torkelnd zurück in die Kissen. Mit einem Blick in Richtung Küche vergewisserte sie sich, dass ihre Tochter das nicht gesehen hatte. Zum Glück war Linnea nicht zu sehen und nur das Rauschen der Wasserleitung zu hören. Linda rieb sich das Gesicht, pumpte ihre Lungen voll mit Luft und atmete langgezogen wieder aus.

Linnea hatte das Wodkaglas ausgespült und reichte es nun mit kaltem Wasser gefüllt ihrer Mutter, die es auf einen Zug leerte. »Kannst du aufstehen?«, fragte Linnea besorgt.

»Natürlich«, antwortete Linda, griff nach der Fernbedienung und schaltete den Fernseher aus. »Ich bin wohl eingeschlafen.« Sie schob ihre Hand vor den Mund und zeigte ein Gähnen, das in ein echtes überging.

»Ich gehe jetzt schlafen, ich habe morgen um acht Uhr Schule. Gegessen habe ich schon. Gute Nacht«, sagte Linnea, lächelte unsicher und schlurfte in ihr Zimmer.

»Gute – Nacht«, stammelte Linda und stellte sich auf die Füße. In Linneas Zimmer ging das Licht aus. Linda torkelte ins Bad, wusch sich das Gesicht, putzte ihre Zähne und ging weiter in ihr Schlafzimmer. Sie zog die Tagesdecke vom Bett, entkleidete sich bis auf den Slip und kroch unter die Decke. Sie schaltete die Nachtlampe aus, und wenige Sekunden später war sie bereits in einen tiefen Schlaf gefallen.

IV

KOSMISCHES
RAUSCHEN

22

Sie hat rötlich braune, lockige Haare, die sich über ihren Rücken ergießen wie ein Wasserfall und im Schein des Lichtstrahls vor dem Fenster leuchten wie Feuer. Ihr Name ist Henriikka. Sie trägt eine weiße Bluse und darüber eine schwarze Strickjacke mit Knöpfen. Auch wenn sie gerade in eine andere Richtung schaut, weiß Jari, dass feine Sommersprossen ihre Wangen und den Nasenrücken zieren, im Frühjahr und im Sommer sind es mehr. Unter den Haaren verborgen sind kleine rosa Elefanten-Ohrringe. Sie greift nach einem Stift und beginnt zu schreiben. Schnell, fast fliegend gleitet ihre Hand über das Papier. Verzaubert betrachtet Jari ihre zarten Linien, die feinen Finger, die den Stift halten, und die Haare, ihre fantastischen Haare. Er zwingt sich, seine Gedanken von ihr zu lösen, schaut zur Lehrerin, die sich Zeitung lesend auf ihrem Stuhl nach hinten gelehnt hat, und greift zum Stift.

Noch eine Woche Schule. Der Test in Muttersprache ist die letzte Klassenarbeit vor der Sommerpause. An den letzten Schultagen würden sie Ausflüge machen, die Fächer ihrer Pulte leer räumen und für die Frühlingsfeier zum Abschluss des Schuljahres proben. Dem Ende des Schuljahres sehen sie mit freudiger Erwartung entgegen, in die sich ein Hauch Schwermut mischt. Alles würde sich ändern. Ihre Klasse würde sich auflösen und ein Teil von ihnen ab der siebten Klasse auf andere Schulen gehen. Dort, an der Oberschule, wären sie nicht mehr die Ältesten, sondern die Pimpfe, auf die die Älteren spucken.

Jaris Blick wandert zu Antti, der am Nachbarpult über den Test gebeugt sitzt. Sie haben die Grundschule gemeinsam überstanden, und das fühlt sich gut an. Antti hat sogar die letzte Mathearbeit geschafft. Sie sind da »sauber raus«, wie Jaris Vater es ausgedrückt hat. Vor ihnen liegen lange Sommerferien, die Antti und er zusammen im Freibad mit Mädchengucken oder heimlich rauchend in dem verlassenen Haus verbringen würden. Auf Anttis Wange klebt ein Pflaster, das er gestern noch nicht hatte. Jari beschließt, ihn danach zu fragen, wenn die Stunde zu Ende ist.

Er richtet seinen Blick auf den Test vor ihm und verbindet die richtigen Endungen mit den Wortstämmen. Die Arbeit ist leicht, die Antworten bereiten ihm keine Mühe. Versonnen betrachtet Jari Henriikka, wie sie sich ihre Haare hinters Ohr streicht und dabei den Elefantenohrring entblößt oder sich nachdenklich mit dem Bleistift an der Oberlippe kratzt.

Solange Jari denken kann, ist er in Henriikka verliebt. Einmal, im Frühling, hat er ihr einen Brief geschrieben, in dem er ihr seine Liebe gestand. Aber er hatte sich nicht getraut, seinen Namen unter den Brief zu setzen. In jenem Brief hat er ihr gesagt, dass sie das schönste Mädchen der Welt sei und ihre grünen Augen leuchteten wie ein Opal (er hätte noch viel mehr schreiben und ihr mitteilen wollen, wie gern er sie küssen und sein Gesicht in ihre duftenden Haare drücken würde, aber er hatte sich nicht getraut). Den Brief versteckte er in ihrem Mäppchen, als er Klassendienst hatte. Jari ist sich ziemlich sicher, dass Henriikka weiß, wer den Brief geschrieben hat, denn seitdem haben sich ihre Blicke immer wieder heimlich am Anfang einer Stunde oder in den Pausen getroffen.

Doch Jari ist nicht entgangen, dass es noch jemanden gibt, der Henriikka auf diese Weise ansieht. Lange, entrückt und schwärmerisch. Gerade jetzt hebt Rami Nieminen wieder seinen Blick und richtet ihn auf Henriikka. Jari muss sich eingestehen, dass auch Rami in sie verliebt ist. Nicht, dass ihn das wundert, keinesfalls. Verwunderlich wäre es eher, sich nicht in dieses schöne Wesen zu verlieben. Trotzdem löst diese Erkenntnis eine Unruhe in ihm aus, die ihm unbekannt ist, und befremdliche Gedanken schießen ihm durch den Kopf, die einen Geschmack nach Galle zurücklassen.

Was, wenn Henriikka nicht ihn, sondern Rami Nieminen liebt? Was, wenn sie glaubt, nicht er, sondern Rami hätte den Brief geschrieben? Das kann er allerdings nicht wirklich glauben, denn jeder weiß, dass Rami nicht einmal richtig lesen, geschweige denn Wörter wie Opal schreiben kann, ja, dass er wahrscheinlich noch nicht einmal weiß, was das ist. Aber dennoch, jener Blick, der Henriikka umspielt, so voller Begehren und träumerischer Verliebtheit, treibt ihn zur Weißglut. Nur er hat das Recht, sie so versonnen und verliebt anzuschauen, nicht Rami.

»Eine halbe Stunde ist vorbei!«, verkündet die Lehrerin und faltet die Zeitung zusammen.

Jari ist unter den Ersten, die ihre Arbeit abgeben, und er wartet unten auf dem Schulhof auf Antti, der üblicherweise einer der Letzten sein wird. Aber vor ihm kommt sicher gleich Henriikka durch die Tür. Es ist schon warm, und Jacken brauchen sie keine mehr. Da kommt sie, zwischen zwei Freundinnen, den Schulrucksack über die Schulter geworfen. Auf der Treppe fährt ihr der Wind durchs Haar und legt ihren weißen Hals frei. Die Mädchen stupsen sich an und lachen.

Jetzt entdeckt sie ihn. Ihre Lippen öffnen sich zu einem Lächeln, das in ihrem sommersprossigen Gesicht leuchtet wie die Sonne. Ihre Blicke treffen sich und bleiben aneinanderhaften wie Elektromagneten. Unten an der Treppe sagt sie etwas zu ihren Freundinnen und kommt dann auf ihn zu. Das Lächeln in ihrem Gesicht trifft Jari mitten ins Herz. Henriikka stellt sich neben ihn, und sein Herz galoppiert, obwohl sein übriger Körper von einer seltsamen Taubheit erfasst wird.

»Hallo«, sagt sie, »wie lief die Arbeit bei dir?«

»Hallo.« Seine Handflächen schwitzen. Eine heiße Welle durchströmt ihn von oben bis unten. »Ganz okay. Und bei dir?«

»Komm schon«, ruft eine ihrer Freundinnen herüber.

»Ja, gleich. Sekunde«, ruft sie zurück und antwortet auf Jaris Frage: »Auch ganz gut, aber die letzte Aufgabe fand ich schwer. Was hast du hingeschrieben?«

»Eh … ach die … irgendwas mit Partizipien.«

»Ich auch«, jubelt sie. »Dann ist es bestimmt richtig.«

»Wieso das denn?«

»Na, du bist doch so gut in Muttersprache.«

»Bin ich nicht«, widerspricht Jari, auch wenn sich ihr Lob himmlisch anfühlt. Überhaupt fühlt sich das ganze Gespräch wunderbar an. Und fast erwachsen.

»Jetzt komm endlich«, ruft ihre Freundin wieder.

»Klar bist du das. Ich finde es immer toll, wenn deine Aufsätze vorgelesen werden. Die sind echt gut. Der mit den Grillen, die riesengroß geworden sind, hat mir besonders gut gefallen. Der war superlustig.«

Jari erinnert sich gut an Henriikkas warmes Lachen bei seiner witzigen Geschichte, das ihn in der Erinnerung viele Abende lang gewärmt hatte.

»Ich muss jetzt, Sanna wartet.« Henriikka dreht sich um und rennt zu ihrer Freundin, die ihr in die Seite stößt und ihr etwas ins Ohr flüstert. Henriikka kichert. Jari beobachtet die Mädchen, und das taube Gefühl weicht einem Prickeln. Plötzlich dreht sie sich um, kommt noch einmal zu Jari gerannt und verblüfft ihn mit ihrer Frage: »Im Kino läuft ›Der mit dem Wolf tanzt‹. Meine Mama hat gesagt, sie kauft mir zwei Karten. Willst du mitkommen?«

Jaris Gedanken stocken und können ihre Worte nur mit Verzögerung verarbeiten. Sanna winkt Henriikka zu und läuft zum Fahrradständer. Jari und Henriikka sind jetzt zu zweit, der Schulhof ist fast leer. Hin und wieder rennt ein Nachzügler aus der Tür, ohne sich um sie zu kümmern.

»M-m-mit dir, meinst du?«

Henriikkas Lächeln wird scheu. »Ich kann auch Sanna fragen.«

»Nein, das meine ich doch nicht. Natürlich will ich. Wann?«

»Passt Freitag? Wir können dich von zu Hause abholen. Der ist erst ab sechzehn, also müssen wir mit meiner Mutter gehen. Stört dich das?«

»Natürlich nicht, und klar passt das«, lügt Jari, denn er und Antti wollen an diesem Tag eigentlich angeln gehen. Den Ausflug haben sie schon lange geplant. Sicher wird Antti es verstehen. Verstehen und kräftig fluchen, so wie auch sonst. Der Gedanke, im Halbdunkeln dicht neben Henriikka zu sitzen, ist atemberaubend und erfüllt ihn mit einem unbeschreiblichen Glücksgefühl.

Da wird Jari derb im Nacken gepackt. Und heftig gestoßen, sodass er gegen Henriikka prallt, die daraufhin strauchelt, aber nicht hinfällt. Jaris Rucksack fliegt in hohem Bogen auf die Erde.

»Was willst du Arschgesicht denn hier?!«, brüllt eine Stimme, die Jari sofort Rami Nieminen zuordnen kann. Er wird weiter geschubst und gerempelt, bis er sich befreien und umdrehen kann. Sein Nacken brennt, und ein Adrenalinstoß durchfährt ihn. Sein Herz beginnt heftig zu pochen. Vor ihm steht die Nieminen-Gang in ihrer ganzen Pracht: ganz links Santeri Aho mit Beinen wie Eichenstämme und affenartig herabhängenden Armen. Rechts Petteri Kallio, auf dessen glatt rasiertem Schädel ein anderthalb Zentimeter hoher Irokesenkamm prangt. Und in der Mitte der selbsternannte Anführer der Bande, der Herr und Meister, der Schrecken und Beherrscher des Schulhofs, ein Kopf größer als alle anderen: Rami Nieminen.

Rami trägt eine zerschlissene Lederjacke, deren Schnallen großspurig offen herabhängen. Darunter trägt er ein Totenkopf-Shirt, an dem man ihn sommers wie winters erkennt. Rami und seine treuen Kläffer feixen hämisch, als könnten sie es nicht erwarten, Blut zu lecken.

»Hört auf«, schreit Henriikka, hebt Jaris Rucksack auf und stellt sich neben ihn. Rami tritt einen Schritt auf sie zu, die Finger zur Faust geballt und glotzt erst Jari und dann Henriikka an.

»Was willst du denn mit dem Gnom? Oder hat der 'nen Riesenpimmel?«, fragt er und fasst sich zwischen die Beine.

»Du bist ekelhaft, Rami. Zieh Leine«, faucht Henriikka.

Jari weiß, dass er etwas sagen müsste, um zu beweisen, dass er das Mädchen und sich verteidigen kann, aber er ist vollkommen blockiert. Ramis Blick wandert zwischen Jari und Henriikka hin und her wie eine Riesenechse, die ihre Beute erspäht: taxierend und abschätzend.

»Mach Platz!«, zischt Rami Henriikka zu. »Dir tue ich nichts. Ich will das Arschgesicht hier.«

»Lass Jari in Ruhe!«

»Bumst du den, oder was?«, fragt Nieminen, was Santeri Aho und Petteri Kallio mit einem Johlen quittieren.

»Haut endlich ab!«, ruft Henriikka erneut.

»Oder was?«, fragt Santeri. »Haut uns das Prinzesschen sonst eine runter?«

»Wen von beiden meinst du mit Prinzessin?«, fragt Petteri und erntet ebenfalls höhnisches Gelächter. Jari sieht, dass Rami nur äußerlich lacht und seine Augen kalt wie Echsenaugen sind. Seine Fäuste öffnen und schließen sich im Takt.

Zwei Jungen kommen aus der Tür, sehen was los ist, und nehmen die Beine in die Hand. Jari blickt zur Tür und hofft, dass Antti endlich mit dem Test fertig ist oder eine der Hofaufsichten herauskommt. Doch die Tür bleibt geschlossen. Auch Ramis Blick streift die Tür und als erfahrener Mobber auch die Fenster des Lehrerzimmers. Dann wiederholt er zu Henriikka gewandt:

»Troll dich, habe ich gesagt.«

Rami kommt noch einen Schritt näher. Seine Gefolgsköter

stellen sich links und rechts von Jari auf, um mögliche Flucht-versuche zu verhindern. Sie kennen sich aus mit so was, das weiß Jari. Und ihm ist auch klar, dass sie unbarmherzig sind. Letzten Winter haben sie einem Fünftklässler die Klamotten gestohlen und ihn gezwungen, auch die Unterhose auszuziehen, obwohl es zehn Grad minus waren, um dann der Reihe nach auf die Sachen zu pinkeln.

Reden würde ihn nicht retten. Seine einzige Chance war die Flucht, doch jetzt, wo Henriikka neben ihm steht, ist das ausgeschlossen. Er ballt die Hände zur Faust und tänzelt von einem Bein auf das andere, um die Schläge entgegenzunehmen, die gleich auf ihn einhageln werden. Jari erliegt nicht der Illusion, dass er den Kampf gewinnen könnte. Drei gegen einen war einfach zu viel, aber er wird auf jeden Fall sein Bestes geben. Er wird versuchen, Henriikka zu zeigen, dass er keine Angst hat.

Dann greift Rami an. Plötzlich und ohne Vorwarnung, aber der erwartete Schlag bleibt aus, denn Henriikka ist zwischen Jari und Rami getreten, breitet die Arme aus und brüllt:

»Schluss damit! Sofort!«

Rami weicht zurück und starrt Henriikka ungläubig an. »Meinst du das ernst? Du verteidigst diesen Wurm?«

»Verschwindet oder ich sage es unserer Lehrerin.«

Rami wirkt kurz unschlüssig, die Situation ist neu für ihn. Seine Hand ist immer noch zur Faust geballt. Er ist es nicht gewohnt, dass sich ihm jemand entgegenstellt. Und schon gar nicht ein Mädchen. Dabei ist sie nicht irgendein Mädchen, sondern das einzige in der Welt, dessen Meinung etwas zählt. Er sieht Henriikkas Sommersprossen, ihre grünen Augen und die zornig zusammengezogenen Brauen. Sie ist auch schön, wenn sie wütend ist. Sein Blick streift routinemäßig über die Fenster und den Hof, um sicherzustellen, dass es keine Zeugen gibt, die ihn später einen Feigling oder Waschlappen nennen könnten. Dann konzentriert er sich wieder auf Jari.

»Dich nehmen wir uns später vor, Arschgesicht«, sagt Rami mit einem boshaften Grinsen. »Und zwar gründlich! Später, wenn deine Freundin dich nicht beschützt. Dann kannst du was erleben, das verspreche ich dir. Und das wird ordentlich wehtun. Wir reißen dir die Nase ab und werfen sie dem gestörten Rottweiler von Petteris Stiefvater zum Fraß vor. Hast du verstanden, du Hackfresse?«

Henriikka fasst Jari am Arm, und sie drehen sich beide zum Schultor um. Dort gibt sie ihm seinen Rucksack zurück, und Jari klopft den gröbsten Schmutz ab. Einer der Jungen, der Schwere der Schritte nach zu urteilen, ist es Santeri Aho, startet noch einen Scheinangriff, aber sie drehen sich nicht mehr um.

»Denk dran, Arschgesicht! Ich halte meine Versprechen. Immer!«

23

Rami Nieminen liegt auf seinem Bett und onaniert. Er lauscht den Geräuschen, die durch die Wand dringen: quietschende Bettfedern und das Stöhnen einer Frau. Das Knarren wird schneller und geht in heftiges Hämmern über. Das Kopfende des Bettes donnert gegen die Wand. Es klingt, als würde gleich etwas bersten. Rami erhöht den eigenen Rhythmus, sein Glied steht aufrecht wie ein in den Boden gerammter Betonpfeiler. Er schiebt die Vorhaut vor und zurück und spürt, dass er gleich abspritzt. Mutters Stöhnen klingt fast wie das Heulen eines Wolfes, und dazwischen ist jetzt das heisere Ächzen seines Vaters zu hören. Rami beißt in die Decke, von deren längst verblichenem Bezug ihn Darth Vader anstarrt. Sein Körper spannt sich wie ein Flitzebogen, und er ejakuliert auf Bauch und Brust. Aus dem Schlafzimmer seiner

Eltern sind noch ein paar dumpfe Stöße zu hören, dann ist es still. Es dauert eine ganze Weile, bis das Bett knarrt und kurz darauf die Schlafzimmertür geöffnet wird. Im Flur sind die Schritte von zwei Personen zu hören, die Tür zum Bad wird geöffnet und der Wasserhahn aufgedreht. Mutter gurgelt, die Klospülung wird gezogen, Vater sagt irgendetwas. Stille.

Rami wischt sich Brust und Bauch mit der Oberseite des Bettbezugs ab und wartet, bis durch die Wand Vaters Schnarchen zu hören ist. Normalerweise dauert das nicht lange, so wie auch jetzt. Rami steht auf, öffnet das Fenster und steckt sich eine Zigarette an. Er bläst den Rauch nach draußen und sieht in die helle Sommernacht. Beim Betrachten der Fenster in den anderen Häusern fühlt er sich vollkommen nichtig. Er verspürt nichts als Leere, ganz so als ob sein Inneres ausgeschabt und hohl wäre. Das Gefühl ist beklemmend. Er drückt die Zigarette an der Unterseite des Fensterblechs aus, wickelt die Kippe in Küchenpapier und wirft sie in den Papierkorb. Er denkt an Henriikka. In den vergangenen Wochen hat er oft an sie gedacht. Und sie ist auch in seine Träume vorgedrungen. In seinen Träumen sieht er sie immer nackt, und wenn er dann aufwacht, ist sein Schwanz so hart, dass es wehtut. Einmal ist ein Missgeschick passiert und beim Aufwachen war seine Schlafanzughose feucht und klebrig.

Henriikka … Seine Gedanken irren weiter zum Arschgesicht. Henriikka und er haben etwas miteinander, das sieht er.

Das sieht er an ihren Blicken.

Er will, dass sie ihn genauso anschaut.

Er würde töten für so einen Blick.

Vaters Schnarchen macht eine Pause. Rami verharrt steif und lauscht, ob die Flurdielen knarren. Manchmal ist sein Vater so hinterlistig, vor der Tür zu warten. Vorsichtig schließt er das Fenster, geht zurück ins Bett und zieht die Decke hoch. Im Zimmer riecht es nach Rauch. Er wartet mit klopfendem Herzen und glaubt, Schritte auf dem Flur zu hören.

Dann setzt Vaters Schnarchen wieder ein, und Rami entspannt sich. Er stellt die Füße auf den Boden und öffnet die Tür. Im Haus ist es dämmrig. Die Tür zum Schlafzimmer seiner Eltern steht offen. Vater knattert wie eine Betonmühle. So ein Geräusch kann keiner vortäuschen. Er geht vorsichtig die Treppe hinunter, vermeidet die knarrenden Stufen, hält zwischendurch inne, und geht, als alles still bleibt, weiter. Das Licht schaltet er nicht an, selbstverständlich nicht. Das wäre total bescheuert. Das durch die Fenster hereinfallende Licht malt gespenstische Schatten an die Wände.

Wieder verharrt Rami lauschend. Die Wanduhr tickt übernatürlich laut. Er überlegt, warum er das Geräusch nie tagsüber wahrnimmt. Auf dem Küchentisch steht eine Flasche Glenfiddich-Whisky. Sie ist halb voll, Mutter hat sie nicht ganz geschafft. Rami untersucht das Etikett. Es könnte eine Falle sein. Vater hat sich vielleicht die Füllhöhe gemerkt. Manchmal ist Vater so und stellt Fallen auf. Rami dreht den Schraubverschluss auf. Was für ein Geräusch. Metallgewinde auf Glas! Und welch ein Geruch! Er leckt an der Öffnung, und als er den bitteren, unglaublich widerlichen Geschmack wahrnimmt, schreckt er zurück. Er schaut die Flasche wieder an, führt sie an die Lippen und lässt seinen Mund volllaufen. Als er schluckt, brennen seine Schleimhäute wie Feuer. Als ob ihm jemand eine glühende Eisenstange in den Rachen stößt.

Rami verzieht das Gesicht, stellt die Flasche zurück auf den Tisch und schraubt den Verschluss wieder zu. Auf das Brennen folgt eine warme Welle, breitet sich in den Magen aus, wo das Kribbeln weitergeht. Seine Beine werden schlaff, tausend Nadelstiche prickeln in seinem Gesicht. Er wird von einem eigenartigen Gefühl erfasst: wie betäubt, unwirklich, glücklich. Das Gefühl des Hohlseins, das ihn zuvor befallen hat, ist wie eingekapselt. Er schraubt die Flasche wieder auf, nimmt einen weiteren Schluck. Der rinnt schon deutlich leichter herunter.

Das Blut rauscht in seinen Ohren, sein Blick folgt den Augen mit leichter Verzögerung, sein Geruchssinn ist geschärft. Wie stark er sich auf einmal fühlt – und wie groß!

Vaters Schnarchen ist bis ins Erdgeschoss zu hören. Rami lauscht, ob es gleichmäßig ist, holt sich die Küchenleiter und macht die oberste Tür des Küchenschrankes auf, die zu öffnen ihm verboten ist. Hier lagert Vater alles Wichtige. Rami hat sie bereits vor vielen Jahren inspiziert, aber nur Unterlagen über Schulden, Versicherungen und das Haus gefunden. Rami schiebt den Stapel zur Seite, das ist es nicht, was ihn interessiert. Auch die Sammlung deutscher Pornovideos hat er sich schon oft angeschaut. Das, was er sucht, ist ganz hinten: Er muss sich auf die Zehenspitzen stellen, um es zu erreichen. Seine Hand ertastet eine Kaffeedose aus dünnem Weißblech mit der Aufschrift Paulig. Er greift danach und steigt zufrieden wieder herab. In der Dose liegt eine mattschwarze, sowjetische Tokarew TT-33. Der Lack der Pistole ist abgeblättert und gibt an einigen Stellen das blanke Metall frei. Auf dem geriffelten Griff prangt ein Stern. Rami wiegt die Waffe in der Hand. Er fühlt das kalte, leblose Metall, streicht den Lauf entlang und über die Mündung.

Vater nennt die Pistole Russenware, und er meint, das einzig Gute, das von den Russen kommt, sind Wodka, Weiber und Waffen. Die Pistole ist schon alt, und Rami hat keine Ahnung, woher sein Vater sie hat, aber benutzt worden ist sie schon oft. Einmal hat Vater sie ihm gezeigt. Daran kann er sich gut erinnern. Rami war damals etwa acht. Vater war aus der Sauna gekommen, nur mit einem Handtuch bekleidet, und hatte gesehen, wie Rami auf dem Küchenboden mit einer Spielzeugpistole spielte. Da hatte er die echte Pistole aus dem Schrank geholt, mit ihr aufs Fenster gezielt und erzählt, dass die Waffe seinem Großvater gehört habe, der Major gewesen und im Fortsetzungskrieg gefallen sei. Doch Rami wusste, dass das nicht stimmte. Der Vater seines Vaters war Taxifahrer und ist erst in dem Jahr, als Rami geboren wurde, an Lungenkrebs gestorben. Mutter hat es ihm erzählt.

Aber auch wenn sein Großvater nicht im Zweiten Weltkrieg gekämpft hat, sind mit der Waffe im Krieg mit Sicherheit Menschen getötet worden. Dafür wurde sie ja hergestellt. Der Gedanke ist schaurig, aber auch ungeheuer faszinierend. Wie es sich wohl anfühlt, einem Menschen das Leben zu nehmen? Seit jenem Abend hat er die Waffe immer mal wieder aus dem Schrank geholt, sie betrachtet, in der Hand gewogen, auf vorbeifahrende Autos gezielt und sich vorgestellt, wie es wäre, den Abzug genau dann zu drücken, wenn Fahrerkopf und Korn exakt auf einer Linie sind.

Er lässt das Magazin ausrasten, es gleitet geschmeidig wie auf einem Kugellager heraus. Die Patronen sind überraschend schwer und liegen brennend kalt in seiner Hand. Todbringend. Rami füllt das Magazin, schiebt es in das Griffstück zurück und zieht den Schlitten nach hinten. Das erfordert Kraft. Das, was Rami hier in den Händen hält, ist gewiss keine Spielzeugpistole. Die Pistole ist jetzt noch schwerer, aber gleichzeitig auch stabiler. Die Russen verstehen ihr Handwerk, denkt Rami, zwei Dinge bringen sie zustande: Waffen und missratene Bälger.

Rami schraubt die Glenfiddich-Flasche wieder auf und nimmt noch einen Schluck. Dann geht er wieder nach oben: in der einen Hand die Waffe und in der anderen die Flasche. Langsam verlagert er auf jeder Stufe sein Gewicht und verharrt immer wieder bewegungslos, um zu lauschen. Vater schnarcht nicht mehr, aber sein schweres Atmen zeigt, dass er fest schläft. Rami bleibt in der Tür zum Schlafzimmer seiner Eltern stehen. Mutter ist nackt. Eine Brust liegt schlaff auf der Decke, der Warzenhof ist braun und groß. Die Titte sieht aus wie ein einäugiger Teigwurm oder irgendein anderes kriechendes Wesen aus einem Science-Fiction-Film. Vater liegt auf dem Rücken, die behaarte Brust hebt und senkt sich, aus der Kehle röchelt es.

Rami setzt einen Fuß über die Schwelle und nimmt den Geruch abgestandener Atemluft wahr. Zwischen den Vorhängen fällt Licht herein und zeichnet einen Streifen auf Vaters Gesicht. Aus seinem Mundwinkel läuft Speichel, fließt über die Wange, das Kissen ist bereits nassgesabbert.

Rami geht auf die Seite seines Vaters und betrachtet seine Eltern. Im Spiegel über dem Bett sieht er seinen nackten, elfenbeinfarbenen Oberkörper im Dämmerlicht schimmern. Er trinkt einen weiteren Schluck Glenfiddich, verzieht das Gesicht, hebt die Pistole und zielt auf Vaters Kopf. Sein Finger schiebt sich in den Abzugsbügel, seine Hand umschließt die Waffe fester. Dann führt er den Lauf so nah an Vaters Stirn, dass er fast die Haut berührt. Ein breites Grinsen überzieht sein Gesicht.

Mutter schmatzt im Schlaf, dreht sich um, und jetzt schwillt auch die andere voluminöse Brust hervor. Rami dreht sich um und geht die Treppe leise wieder hinunter. Er drückt die Patronen aus dem Magazin, räumt die Pistole wieder in den Küchenschrank und geht ins Bett. Er schläft fest, und in seinen Träumen erfasst ihn ein Gefühl der vollkommenen Erfüllung.

24

Jari fühlt sich, als könnte er fliegen. Als ob die Pedale sich von selbst drehen und das Rad schwerelos durch die Luft gleitet.

Am Freitag gehe ich mit Henriikka Joensuu ins Kino.

Der Gedanke löst in jeder Zelle seines Körpers einen Rausch der Ekstase aus. Alles, wovon er je geträumt hat, scheint auf einmal möglich. Alles, was bis jetzt unerreichbar war, ist jetzt in greifbare Nähe gerückt. Er wägt ab, ob er sich Henriikka als Schreiber des Briefes offenbaren soll. Und viele weitere Gedanken folgen im Schlepptau: beschwingende und berauschende ebenso wie schwindelerregende und flüchtige.

Jari lässt das Rad in die Unterführung rollen, nimmt die Hände vom Lenker, legt den Kopf zurück und breitet die Arme aus. Der Wind weht aus Süden und bringt bereits eine Vorahnung auf sommerliche Wärme und sonnige Tage mit sich.

Vielleicht können er und Henriikka ja auch zusammen ins Freibad gehen. Oder er könnte sie an einem Regentag zu sich nach Hause zum Essen einladen.

Am Freitag gehe ich mit Henriikka Joensuu ins Kino.

Immer wieder hüpft dieser Satz in sein Bewusstsein, knisternd und wärmend.

Am Freitag. Mit Henriikka.

Am Ende der Unterführung kichert er, legt die Hände wieder um den Lenker und radelt stehend. Das Rad schwankt bei jedem Tritt in die Pedale sanft nach links und rechts. Unter den Reifen knirscht der Streusplitt, der nach dem Winter noch auf den Wegen liegt.

Er ist in seine Gedanken vertieft und sieht nicht, dass jemand hinter dem Trafohäuschen am Anfang der langen Geraden steht und ihn beobachtet. An normalen Tagen wäre er vorsichtiger und hätte die Rauchwölkchen, die aus den Zigaretten von Nieminens Kumpanen aufsteigen, bemerkt. An normalen Tagen hätte er die Schutzbleche ihrer ins Gras geworfenen Räder in der Sonne blitzen sehen. Aber heute ist kein normaler Tag, denn am Freitag würde er mit Henriikka Joensuu ins Kino gehen.

Sein Rad schießt um die Kurve der Auffahrt und biegt in den langen graden Radweg ein. Da ist es zum Umkehren schon zu spät. Wie in Zeitlupe sieht er Rami Nieminen und Santeri Aho aus dem Schatten des Trafohäuschens hervortreten und ihm den Weg versperren. Hinter ihnen stolpert ein dritter Junge hervor: Petteri Kallio, dessen pechschwarzer Irokesenkamm sonst schon von Weitem zu erkennen ist.

Jari bremst und versucht auszuweichen, aber bevor er die Richtung ändern kann, umfasst Rami seine Lenkerstange und bringt das Rad zum Stehen. Die drei stellen sich im Kreis um ihn herum auf.

Santeri reißt ihm das Rad weg. Er fällt zu Boden und schrammt sich die Handflächen auf, kleine Steinchen graben sich in die Wunde. Rami nimmt das Rad und schleudert es in den Graben, wo es kopfüber stehen bleibt. Petteri packt Jari hinten am T-Shirt und zieht ihn in die Höhe. Eine Naht reißt. Santeri schüttelt ihn wie einen Mehlsack hin und her. Jaris Augen sind vor Schreck geweitet. Er glaubt zwar nicht daran, dass sie ihm die Nase abreißen werden, aber so ganz sicher ist er sich nicht. Auf jeden Fall würde er, falls nicht ein Wunder geschieht, tüchtig verprügelt werden. Diesmal sind sie nicht auf dem Schulhof, und diesmal ist er allein. Bei einem Klaps auf die Wange würde es sicher nicht bleiben.

»Ich habe dir Arschgesicht doch gesagt, dass ich meine Versprechen immer halte«, sagt Rami und grinst dabei so selig, als hätte er sich gleichzeitig in die Hose entladen.

»Lasst mich vorbei«, sagt Jari, obwohl er weiß, dass es sinnlos ist. Seine Stimme bebt vor Entsetzen.

»Hast du deine Freundin nicht mitgenommen?«, fragt Santeri. »Das war keine gute Idee.«

Rami fasst Jari an der Brust und zieht ihn ganz nah vor sein Gesicht. Ramis Atem riecht wie die Kadaverbrühe im Brunnen vor dem verlassenen Haus. »Aijajai, Arschgesicht«, raunt Rami, »das wird ein Gaudi!«

Ein kurzer Blick zur Seite, keiner kommt, keiner sieht etwas. Dann der erste Schlag. Ohne Vorwarnung, kräftig, zielgenau. Ramis Faust trifft Jari ins Zwerchfell, ohne dass er den Schlag abwehren kann. Die Luft weicht aus seinen Lungen, und er klappt zusammen wie ein Taschenmesser. Ihm wird schummrig vor Augen, das Zwerchfell zieht sich zusammen, sein Mund japst nach Luft.

»Voll-tref-fer«, jubelt Santeri und schwingt im Takt der letzten

Silbe sein behäbiges Bein. Die Spitze des Springerstiefels bohrt sich in Jaris Magengrube. Er stöhnt, fällt auf die Seite und rollt sich zusammen. Verzweifelt versucht er, seine Lungen mit Luft zu füllen, aber er ist immer noch wie gelähmt. Sein Gesichtsfeld engt sich ein, die Stimmen verschwimmen und werden leiser.

»Der ist ausgeknockt!«, verkündet Petteri Kallio frohlockend mit einem leicht besorgten Unterton. »Rami, du hast dem ordentlich die Luft rausgelassen!«

Jari ist am Rande der Bewusstlosigkeit. Sauerstoff strömt Molekül um Molekül in seine Lungen und holt ihn wieder zurück. Er schnappt wie ein knapp dem Ertrinken Entronnener nach Luft.

»Stellt ihn hin«, befiehlt Rami.

Sie greifen Jari unter den Achseln und ziehen ihn hoch. Nieminen kneift ihn in die Wange. Sein nach Kettenöl stinkender Daumennagel gräbt sich in Jaris Haut. Rami dreht Jaris Kopf hin und her, wie um abzuschätzen, wo er als Nächstes hinzielen soll.

»Ich reiße dir die Nase ab, Arschgesicht.«

»Nein, nicht«, stöhnt Jari.

Nieminen haut ihm mit der offenen Hand aufs Ohr, Jaris Trommelfell reißt, und sein Ohr beginnt zu pfeifen. »Halt die Schnauze!«

»Lass mich auch mal«, gluckst Petteri, und im gleichen Moment fühlt Jari, wie eine harte Schuhsohle auf sein Steißbein trifft. Seine Knie knicken ein, doch Santeri zerrt ihn wieder hoch.

»Du denkst, du bist was Besseres. Weil deine Alte Ärztin ist. Aber du bist nur ein Stück Hundescheiße. Und noch etwas. Lass die Finger von Henriikka. Wenn ich noch einmal sehe, dass du mit der Mietze sprichst, oder sie auch nur ansiehst, dann fresse ich dein Herz. Verstanden?«

Jari nickt. Er versteht und hofft, dass es jetzt vorbei ist. Rami hatte seine Rache und hat sein Versprechen gehalten. Wenn er nur unterwürfig genug wäre, ihm in allem Recht zu geben und seinen Arsch zu lecken, dann hätte er es vielleicht überstanden.

Aber er irrt sich. Es ist noch lange nicht vorbei.

Rami schlägt ihm ins Gesicht und aus der Nase läuft das Blut wie aus einem geöffneten Wasserhahn.

»Ey, Alter! Hammergeil!« In Santeris bewunderndem Ausruf schwingt ein Quäntchen Furcht mit.

Santeri Aho und Petteri Kallio ziehen jetzt seit zwei Jahren mit Rami umher und haben schon eine Reihe von kleinen Knirpsen vermöbelt. Aber bisher war es immer eher um Abschreckung gegangen als darum, dem anderen wirklich wehzutun. Doch in letzter Zeit war Rami immer brutaler geworden. Nieminen hat sogar angefangen, davon zu reden, wie es sich anfühlt, jemanden zu töten. Und dann war da die Sache vor zwei Wochen, als sie beinahe von der Schule geflogen wären. Sie mussten dazwischengehen, weil Rami völlig im Ernst einer aus der Vierten auf dem Spielplatz hinter der Schule mit einem Feuerzeug die Haare anzünden wollte. Damals war in Ramis Augen das gleiche kalte Starren gewesen, das sie auch jetzt wahrnehmen. Sowohl Santeri als auch Petteri sind deswegen auf der Hut. Sie fürchten, dass Rami eines Tages tatsächlich zu weit gehen wird. Vielleicht würde er nicht unbedingt jemanden töten, aber sie alle in die Scheiße reiten.

Rami schlägt erneut zu. Diesmal weniger kräftig, dafür umso gezielter. Jaris Oberlippe springt auf. Santeri kichert, aus Begeisterung und auch vor Erleichterung, dass nichts Schlimmeres passiert und kein Zahn ausgeschlagen ist.

Dann schubst Rami Jari von sich und sagt mit vor Eifer zitternder Stimme: »Ihr seid dran.«

Santeri schwingt erneut sein stämmiges Bein, trifft Jari am Oberschenkel, sodass er einknickt und wieder auf die Knie sackt. Jetzt ist es Petteri, der jubelt. Dann nimmt er sich an Santeri ein Beispiel, holt aus und tritt Jari mit solcher Wucht in den Hintern wie zu einem Freistoß beim Fußball. Jari schliddert mit dem Gesicht über den Asphalt. Blut vermischt sich mit Straßenstaub. Sie lachen. Jari schluchzt.

»Alter, der flennt!«, frotzelt Petter. Santeri johlt.

Nur Nieminen lacht nicht. Für ihn geht es hier nicht um Spaß. Er hat eine Aufgabe zu erledigen, und die würde er zu Ende bringen.

»Aufstehen!«, befiehlt er.

Santeri will Jari hochziehen, doch Rami fährt dazwischen und brüllt:

»Keine Hilfe! Aufstehen, habe ich befohlen!«

Jari erhebt sich auf die Knie. Aus der Nase tropft Blut wie aus einem Sprinkler. Er ist sich sicher, dass er sterben wird.

»Aufstehen, Arschgesicht!«

Jari rappelt sich mühsam auf. Sein Gesicht ist blutverschmiert, auch der Kragen seines T-Shirts ist dunkel und nass. Aho und Kallio erschrecken bei seinem Anblick. Diesmal ist Nieminen eindeutig zu weit gegangen. So langsam ist es an der Zeit aufzuhören.

»Reicht doch, oder? Lass uns verschwinden, bevor noch jemand kommt«, schlägt Petteri vor, aber Rami hat nicht die leiseste Absicht, Jari schon in Ruhe zu lassen. Stattdessen betrachtet er die Spuren an Jari wie ein Künstler sein unfertiges Gemälde. Santeri und Petteri sind bereit, sofort loszusprinten, falls ein Auto oder Fahrrad in die Straße einbiegt.

»Bringt den Beutel«, befiehlt er.

Santeri und Petteri wissen zuerst nicht, von welchem Beutel er spricht, und stehen wie angewurzelt an ihrem Platz.

»Den Beutel am Trafohäuschen, ihr Idioten!«

Jetzt wird ihnen klar, was er meint. Santeri grinst fies. Genau dafür hat er Rami immer geschätzt. Nicht nur, dass er es wagt, Risiken einzugehen, nein, er hat auch geniale Einfälle, wenn es darum geht, andere zu quälen. Petteri läuft zu der besagten Stelle und kommt mit einem Gefrierbeutel in der Hand zurück, der oben mit einem Knoten verschlossen ist. In dem Beutel steckt ein großer Haufen Hundekacke. Dem Anschein nach zu urteilen bereits seit dem letzten Winter, er war gefroren und wieder aufgetaut, erneut gefroren und jetzt hatte die wärmende Frühlingssonne den Zersetzungsprozess in Gang gebracht, und der Kotbeutel war prall wie ein Luftballon.

Als Jari sieht, was Petteri in der Hand trägt, und begreift, was passieren wird, versucht er zu fliehen. Aber der Oberschenkel, an dem Santeris Tritt ihn getroffen hat, versagt den Dienst, und Rami hat ihn nach wenigen Schritten eingeholt, dreht ihm den Arm auf den Rücken und zwingt ihn im Polizeigriff zu Boden. Jari schreit auf vor Schmerz, versucht sich zu befreien, aber Rami verstärkt den Druck, sodass Jari aufgeben muss, will er nicht riskieren, dass sein Schultergelenk ausgekugelt wird.

»Reib es ihm in die Fresse«, kommandiert Rami.

Ein Auto ist zu hören. »Schnell!« Petteri reißt die Tüte auf und stechender Verwesungsgestank steigt ihnen in die Nase.

»Igitt«, ruft Petteri und muss würgen, lässt aber die Tüte nicht fallen. Rami dreht sich weg, schiebt aber Jari näher heran.

»Heilige Scheiße!« Jetzt würgt es auch Santeri, und er tritt ein paar Schritte zurück. Petteri verreibt den Beutelinhalt in Jaris Gesicht und quetscht auch den flüssigen Bodensatz heraus. Petteri würgt heftig dabei, lässt aber nicht ab, bevor die Tüte leer ist und er sie in hohem Bogen wegfeuert. Das Motorgeräusch kommt näher, ändert dann aber die Richtung und wird wieder leiser.

Santeris Mund füllt sich mit Mageninhalt, aber es gelingt ihm, ihn wieder herunterzuschlucken.

»Wir gehen«, sagt Nieminen und stößt Jari weg.

Sie heben ihre Fahrräder aus dem Gras. Zuvor springt Santeri noch ein paarmal auf Jaris Rad. Beim Wegfahren dreht Rami sich um und ruft ihm zu:

»Ich halte meine Versprechen immer, Arschgesicht! Wenn du irgendjemandem erzählst, wer das war, bist du tot. Hast du gehört? Dann töte ich dich.«

Jari steht auf dem Fahrradweg. Er wischt sich mit dem Ärmel über das Gesicht, riecht und schmeckt die Hundekacke und übergibt sich. Heftig wie noch nie in seinem Leben, fängt er an zu weinen. Mit dem blutverschmierten T-Shirt wischt er sich das Gesicht trocken. Sein Fahrrad liegt verbogen und verbeult neben dem Trafohäuschen. Vater hat es ihm erst letzten Herbst geschenkt, zu seinem zwölften Geburtstag. Jari versucht, das Schutzblech geradezubiegen, dreht den Lenker richtig, aber der Sattel hat einen langen Riss. Er weint wieder, aber diesmal nicht vor Schmerz. Die Tränen kommen tief aus seiner Seele. Er begreift nicht genau, woher, weiß aber, dass dieses Weinen viel schlimmer ist.

V

SCHULD

25

»Morgen«, wünschte Paloviita beim Eintreten in Oksmans Büro. Dieser richtete den Blick auf seinen Vorgesetzten, der heute eleganter als sonst gekleidet war und einen klassischen Blazer, dunkle Jeans und Lederschuhe trug. Unter seinem Arm klemmte ein Stapel Papiere.

»Morgen«, antwortete Oksman.

»Diese Messerstecherei«, fing Paloviita an und hob die Papiere in die Luft. Oksman erkannte, dass es sich um die gleiche Akte handelte, die er auf Paloviitas Schreibtisch durchgeblättert hatte. Er erwiderte nichts, sondern wartete, bis Paloviita fortfuhr.

Paloviita setzte sich Oksman gegenüber auf einen Stuhl und legte die Papiere mit einem neuen, selbstsichereren Gesichtsausdruck vor Oksman auf den Tisch.

»Ist alles so gelaufen wie es sein sollte?«, fragte Paloviita, erwartete aber offensichtlich keine Antwort, sondern sah Oksman nur an. Oksman schaute zurück.

Dann fuhr Paloviita fort: »Holst du bitte auch Linda dazu, ich möchte ein paar Details mit euch durchgehen, die mir keine Ruhe lassen.«

Oksman erhob sich, ging um den Tisch herum und verschwand im Flur. Ein paar Sekunden später kam er mit Linda zurück. Linda kaute Kaugummi, ihr Gesicht hing müde herab, und die Augenlider waren gerötet. Sie nahm neben Paloviita Platz, zog aber erst ihren Stuhl ein Stück weiter weg.

»Nichts hilft, die Erkältung bricht unweigerlich durch«, sagte sie erklärend, als sie die prüfenden Blicke ihrer Kollegen bemerkte.

»Du sagst Bescheid, wenn du nicht arbeiten kannst.«

»Es geht schon. Mit Grippostad und Knoblauch. Das wird schon wieder.«

Paloviita warf Linda einen kurzen forschenden Blick zu, bevor er anfing: »Ich möchte, dass wir den Fall Rami Nieminen gemeinsam durchgehen. In der Kantine ist mir zufällig Raunela über den Weg gelaufen, und wir haben kurz darüber gesprochen. Die technische Untersuchung ist wohl nicht optimal gelaufen. Eigentlich ist da wohl überhaupt nichts so gelaufen, wie es sollte, oder?«

Linda und Oksman sahen sich an. Für Oksman kam das alles nicht überraschend, er war auf dieses Gespräch vorbereitet, hatte aber nicht damit gerechnet, dass es schon so bald stattfinden würde. Für Linda hingegen kam es völlig unerwartet, und das sah man ihr an.

Oksman blätterte durch die Akte, die Paloviita auf seinen Schreibtisch gelegt hatte. Er kannte die Fotos und Zeugenvernehmungsprotokolle nur zu gut. Linda begnügte sich mit einem Blick in Richtung Papiere. Sie warteten.

»Ich möchte nicht, dass es wie ein Vorwurf klingt«, fuhr Paloviita endlich fort. »Aber wir sind uns wohl alle darin einig, dass es das Beste ist, wenn wir kurz innehalten und überlegen, wie der Fall zu retten ist, bevor etwas Unwiderrufliches geschieht.«

Linda, die nur Bahnhof verstand, fragte: »Was heißt, nicht optimal gelaufen?«

Paloviita räusperte sich und verlieh seiner Stimme mehr Nachdruck: »Nun, zunächst einmal habe ich von euch ein völlig anderes Bild von den Untersuchungen vermittelt bekommen als von Raunela. Bei euch hörte es sich so an, als wäre in dem Fall alles ganz eindeutig, der Verdächtige gefasst und überführt. Aber wenn ich mir Raunela anhöre, dann hört sich da ganz anders an. Er sagt, da sei alles noch offen.«

»Alles offen? Aber ... also jetzt verstehe ich nur noch Bahnhof. Habe ich irgendwas verpasst?«, fragte Linda und schaute zu Oksman, der immer noch nichts preisgab. »Ist der Fall etwa nicht klar?«

»Das habt ihr mir gegenüber behauptet, aber die Technik ist da anderer Meinung. Und das kann uns Probleme verursachen, große Probleme.«

»Aber ich habe doch erst gestern mit denen gesprochen, und da hat weder Raunela noch sonst jemand gesagt, dass es noch Zweifel gäbe. Sicher, die Untersuchungen sind noch nicht alle abgeschlossen, aber die Hinweise verdichten sich.«

Paloviita tat völlig überrascht. »Also jetzt verstehe *ich* gar nichts mehr. Wenn tatsächlich alles klar ist, warum sagt mir Raunela dann so etwas? Dass die Witterung alle Spuren verwischt habe und die Zeugenaussagen nichts taugen. Irgendjemand sagt hier nicht die Wahrheit.«

»Natürlich gibt es Spuren!«, ereiferte sich Linda. Ihre Miene verdüsterte sich. »Und wir haben einen Verdächtigen, der von oben bis unten mit dem Blut des Opfers beschmiert war, selbst unter den Fingernägeln.«

»Soweit ich gehört habe, kann sich dieser ...«, Paloviita gab vor, den Namen in den Papieren suchen zu müssen, »dieser Mielonen an die Ereignisse nicht erinnern. So wie übrigens ein Großteil aller Anwesenden. Viele von ihnen haben von dem Vorfall überhaupt nichts mitbekommen.«

»Ja und?«, fragte Oksman und beteiligte sich zum ersten Mal an dem Gespräch. »Ein Teil der Leute war zum Zeitpunkt der Tat auf der Terrasse rauchen. Alle haben Schreie von drinnen gehört und danach gesehen, wie Antti Mielonen mit blutverschmierten Klamotten aus der Tür gestürmt und ohne Schuhe in den Wald geflohen ist. Und doch, es gibt auch von Zeugen, die sich drinnen aufgehalten haben, ein paar Schilderungen der Messerstecherei, die alle mit dem Bericht der Rechtsmedizin übereinstimmen.«

Paloviita trat in Blickwettstreit mit Oksman, merkte aber, dass er unterliegen würde, und wendete die Augen ab. »Findet ihr es nicht merkwürdig, dass keiner versucht hat, Nieminen zu helfen? Der Rettungswagen hat fast eine halbe Stunde gebraucht, und nicht einem Einzigen kam es in den Sinn, die Blutungen zu stillen oder Wiederbelebungsmaßnahmen einzuleiten? Raunela zumindest hat sich darüber gewundert, seltsam, dass ihr das nicht so seht.«

Oksman kramte aus seinen eigenen Papieren Fotos hervor, die die Technik im Inneren des Wochenendhauses direkt nach ihrer Ankunft gemacht hatte. Auf einem der Fotos lag Rami Nieminen mit dem Gesicht zum Boden in einer riesigen, schon dunklen Blutlache. Einer der Messerstiche hatte eine gewaltige Wunde am Hals verursacht, aus der das Blut an die Wand gespritzt und auf den Boden gesprudelt war.

»Ich bin kein Arzt, wie übrigens auch keiner der Anwesenden, aber für mich sieht das so aus, als ob das Match bereits in der ersten Runde entschieden war, und der gleichen Meinung ist übrigens auch die Rechtsmedizin. Eine derartige Menge Blut schockiert jeden, egal wie volltrunken er ist.«

Paloviita kaute auf seiner Unterlippe. »An diesem Fall ist irgendetwas faul. Das stinkt an allen Ecken und Enden. Und ich finde es seltsam, dass ihr das nicht merkt. Denn sowohl Raunela als auch ich sind beide der Meinung, dass nicht alles so ist, wie es sein sollte.«

Linda und Oksman warteten auf weitere Erläuterungen, doch Paloviita schwieg.

»Kannst du nicht klar und deutlich sagen, was du denkst?«, fragte Linda. »Ich stehe total auf dem Schlauch. Findest du, dass in dem Fall geschlampt wurde und wir weitere Beweise gegen Mielonen brauchen? Oder dass die Kiste total verfahren ist?«

»Dass die Kiste total verfahren ist«, erklärte Paloviita dreist. »So wie ich die Unterlagen lese, könnte jeder der Anwesenden der Täter sein – oder sie alle gemeinsam. Um es offen zu sagen. Die technischen Ermittlungen sind so voller Löcher wie ein Schweizer Käse. Ihr zwei habt euch nur auf Mielonen konzentriert und alles andere außer Acht gelassen. Das ist keine gute Polizeiarbeit. Letzten Endes trage ich die Verantwortung, wenn etwas schiefgeht, und zumindest im Moment sieht es sehr danach aus, dass das der Fall sein wird. Als Leiter der Ermittlungen verlange ich, dass wir uns mehr Zeit nehmen und auch alle anderen Versionen vom Tathergang durchgehen. Ich will, dass die Verbindungen zwischen dem Opfer und allen, die in der Hütte waren, aufgeklärt und alle ein zweites Mal vernommen werden. Wir drehen jeden Stein noch einmal um.«

Linda wollte protestieren, hielt sich aber zurück.

»Mielonen kann warten«, erklärte Paloviita weiter. »Er läuft uns nicht davon, außerdem fehlt uns noch immer die Tatwaffe. Wo ist sie? Wenn jemand verurteilt werden soll, dann sollten wir wenigstens so viel vorzuweisen haben, dass wir wissen, womit Nieminen getötet wurde. Sonst könnte es gut sein, dass wir niemanden für die Tat verantwortlich machen können. Das passiert in der Kriminalgeschichte leider allzu häufig. Denkt nur an den Mord an drei Jugendlichen am See Bodominjärvi im Jahr 1960, der bis heute nicht aufgeklärt ist. Die Beweise reichten nicht aus, um den schwer Tatverdächtigen zu verurteilen, obwohl er die Tat gegenüber Mithäftlingen sogar zugegeben hatte. Oder erst das Chaos um Olof Palme! Christer Pettersson gestand den Mord, aber auch das reichte nicht, um ihn zu überführen. Vergesst nicht, dass ihr Polizisten seid und keine Bibliothekstanten, die in der Stadtbibliothek von Pori Krimis ins Regal sortieren. So! Entschuldigung, ich bin etwas in Fahrt geraten. Nach allem, was ich gelesen habe, ist dieser Mielonen zwar ein krummer Hund, aber auch ziemlich abgewrackt. Wäre er überhaupt in der Lage gewesen, jemanden mit so roher Gewalt zu töten?«

Oksman zuckte mit den Schultern. »Wenn du meinst, dass wir die Ermittlungen ausweiten sollen, dann tun wir das eben.«

»Und außerdem«, ergänzte Paloviita, »die Informationen zu Rami Nieminen waren auch keine angenehme Lektüre. Es gibt sicher nicht viele, die ihm eine Träne nachweinen. Vielleicht hat er endlich das bekommen, was er sich in all den Jahren verdient hat. Zumindest wird die Gesellschaft eine Spur friedlicher sein, jetzt, wo er nicht mehr umherzieht.«

Paloviita stand auf und wollte gehen, als er Lindas spitzen Blick gewahr wurde. »Vergesst nicht, dass ich bis zum Jahresende euer Vorgesetzter bin – und wer weiß, vielleicht sogar noch eine geraume Zeit länger. Außerdem habe ich euch um nichts anderes gebeten, als die Ermittlungen auszuweiten und euren Blick zumindest vorübergehend von dem Beschuldigten zu lösen.«

Ohne auf eine Erwiderung zu warten, ging Paloviita aus dem Zimmer und ließ die Papiere auf Oksmans Schreibtisch zurück. Zu zweit im Raum sagten Linda und Oksman eine ganze Weile nichts und sahen sich nur an. Sie hörten, dass Paloviita nicht in sein Büro, sondern den Gang hinunter und durch die Zwischentür gegangen war. Schließlich konnte Linda nicht länger an sich halten. »Himmelarschundzwirn! Kann dünne Luft so schnell zu Kopf steigen? Hat er den Verstand verloren? Irgendwie war er seltsam. Und was meinte er damit, keiner werde Nieminen eine Träne nachweinen? Was spielt das, verdammt noch mal, für eine Rolle?«

Oksman zuckte wieder mit den Schultern. »Ich weiß es nicht, aber er ist der Ermittlungsleiter und bestimmt. Also Ärmel hoch und los! Lass uns damit beginnen, alternative Tathergänge zu konstruieren.«

»Im Ernst?«

»Du hast doch den Befehl gehört.«

»Ich spreche noch einmal unter vier Augen mit Jari. Ich weiß zufällig, dass er zu Hause 'ne Menge Stress hat. Vielleicht kommt er zur Vernunft, wenn ich mit ihm rede. So mir nichts dir nichts schlucke ich nicht, dass Raunela das gesagt haben soll. Oder er hat auch den Verstand verloren.«

»Du kannst ihn ja fragen. Das schadet sicher nichts. Aber andererseits: Vielleicht hat Jari ja auch recht.«

»Was hast du vor?«

»Wir gehen die Papiere durch und versuchen, die Dinge aus einer anderen Perspektive zu sehen.«

Linda schüttelte den Kopf. »Das ist komplett verrückt. Ich hätte nie gedacht, dass ich das mal sage: Aber ich wünschte, Heinonen wäre wieder da.«

26

Sommer 1991

Anttis Vater Tapani stellt das Fahrrad auf den Kopf und löst das Hinterrad. »Das kriegen wir schon wieder hin«, sagt er und zwinkert Jari zu, der dankbar lächelt. »Dein Vater wird nichts merken.«

Tapani klemmt den Rahmen in den Bock und beginnt, mit einer Schnabelzange die Speichen geradezubiegen. Dabei summt er, die Zigarette im Mundwinkel, ein Lied, das keiner der beiden Jungen kennt.

Nach der Misshandlung hatte Jari das Rad nach Hause geschoben und die blutverschmierten Sachen in den Müll geworfen. Dann stand er lange unter der heißen Dusche. Nachdem er Blut und Exkremente abgewaschen hatte, sah sein Gesicht gar nicht mehr so schlimm aus. Er hatte kein blaues Auge, nur eine kleine Wunde an der Oberlippe, die er sich auch beim Ballspielen oder Rumklettern hätte holen können.

Aber das Rad hatte es schwer getroffen.

Sein Tunturi-Bike war teuer, und sein Vater hatte es ihm nur unter der Bedingung gekauft, dass er damit keinen Blödsinn anstellen würde. Jetzt hat die Hinterradfelge eine Acht, das Schutzblech ist verbeult und der Sattel gerissen. Wenn Vater das Rad in diesem Zustand sehe würde, hätte es sich für eine lange Zeit ausgewünscht.

»Jari hat so einen harten Kopf, dass man damit Nüsse knacken könnte«, hatte Antti sein halbwegs heiles Aussehen kommentiert.

Tapani beugt sich über das Rad und bittet Antti von Zeit zu Zeit, ihm ein Werkzeug zu reichen. Jari versteht nicht einmal die Hälfte der Werkzeugbezeichnungen, aber Antti weiß bei jeder sofort, was gemeint ist. Jari bewundert die stattliche Werkzeugbank von Anttis Vater und nimmt einige der Werkzeuge forschend in die Hand.

»Was macht man hiermit?«, fragt er und hält ein Werkzeug hoch, dessen bewegliche Schneiden wie ein Papageienschnabel gebogen sind.

»Das ist eine Blechschere«, antwortet Antti, der das Fahrrad hält, während sein Vater die Dellen im Schutzblech herausklopft.

»Und das hier?«

»Das ist ein Drehmomentschlüssel zum Radwechseln.«

»Und das?«

»Ein Kerzenschlüssel. Zum Auswechseln von Zündkerzen am Auto.«

Tapani schaut belustigt zu Jari, stößt den Rauch durch die Nase aus und wischt sich die Hände an einem Stück Putzwolle ab. »Dein Vater verbringt wohl nicht viel Zeit in der Garage?«

Jari schüttelt den Kopf. »Nein, der zeichnet nur. Einmal hat er versucht, den Rasenmäher zu reparieren, aber dann mussten wir ihn doch auf die Deponie bringen und haben einen neuen gekauft.«

Tapani lacht, klaubt aus der Brusttasche seines Blaumanns eine neue Pall Mall und zündet sie an der Glut der letzten Zigarette an. Die alte Kippe steckt er in eine leere Bierflasche, die neben der Werkbank steht. Aus dem Flaschenhals steigen dünne Rauchschwaden auf.

»Arbeitet dein Vater neuerdings von zu Hause?«

»Ja. Früher war er bei Küttner, aber die haben Stellen abgebaut. Jetzt zeichnet er zu Hause. Mutter sagt, er braucht ein eigenes Arbeitszimmer, das Sitzen am Wohnzimmertisch in schlechter Haltung und bei ungünstigen Lichtverhältnissen ist nicht gut für ihn.«

»Habt ihr nicht genug Zimmer da bei euch?«, fragt Anttis Vater, und Jari hört den spöttischen Unterton heraus.

»Na, also!«, sagt Tapani, hebt das Rad vom Bock und klappt den Fahrradständer ein. »Probier mal aus, wie es sich fährt. Der Sattel ist ein bisschen breiter, aber das geht sicher. Dein Vater wird nichts merken.«

Jari nimmt das Rad, schiebt es aus der Werkstatt und lauscht dem feinen Knacken des Schaltwerks. Dann springt er in den Sattel, tritt ein paarmal in die Pedale und dreht eine Runde um den Parkplatz.

»Und?«, fragt Tapani, auch wenn Jaris breites Lächeln schon alles sagt.

»Wie neu.«

»Okidoki. Damit hat unser Held wieder eine Rakete unterm Hintern. Ich habe auch die Kette nachgespannt und die Vorderbremse eingestellt«, sagt Tapani, schnappt sich eine Pulle aus dem Kasten und öffnet sie zischend mit dem Griff eines Schraubenziehers. Der Kronkorken fliegt in hohem Bogen auf den Boden. Er schaut die Jungen augenzwinkernd an und sagt: »Dem Tüchtigen gebührt ein Lohn.«

Antti schwingt sich ebenfalls auf sein Rad.

»Und was habt ihr Helden als Nächstes vor?«

»Wir kurven nur ein bisschen rum«, antwortet Antti.

»Ah, rumkurven, also. Die Kurven der Mädchen habt ihr dabei natürlich nicht im Sinn. Na, solange ihr keinen Unsinn anstellt.« Dann fällt Tapani etwas ein, er geht zurück in die Garage, und als er wiederkommt, hat er ein breites Grinsen im Gesicht. Er wirft Antti etwas zu, das dieser geschickt auffängt. »Lernt Poker spielen.«

Antti schaut sich an, was er da in der Hand hält, feixt und zeigt es Jari. Auf der Packung ist eine Frau abgebildet mit einem weißen Korsett, das die Brüste frei lässt. Darüber steht Sexy Girls.

»Aber das bleibt unter uns, ja?«, sagt Tapani.

»Wir erzählen es keinem«, sagt Antti.

»Also abgemacht!«

Anttis Vater zieht sein Portemonnaie aus der Hosentasche, holt einen Zwanzigmarkschein hervor und gibt ihn Jari. Aber bevor Jari zugreifen kann, zieht er ihn wieder weg und sagt: »Das ist für euch beide, für die Schmerzen und die Schrammen und die Ehre, aber unter einer Bedingung: Haltet die Augen offen. Und wenn ihr auf dem Parkplatz ein komisches Auto oder einen Mann entdeckt, der mit Mutter redet, dann kommt ihr zu mir und sagt es mir, einverstanden?«

»Ja, wir halten die Augen offen«, sagt Jari, und Tapani lässt den Schein los.

Antti lässt die Spielkarten in seiner Tasche verschwinden, und dann schießen sie los. Jari geht es langsam wieder besser. An der Seite von Antti hat er sich schon immer sicher gefühlt.

27

Die beiden geben das Geld von Anttis Vater in dem nahegelegenen Supermarkt für eine Tüte Süßigkeiten, zwei Berliner, eine Flasche Coca-Cola und eine Packung Salmiak-Kaugummi aus. Dann radeln sie zu der bewaldeten Anhöhe, die von den Bewohnern Poris Paradieshügel genannt wird, verstecken die Räder im Gebüsch und laufen den Waldweg entlang zu dem verlassenen Haus. Unterwegs kommen sie an dem geborstenen Felsen vorbei, in den Antti mit dem Ende eines Moniereisens ein X geritzt hat. Der Gedanke an ihre im Boden vergrabene Zeitkapsel fühlt sich unwirklich an. Fast so, als ob es ihnen, zwei Jungen, gelungen wäre, die Zeit zu überlisten und Briefe durch eine Zeitspalte in die Zukunft zu schicken.

Das verlassene Haus ist leer. Sie rauchen drinnen eine Zigarette aus der Packung, die sie Anttis Vater geklaut haben, dann gehen sie wieder raus, ziehen ihre T-Shirts aus und hauen mit Stöcken auf die Blütenstände des Wiesenkerbels vom Vorjahr ein. Ausgelassen rennen sie durch das Gras und schlagen imaginären Feinden Köpfe und Gliedmaßen ab.

»Bist du wirklich mit dem Rad gestürzt?«, fragt Jari und zeigt auf das Pflaster an Anttis Wange. Sie haben es sich auf der Veranda bequem gemacht, essen Berliner und trinken abwechselnd Cola aus der Flasche.

»Ja, ich habe versucht, die Rampe am Einkaufszentrum runterzudüsen.«

Jari nickt. Er weiß, wann Antti lügt, und Antti weiß, dass er es weiß. Andersrum ist es genauso. Deswegen lügen sie sich eigentlich nie an.

»Was ist das eigentlich für eine Sache mit deinem Vater? Dass wir angeblich irgendein Auto und einen Mann bewachen sollen?«

»Der faselt immer dummes Zeug, wenn er ein paar Bier getrunken hat. Aber was hast du mit Rami und den anderen Arschlöchern vor?«, fragt Antti.

Jari hat Antti erzählt, was auf dem Heimweg von der Schule passiert ist. Wie Nieminen ihn schon auf dem Schulhof angegangen ist, dass er damit keinen Erfolg gehabt hat, ihn dann am nächsten Tag abgefangen und umso schlimmer fertiggemacht hat. Das alles hat er ausführlich berichtet, nur Henriikka hat er

189

nicht erwähnt und auch die Hundescheiße nicht. Darüber würde er nicht sprechen, niemals. Nicht mit Antti und auch sonst mit keinem.

»Was meinst du damit? Was soll ich denn mit ihnen vorhaben? Ich verpetze sie nicht, wenn du das meinst. Dann bringen die mich um.«

Über Anttis Gesicht gleitet ein Ausdruck, den Jari bisher nur wenige Male an ihm wahrgenommen hat. Ein düsteres, emotionsloses Stieren, aus dem Jari nicht recht schlau wird. Antti schaut ihm direkt in den Augen, als er mit belegter, tiefer Stimme sagt:

»Du bist mein bester Freund, und du weißt, dass ich alles für dich tun würde, auch sterben, wenn es sein muss. Aber manchmal bist du verdammt kindisch. Du wirst in deinem Leben noch oft verdroschen werden, wenn du nicht lernst, dich zu wehren.

»Du hast leicht reden, immerhin bist du einen Kopf größer als ich«, verteidigt sich Jari.

Antti greift nach der Flasche und nimmt einen Schluck von der Flüssigkeit, die inzwischen schon schal schmeckt, aus der fast alle Kohlensäure entwichen ist. Dann reicht er sie Jari, der sie austrinkt.

»Mit solchen Dreckskerlen wie Rami Nieminen, Santeri Aho und Petteri Kallio zu reden, bringt nichts.« Anttis düsterer Gesichtsausdruck verfinstert sich weiter, und einen Moment lang fürchtet Jari, dass Antti sich in jemand anderen verwandeln könnte. Dass neben ihm nicht mehr sein dreizehnjähriger bester Kumpel Antti sitzt, sondern einer, der viel älter ist und dem nur das Aussehen eines Kindes übergestülpt wurde. »Das würde die nur noch mehr anstacheln. Nein, die müssen sofort und richtig gestoppt werden. Mit einem so harten Schlag, dass sie es nie wieder versuchen. Vater sagt, so bildet man auch Hunde aus. Man muss ihre Dominanz brechen.«

»Die sind drei und wir nur zwei. Wir haben gegen die keine Chance, selbst, wenn wir uns mit Baseballschlägern ausrüsten.«

Der maskenhafte Ausdruck auf Anttis Gesicht löst sich auf, und mit einem Mal hat er wieder das normale Gesicht eines Teenagers. »Ich helfe dir, Rami zu stoppen«, sagt Antti, stopft den restlichen Berliner in den Mund, zerknüllt die Papiertüte und schmeißt sie in die Ecke der Veranda. »Ich lasse mir etwas einfallen.«

Sie spielen ein paar Runden Poker mit den Karten von Anttis Vater, doch dann begnügen sie sich damit, sich nur die Fotos anzuschauen und miteinander zu vergleichen.

»Dein Vater ist echt Spitze. Meiner hätte uns nie solche Karten gegeben.«

Antti antwortet nicht, zieht eine Karte aus der Reihe, zeigt darauf und sagt: »Das ist meine Nummer eins.«

Jari sucht seine Lieblingskarte und entscheidet sich gegen eine Frau mit Haaren wie Henriikka, damit Antti nicht stichelt.

»Wollen wir zu euch gehen?«

Jari schüttelt den Kopf. »Nein. Tiinas Physiotante kommt heute. Mutter meint, dann sollten wir besser nicht zu Hause sein, weil sie dabei immer ausrastet.«

»Tiina ist Klasse.«

»Ist sie. Aber manchmal sind Mama und Papa total müde. Tiina braucht Windeln, obwohl sie schon sechs ist. Mutter sagt, sie wird auch nie trocken. Sie sagt, Tiina geht vielleicht für ein paar Wochen irgendwo in eine Reha, damit sie und Vater sich mal ausruhen können.«

»Ich hätte auch gern eine kleine Schwester«, sagt Antti.

»Und ich wünschte, Tiina wäre normal und nicht behindert. Ihretwegen. Sie darf nie irgendetwas Tolles machen, außerdem lachen alle über sie und äffen sie nach.« Jari dreht den Kopf weg, weil er merkt, wie ihm Tränen in die Augen steigen.

»Ja, aber das sind Idioten, die sind nicht wie wir. Ich würde für Tiina sterben«, sagt Antti.

»Und ich für dich«, antwortet Jari.

28

Rami Nieminen schleudert einen Stein ins Wasser und grinst zufrieden. Sein Stein ist deutlich weiter hinten ins Wasser geplumpst als der von Santeri Aho und Petteri Kallio. Santeri ist zwar für einen Zwölfjährigen ein wahrer Riese und könnte glatt als Siebzehnjähriger durchgehen, aber er bewegt sich plump und schwerfällig. Manchmal denkt Rami, bei Santeri seien die Füße falsch herum angeschraubt worden, so tollpatschig bewegt er sich.

Rami bückt sich nach einem neuen Stein, dreht ihn in der Hand, um zu sehen, wie er ihm die beste Flugposition verleihen kann, und holt weit aus. Diesmal fliegt der Stein in einem hohen Bogen ganz über den Teich und prallt gegen die Blechwand eines Trafohäuschens.

»Volltreffer!«, jubelt Rami und grient seine Kumpel an. Santeri grinst zurück, obwohl ihm anzusehen ist, wie sehr ihn die eigenen misslungenen Wurfversuche wurmen.

Rami vergleicht sich mit den beiden und ist mit dem Ergebnis sichtlich zufrieden: Santeri ist zwar groß und breit, aber an Körpergröße kann Rami durchaus mithalten. Auch er misst eins siebzig, aber neben Santeri ist er schmal wie eine Zeltstange. Trotzdem ist sich Rami sicher, dass er es mit Santeri aufnehmen könnte. Und die anderen wissen es auch. Darum ist er der König der Bande, ohne dass sie je darüber gesprochen haben. Aber es ist nun mal so, wie sein Vater immer sagt: Die Herde folgt dem Stärksten.

Auch Petteri hat sich einen Stein geschnappt, stürmt nach vorn und wirft ihn ohne Technik oder Rhythmus. Natürlich stimmt der Winkel nicht, und der Stein schießt hoch hinaus und fällt dann fast senkrecht ins Wasser. Petteri schaut bedeppert wie ein kleines Kind. Rami grinst zufrieden, denkt aber gleichzeitig, dass er Petteri eines Tages abservieren wird. Er ist einfach ein Schlappschwanz und zu feige. Zwar muss Rami zugeben, dass Petteri selten Nein sagt, aber irgendwann kommt immer der Punkt, an dem er dann doch Schiss kriegt. Antti Mielonen ist ein tougher Typ. Rami hat ihn schon länger im Blick, auch wenn er mit diesem Arschgesicht Jari Paloviita durch die Gegend zieht. Von Antti geht etwas aus, das auch die größeren Jungs abschreckt. Falls er Petteri fallen lassen muss, wäre Antti ein hervorragender Ersatz.

Eine Zeitlang verbringen die Jungs noch mit Steinewerfen, dann ziehen sie weiter über den Fußballplatz zum dahinterliegenden Wäldchen. Sie sind auf der Suche, ohne zu wissen, wonach. Wie ein Rudel Raubtiere streifen sie umher, jederzeit bereit, einer Schweißspur zu folgen. Nervenkitzel und Action ist es, wonach sie lechzen. Sollten ihnen kleine Jungs über den Weg laufen, wären diese genau die richtige Beute, um sich groß zu fühlen.

In dem Waldstück befindet sich eine kleine Lichtung, auf der Jugendliche geklaute Parkbänke aufgestellt und einen Lagerfeuerplatz angelegt haben. Immer freitag- und samstagabends versammeln sich hier die Fünfzehn- bis Siebzehnjährigen, um zu saufen und zu ficken. Rami durfte einmal dabei sein und hat ein Bier in die Hand gedrückt bekommen. Als er beim ersten Schluck das Gesicht verzog, hat die Meute grölend gelacht. Die Erinnerung ist unangenehm, und Rami verscheucht sie schnell.

Jetzt ist es still im Wäldchen und überraschend lau. Der Wind findet keinen Weg durch die dicht stehenden Bäume. Vögel zwitschern. Die drei schlagen mit Stöcken auf die Stämme ein, und von Zeit zu Zeit kickt einer von ihnen einen mittelstarken Ast mit einem Karatetritt entzwei.

Plötzlich stößt Petteri Rami in die Seite: »Du, da liegt einer!«

Sie bleiben stehen und schauen in die Richtung, in die Petteri zeigt. Und wirklich, auf einer der Parkbänke am Feuerplatz liegt ein Mann. Eindeutig ein Penner. Seine Kleidung sieht voluminös und zerschlissen aus, der graue Bart hat länger keinen Rasierer gesehen, und das Baumarkt-Basecap wurde tief in die Augen gezogen.

»Das ist Jori«, flüstert Santeri und erntet Bestätigung. Es ist tatsächlich Jori, der dort döst und eine Flasche Fensterklar umklammert wie ein Kuschelkissen. Sie schleichen sich näher, können sein Schnarchen hören, doch als ihnen der stechende, siffige Gestank in die Nase steigt, müssen sie sich abwenden.

Alle Kinder in der Gegend kennen Jori, der im Sommer in Parks, Wäldern und unter Brücken schläft, bei Einbruch der Nachtfröste aber Korridore und Treppenhäuser ansteuert, um sich zu wärmen. Es kann auch vorkommen, dass Jori eines der Kinder anhaut und ihnen Geld gibt, damit sie ihm eine Flasche Spiritusreiniger besorgen, weil die örtlichen Tankstellen sich schon seit geraumer Zeit weigern, ihm noch irgendetwas zu verkaufen.

Und heute schläft Jori hier: die Augen bedeckt, die Haut dreckig und faltig. Und stinkend. Mein Gott, wie der stinkt.

»Pfui Teufel!«, ruft Petteri aus. »Hat der in die Hosen geschissen?«

»Bestimmt, sicher mehrmals. Wann hat der wohl zuletzt geduscht?«

»Mein Vater hat gesagt, dass Jori als junger Mann zur See gefahren ist und irre Muskeln hatte. Der soll stark wie ein Stier gewesen sein und sogar in einem Film mitgespielt haben. Mein Vater hat gesagt, er soll im Industriehafen Tahkoluoto einmal eine gewaltige Rolle Schiffstau auf die Schulter gehievt haben, die zwei Männer nicht auf eine Ladefläche gekriegt haben. Er aber ist damit übers Hafengelände gelaufen, als wäre es eine Daunenfeder.«

»Na, heute hievt der nischt mehr. Ekelhaft, der hat ja nur noch zwei Zähne, und die sind ganz schwarz!«

Kaum gehen sie ein paar Schritte näher, schlägt ihnen wieder der penetrante Geruch entgegen, der an einen verwesenden Kadaver erinnert.

»Durchsucht seine Taschen«, sagt Rami. »Vielleicht hat der ein paar Kröten.«

Sie schauen sich um. Im Wald ist es ruhig, und kein Mensch ist zu sehen. Die Taschen zu durchsuchen klingt verlockend, und das Risiko, dabei erwischt zu werden, ist praktisch gleich null. Jori kriegt bestimmt nicht mal mit, wenn sie ihn filzen – und selbst wenn, was will er machen? Rein gar nichts. Er könnte sie niemals einholen, auch eine Anzeige bei der Polizei oder sonst wem ist von ihm nicht zu erwarten. Sie stehen auf der Stelle und lauschen. Irgendwo in der Ferne tuckert ein Auto vorbei, sonst sind nur Vogelstimmen und Joris abgehacktes Schnarchen zu hören.

»Nee, ich kann nicht. Bei diesem Gestank muss ich kotzen«, sagt Petteri und wendet sich ab. Keiner rührt sich, sie schauen sich nur gegenseitig an. Nieminen kann die Angst der beiden förmlich riechen.

»Scheiße! Muss man immer alles selber machen?« Rami macht sich daran, Joris Taschen zu durchsuchen. Seine Kleidung ist schmierig. Schon beim Anfassen kann einem übel werden. Der ganze Typ ist eklig. Rami fasst in Joris Brusttasche, und als er dort nichts findet, durchsucht er die Hosentaschen. Ein bestialischer Gestank nach Kot, Urin und Erbrochenem steigt ihm in die Nase. Fast dreht sich ihm der Magen um. Hier findet er einen Zigarettenstummel, einige Filter und ein paar Blättchen Zigarettenpapier. Diese Funde reicht er an den grinsenden Santeri neben ihm weiter.

Als Jori hüstelt, hält Rami inne, macht dann aber weiter. In Höhe der Brust ist eine Erhebung, und Rami vermutet darunter die Geldbörse. Er öffnet den Reißverschluss, und obwohl er es sehr langsam macht, wird Jori zunehmend unruhig. Rami verharrt in der Bewegung und macht erst weiter, als Jori sich wieder beruhigt hat. Er öffnet den Reißverschluss ganz und schlägt die Jacke auf. Zum Vorschein kommt der versiffteste Pullover, den sie je gesehen haben. Es stinkt unbeschreiblich.

»Igitt, ist das ekelhaft. Oh nee, gleich muss ich kotzen«, blökt Santeri und dreht sich weg. Auch Rami muss sich abwenden, pumpt seine Lungen voll Luft und führt die Hand zur Brusttasche, in der sich tatsächlich das Portemonnaie befindet. Er will es ganz langsam herausziehen, aber plötzlich legt sich ein eiserner Griff um sein Handgelenk. Der Druck ist so stark, dass Rami vor Schreck und Schmerz aufstöhnt.

Jori setzt sich auf und schiebt sein Basecap aus der Stirn. Sein Gesicht ist faltig wie eine Rosine, die Täler der Falten leuchten in der dunklen Schmutzschicht heller. Seine Augen sind trüb und grau, doch sein Blick ist klar, und er blickt Rami völlig unbeirrt an.

»Was genau hast du vor, Jungchen?«

Rami versucht sich loszureißen, aber Joris Finger umklammern ihn so fest wie die Backen einer Rohrzange. Doch das hindert Rami nicht daran, seine Finger um das Portemonnaie zu krallen wie ein Adler die Fänge um die Beute. Jori richtet sich auf und packt Rami mit seiner anderen Hand an der Schulter. Die Geschichten vom starken Jori sind offensichtlich nicht nur Seemannsgarn, zumindest liegt allein schon im Griff seiner Hände eine ungeheure Kraft.

»Verfluchte Bälger!«, knurrt Jori. Speicheltropfen und eine nach altem Fusel riechende Wolke treffen Rami im Gesicht. Er versucht wieder, sich loszureißen, ohne Erfolg. Der Griff wird nur noch fester, und obwohl Rami das nicht für möglich gehalten hätte, wird der Druck auf seine Knochen so stark, dass er vor Schmerzen aufschreit.

»Au! Helft mir!«, wendet er sich an seine beiden Kumpel, die in sicherer Entfernung zu Salzsäulen erstarrt sind.

»Lass das Portemonnaie los, oder ich breche dir die Knochen!«, zischt Jori.

»Lass mich los!«, ruft Rami und an Santeri und Petteri gewandt: »Helft mir, verdammt!« Ihm wird klar, dass Jori nicht nur in der Lage ist, ihm den Arm zu brechen, sondern auch entschlossen, es wirklich zu tun, falls er nicht nachgibt. Er löst seine Finger, ächzt laut und zerrt an seiner Hand. Jetzt löst Jori den Griff, und Rami fällt auf den Rücken. Seine Augen sind vor Schreck geweitet, als er sich mit den Füßen über den Boden schiebt, weg von dem zotteligen, ekelhaft stinkenden Typen.

»Und jetzt seht zu, dass ihr Land gewinnt!«, raunzt Jori ihnen zu und steht von der Bank auf, steckt das Portemonnaie zurück in die Innentasche und macht sich mit zitternden Fingern an seinem Reißverschluss zu schaffen.

»Lass uns verschwinden«, ruft Petteri und vergrößert den Abstand zur Parkbank. Santeri hilft Rami mit einem Griff unter die Arme auf die Beine.

»Ja, macht, dass ihr verschwindet!«, ruft Jori und kommt ein paar Schritte auf sie zugewankt. »Sonst mache ich Hackfleisch aus euch!« Die Jungs rennen ein paar Dutzend Meter in den Wald hinein und schauen über die Schulter zurück. Jori ist ihnen nicht gefolgt, natürlich nicht, er kann sich ja kaum auf den Beinen halten.

»Halt!«, befiehlt Rami, und sie bleiben stehen. Jori behält sie unverwandt im Blick, rührt sich aber nicht vom Fleck. Keiner sagt etwas, dann ruft Jori ihnen noch einmal zu:

»Verschwindet, oder ihr werdet es bereuen!«

In diesem Augenblick begreift Rami etwas, das sein Leben verändern wird: Er durchschaut, dass Jori blufft. Jori konnte ihn überraschen, ihm einen Moment lang Angst einjagen und ihn glauben machen, er sei gefährlich. Doch jetzt, mit ein bisschen Abstand, sieht Rami, dass das zitternde Wrack ihm nie ernsthaft hätte gefährlich werden können. Sie sind zu dritt, drei gegen einen säuerlich stinkenden, heruntergekommenen Saufbruder.

»Wir gehen zurück«, verkündet Rami.

»Was?«, fragte Petteri und starrt Rami entsetzt an.

»Der hat mir wehgetan«, zischelt Rami. »Ich will dieses Portemonnaie!«

»Lass gut sein«, sagt Santeri. »Los, wir hauen ab.«

»Wir hauen nirgendwohin ab. Wir holen uns das Portemonnaie.« Rami zieht einen dicken Ast aus dem Unterholz, bricht ihn auf seinem Knie entzwei und geht langsam zurück.

»Habt ihr nicht gehört? Ihr sollt verschwinden, sonst ergeht es euch schlecht!«, ruft Jori wieder. Rami sieht ihn jetzt aus einem neuen Blickwinkel und erfasst die Situation glasklar. Der Vorhang zwischen Kindheit und Erwachsensein hat sich zur Seite geschoben und beeinträchtigt nicht länger Ramis Blick. Er registriert, dass Joris Worte an Schärfe verloren haben. Der Vorteil der Überraschung ist verflogen. Und das wissen sie beide. Jori hält seinen Blick fest auf Rami gerichtet, der nicht gerade auf ihn zugeht, sondern sich wie eine Katze von der Seite anschleicht. Santeri und Petteri tun es ihm gleich und suchen sich einen passenden Ast. Ihre Neugier siegt, und sie wollen wissen, wie es weitergeht. Rami weiß ganz genau, dass Jori nicht zu unterschätzen ist. Sie sind zwölf, dreizehn Jahre alte Jungs, Jori dagegen ist ein erwachsener Mann, der immer noch über beachtliche Kräfte verfügt. Allerdings aber auch ein verlebter Mann und voll wie eine Haubitze. Er kann schon froh sein, wenn er sich auf den Beinen halten kann.

Rami lenkt Joris Aufmerksamkeit auf sich, Santeri und Petteri kreuzen von beiden Seiten – ganz so, als würden sie einen jüngeren Schüler auf dem Schulhof einkreisen. Nur dass das Opfer dieses Mal etwas größer ist.

»Jungs, Schluss jetzt!«, brüllt Jori mit scharfer Stimme. Aus dem Mund eines Erwachsenen genügt eine solche Ansage normalerweise, um sie zum Rückzug zu bewegen. Aber sie wittern, dass es sich hier nur um den verzweifelten Versuch eines in Panik geratenen Menschen handelt, die Illusion aufrechtzuerhalten.

Rami verlangsamt seine Bewegungen und wartet darauf, dass

Jori den Blick senkt oder ihn für eine Sekunde auf etwas anderes richtet. Sie haben das unzählige Male zuvor durchgespielt, der Ablauf ist ihnen in Fleisch und Blut übergegangen. Petteri schleicht sich hinter Jori und bringt ihn dazu, sich umzudrehen. Auf diesen Moment hat Rami gewartet, er macht einen Satz nach vorn und holt mit der Astkeule aus. Dumpf hallt der Hieb durch den stillen Wald. Der Schlag trifft Joris Backenknochen, sein Kopf knickt zur Seite, das Basecap fliegt vom Kopf, und seinem Mund entfährt ein erstickter Schrei, der Santeri jubeln lässt. Jori fasst sich mit der Hand an die Wange, strauchelt, bleibt aber stehen.

»Ver-fluch-te Brut!«, schnauft Jori und schaut Rami an. Sein Blick ist voll rasender Wut, doch Rami sieht die aufblitzende Erkenntnis der bevorstehenden Niederlage. Jori, der sich sein Leben lang in den Gassen und Kaschemmen von Mäntyluoto mit anderen Seeleuten geprügelt hat und gewohnt war, den Sieg davonzutragen, schwankt jetzt an der Schwelle zur Niederlage. Die dürftigen Einschüchterungsversuche verpuffen hilflos, und sein Untergang zeichnet sich gnadenlos ab.

»Gibs ihm!«, schreit Santeri und startet einen Scheinangriff von der Seite. Es funktioniert, so wie es immer funktioniert: Jori wendet den Kopf. Rami nutzt die Gelegenheit und stößt Jori mit aller Kraft gegen die Brust. Der Schluckspecht verliert das Gleichgewicht wie ein dünnstieliger Trichterling und landet mit dem Hintern im Moos. Sein Versuch, sich aufzurichten, wird von Santeris Turnschuh zunichte gemacht, der ihm die Arme wegtritt. Ramis Astknüppel trifft ihn diesmal am Hinterkopf. Die Wucht des Hiebes ist so groß, dass der Ast zerbricht und das lose Ende rotierend zwischen die Bäume schießt. Jori sackt mit einem dumpfen Aufschrei zur Seite und hält die Hand schützend vor den Kopf. Jetzt mischt auch Petteri mit und drischt mit seinem Stock auf Joris Oberschenkel ein, bis er zerbricht und er ihn weiter mit dem Stumpf bearbeitet. Die Schläge treffen Jori an Rücken und Beinen, und als Rami sicher ist, dass Jori sich nicht mehr erheben kann, befiehlt er: »Haltet die Arme fest!«

Rami dreht Jori auf den Rücken, ignoriert den widerlichen Gestank und setzt sich bäuchlings auf dessen Bauch. Jori stöhnt, aus seiner Nase läuft Blut, seine Augen sind starr vor Grauen. Santeri greift nach seinem rechten Arm, versucht ihn zu strecken, aber es gelingt ihm nicht. Also greift er nach einem Stein und haut Jori damit aufs Ohr. Jori jault auf wie ein streunender Hund nach einem Stiefeltritt. Santeri greift nach dem Arm, der jetzt schlaff herabhängt, und fixiert ihn mit seinem Knie am Boden. Petteri macht dasselbe mit dem linken Arm. Rami zieht dem jammernden Jori den Reißverschluss auf, nimmt das Portemonnaie und steckt es in seine Gesäßtasche.

»Lasst ihn noch nicht los«, sagt Rami und hangelt nach einem morschen Stock, den er dem Penner zwischen die verfaulten Zähne steckt. Jori wehrt sich und dreht den Kopf nach links und rechts, doch Rami gibt nicht nach. Schließlich bricht Joris Widerstand, und Rami haut ihm den Stock in die Gurgel.

»Hier, lutsch dran!«, fordert er ihn auf. »Versuch jetzt noch mal, mir die Hand zu brechen, du Arschloch. Du sollst lutschen!«

Jori würgt, sein Kopf ruckt hin und her, er schnappt nach Luft. Arme und Beine zucken wie bei einem Fisch, der an Land geworfen wurde.

»Igitt, du stinkst! Ekelhaft. Typen wie dich sollte man ausrotten. Lutsch jetzt, du Ziegenbock!«

Rami beugt sich über Joris Gesicht. Er will die Augen sehen. Etwas fasziniert ihn: Die Augen sind glasig und absolut hilflos wie bei einem Baby. Aus Joris Nase läuft blutiger Schleim.

»Hör auf jetzt«, sagt Santeri und schiebt Rami weg. Petteri lässt Joris Arm los, sodass der sich auf die Seite drehen und den vollgesabberten Stock ausspucken kann. Er japst nach Luft und zittert.

»Mann, bring ihn nicht um!«

Rami steht auf, kalter Zorn überzieht sein Gesicht, die Augen brennen vor Eifer, sein Blick ist abwesend. »Ich bringe ihn nicht um. Ist doch nur Spaß.«

Santeri schaut Nieminen an, sagt aber nichts. Dann rennen sie durch den Wald, überqueren die Straße und halten bei einem kleinen Spielplatz an. Dort setzen sie sich auf eine Bank und inspizieren ihre Beute. Ein altes, zerfetztes und verbeultes Portemonnaie. Rami geht es systematisch durch und zieht zuerst einen Stapel Chipkarten heraus: Sozialversicherungskarte, Personal- und Bibliotheksausweis. Außerdem ein paar wertlose Bonuskarten und Marken der Heilsarmee, die Rami auf den Boden schleudert. Im Geldfach findet er zwei Hundertmarkscheine und einen Zwanzigmarkschein, außerdem ein paar Münzen. Rami lässt das Geld in seiner Tasche verschwinden.

Petteri dreht jedem von ihnen mit dem Tabak, den sie bei Jori gefunden haben, eine Zigarette. Der Tabak ist viel stärker als das, woran sie gewöhnt sind, sodass sie heftig husten müssen. In dem Portemonnaie befinden sich auch zwei alte Fotos: Eines ist in der Mitte gefaltet und zeigt Jori in jungen Jahren auf einem Strand-boulevard, im Hintergrund Palmen und das Meer. Er trägt ein kurzärmeliges Baumwollhemd, dessen vier obere Knöpfe offen-stehen. Sein Bart ist schwarz, die Zähne blendend weiß. Neben Jori steht ein rabenschwarzer Mann, ebenfalls im weißen Baum-wollhemd und mit mindestens ebenso muskulösen Oberarmen wie Jori. Die beiden haben sich die Arme um die Schultern gelegt und lächeln in die Kamera. Nieminen dreht das Foto um und liest die verblasste Aufschrift auf der Rückseite: *Tangier, 1968. To my friend Jori. See you soon. -Bob-*

Das zweite Bild ist ein Schulfoto, wie sie jedes Jahr in Finnland in der Schule von allen Schülern gemacht werden. Auch dieses Bild ist schon alt. Es zeigt ein Mädchen, ungefähr in ihrem Alter, vielleicht ein bisschen jünger. Sie hat lange braune Haare, braune Augen und ein schönes Lächeln. Irgendetwas an dem Bild fesselt ihn. Dann nimmt Rami beide Fotos, zerreißt sie und überlässt die Schnipsel dem Wind. Das leere Portemonnaie wirft er in hohem Bogen ins Gebüsch.

Das Dreiergespann erhebt sich und läuft schlendernd zu einem Laden inmitten des nahegelegenen Plattenbaubezirks. Das Geld in seiner Tasche brennt, und er will es so schnell wie möglich ausgeben. Ramis Gedanken drehen sich um das Geschehene. Er hat das Gefühl, eine unsichtbare Mauer durchbrochen zu haben. Die Schwelle zwischen Kindheit und Erwachsenenwelt ist überschritten, die Autorität der Erwachsenen ist angefochten. In Rami keimt die Erkenntnis, dass sie sich von Kindern gar nicht so gravierend unterscheiden: Für sie gelten die gleichen Regeln der Gewalt, so wie für alle anderen.

29

Herbst 2018

Henrik Oksman verfolgte vom Fenster aus, wie Jari Paloviita in sein Auto stieg und vom Parkplatz fuhr. Er blieb noch einen Moment gedankenverloren stehen, setzte sich dann wieder hinter seinen Schreibtisch und öffnete die Akte des erstochenen Rami Nieminen.

Er wusste gleich beim Aufschlagen, dass etwas faul war, das Gefühl hatte ihn mit aller Macht überfallen. Oksman war sich wohl bewusst, dass er nicht der sozialste Mensch auf Erden war, aber an seiner Menschenkenntnis gab es keinen Zweifel, ebenso wenig an der von Linda Toivonen. Und sie beide rochen den gleichen, von Jari Paloviita ausgehenden Geruch des Dubiosen. Er kannte Paloviita jetzt seit drei Jahren, von denen sie zwei als Partner zusammengearbeitet hatten. Auch wenn sie sich nicht wirklich nahestanden, sie kamen gut miteinander aus. So verschieden ihre Charaktere und das Leben, das sie lebten, auch waren, egal wie unterschiedlich ihre Ziele und sie selbst sein mochten, als Polizisten konnte man keinem von ihnen etwas nachsagen. Sie waren ungleich, aber gleich gut.

Irgendetwas war hier faul.

Paloviita hatte ihn angelogen. Nicht Raunela hatte diese seltsamen Gedanken Paloviita gegenüber geäußert, sondern genau andersherum. Paloviita wusste allerdings nicht, dass er es wusste.

Oksman blätterte träge durch die Papiere und hielt von Zeit zu Zeit inne, um ein Detail genauer zu studieren. Aber er entdeckte nichts Neues. Also versuchte er zwischen den Zeilen die Zweifel herauszulesen, die Paloviita geäußert hatte, konnte aber nicht den kleinsten Hinweis finden. Auf allen Seiten sprang ihm Antti Mielonens Schuld förmlich ins Gesicht. Genau genommen hatte Oksman das alles schon einmal getan und war verschiedene mögliche Tathergänge Schritt für Schritt durchgegangen – und war jedes Mal zum gleichen Ergebnis gekommen: Kein anderer in der Hütte wäre in der Lage gewesen, Rami Nieminen zu töten, ohne dass er Spuren hinterlassen hätte. Es gab eine Regel: Ockhams Rasiermesser – das Prinzip der Parsimonie, nach dem die einfachste Erklärung auch die wahrscheinlichste war. In Kriminalromanen mochte es so sein, dass ein superschlauer Ermittler ein vertracktes Puzzle aus abstrakten Hinweisen zusammensetzen musste, um zum Schluss dann denjenigen als Täter zu überführen, von dem man es am allerwenigsten erwartet hatte. Doch das hier war kein Kriminalroman und auch kein Fernsehkrimi, das hier war die Realität!

Und die wahrscheinlichste Erklärung, und damit auch die Wahrheit, war, dass Antti Mielonen es getan hatte, verdammt und zugenäht! Oksman war sich da absolut sicher, und Paloviita konnte es nicht anders sehen. Was genau hatte Paloviita für ein

Problem? In einem hatte sein Chef recht, viele Dinge waren am Anfang nicht so gelaufen, wie sie sollten, und aus Imagegründen müssten sie versuchen, den Fall ein bisschen professioneller aussehen zu lassen. Auf die Witterung ließ sich auch nicht alles schieben, ebenso wenig wie sie die Technik allein für die Misere verantwortlich machen konnten. Es gab noch eine Reihe anderer Dinge, die sie hätten anders machen müssen. Doch Oksman wusste auch, dass hinterher Klugscheißen das Allerletzte war. Das konnte schließlich jeder.

Paloviita hatte Mielonen als armen Schlucker bezeichnet und Nieminen als Typen, dem keiner eine Träne nachweint. So äußerte sich kein Polizist. Oksman war klar, dass viele seiner Kollegen über den einen oder anderen Täter und manchmal auch über die Opfer so dachten, aber deswegen sprach es noch keiner von ihnen laut aus. Auf keinen Fall jedoch der Leiter der Ermittlungen.

In ihrem Rechtssystem hatte das Leben eines jeden von ihnen den gleichen Wert, zumindest sollte es so sein. Egal, ob es sich um eine fürsorgliche Mutter oder einen Tagedieb wie Rami Nieminen handelte – es ging immer um einen Menschen. Dass jemand ein Arschloch war, galt nicht als mildernder Tatumstand.

Oksman blätterte weiter in der Akte und ging die Vorgeschichten von Nieminen und Mielonen erneut durch. Sie waren mehr oder weniger identisch: Beide waren ungefähr gleich alt, Nieminen nur knapp ein Jahr älter als Mielonen, und beide waren sie schon in sehr jungen Jahren auf die schiefe Bahn geraten. Beide waren über denselben Weg in den Knast gewandert: Drogen, Gewalt und etliche andere Straftaten. Beide pflegten den gleichen vagabundierenden Lebensstil, wechselten Orte und Wohnungen in schnellem Rhythmus und egal, wo sie waren, überall gab es Probleme – bis sie schließlich in dem Wochenendhaus auf der Landzunge Korpholma in Ahlainen zusammenprallten.

Unter den Papieren fanden sich die drei Fotos, die er und

Linda sich von Kari Nieminen geborgt hatten: ein Schülerfoto von Rami Nieminen in der sechsten Klasse sowie die Klassenfotos aus der fünften und der sechsten. Zuerst betrachtete Oksman das Porträt: ein hübscher Junge. Gleichzeitig dachte er an das Regal im Wohnzimmer, auf dem nicht ein einziges Bild des Sohnes gestanden hatte.

Der war schon bei der Geburt ein Stück Scheiße, und in Scheiße keimt nichts als Unkraut.

Oksman dachte, dass Rami Nieminen wirklich in der Scheiße aufgewachsen sein musste und schon als kleiner Trieb immer wieder zurück in diese Scheiße gedrückt worden war. Oksman wusste aus Erfahrung, wie schwer es war, sich daraus wieder zu erheben. Ihr Besuch bei Kari Nieminen hatte alles in ihm wieder hochgespült. Es war nicht nur der Geruch in der Wohnung, sondern auch das ganze Drumherum. So, wie Kari Nieminen von seinem Sohn gesprochen hatte, die Bücher im Regal und die Fotos. Oksman dachte, dass Scheiße überall in der Welt gleich aussah, auch der Gestank war der gleiche – egal ob in einer reichen oder einer armen Familie.

Ich habe ihm von klein auf gesagt, dass er mir keine Niggerdiebe, Juden oder Russen ins Haus schleppen soll.

Die Erinnerung entlud sich über Oksman wie eine Ladung Kies. Er kehrte in seinen Gedanken zurück zum März 1992, als sein Vater ihn mitten in der Nacht wachrüttelte und ihm befahl herunterzukommen. Oksman hatte sich angezogen und war die Treppe hinunter ins Wohnzimmer geschlurft, in dem eine Sondernachrichtensendung lief – eine Live-Schalte aus Los Angeles. Ein Hubschrauber kreiste am Himmel und zeigte, wie Feuer loderten und Menschen durch die Straßen rannten und Autos und Polizisten mit Steinen und Flaschen bewarfen. Mutter saß im Nachthemd auf dem Sofa, auch sie hatte Vater geweckt. Vater lief mit einem seltsamen Glanz in den Augen vor dem Fernseher auf und ab.

Als Vater ihn kommen sah, packte er ihn im Nacken und zwang ihn zuzuschauen, wie Polizisten in voller Schutzausrüstung mit Pumpgun und Schlagstöcken durch die Straßen eines Vorortes von L. A. zogen. Ab und zu wurden sie mit etwas beworfen, im Hintergrund hörte man Schüsse und Feuerprasseln. »Sieh genau hin, Junge! Schau dir an und präge dir ein, prägt euch beide gut ein, was passiert, wenn man den Niggern auch nur das kleinste bisschen Macht gibt. Sie bringen sich gegenseitig um. Und warum? Nur, weil dieser Affe, dieser Rodney King, bei seiner Festnahme ein paar Schläge mit dem Schlagstock einstecken musste. Seht euch genau an, wie die Nigger eine Stadt der Weißen verwüsten und abfackeln. Die benehmen sich, verflucht noch mal, wie Ratten.«

Oksman ließ Rami Nieminens Schülerporträt sinken und griff nach den beiden Klassenfotos, die auf dem Kopierer vergrößert worden waren. Rami Nieminen stand auf beiden in der hinteren Reihe und trug den gleichen Star-Wars-Pullover. Oksman dachte an seinen eigenen ALF-Pulli, den er noch tragen musste, als er schon in der Siebten war. Er musste die Ärmel hochkrempeln, weil sie ihm viel zu kurz geworden waren.

Erinnerungen, diese teuflischen Dämonen.

Er ging die Gesichter auf dem Foto eines nach dem anderen durch. Zuerst die erste Reihe, dann die mittlere und zum Schluss die obere. Er ging beide Klassenfotos zweimal durch, konnte aber keine Abweichungen feststellen. Auf beiden Fotos waren sechsundzwanzig Schüler und Schülerinnen zu sehen. Es war nicht schwer, die jeweiligen Gesichter auf beiden Fotos wiederzufinden. Auch die Lehrerin, die auf beiden Bildern neben der Klasse stand, war dieselbe: leicht ergraute Haare, kantiges Gesicht und ein angespanntes Lächeln. Auf dem Schild, das auf beiden Fotos vom selben Mädchen, wohl dem kleinsten der Klasse, gehalten wurde, stand:

Grundschule Käppärä, Pori

Klasse 5A / 1988–89

Und auf dem anderen:

Grundschule Käppärä, Pori

Klasse 6A / 1989–90

Oksman strich sich über das Gesicht und kehrte noch einmal zu Mielonens Werdegang zurück. Anders als bei Rami Nieminen war über die frühen Jahre von Antti Mielonen so gut wie nichts bekannt. Nur, dass er nach dem Tod seines Vaters auf Veranlassung des Jugendamtes in Obhut genommen worden war. Natürlich war es möglich, dass die beiden sich in einer Stadt wie Pori mit gut siebzigtausend Einwohnern schon früher begegnet waren. Auf jeden Fall kreuzten sich ihre Wege im Jahr 2014 im Gefängnis Sörnäinen. Falls es für die Tat überhaupt ein nennenswertes Motiv gab, dann war es gut möglich, dass es damit zusammenhing.

Aber es musste noch etwas anderes geben, das Paloviita veranlasst hatte, so seltsam zu reagieren. Es wirkte fast so, als hätte er ein persönliches Motiv, das ihn veranlasste, Einfluss auf die Ermittlungen zu nehmen. Der Gedanke ließ Oksman keine Ruhe, und sein Instinkt sagte ihm, dass er möglichen Verbindungen auf den Grund gehen musste. Er sah wieder auf Nieminens Klassenfoto, und etwas blitzte in seinem Geist auf. Noch einmal griff er nach der Akte Mielonen und schlug sie auf. An einem Punkt gab es eine Lücke: Oksman las wieder, dass Mielonen mit dreizehn Jahren in Obhut genommen worden war. Das war alles. Kein Grund, nichts weiter. Nur, dass Mielonen zu einer Pflegefamilie in eine andere Stadt kam.

Er starrte auf Mielonens Geburtsjahr, und schlagartig wurde ihm noch etwas klar: Mielonen war im gleichen Jahr geboren wie

Paloviita: gleicher Jahrgang, gleicher Wohnort. Nieminen war ein Jahr älter, aber nur ein Jahr. Oksman versuchte sich ins Gedächtnis zu rufen, was er über Jari Paloviita wusste. Auch das war nicht viel. Obwohl sie hunderte Stunden nebeneinandergesessen und miteinander gearbeitet hatten, waren persönliche Dinge nie ein Thema zwischen ihnen gewesen.

Er wusste nur, dass sein Vorgesetzter sofort nach dem Wehrdienst auf die Polizeifachschule gegangen war und nach dem Studienabschluss zunächst bei einem Sicherheitsdienst gearbeitet hatte, bevor er eine Vertretungsstelle in Rauma bekam. Bei der Polizei in Pori hatte Paloviita im Jahr 2007 angefangen, sich später für den mittleren Polizeidienst qualifiziert und 2010 die Stelle als Kriminalhauptmeister angetreten. Danach hatte er die Laufbahnprüfung für den gehobenen Dienst absolviert und war Kriminalkommissar geworden. Paloviita war verheiratet und hatte zwei Töchter, die Oksman nur vom Foto auf Paloviitas Schreibtisch kannte. Seine Frau war Grundschullehrerin und sehr schön. Sie wohnten im vornehmen Viikinäinen, in einer verdammt großen Steinvilla, die an das Ufer eines kleinen Sees grenzte. Oksman war einmal aus Neugier an dem Grundstück vorbeigefahren. Und das war auch schon alles, was Oksman über seinen Kollegen wusste.

Vielleicht ging es gar nicht um eine Verbindung zwischen Mielonen und Nieminen, vielleicht sollte er lieber nach Berührungspunkten zwischen Mielonen und Paloviita oder zwischen Nieminen und Paloviita oder, Oksman hob den Blick von den Papieren, zwischen allen dreien suchen.

Der Gedanke erschien ihm ziemlich abwegig, jedoch auch nicht abwegiger, als die von Paloviita ins Spiel gebrachte Verschwörungstheorie. Einmal gedacht, ließ der Gedanke Oksman nicht mehr los. Er blieb und zerrte an seinen Nerven wie ein Brummer im Zimmer, der davonflog, sobald man nah genug war, um ihn mit der Zeitung erwischen zu können. Aus Erfahrung wusste Oksman, dass er nicht eher Ruhe haben würde, bis er der Sache auf den Grund gegangen war. Sein Blick wanderte wieder zu der Leerstelle in Mielonens Lebenslauf: zur Inobhutnahme im Juli 1991, von der es keine weiteren Einträge in den Unterlagen gab. Er würde sich Einblick in die Akten des Jugendamtes verschaffen müssen. Und er musste mehr über Paloviitas Kindheit in Erfahrung bringen. Wo waren Paloviita und Mielonen zur Schule gegangen, und kannten sie möglicherweise Nieminen? Oksman wusste, dass er sich auf dünnem Frühjahrseis bewegte und dass unter der fragilen Eisschicht das Wasser schwarz strömte. Er konnte jederzeit einbrechen.

Er schichtete die Unterlagen ordentlich aufeinander, zog seine Jacke über und ging.

Paloviita hängte seine Jacke an den Haken in seinem Büro und machte sich dann auf zu Oksman, fand aber nur dessen leeres Büro vor. Auf dem Schreibtisch lag die Akte Rami Nieminen. Er blätterte durch die obenauf liegenden Papiere und fand die Fotos. Das Porträt von Rami Nieminen betrachtete er lange, alle Haare standen ihm zu Berge. Als er Foto und Papiere zurücklegte, fühlte er das Gewicht eines eisigen, mörderischen Betonklotzes in der Magengrube.

30

Sommer 1991

Im Traum küsst Jari Henriikka. Sie sind in einer alten Blockhütte, vielleicht ist es ihr ehemaliges Sommerhaus, in dem er mit seinen Eltern war, bevor Tiina geboren wurde. Vielleicht ist es auch irgendein anderer Ort, denn Jaris Erinnerungen an ihr Mökki sind verblasst.

Henriikka steht mit dem Rücken zu dem großen Fenster, und das Mondlicht über dem Meer versilbert ihr Haar. Eisigblaue Flämmchen umspielen ihre Gestalt. Jari nimmt Henriikkas Hand, er kann ihren betörenden Duft riechen, und dann berühren sich ihre Lippen. Weich, üppig, feucht.

Etwas prallt gegen das Fenster, und Henriikka löst sich von ihm. Sie sehen sich an und dann hinaus in die vom Mond erleuchtete Dunkelheit, können aber nichts erkennen. Das zweite Steinchen trifft die Scheibe, der Traum verflüchtigt sich. Das Sommerhaus löst sich auf, und Henriikka entschwindet in die Dunkelheit. Dann ist Jari wach und setzt sich auf. Draußen dämmert es bereits. Die rot leuchtenden Zahlen des Radioweckers zeigen halb zwei.

Jari knipst die Nachttischlampe an. Er gähnt und streckt die Arme. Dann das dritte Steinchen, das nicht die Scheibe, sondern das Fensterblech trifft. Jari ist jetzt ganz wach und schlurft zum Fenster. Antti steht an sein Fahrrad gelehnt unter der Straßenlaterne und winkt. Jari winkt zurück und öffnet das Fenster. Die Nacht duftet nach feuchtem Gras.

»Komm, wir gehen!«, flüstert Antti.

»Wohin?«

»Psst.«

»Wohin!«

»Überraschung. Zieh dir was an.«

»Ist es dort kalt?«

»Nein, total warm. Nun komm schon!«

Jari schließt das Fenster. Er ist müde, aber die Neugier siegt. Er schlüpft in seine Jeans, streift das Collegeshirt über und öffnet die Tür seines Zimmers. Im Flur ist es dämmrig. Von unten ist Vaters Schnarchen zu hören, die Tür zu Tiinas Zimmer ist geschlossen. Er schleicht sich die Treppe hinunter, das Schnarchen macht eine Pause, setzt aber kurz darauf wieder kräftig ein. Er öffnet die Haustür, lässt sie vorsichtig ins Schloss gleiten und bindet sich erst draußen die Schuhe zu.

Antti erwartet ihn auf der Treppe, er trägt einen Rucksack. Sie schieben ihre Räder bis zur Kreuzung, bevor sie sich in den Sattel schwingen. Jari war noch nie in der Nacht unterwegs, Antti ebenfalls nicht. Es sind keine Autos unterwegs, die Fenster der Häuser schimmern dunkel. Weiter weg bellt ein Hund. Alles wirkt anders als am Tag. Auch die Gerüche sind anders, schwerer und satter, aber still ist es nicht. In den Sträuchern und Bäumen tummeln sich zahlreiche Vögel. Eine schwarze Katze läuft von rechts nach links über die Straße, und sie spucken sich beide über die linke Schulter.

Einen Moment lang fühlt es sich an, als würden sie zu schnell erwachsen. Irgendwo dort vor ihnen liegt das Erwachsensein, schon in Greifweite, aber noch hinter einem Vorhang verborgen. Noch zwei Tage Schule. Jari denkt, dass sie gerade dabei sind, die dünnen Fasern der Zeit zu durchtrennen. Ständig bleibt etwas zurück, ständig begegnen sie Neuem.

Antti sagt kein Wort, aber seinem Gesicht ist anzusehen, dass er etwas im Schilde führt. Jari hofft, dass es nichts ist, was sie in Schwierigkeiten bringen könnte, aber er vertraut Antti.

»Nun sag schon, wohin wir gehen.«

»Siehste gleich. Ist 'ne Überraschung.«

Sie folgen dem Weg am Fußballplatz vorbei und biegen in den Musantie ein. An der Kreuzung zum Friisintie hält Antti an und steigt ab. Sie lehnen ihre Räder an eine Weißdornhecke, und erst jetzt kapiert Jari, wo sie sind und vor wessen Gartentor sie stehen.

»Was zum Teufel hast du vor?«

Antti grinst. Sein Gesicht liegt im Dunkeln, und der Schein der Straßenlaterne wirft ein furchterregendes Muster auf seine Gesichtszüge. »Ich habe doch gesagt, ich lasse mir was einfallen.«

»Was hast du vor?« Jari ist immer noch nicht bereit, sich zu bewegen.

»Willst du dich an denen rächen, oder nicht?«, fragt Antti. »Denk dran, was die mit dir und deinem Rad gemacht haben. Ich habe dir doch gesagt, die hören nie auf, wenn wir dem nicht ein Ende bereiten.«

»Was ist dein Plan?«, fragt Jari noch einmal.

Antti antwortet nicht, dreht sich um und schlüpft durch das Gartentor. Jari bleibt auf der Straße stehen. Er drückt sich gegen die Hecke und versucht, gleichmäßig zu atmen. Sein Herz tuckert, und in seinem Magen hat sich eine Zementpfütze gebildet, die schnell aushärtet. Schließlich ist die Angst, allein zurückzubleiben, größer, und er zwingt sich, seine Beine zu bewegen, um hinter Antti her durch das Tor zu huschen. Das Licht der Straßenlaternen reicht nicht bis hierher. Die Apfelbäume werfen lange, tiefe Schatten über den Rasen. In der Einfahrt steht ein staubiger Toyota Carina, daneben ein Motorrad. Jari will schon wieder auf die Straße zurückgehen, als er es neben der Treppe zischen hört:

»Ich bin hier.«

Jari dreht sich um, kann Anttis kauernde Gestalt vor der Hauswand ausmachen. Der Reißverschluss des Rucksacks wird aufgezogen, und Jari hockt sich neben Antti. Jetzt begreift er, was vor sich geht. Antti zieht einen Bolzenschneider aus dem Rucksack. Im Fahrradständer steht ein BMX-Rad. Rami Nieminens Nishiki.

»Hilf mal. Halt das Rad fest, damit es nicht wackelt.«

»Du bist verrückt.«

»Psst!«

Antti muss seine ganze Körperkraft einsetzen. Zuerst bewegt sich nichts. Antti verlagert sein Gewicht, jetzt liegt er fast auf den Griffrohren. Dann gibt etwas mit einem hellen Klicken nach, Metall klirrt, und das Schloss fällt zu Boden. Ohne zu atmen, lauschen sie in die Dunkelheit. Alles bleibt ruhig.

Sie richten sich auf. Antti lässt das Werkzeug in seinem Rucksack verschwinden, schiebt Rami Nieminens Rad auf die Straße und steigt in den Sattel.

Jari setzt sich auf sein Tunturi-Rad, fasst Anttis Helkama-Rad am Lenker und tritt in die Pedale, um Antti einzuholen. Sie fahren so schnell sie können, überqueren den Tommilantie am Rand der Siedlung und tauchen in das Wäldchen Musa ein. Erst zwischen den Bäumen trauen sie sich anzuhalten. Ihr Atem geht heftig, die Herzen pochen. Dann prustet Antti los, steckt Jari an, und kurz drauf lachen alle beide schallend und können gar nicht wieder aufhören. Sie schieben die Räder tiefer in den Wald hinein. Antti setzt den Rucksack ab und kramt Werkzeuge hervor: einen zweiten Bolzenschneider, einen Hammer und zwei Eisensägen.

»Los geht's!«, sagt Antti, und obwohl es dunkel ist und Jari sein Gesicht nicht sehen kann, weiß er, dass Antti grinst. Auch um Jaris Mund zuckt es. Dann legen sie los. Antti schnappt sich die Eisensäge und setzt sie in der Mitte des Rahmens an. Das Sägeblatt dringt in das Aluminium wie ein heißer Löffel ins Eis. Das Knirschen und Kratzen schrillt durch den Wald.

Jari versucht es zuerst auch mit der Säge, aber als es nichts wird, greift er zum Bolzenschneider und durchtrennt eine Speiche nach der anderen. Nieminens Rad zerfällt nach und nach in seine Einzelteile wie die Spalten einer Apfelsine.

Antti schüttelt seine Hand aus und greift dann wieder nach der Säge. Er hat das Fahrrad in zwei Teile geteilt und nimmt sich als Nächstes die vordere Gabel vor. Jari schlägt den Sattel mit dem Hammer ab, zerstört die Gangschaltung, durchtrennt die Kette, trennt das Schutzblech ab. Als sie fertig sind, geht die Sonne gerade auf. Das fahle Licht im Wäldchen verdichtet sich wie die Luft beim Aufblasen eines Ballons. Das Licht verändert das Lied der Vögel. Antti und Jari erheben sich, treten ein paar Schritte zurück und bewundern ihr Werk. Ihnen steht der Schweiß auf der Stirn, ihre Hände sind gefühllos wie Spaghetti. Nieminens Rad ist in mindestens zehn Teile zerlegt, die auf dem Waldboden blitzen. Sie gratulieren sich mit einem Handschlag zu ihrem Werk und prusten wieder los. Sie verstecken die Einzelteile in einem Graben, bedecken sie mit Zweigen und radeln nach Hause. Beide müssen ab und zu kräftig gähnen.

»Morgen zum Angeln?«, fragt Antti.

»Ne, ich bin zu kaputt«, sagt Jari und erinnert sich an sein Date mit Henriikka. Nieminens Drohungen sind gerade in diesem Moment sehr weit weg. »Zum Wurmbaden haben wir doch noch den ganzen Sommer Zeit.«

Antti antwortet nicht. Ein einzelnes Auto kommt ihnen an der Kreuzung Haapasaarentie und Liikastentie entgegen, wird langsamer, als es auf ihrer Höhe ist, hält aber nicht an. Sie heben zum Abschied die Hand, und jeder verschwindet in seine Richtung. Zu Hause schlüpft Jari wieder in den Schlafanzug, findet aber keinen Schlaf mehr. Körper und Geist sind in Aufruhr, ihr nächtliches Abenteuer geht ihm nicht aus dem Kopf. Was, wenn jemand sie gesehen hat? Wenn jemand die Teile im Wald findet und die Polizei informiert? Auf dem Rad sind überall ihre Fingerabdrücke.

Ein anderer Teil seines Gehirns triumphiert. Jari stellt sich vor, dass Rami gleich aufwacht, frühstückt und zur Schule aufbricht, aber sein Rad nicht finden wird, nur das durchtrennte Schloss. Er würde zu gern Ramis Gesicht sehen. Ob er ahnt, wer das Rad geklaut hat? Wohl kaum. Rami kann sich nicht vorstellen, dass er zu so etwas fähig ist. Aber irgendwann wird ihm ein Licht aufgehen.

Als der Wecker klingelt, ist Jari längst angezogen und sitzt in der Küche beim Frühstück. Er hat die Satakunta-Morgenzeitung aus dem Briefkasten geholt und liest die Comics, als Tiina in die Küche getapst kommt, das Haar zerzaust und ihr Schlafhäschen im Arm.

»Allo.«

Jari schmiert ihr eine Scheibe Toastbrot mit Butter und Käse und macht in der Mikrowelle eine Tasse Kakao warm. Tiina klettert auf seinen Schoß, Jari liest ihr die Sprechblasen der Comics vor und streicht ihr dabei durchs Haar. So findet ihre Mutter sie vor, als sie in die Küche kommt.

31

Der letzte Schulmorgen vor den Sommerferien ist klar und kühl. Jari weiß, dass er ein gutes Zeugnis kriegen wird. In einigen Fächern, wie Muttersprache und Mathe, wird er sogar ausgezeichnet abschneiden und eine Zehn bekommen, aber daran denkt er jetzt nicht. Er denkt an den gestrigen Abend, als er im halbdunklen Kinosaal neben Henriikka saß. Er saß ganz dicht neben ihr und konnte das Shampoo in ihren Haaren riechen. Viel gesprochen hat er nicht, dafür war er viel zu aufgeregt, aber das war nicht schlimm. Henriikka hat gesagt, dass sie Typen wie Rami Nieminen, Petteri Kallio und Santeri Aho hasst, die sich an Kleineren und Schwächeren vergreifen. Dann sprach sie über ihre Familie und ihr Pflegepony Pommi, das sie regelmäßig in seinem Stall in Yteri besuchen geht.

Später sprach Jari über Tiina und Angelausflüge und Antti – Alltagsdinge, die in dem Moment nicht wichtig schienen, ihm aber doch alles bedeuteten. Er hätte ihr gern gesagt, dass er ihr den Brief geschrieben hat, traute sich aber nicht. Er hätte ihr zum Sterben gern erzählt, was Antti und er in der Nacht getan haben, hielt aber an sich. Er hätte auch gern über das verlassene Haus und die vergrabenen Briefe gesprochen, sah aber ein, dass diese Dinge nur Antti und ihn etwas angingen. Manchmal hatte Jari das Gefühl, die ganze Welt besteht nur aus solchen Dingen. Aus Dingen, die nur einen kleinen Kreis etwas angingen und die große Mehrheit ausschlossen. Er und Antti bildeten einen eigenen Kreis, ebenso seine Familie zu Hause, die Schule und er mit jedem seiner Freunde. Und gerade in dem Moment fühlte es sich so an, als bildete sich auch um ihn und Henriikka eine eigene kleine Blase. Wie eine Hülle, aus der man hinaus-, aber keiner hineinsehen konnte.

Die Zeugnisausgabe ist wie immer an einem Sonnabend, und sie müssen um acht Uhr in der Schule sein. Die meisten tragen ein bisschen schickere Kleidung als normal, die Haare sind festlich gekämmt. Als Jari und Antti ankommen, sind bereits viele Schüler auf dem Hof. Die Sonne wärmt schon, und viele ziehen ihre Jacken aus. Sie entdecken ihre Klassenkameraden, und auch die meisten anderen hier sind ihnen bekannt: Mädchen und Jungen aus der Parallelklasse, Lehrer und jüngere Schüler. Dort ist ihr Klassenlehrer, dort ihr Musiklehrer und dort die Direktorin. Und weiter hinten stehen Rami Nieminen und seine Gang, abseits von den anderen, mit Gesichtern wie zehn Tage Regenwetter.

Es fühlt sich seltsam an, dass das alles ab morgen Vergangenheit sein soll: dieses Leben, der Schulhof und die Menschen, mit denen sie sechs gemeinsame Jahre, fast ihre ganze Kindheit verbracht haben. Jari entdeckt in dem Gewühl Henriikka, die ein rotes Blümchenkleid trägt. Ihre Haare sind zu einem Zopf geflochten, der zwischen den Schulterblättern herabhängt, er sieht aus wie der Schwanz eines Krokodils. Ihr Hals ist lang und schmal wie bei einem Schwan. Um sie herum steht eine Traube Mädchen, die gackern und sich umarmen und das Gleiche fühlen wie alle anderen auch. Dass im Herbst alles anders sein wird, aber heute nicht, heute noch nicht.

Henriikka sieht ihn näher kommen und lächelt. Jari lächelt zurück, schaut dann aber weg, um nicht zu viel preiszugeben. Sie schließen ihre Räder an und schlendern zu den anderen. Sie sind ein wenig angespannt. Die Massen verdichten sich zu den Treppen hin, ihre Gesichter sind erwartungsfroh.

Dann geschieht es.

Jari und Antti wissen schon beim ersten Kichern, worum es geht. Dann wird es plötzlich ganz still. Einen Moment lang herrscht nervöse Ungewissheit. Keiner weiß, was los ist, bis alle Blicke in eine Richtung gehen. Scharen strömen in Richtung Fahnenmast, neben dem der Hausmeister steht, der die finnische Fahne über dem Arm trägt. Doch keiner achtet auf das blaue Kreuz auf weißem Grund, alle sehen nach oben, denn oben am Fahnenmast hängt schon etwas.

Die Nachricht, dass Rami Nieminens Fahrrad geklaut worden war, hatte sich wie ein Lauffeuer verbreitet, und kaum jemand hatte Mitleid mit ihm. Wie Ramis Fahrrad aussieht, weiß jeder in der Schule: ein dunkelviolettes BMX-Rad der Marke Nishiki. Jetzt baumelt der in Einzelteile zerlegte Rahmen hoch oben und klappert gegen den Fahnenmast wie die Takellage eines Segelschiffs.

Einzelne Schüler prusten, andere rufen etwas. Das Lachen läuft wie eine Welle über den Hof und erfasst einen Schüler nach dem anderen. Die Lehrer versuchen, die Situation zu beruhigen und die Schüler vom Fahnenmast zurückzudrängen, aber es ist zwecklos. Zu diesem Zeitpunkt des Schuljahres haben die Autoritäten an Einfluss verloren. Begleitet vom Johlen der Schüler holt der Hausmeister das Gebilde herunter. Ein Stück Rahmen, eine Fahrradgabel, ein schiefes Schutzblech, verbogene Felgen, das Ganze sieht aus wie ein postmodernes Kunstwerk aus Metall. Die Menge sucht mit ihren Blicken Rami, der mit einem Gesicht finster wie ein Herbststurm neben seinen Kumpeln unter dem Regendach steht. Auch Petteri und Santeri schauen grimmig, doch für einen Augenblick meint Jari um Petteris Mundwinkel einen Hauch von Schadenfreude zucken zu sehen.

Die Schrottteile plumpsen auf den Schotter, und der Hausmeister versucht, das Knotengewirr aufzudröseln. Ramis Blick gleitet über die Schülermenge und entdeckt Jaris und Anttis grinsende Grimassen. Antti hebt den Arm und streckt Rami den Mittelfinger entgegen. Sein Grinsen wird breiter. Auch Jari traut sich nach anfänglichem Zögern und zeigt Rami mit neuem Selbstbewusstsein den Stinkefinger. Rami stößt Petteri und Santeri in die Seite und weist in ihre Richtung. Jetzt starren alle drei sie quer über den Hof hinweg an. Rami fährt sich mit der Handkante waagerecht über die Kehle. Sein Gesicht ist zu einer widerlichen Fratze verzogen. Es klingelt, und die Schüler strömen ins Schulgebäude. Antti sammelt Speichel im Mund und spuckt, ohne die Augen auch nur einen Sekundenbruchteil von ihm abzuwenden, vor Rami aus.

VI

DIE SPITZEN ZÄHNE
DER ZEIT

Anttis Mutter fährt, die Schnauze des Ascona leckt über den trocke-
nen Asphalt. Auf dem Rücksitz riecht es nach Staub und Zigaretten,
denn Anttis Vater raucht auf dem Beifahrersitz Kette. Es ist heiß,
die Rauchkringel saugen sich durch den Fensterschlitz in den hellen
Sommertag. Aus den Monolautsprechern ertönt Musik: Rauli So-
merjoki singt Paratiisi.

Antti sitzt schweigend neben Jari, den Blick aus dem Fenster ge-
richtet. Die Straße schlängelt sich um Felder und Weiden herum,
führt durch namenlose Dörfer und Wälder, die Sonne funkelt durch
die Bäume. Sie überqueren Kanäle und Abzugsgräben, in denen
kein Wasser steht. Er hat schreckliche Sehnsucht nach Tiina, die
nicht mehr unter ihnen weilt. Doch Tränen wollen nicht kommen.
Sie fahren durch ein Dorf, das nur aus ein paar Häusern, einem
Grillimbiss und einem kleinen Laden besteht. Wenige Menschen
stehen um den geschmückten Mittsommerbaum, rauchen und trin-
ken Schnaps aus Flaschen.

Anttis Vater macht sich zischend ein Bier auf und setzt die Fla-
sche an die Lippen. Die Straße wird schmaler, der Belag wechselt
von Asphalt zu Schotter, es ist jetzt so eng, dass hier gerade mal ein
Auto fahren kann. Zwischen den Bäumen schimmert bläulich ein
See. Anttis Vater neigt die Flasche, schwenkt den Bodensatz und
trinkt den letzten Schluck, dreht sich um und zwinkert den Jungs
zu.

32

Paloviita brachte das Auto am Straßenrand zum Stehen und sah zum Haus auf der gegenüberliegenden Seite. Eine seltsame Kraft hatte ihn veranlasst, hierherzukommen. Er hatte sich hinter das Steuer gesetzt und war ziellos durch die Straßen von Pori gefahren. Seine Gedanken überschlugen sich, und mit einem Mal fand er sich in der Straße seiner Kindheit wieder.

Und da stand es nun. Das Haus, in dem er seine Kindheit und Jugend verbracht hatte. Es war immer noch stattlich. Auch wenn die Straße hinunter ebenso große Villen gebaut worden waren, hatte das Haus immer noch seinen eigenen Charme. Die Wand aus weißen Steinen, das Dach aus gefalzten Aluminiumplatten, große Fenster nach Süden. Man konnte wahrlich nicht sagen, dass sein Vater sein Handwerk nicht verstanden hätte. In gewisser Weise, auch wenn Paloviita sich das nie eingestanden hätte, erinnerte sein und Terhis Haus in Viikinäinen an dieses hier.

Vaters Lexus stand vor dem Haus. Er war vor zehn Jahren in Rente gegangen, seine Mutter zwei Jahre später. Paloviita versuchte sich zu erinnern, wann er zuletzt bei ihnen gewesen war. Vor gut zwei Jahren. Auch Vater und Mutter hatten ihn und Terhi nur wenige Male besucht, zu den Geburtstagen der Mädchen. Sich nicht zu sehen, war ein probates Mittel, um Dingen zu entrinnen, über die man nicht sprechen wollte.

Tiina, dachte Paloviita. Würde es je diesen Moment geben, an dem alles erklärt wäre? Wohl kaum. Es gab Dinge in der Welt, die waren so hart, dass selbst der Zahn der Zeit ihnen nichts anhaben konnte. Dinge, die man besser ruhen ließ.

Paloviita wendete, fuhr aus der Straße und bog zum Paradieshügel ab. Er fuhr über die Suntinoja-Brücke, die irgendwann in den Neunzigern gebaut worden war. Vorher hatte es nur eine hölzerne Fußgängerbrücke über den Graben gegeben. Jetzt führten Asphaltwege über und um den Hügel herum. Paloviita verlangsamte in einer Kurve die Geschwindigkeit und schaute zu einem kleinen Wäldchen hinüber, das als einziges noch am Südhang stand. Ansonsten hatte sich alles verändert. Dort, wo einst Wald war, standen jetzt Einfamilienhäuser, Felder waren Straßen gewichen. Er bog in einen Weg ein, der auf den Hügel führte. Die Häuser waren nicht mehr neu, aber immer noch elegant in jeder Hinsicht. Paloviita konnte sich erinnern, dass sein Vater ein paar der größeren Häuser entworfen hatte, wusste aber nicht mehr, welche.

Er fuhr den Paratiisintie entlang, bis es nicht mehr weiterging. Inmitten all der neuen Häuser und Wege hatte er die Orientierung verloren und wusste einen Moment lang nicht, wohin er sich wenden sollte. Dann fand er sich im Klasipruuki-Viertel auf der anderen Seite des Paradieshügels wieder, auch diese Seite war mit Einfamilienhäusern bebaut. Er hielt an, schaltete den Motor aus und verließ den Wagen. Der Wind war eisig und trocken, und es roch nach Schnee.

Hier hatte es gestanden. Das verlassene Haus auf der großen Waldwiese, ungefähr dort, in Höhe dieser Garage. Oder dort, wo jetzt die Straße verlief. Genau konnte er es nicht mehr sagen, weil keiner der alten Orientierungspunkte mehr existierte. Vielleicht war es besser so. Wenn Dinge verschwinden mussten, dann war es besser, dass nichts mehr an sie erinnerte. Dann konnte jeder mit seinen Erinnerungen umgehen, wie es für sie oder ihn am besten passte. Und sie mit Farben und Nuancen ausschmücken, die es in Wirklichkeit nie gegeben hatte. Denn was waren Erinnerungen anderes als Lügen, vergleichbar mit dem Lächeln auf Fotos? Spiegelungen von Dingen, die nicht wirklich waren.

Du bist wirklich.

Paloviita dachte an Henrik Oksman und die Fotos von Rami

Nieminen auf dessen Schreibtisch. Oksman ahnte etwas, auch wenn er versuchte, es zu verbergen. Sie witterten es beide. Oksman war ein guter Polizist, Paloviita konnte sich an keinen einzigen Fehler erinnern, den Oksman gemacht hätte. Früher oder später würde er also die Wahrheit herausfinden. Alles würde herauskommen. Er würde auffliegen. Sie wären beide entlarvt.

Paloviita spielte im Geist durch, wie weit er bereit war zu gehen, um einem alten Freund zu helfen, den er seit Jahren nicht gesehen hatte. Wenn er klug wäre, würde er die Sache hier beenden. Noch war nichts Unwiderrufliches geschehen. Aber andererseits: Was würde passieren, wenn Oksman herausfand, dass er und Antti Mielonen sich als Kinder gekannt hatten? Nichts. Rein gar nichts. Und das, was am Mittsommerabend des Jahres 1991 geschehen war, würde Oksman niemals herausfinden. Und selbst wenn er irgendwie an die Informationen gelangen sollte, würde er es nicht verstehen. So ein Kaliber war Oksman nicht.

Die Antwort lautete: Er würde Antti beistehen bis zum Schluss. Das war er ihm schuldig.

Paloviita stieg wieder in seinen Wagen und schnäuzte sich. Es war Zeit, ins Polizeigebäude zurückzukehren. Hier draußen war es ordentlich kalt, und seine Nase lief ununterbrochen. Er drehte die Heizung auf, verließ Klasipruuki und drehte am Senderknopf des Autoradios, bis nur noch Rauschen zu hören war.

33

Henrik Oksman lief zu Fuß vom Polizeigebäude ins Stadtzentrum. Um diese Tageszeit herrschte viel Verkehr, und es war nicht sonderlich weit. Er überquerte die Itsenäisyydenkatu und lief den grünen Boulevard Eteläpuisto entlang in Richtung Norden.

An den Bäumen hingen nur noch wenige Blätter, die dem Sturm widerstanden hatten, doch bald würde der raue Winter auch die letzten von ihnen zur Aufgabe zwingen.

Das Jugendamt der Stadt Pori befand sich mitten im Zentrum im obersten Stockwerk eines vor langer Zeit geschlossenen Kaufhauses. Oksman nahm nicht den Fahrstuhl, sondern ging die Treppen bis in den sechsten Stock zu Fuß und betätigte den Summer an der Tür. Nach einer Weile kam eine Mitarbeiterin, öffnete ihm die Tür und begleitete ihn in den Warteraum, der nicht mehr war als eine verglaste Wandnische auf halber Höhe des Korridors.

An den Wänden des Warteraums standen sich zwei gepolsterte Sitzmöbel gegenüber. Oksman setzte sich, kreuzte die Beine und sah aus dem Fenster. Unten bevölkerten Busse, Autos und Fußgänger die Straße. Ihm gegenüber saß eine sehr jung wirkende Frau mit schlechten Zähnen und der typischen Crystal-Akne des Metamphetamin-Konsumenten. Sie starrte unentwegt auf ihr Handy und war im letzten Monat schwanger. Ihr großer Bauch sah aus, als könnte er jeden Augenblick platzen. Ein schätzungsweise dreijähriges Mädchen mit dünnen roten Haaren und einem zweiteiligen, rosafarbenen Krabbelanzug spielte auf dem Boden mit Bauklötzen und baute ein Gebilde, für dessen genaue Beschreibung Oksmans Fantasie nicht ausreichte. In kurzen Abständen ging das Mädchen zu seiner Mutter, zog sie am Ärmel und wollte, dass diese ihr Werk bewunderte. Doch die Mutter schob das Mädchen weg, ohne den Blick vom Telefon abzuwenden.

Als sie merkte, dass Oksman sie ansah, starrte sie so lange zurück, bis Oksman den Blick abwendete.

Eine Mitarbeiterin, älter als diejenige, die ihm die Tür geöffnet hatte, betrat den Warteraum und fragte an Oksman gewandt: »Kriminalpolizei?«

Oksman erhob sich und legte seine Jacke zusammengefaltet über den Unterarm.

»Kommen Sie mit«, sagte sie und ging über den Korridor in

die Richtung, aus der sie gerade gekommen war. Oksman registrierte, wie ihm die Schwangere erschrocken und mindestens ebenso hasserfüllt nachschaute.

Sie gingen in das Büro der älteren Jugendamtsmitarbeiterin am Ende des Flurs. Oksman zog die Tür hinter sich zu. Sie ließ auf keine Weise erkennen, dass sie vorhatte, ihm die Hand zu schütteln. Oksman nahm das erleichtert zur Kenntnis. Er setzte sich auf den Stuhl, auf dem normalerweise die Klienten Platz nahmen. Das Büro war klein und eng, aber die Akten lagen fein säuberlich sortiert auf dem Schreibtisch, und nirgends war ein Staubkörnchen zu erkennen. Im Regal standen schwarze Ordner wie Soldaten in einer Reihe.

»Sie möchten Informationen zu einer früheren Inobhutnahme?«, stellte sie fest.

»Ja. Es geht um Antti Johannes Mielonen.« Oksman las das Personenkennzeichen aus seinen Unterlagen vor. »In Obhut genommen im Juli 1991.«

»Alle derart alten Fälle wurden zur endgültigen Aufbewahrung an das Kommunale Gesundheitsarchiv übergeben. Die sind auch nie digitalisiert worden«, sagte die Mitarbeiterin und tippte Mielonens Personenkennzeichen in den Computer.

»Aber die Akte existiert noch?«, vergewissert sich Oksman.

»Bescheide über Inobhutnahme müssen unbefristet aufbewahrt werden. Ich kann Ihnen das Aktenzeichen heraussuchen, damit können Sie im Archiv nachfragen.«

Sie tippte weiter auf ihrer Tastatur herum, und Oksman wartete. Dann runzelte sie die Stirn: »Ist die Inobhutnahme in Pori erfolgt?«

»Soweit ich weiß, ja.«

»Die Inobhutnahmen anderer Kommunen sind nicht in unserem System. Sie müssen bei dem Jugendamt nachgefragt werden, das die Inobhutnahme angeordnet hat.«

»Gibt es ein Problem?«

Die Mitarbeiterin sah Oksman an, dann zurück auf den Bildschirm und klickte mit der Maus. »Sind Sie sich sicher, dass Name und PKZ stimmen und dass die Inobhutnahme durch das Jugendamt Pori erfolgte?«

»Bin ich.«

»Dann verstehe ich nicht, dass zu den von Ihnen genannten Angaben kein Eintrag existiert. Ist die formelle Rechtmäßigkeit der Inobhutnahme offiziell bestätigt worden? Kennen Sie den genauen Tag der Inobhutnahme? Damit könnte ich es noch einmal versuchen, falls Sie die Information haben.«

»2. 7. 1991«, las Oksman mit Blick in die Unterlagen auf seinem Schoß vor.

Sie fütterte den Computer mit dem Datum, klickte mit der Maus und sagte: »Moment … hier ist etwas.« Sie beugte sich näher zum Bildschirm, klickte wieder, schaute zu Oksman und tippte etwas auf der Tastatur.

»Es gibt da ein Problem«, sagte sie endlich und richtete sich auf. »Die von Ihnen gewünschten Informationen befinden sich im Kommunalarchiv, aber sie unterliegen der besonderen Geheimhaltung und dürfen nicht ohne richterlichen Beschluss herausgegeben werden.«

»Unterliegen der besonderen Geheimhaltung? Was hat das zu bedeuten?«

Sie zuckte mit den Achseln. »Das kann alles Mögliche heißen. In der Regel hat das etwas mit dem Grund der Inobhutnahme zu tun. Gründe für die Geheimhaltung können vorliegen, wenn es um den Schutz des Kindes geht, zum Beispiel in Fällen von Inzest oder anderen Straftaten.«

»Straftaten?«

»Zum Beispiel, wenn das Kind Opfer von häuslicher Gewalt geworden ist.«

»Sie wissen also nicht, warum die Unterlagen als geheim eingestuft wurden?«

»Nein, auf diese Information haben wir keinen Zugriff. Und wenn es so wäre, dürfte ich Ihnen gegenüber nicht darüber sprechen.«

»Ich bin von der Polizei. Die Information kann für uns von entscheidender Bedeutung bei der Aufklärung eines Tötungsdeliktes sein«, argumentierte Oksman.

»Natürlich gewähren wir der Polizei Akteneinsicht, aber dazu müssen Sie eine richterliche Verfügung vorweisen. Ansonsten können wir keine …«

Oksman erhob sich und konnte seine Enttäuschung nur schlecht verbergen. »Vielen Dank für Ihre Mühe.«

Draußen vor dem Gebäude begegnete er der Schwangeren aus dem Warteraum. Sie telefonierte und wirkte sehr aufgebracht, im Mundwinkel hing eine Zigarette. Als sie Oksman kommen sah, drehte sie ihm den Rücken zu und entfernte sich ein paar Schritte. Das Mädchen, das jetzt mit einem Winter-Overall bekleidet war, aber weder Mütze noch Handschuhe trug, hüpfte in einer Pfütze auf dem Bürgersteig herum, die mit einer dünnen Eisschicht bedeckt war, und lächelte Oksman an. Oksman war verdutzt, und weil er nicht wusste, wie er reagieren sollte, lächelte er zurück. Er überquerte im Laufschritt die Straße und ging mit weit ausholenden Schritten den gleichen Weg zu seiner Dienststelle zurück, den er gekommen war.

Es war der elfte November. Am Himmel häuften sich dichte Wolken, die am Firmament schwebten wie mit dunklen Fäden befestigte Lappen.

Das Auto biegt in den Weg ein, der zum Sommerhaus führt. Der Wind reißt Wunden in die Oberfläche des Sees. Vom Ufer kommen ihnen zwei Männer und eine Frau entgegen. Sie begrüßen und umarmen sich. Antti greift nach Jaris Hand und drückt sie fest. Anttis Vater lacht und drückt seine Brüder Jukka und Sami an sich, denen das Grundstück gehört. Er schlägt ihnen auf den Rücken, im Mundwinkel eine Zigarette, Bier schwappt auf die Hose.

Dann sehen alle zu Jari, aber keiner sagt etwas. Der Junge, der gerade seine Schwester verloren hat. Der Junge, der von zu Hause weggeschickt wurde, damit seine Eltern in Ruhe trauern können.

Antti hält immer noch seine Hand und führt ihn in die Hütte. An den Holzbohlenwänden hängen ausgestopfte Vögel, Hasen und ein Elchkopf mit Geweih. Jari findet, dass selbst diese leblosen Augen ihn anklagend ansehen und ihn auf Schritt und Tritt verfolgen – ebenso wie die Blicke aller Erwachsenen. Über dem Kamin hängen ein Jagdgewehr und eine Sammlung Jagdmesser. Darunter ein Foto von Männern mit roten Westen und einem toten Bären. Jari erkennt in dem Mann, der in der Mitte hockt, einen Onkel von Antti, Jukka. Der Mann, der hinter ihm steht, ist Sami. Auf Jukkas Knien liegt ein Gewehr, alle Männer heben ihre Kuksa, einen Holzbecher, in die Kamera.

34

Der bekannte Geruch stieg Oksman sofort in die Nase, als Kari Nieminen ihm die Tür öffnete. Sie sahen sich an, ohne etwas zu sagen, dann trat Nieminen zur Seite und ließ Oksman eintreten.

»Was vergessen?«, fragte Nieminen.

»Nein. Ich bin gekommen, um Ihnen die Fotos Ihres Sohnes zurückzubringen.« Oksman hielt Nieminen die Fotos hin. Dieser betrachtete sie, machte aber keine Anstalten, sie entgegenzunehmen, also legte Oksman sie auf das Telefontischchen.

»Sie sind doch nicht hierhergekommen, nur um die Fotos zurückzubringen? So dumm bin ich nicht. Sie hätten sie genauso gut schicken können, außerdem habe ich doch gesagt, dass ich sie nicht zurückhaben will. Die hättet ihr behalten können.«

»Ehrlich gesagt, würde ich mir gern alle Fotos aus der Schule noch mal ansehen«, sagte Oksman.

»Was für Fotos? Ah, die in der Schublade. Was soll damit sein, was haben die mit der Sache zu tun?«

»Wahrscheinlich nichts, aber manchmal sind alte Fotos hilfreich.«

»Ich denke, Sie haben den Messerstecher schon gefasst, und der Fall ist in trockenen Tüchern?«

»Die Ermittlungen laufen noch.«

Kari Nieminen ging voraus ins Wohnzimmer und wies auf die Schublade. »Tun Sie sich keinen Zwang an.«

Oksman zog die Schublade auf. Er wusste genau, wonach er suchte, und so dauerte es auch nicht lange, bis er das Gewünschte in der Hand hielt. Der Umschlag mit dem Adler lag obenauf. Er nahm alle Schulfotos von Rami Nieminen heraus und legte sie nebeneinander auf den Teppich. Nieminen verfolgte sein Treiben kurz und ging dann in die Küche.

Oksman studierte nacheinander jedes einzelne Porträt und Klassenfoto. Wieder fielen ihm Ramis kleine Augen auf, die nie lächelten und in denen etwas Abstoßendes lag. Die Fotos glichen sich alle, bis auf eines. Oksman schaute es sich genauer an. Auf diesem trug Rami Nieminen ein anderes T-Shirt. Unter dem halb geöffneten Reißverschluss einer Kapuzenjacke im Camouflage-Look blitzte ein T-Shirt mit Totenkopf auf. Oksman verglich dieses Foto mit den anderen. Rami Nieminen sah darauf älter aus. Zunächst dachte Oksman, dass das Foto erst in der Oberstufe gemacht worden wäre. Aber ein Vergleich mit den Klassenfotos, die zur selben Zeit entstanden waren, machte diese Vermutung zunichte. Auch die Haare waren anders, länger.

Oksman erhob sich und ging in die Küche, wo er Kari Nieminen fand, er saß am Tisch und schaute aus dem Fenster. In der Küche war der Geruch, der in der Wohnung herrschte noch intensiver, wenn das überhaupt möglich war.

»Verzeihen Sie, aber ich brauche Ihre Hilfe«, sagte Oksman und legte das Foto mit der Kapuzenjacke und alle Fotos von der Fünften bis zur Neunten, die er gefunden hatte, vor Kari Nieminen auf den Tisch.

Widerwillig löst Kari Nieminen seinen Blick vom Fenster und schaut auf die Fotos. Oksman sah, dass es ihm schwerfiel. »Was ist damit?«

Oksman zeigte auf das Foto mit der Camouflage-Jacke. »Hier dieses Foto mit der Kapuzenjacke. Wann wurde es aufgenommen? Auf den Klassenfotos trägt er andere Kleidung, und auch die Haare sind kürzer.«

Kari Nieminen betrachtet erst das eine Foto, dann die Klassenfotos. Er verstand, was Oksman meinte, überlegte einen Moment, schüttelte den Kopf, hielt aber mitten in der Bewegung inne. »Ich weiß nicht, … nein, jaa …«

»Was?«

»Vielleicht ist es von dem Jahr, als Rami die sechste wiederholt hat.«

»Ist er sitzengeblieben?«

Kari Nieminen richtete den Blick auf Oksman. In seinen Augen blitzte es. Ein Widerschein aus den Zeiten des jungen Kari Nieminen, der wegen seines Sohnes zu oft Kummer gehabt hatte.

»Ja, verdammt, er ist sitzengeblieben. Was haben Riita und ich uns für ihn geschämt. Ich habe versucht, diesem Jungen Manieren beizubringen, aber es war zwecklos.«

»Haben Sie auch noch das Klassenfoto aus diesem Jahr?«

»Wenn es nicht in der Schublade ist, dann nicht«, antwortete Kari Nieminen.

Oksman nickte, nahm die Fotos vom Tisch und legte den Umschlag in die Schublade zurück. Dann verließ er das Haus. Kari Nieminen begleitete ihn nicht zur Tür, sie sprachen kein weiteres Wort. Aber das war auch nicht nötig. So war es einfacher für beide.

35

»Ach, das ist ja spannend«, sagte sie, hörte auf zu tippen und schaute vom Bildschirm auf und Oksman an. »Wissen Sie, ich bin ein großer Krimi-Fan. Ich kann einfach nicht genug kriegen. Können Sie mir verraten, ob es sich um einen Mordfall handelt?«

Oksman fühlte sich veranlasst zu grinsen, unterdrückte es aber. Dafür senkte er seine Stimme und beugte sich leicht nach vorn. »Das darf ich Ihnen leider nicht sagen.«

»Ah, ich verstehe«, antwortete sie ebenso geheimnisvoll. »Aus ermittlungstaktischen Gründen. Lesen Sie viel?«

Oksman fühlte, dass er unter ihrem Blick errötete, der ungeniert über seinen Körper glitt. Dann richtete sie ihre Aufmerksamkeit wieder auf den Bildschirm.

»Der Computer spuckt nichts aus. Aber wir haben alle Unterlagen archiviert, da …«

In diesem Moment lief ein Mann vorbei. Sie erhob sich von ihrem Stuhl und rief ihm in den Flur hinterher: »Heikki! Warte mal kurz.«

Ein leicht ergrauter Herr schaute durch die Tür und trat ins Zimmer. Sie kam hinter ihrem Schreibtisch hervor und stellte ihren Besucher vor: »Das ist Henrik Oksman von der Kriminalpolizei. Er fragt, wer im Schuljahr 1990–1991 an der Käppärä-Grundschule die sechste Klasse unterrichtet hat.« Dann zeigte sie auf ihren Kollegen und sagte zu Oksman gewandt: »Heikki ist Referatsleiter des Geschäftsbereichs Grundschulen und arbeitet hier im Schulverwaltungsamt schon seit …, seit dreißig Jahren?«

»Seit zweiunddreißig Jahren«, korrigierte er sie und streckte Oksman die Hand entgegen. Oksman zögerte, erwiderte dann aber den Gruß. Angesichts seiner aufrechten Haltung war der Handschlag des Referatsleiters überraschend schlaff, wie ein toter Tintenfisch.

»Heikki kann sich an die Namen aller Lehrer aus den vergangenen dreißig Jahren erinnern«, beeilte sie sich hinzuzufügen.

»Na ja, vielleicht nicht an alle, zumindest nicht mehr«, wiegelte der Referatsleiter ab, lächelte und wendete sich dann mit ernstem Gesichtsausdruck Oksman zu: »Um welche Klasse geht es denn?«

Oksman öffnete den Mund, aber die Mitarbeiterin kam ihm zuvor: »Grundschule Käppärä, 6B, Schuljahr 90–91. Es handelt sich um eine dringende polizeiliche Angelegenheit«, fügte sie hinzu und zog bedeutungsvoll die Brauen hoch.

»Darf ich den Zusammenhang erfahren?«

Wieder wollte ihm die Frau zuvorkommen, aber diesmal war Oksman schneller: »Das kann ich Ihnen leider nicht sagen, nur so viel, gegen ihn oder sie besteht keinerlei Tatverdacht.«

»Du kennst doch alle Namen, das tust du doch, nicht wahr, Heikki?«, insistierte die Frau wieder.

»Mir würde schon ein Klassenfoto aus dem genannten Jahr reichen«, ergänzte Oksman.

»Die haben wir hier leider nicht, Klassenfotos werden nicht gespeichert, aber an den Lehrer kann ich mich erinnern. Sein Name ist Pentti Riiho, ist zur Jahrtausendwende in Rente gegangen«, führte er aus.

»Er lebt also noch! Hätten Sie möglicherweise seine Telefonnummer?«

»Das weiß ich nicht, nein, ich glaube nicht. Aber die bekommt man doch bestimmt über die Auskunft. Allerdings wohnt er nur ein paar Straßen von hier, nördlich des Stadtparks. Es ist gar nicht so lange her, dass ich ihn im Stadtzentrum getroffen habe. Man sieht ihm seine achtzig Jahre wahrlich nicht an. Er geht immer noch mindestens fünf Mal in der Woche Skifahren oder Schwimmen und singt im Rentnerchor.«

»Er wohnt hier in der Nähe?«

»Ja, nur ein paar hundert Meter von hier«, sagte Heikki, ging zum Fenster und wies in Richtung der Neubauten hinter dem historischen Rathaus. »Seine Wohnung ist direkt über dem Restaurant Andalucia, in der zweiten Etage. Der Eingang ist an der Ecke.«

»Denken Sie, dass …«

»Aber sicher«, fiel er ihm ins Wort. »Er hat bestimmt nichts dagegen. Sagen Sie ihm Grüße von mir, also von Heikki Männistö, wenn er zu Hause ist.«

»Das tue ich.«

»Meine Freundinnen vom Krimikreis werden grün vor Neid, wenn ich ihnen erzähle, was heute passiert ist. Hoffentlich kriegen Sie den, den Sie suchen«, plapperte die Mitarbeiterin verzückt.

»Das hoffe ich auch«, erwiderte Oksman, zog seine Krawatte fest und wandte sich zum Gehen. Heikki Männistö wollte ihm noch die Hand zum Gruß entgegenstrecken, aber Oksman wich den schlabbrigen Tentakelhänden aus und verschwand im Korridor. Mit schnellen Schritten lief er die Hallituskatu entlang, nahm die Treppe hinunter zum Stadtpark, der die Stadt wie ein Kreuz in vier Stadtviertel teilte, und lief weiter bis zum nördlichen Ende der Grünanlage. Riesenhafte Ulmenzweige erstreckten sich über ihm wie die Finger einer knochigen Hand. Sein Blick streifte über den Himmel, der voller Quellwolken hing.

Ein alter, kahlköpfiger Mann in aufrechter Haltung öffnete ihm die Tür. Pentti Riiho trug eine dunkle Hose mit scharfer Bügelfalte und ein rot-weiß-schwarz-kariertes Hemd. Finnlands größte Tageszeitung Helsingin Sanomat klemmte unter seinem Arm, die Lesebrille baumelte um den Hals. Oksman stellte sich vor und wurde hereingebeten. Er fürchtete sich davor, so wie bei Kari Nieminen auf den Geruch nach Alter und Tod zu treffen, doch hier begegnete er ihm nicht. Dafür roch es in der Wohnung des ehemaligen Lehrers nach Kaffee und Rasierwasser, was in Oksman lange zurückliegende Erinnerungen an das Haus seiner Großeltern wachrief.

Die Wohnung war geräumig, mindestens dreimal so groß wie Oksmans Wohnung. Die Einrichtung eher altmodisch: An den Wänden hingen schwere Wandteppiche und Ölgemälde von See- oder Waldlandschaften.

»Kaffee?«

»Nein, danke.«

Riiho führte Oksman ins Wohnzimmer, wo sie in zwei einander gegenüberstehenden Stühlen mit Lederlehne Platz nahmen. Riiho schlug ein Bein über und wippte mit dem Fuß. Die Wand hinter ihm wurde vollständig von einem Bücherregal eingenommen, das voller Romane und Lexika stand, neben der Balkontür tickte eine Standuhr.

»Kriminaloberkommissar Henrik Oksman«, sagte Riiho und sah Oksman unter der gerunzelten, mit Leberflecken übersäten Stirn an. »Darf ich neugierig sein und fragen, in welchem Jahr Sie geboren sind?«

»1980.«

»Haben Sie schon immer in Pori gewohnt?«

»Im Stadtteil Lattomeri.«

Riiho nickt. »Ihre Lehrerin war dann entweder Taina Juusela oder Virpi Yli-Härmä?«

»Yli-Härmä«, bestätigte Oksman.

Riiho lächelte und schob nachdenklich den Bügel seiner Brille zwischen die Lippen. Oksman schauderte bei dem Gedanken an das schmutzige Plastik in seinem Mund. »Also gut, Herr Oberkommissar Henrik Oksman von der Kriminalpolizei. Was hat Sie heute zu mir geführt?«

Oksman konnte nicht beschreiben, was es war, aber er fühlte sich in seiner Gesellschaft sofort wohl. Er war zwar schon verdorrt und klapprig, strömte aber eine solche staatsmännische Ruhe aus, dass Oksman ihm sofort vertraute. Oksman staunte selbst, wie entspannt er mit einem Mal war.

»Das Schulamt hat mir Ihren Namen und Ihre Adresse gegeben. Sie haben im Schuljahr 1990–1991 an der Käppärä-Grundschule unterrichtet. Wir ermitteln in einem Fall, in den möglicherweise einer Ihrer früheren Schüler verwickelt ist, vielleicht auch mehrere.«

Riiho lehnte sich zurück, den Brillenbügel immer noch zwischen den Lippen. Er schürzte die Lippen und hielt den Blick unentwegt auf Oksman gerichtet. Sein Fuß wippte in unregelmäßigem Rhythmus: »Die 6B«, sagte er.

»Exakt.« Oksman zog Rami Nieminens Schulporträt aus der

Tasche, und Riiho beugte sich nach vorn, um es entgegenzunehmen, genau zu studieren und dann zurückzugeben.

»Rami Nieminen«, sagte er. »Sie erinnern sich an ihn?«

»Ich erinnere mich an jeden meiner Schüler. Einige von ihnen treffe ich manchmal in der Stadt. Einige gehen vorbei, als hätten sie mich nie gesehen, aber der größte Teil bleibt auf einen kurzen Schwatz stehen.«

»Wie lange haben Sie als Lehrer gearbeitet?«

»Dreiundvierzig Jahre. Ich habe 1966 an der Volksschule rila in Marikarvia als Vertretungslehrer angefangen. Danach war ich zehn Jahre auf der Insel Reposaari dreißig Kilometer von hier, bis ich 1980 eine feste Stelle an der Käppärä-Grundschule bekam. Dort war ich dann bis zum Jahr 2000, als ich pensioniert wurde. Vor zehn Jahren ist meine Frau gestorben.«

»Eine beachtliche Dienstzeit.«

»Viele Erinnerungen. Leila und ich konnten keine Kinder bekommen, also wurden die Schüler so etwas wie meine Ersatzkinder.«

»War Ihre Frau ebenfalls Lehrerin?«

Ein feines, jungenhaftes Lächeln umspielte seine Mundwinkel. »Leila und ich haben die Morgenzeitung, das Schlafzimmer und das Lehrerzimmer geteilt. Eine Zeitlang war sie auch dienstlich meine Chefin.«

Oksman lächelte leicht und wiederholte: »Rami Nieminen.«

»Was ist mit ihm?«

»Er wurde letzten Freitag in Ahlainen ermordet.«

Riihos Gesichtszüge wurden schlagartig ernst. »Die Messerstecherei, über die in der Zeitung geschrieben wurde?«

Oksman nickte.

»Sie sagten, möglicherweise ist noch ein weiterer meiner Schüler in den Fall verwickelt?«

»Haben Sie zufällig noch ein Klassenfoto aus dem Jahr 90–91? Ich würde es gern sehen.«

»Ich habe alle Klassenfotos seit 1966 aufgehoben.«

Riiho stand trotz seines Alters erstaunlich forsch und mühelos auf. Von Arthrose oder Muskelabbau keine Spur. Riiho zog eine Schublade in der Regalwand heraus, griff nach einer Ledermappe und legte sie neben einen Stapel Zeitungen und Zeitschriften auf den Sofatisch.

Oksman stellte sich neben Riiho. In der Mappe befanden sich jede Menge, teils vergilbte Artikel, die entweder die Schule oder einen ehemaligen Schüler betrafen. Die ersten Klassenfotos waren noch schwarz-weiß, ab den Siebzigern wurden sie farbig. Oksman stellte gerührt fest, dass Riiho auch die Ergebnisse von Skiwettkämpfen oder Leichtathletikmeisterschaften ausgeschnitten und nach Klassen und Schülern sortiert aufbewahrt hatte. Riiho hatte offensichtlich tatsächlich wie ein teilnahmsvoller Vater Anteil an seinen Schülern und ihrem Tun genommen. Einmal als Zehnjähriger hätte Oksman gern an den Kreismeisterschaften im Orientierungslauf teilgenommen, weil sein Lehrer ihn dafür empfohlen hatte, aber als er seinen Vater darauf ansprach, wurde der fuchsteufelswild und verbot ihm teilzunehmen.

»Hier ist es«, sagte Riiho, richtete sich auf und trat zur Seite, damit Oksman Platz hatte, das Papier zu studieren. Am oberen Rand stand: Grundschule Käppärä, 6B, 1990–1991. Das Foto war mit Büroklammern befestigt, und darunter waren in Druckbuchstaben die Namen aller Schüler verzeichnet, in derselben Reihenfolge wie sie auf dem Foto standen.

Oksman legte das Schülerporträt von Rami Nieminen neben das Klassenfoto und brauchte nicht lange, um ihn zu finden. Wie auf allen Klassenfotos stand er auch hier in der letzten Reihe und überragte alle anderen um eine halbe Kopflänge. Auf dem Foto der 6B trug er nicht mehr das gelbe Star-Wars-Shirt, sondern eine Kapuzenjacke im Camouflagelook.

Dann sah sich Oksman die Schüler Reihe für Reihe und Gesicht für Gesicht genau an, übersprang die Mädchen und konzentrierte sich auf die Jungen. Riiho stand rechts neben seiner Klasse. Schon damals vor siebenundzwanzig Jahren hatte er eine Vollglatze, aber die Wangen waren runder und frischer und die Schultern breiter. Auch er betrachtete das Bild, gab aber keinen Kommentar ab, sondern ließ Oksman in Ruhe schauen. Als Oksman niemanden erkannte, besah er sich die Liste mit den Namen.

Bei einem der Jungen in der hinteren Reihe handelte es sich um Antti Mielonen. Zwischen Mielonen und Nieminen standen nur zwei Mädchen, von denen eines die schönsten dunklen Locken besaß, die Oksman je gesehen hatte. Er betrachtete Mielonens Gesicht noch einmal genauer, und diesmal sah er die Ähnlichkeit. Es gab also eine Verbindung zwischen Nieminen und Mielonen. Er hatte vermutet, dass sie sich erst im Gefängnis Sörnäinen kennengelernt hatten, aber in Wahrheit war ihre Bekanntschaft viel älter. Jetzt konnte keiner mehr in Zweifel ziehen, dass die beiden sich gekannt hatten. Oksman ging die Namensliste weiter durch und blieb an einem dritten Namen hängen, den er kannte. Ein Gefühl wie von tausend Ameisen lief ihm über den Rücken. In der vordersten Reihe saß neben dem Mädchen mit dem 6B-Schild schüchtern und schmächtig Jari Paloviita. Er schaute direkt in die Kamera, war klein und schmal und sah jünger aus als all die anderen Jungen. Den Jungen auf dem Foto konnte er nur schwerlich mit dem erwachsenen Mann in Verbindung bringen, der drei Jahre lang sein Partner gewesen war.

»Haben Sie gefunden, was Sie suchen?«, fragte Riiho, als Oksman sich wieder aufrichtete. Oksman versuchte zu antworten, aber seine Zunge war wie festgeklebt. Er musste sich erst räuspern, bevor er sagen konnte: »Habe ich. Ich leihe mir das Foto aus, Sie erhalten es selbstverständlich zurück.«

Riiho löste vorsichtig die Büroklammern, die das Foto hielten, und reichte es Oksman. Fast widerstrebend griff Oksman danach und erwartete, dass Riiho ihn etwas fragte. Doch dieser gab keinen Mucks von sich. Oksman wandte sich zum Gehen und war schon auf dem Weg in den Flur, drehte sich dann aber doch noch einmal um:

»Interessiert Sie gar nicht, um welche Schüler es sich handelt?«

»Ich habe gedacht, dass es mich nichts angeht und Sie es mir sagen werden, wenn Sie es für angemessen halten«, antwortete Riiho, klappte die Ledermappe zu und legte sie zurück in die Schublade. »Aber ich schätze, ich weiß es auch so.«

Oksman zog verwundert die Augenbrauen in die Höhe.

»Auf dem Foto sind viele Jungen und Mädchen, die als Männer und Frauen bekannt geworden sind. Ich habe ihren Werdegang mit Interesse verfolgt. Zum Beispiel der Junge in der ersten Reihe: Jari Paloviita. Er ist jetzt bei der Polizei. Es ist gar nicht lange her, da hat er sich in der Zeitung zu diesem Mord geäußert, bei dem ein Mann versucht hat, die Leiche in der Badewanne aufzulösen.«

Riiho sah Oksman direkt in die Augen, und Oksman nickte ernst. »Und hier, in der hinteren Reihe, links neben Nieminen, der Stämmige ist Antti Mielonen. Jari Paloviitas bester Freund. Die beiden waren wie Pech und Schwefel. Ich habe oft an ihn gedacht. Ich weiß nicht, wie es ihm nach dem Sommer 91 ergangen ist. Aber weil Sie hier sind, sicher nicht gut, und das macht mich traurig.«

Oksman nickte wieder. Er schluckte. Seine Kehle war trocken wie ein Knäckebrot. Er musste mehrmals hüsteln, bevor er die Frage aussprechen konnte: »Was ist im Sommer 91 passiert?«

Riiho setzte sich wieder in seinen Stuhl und schlug ein Bein über das andere. Auch Oksman setzte sich, und eine Weile lang schauten sie sich nur an. Riiho drehte seine Lesebrille zwischen den Fingern und steckte den Bügel wieder zwischen die Lippen. Oksman wartete geduldig.

»Was Sie von Rami Nieminen erzählt haben, hat mich nicht überrascht. In der Zeitung stand, es sei Alkohol mit im Spiel gewesen. Unangenehme Geschichte.«

»Aber nicht überraschend?«

Riiho schüttelte den Kopf. »Nein, Rami war zwar nur das eine Jahr in meiner Klasse, er hat die Sechste wiederholt, aber ich wusste schon damals, was für ein Junge da in meine Klasse kam. Rami hat immer Ärger gemacht, und das hat sich nicht geändert, bis sich unsere Wege wieder trennten. Alle haben versucht, ihm zu helfen. Ich auch.«

»Welche Art Ärger hat er verursacht?«

»Nun, er war keiner von der schlimmsten Sorte, denn er war nicht dumm. Im Unterricht hat er sich meistens wie ein Mensch benommen und damit vermieden, in die Sonderschulklasse zu kommen. Aber in der Freizeit hat er gemobbt, Sachen zerstört und Wände beschmiert. Er war einer von der Sorte, die wir Lehrer als *Minderleister* bezeichnen, Grips genug, aber kein Interesse für irgendetwas.«

»Ich war bei seinem Vater, Kari Nieminen.«

Riiho stöhnte.

»Jaa ... ich habe ihn auch getroffen. Einmal bin ich nach der Schule zu ihnen nach Hause gegangen. Ramis Mutter habe ich nur husten gehört in der oberen Etage, aber sie ist nicht heruntergekommen. Kari Nieminen und ich sind ordentlich aneinandergeraten. Daran erinnere ich mich noch gut, weil ich so etwas bisher nicht kannte. Rami ist danach zwei Wochen nicht in die Schule gekommen, angeblich wegen einer Erkältung. Aber er hat immer noch gehumpelt, als er dann wieder zur Schule kam, wenn Sie verstehen, was ich meine.«

Oksman nickte. Ja, er verstand. Er verstand viel zu gut.

»Dann habe ich beschlossen, dass Ramis Eltern nicht mehr mit einbezogen werden. Ramis sogenannte Karriere konnte ich in der Zeitung verfolgen. Ausgeschnitten habe ich diese Artikel allerdings nie. Wie gesagt, es überrascht mich nicht, dass er ein solches Ende gefunden hat.«

»Sommer 91«, erinnerte ihn Oksman.

»Da komme ich jetzt drauf. Rami Nieminen hatte zu Hause Probleme, aber Antti Mielonen auch. Natürlich habe ich die Zeichen gesehen, aber ...« Riiho zuckte mit den knochigen Schultern, und kurz sah es so aus, als bekäme seine Beherrschtheit Risse. »Nun ... wollte ich anfangen, alle Dinge zu bereuen, die ich versäumt habe, dann bereue ich bald auch, dass ich überhaupt geboren wurde. Ich habe die Zeichen gesehen, aber nichts unternommen, weil ich glaubte, es wäre nicht so schlimm, denn Antti war ...«, Riiho hielt kurz inne, »... ein guter Junge. Fair. Er hatte etwas Vertrauenerweckendes an sich. Er war keine Leuchte in der Schule, ist aber auch nicht unter seiner Leistungsfähigkeit geblieben. Die Lehrer und auch die anderen Schüler haben ihn gemocht, auch wenn ihm eine gewisse Derbheit zu eigen war. Auch Prügeleien sind vorgekommen.«

»Wollen Sie damit sagen, Mielonen war beliebt?«

Riiho zögerte und spielte mit dem Brillenbügel. »In gewisser Weise ... oder nicht direkt. Antti war nicht das, was man gesellig nennt, aber man konnte sich auf ihn verlassen. Lehrer wie Schüler. Das ist schwer zu erklären. Es ist sehr traurig, dass es so ausgegangen ist.«

Oksman dachte an den heruntergekommenen und nach altem Schnaps stinkenden Mielonen, der in der Zelle lag, und konnte so gar nichts von Riihos Schilderungen in ihm wiedererkennen. Außerdem registrierte Oksman, dass Riiho offensichtlich zögerte. Das überraschte ihn, denn bisher hatte er den Eindruck gehabt, dass er sein Wissen sehr gern preisgab. Vielleicht schwante Riiho erst jetzt, worauf das Gespräch hinauslief, und er ruderte zurück.

»Sie haben gesagt, Mielonen und Paloviita waren wie Pech und Schwefel.«

»Habe ich das? Auf jeden Fall waren sie eng befreundet, aber das ist lange her. An alles kann ich mich beileibe nicht erinnern.«

»Ich weiß, dass Antti Mielonen in jenem Sommer in Obhut genommen wurde, aber die Unterlagen sind als vertraulich eingestuft. Ich weiß auch, dass sein Vater in dieser Zeit starb. Hatte das irgendetwas mit Rami Nieminen zu tun?«

Riihos wippender Fuß hielt inne, dafür irrte sein Blick unruhig umher. »Ich weiß es nicht. Das ist in den Ferien passiert. Natürlich haben wir davon erfahren und waren erschüttert. Antti kam in eine Pflegefamilie irgendwo in Mittelfinnland, damit verschwand er von meinem Radar.«

Riiho erhob sich, warf einen Blick auf die Standuhr und erklärte: »Ich habe ganz vergessen, dass mein Tischlerkurs an der Volkshochschule gleich beginnt. Unter den Teilnehmern sind ein paar meiner ehemaligen Kollegen.«

»Erzählen Sie mir, warum Mielonen in Obhut genommen wurde! Ich weiß, dass Jari Paloviita oder Rami Nieminen irgendetwas damit zu tun haben. Herausfinden werde ich es so oder so, aber einfacher wäre es, Sie würden es mir sagen. Ich erinnere Sie daran, dass ich als Polizist hier bin.« In Oksmans Stimme lag jetzt ein scharfer Befehlston, der allerdings keinerlei Wirkung auf den alten Herrn zeigte. Vielmehr drängte dieser Oksman langsam, aber bestimmt in Richtung Flur.

»Manchmal ist es besser, die Vergangenheit ruhen zu lassen. Sie sind noch jung. Mit dem Alter wächst die Wertschätzung gegenüber der Zeit. Jahre sind wie Sedimentablagerungen am Boden eines Flusses. Werden sie aufgewühlt, können Dinge an die Oberfläche kommen, die Jahre brauchen, bevor sie wieder absinken.«

Oksman wusste, dass Riiho nichts mehr sagen würde. Dazu müsste er ihn schon offiziell vernehmen, aber vielleicht würde er nicht einmal dann reden. Er steckte das Klassenfoto in die Innentasche seiner Jacke. Immerhin hatte er bekommen, was er gesucht hatte, und noch etwas mehr: ein Foto mit allen drei Protagonisten aus lang vergangener Zeit. Eigentlich müsste er zufrieden sein, aber stattdessen fühlte er sich leer. Etwas irritierte ihn, etwas, was nicht gesagt worden war, was der Lehrer verschwiegen hatte und zwischen seinen Worten hindurchklang. Warum hatte er nicht geantwortet? Die Fäden der Zeit sind dünn, aber einschneidend.

Als er wieder draußen stand, blickte Oksman besorgt zum Himmel. Der Wind hatte weiter zugenommen und wirbelte Papierfetzen und Herbstblätter durch die Straße. Vor den Schaufenstern des Modekaufhauses Ratsula blieb er stehen. Eine Verkäuferin zog gerade einer Schaufensterpuppe einen rotweißen Kimono an, dessen V-Ausschnitt schmuckvoll verziert war. Als die Verkäuferin Oksmans Blick bemerkte, schlug dieser den Kragen hoch und ging weiter.

Am Ufer steht eine Blockhaussauna mit einem kleinen Kamin-zimmer und Badesteg. Dicht neben der Wasserlinie wartet das Mittsommerfeuer darauf, angezündet zu werden. Die beiden Jungen schlafen in der Gästehütte unter Kiefern auf halbem Weg zum Ufer. Antti und er tragen ihre Sachen hinein und hauen sich aufs Bett. Es riecht nach frischem Holz und Lasur. Antti nimmt die Pall-Mall-Schachtel aus dem Rucksack und hält sie Jari hin. Sie stehen wieder auf und gehen ins Freie. Es ist kühl, obwohl die Sonne scheint. Jukka legt Holz im Saunaofen nach, milder Birkenrauch zieht durch die Luft.

Sie lachen und schlendern ans Wasser. Jari wundert sich, dass er lachen kann. Noch vor ein paar Tagen war er sich sicher, dass er nie wieder lachen würde. Aber Antti ist bei ihm, und in Anttis Gesellschaft fühlt er sich beinahe heil.

36

Am Abend drehte der Wind und kam jetzt von Norden. Sturm-
stärke erreichte er nicht, aber er war eisig. Die Lufttempera-
tur näherte sich der Frostgrenze. Poris Straßen waren leer, die
Menschen hatten sich in ihre Häuser zurückgezogen, die Vorhänge geschlossen und Feuer in den Öfen angezündet. An diesem Abend erreichten Finnland mit dem Wind auch die ersten
Schneeschauer. Dicke Wolkenbänke schwebten aus dem Norden
heran und legten sich als grauer Teppich über die Stadt.

Henrik Oksman stand am Fenster seiner Küche und sah zu,
wie die dicken Flocken auf den löchrigen Asphalt im Hof schwebten. Die Wolken glichen zerfledderten Laken und reichten bis fast
zur Erde. Der Wind rauschte und klatschte gegen das Fensterblech. Der Flockenwirbel wurde stärker und war gegen halb elf
bereits so dicht, dass die Sicht erheblich eingeschränkt war. Vor
den Garagen wirbelte der Wind den ersten Schnee auf.

Ihnen lief die Zeit davon. Wenn Sie das Messer nicht fänden,
würden die Ermittlungen möglicherweise im Sande verlaufen.

Gegen halb drei ließ der Niederschlag nach und hörte bis vier
Uhr ganz auf. Um halb fünf stand Oksman in wattierten Overall
und Winterschuhen in seinem Büro. Die Fenster des Raumes waren beinahe die einzigen erleuchteten Stellen in der Fassade des
Polizeigebäudes. Nur im Erdgeschoss brannte auch noch Licht.
Die Uniformierten blieben größtenteils im Pausenraum und
gingen ab und zu kurz auf Streife durch Poris leergefegtes Stadtzentrum, in dem sie nur den orangefarbenen Blinkleuchten der
Räumfahrzeuge begegneten.

Um halb sieben hatte Oksman alle verfügbaren Kräfte in den

Einsatzbesprechungsraum beordert. Er hatte die frühen Morgenstunden damit verbracht, sämtliche Personen aufzutreiben, die zur Verfügung standen: Labormitarbeiter und Techniker, auch Raunela und Salminen, außerdem Kollegen aus den Dezernaten Wirtschaftskriminalität und Rauschgift sowie vier Teams der Schutzpolizei. Auch ein Hundeführerteam hatte er zu seiner Unterstützung angefordert. Und jetzt saßen sie hier vor ihm, die Einsatz- und Rettungskräfte, die Oksman kurz nach sechs aus dem Bett getrommelt hatte, mit vor Müdigkeit geröteten Augen. Grönroos, der zuständige Dienstleiter der Schutzpolizei, stand neben dem dick eingemummelten Oksman und ließ seinen Blick über die bunte Truppe schweifen.

Er hatte sich gegen die Einberufung dieser zusammengewürfelten Truppe ausgesprochen. Die Ressourcen der Schutzpolizei waren auch so schon bis an die Schmerzgrenze ausgelastet. Es war jeden Tag ein Kampf, wenigstens die Minimalbesetzung zusammenzubekommen. Und nun dieses maßlose Personalgehamstere am frühen Morgen. Aber Grönroos hatte keine Wahl. Natürlich hatte er dem Ochsen erst ein paar Worte flüstern wollen und tatsächlich auch ein, zwei Takte gesagt. Aber sie waren an Oksman abgeprallt, als ob er sie gar nicht gehört hätte. Grönroos hatte Oksman noch nie in einem solchen Zustand gesehen. Jede Faser seiner Erscheinung strahlte Unnachgiebigkeit aus. Es musste sich um etwas Außergewöhnliches handeln. Aber Grönroos hatte nicht die blasseste Ahnung, was das sein konnte.

Als der Zeiger der Uhr auf die Sieben sprang, und Oksman den Grund der Versammlung noch immer nicht erläutert hatte, wurden vereinzelte unzufriedene Rufe laut. Wenn die Truppe nicht bald Anweisungen bekäme, würde sie unruhig werden, dachte Grönroos. Drei Minuten nach sieben öffnete sich die Tür ein letztes Mal, und Linda Toivonen betrat den Raum. Sie war offensichtlich in großer Eile gewesen, die Haare waren zu einem einfachen Pferdeschwanz gebunden, und sie trug kein Make-up, was völlig untypisch für sie war. Als Linda die Tür hinter sich zuzog, wünschte Oksman allen einen guten Morgen.

»Das Kriminaldezernat bittet Sie in einer dringenden Angelegenheit um Ihre Unterstützung. Am Freitag hat in Ahlainen ein Kapitalverbrechen stattgefunden. Davon haben Sie sicher schon gehört. Ein Mann wurde mit einem Messer in den Rücken gestochen, und wir haben einen Verdächtigen in Gewahrsam. Allerdings sind in dem Fall noch jede Menge Fragen unbeantwortet. Die wichtigste betrifft die Tatwaffe.«

Oksmans Blick suchte Raunela, der frostig zurückschaute.

»Wir haben einen Verdächtigen, aber das Messer, mit dem die Tat begangen wurde, fehlt. Die nähere Umgebung wurde bereits zweimal ergebnislos durchkämmt. Anfangs dachten wir, die Beweislage wäre auch ohne die Tatwaffe eindeutig. Aber je weiter die Ermittlungen vorschritten, umso klarer wurde uns, dass die Tatwaffe unabdingbar ist. Und der Winter steht vor der Tür. Letzte Nacht haben wir eine kleine Vorahnung davon bekommen. Wenn wir das Messer nicht finden, bevor der erste Schnee die Erde bedeckt, ist es zu spät. Deswegen bitte ich jeden von Ihnen, ehrlich zu prüfen, ob die Möglichkeit besteht, uns bei Tagesanbruch bei der Suche nach dem Messer zu unterstützen.«

Oksmans Blick schweifte über die Köpfe der Versammelten.

Schlagartig wurde Linda klar, dass Paloviita nicht anwesend war. Jetzt verstand sie auch, warum sie sich so früh und so kurzfristig zusammengefunden hatten. Sie nickte unmerklich mit dem Kopf. Die Müdigkeit, die sie gerade noch komplett gelähmt hatte, war mit einem Mal wie weggeblasen. Oksman hatte recht. Sie mussten schnell handeln. Nicht allein aus Furcht vor dem Winter, sondern auch aus Furcht vor Paloviita. Auch Linda war nicht entgangen, dass an Paloviitas Worten etwas faul gewesen war. Oksman wollte offensichtlich sichergehen, dass Paloviita keine Gelegenheit haben würde, ihnen Knüppel zwischen die Beine zu werfen, um die Messersuche zu behindern.

Grönroos ergriff das Wort. Ressourcen hin oder her, bei der Polizei war es Brauch, dass man einen Kameraden nicht im Stich ließ.

»Was mich betrifft, geht das in Ordnung. Heute wird sicher nicht viel los sein, von ein paar Blechschäden einmal abgesehen. Eine Streife bleibt hier, die anderen können von mir aus mitgehen.«

Die Dezernatsleiter Wirtschaftskriminalität und Rauschgift tauschten Blicke. Für sie war der Außendienst die absolute Ausnahme. Der Leiter des Rauschgiftdezernats erhob sich und wandte sich an seine Leute: »Zwingen werde ich niemanden, aber wenn Sie Lust haben, die staubige Büroluft vorübergehend gegen eine frische Brise am Meer einzutauschen, dann habe ich nichts dagegen.«

»Großartig«, sagte Oksman, schaute dann zum diensthabenden Einsatzleiter der Feuerwehr und fragte: »Ist es möglich, kurzfristig ein paar Taucher zu bekommen?«

»Taucher?«

»Ich möchte, dass der Uferstreifen von Tauchern abgesucht wird.«

Der Brandmeister blickte sich um, fand aber nirgendwo Unterstützung. »Ich weiß nicht, ob die Taucher so schnell einsatzbereit sind, aber ich kann mich erkundigen, wenn es unbedingt notwendig ist.«

»Das ist es«, erklärte Oksman.

»Versprechen kann ich nichts, aber versuchen wir's. Mikko ist ausgebildeter Rettungstaucher und im Dienst. Ich kann ihn fragen, ob er mitkommt.«

»Gern, und wenn es geht, noch ein zweiter Taucher. Der Uferstreifen ist mindestens zweihundert Meter lang«, sagte Oksman.

»Ich werde sehen, was ich tun kann«, antwortete der Brandmeister und wirkte jetzt schon zuversichtlicher.

»Hervorragend. Je mehr Leute wir haben, umso größer sind

unsere Chancen. Dort draußen ist es kalt und nass, zieht euch entsprechend warm an.«

Nur eine hauchdünne Schicht bedeckte zu Oksmans Erleichterung den Boden und die Zweige. Im Wald zwischen den Bäumen lag fast kein Schnee.

Als sie an dem Wochenendhaus ankamen, war der Tag schon angebrochen, die Sonne vergoldete die Stämme der Bäume. Der Meeresspiegel war immer noch hoch, und Wellen schwappten ans Ufer. Die Absperrbänder, die die Polizisten am Freitag angebracht hatten, flatterten im Wind wie die Fangarme eines Kraken. Oksman stellte die Männer in einer losen Reihe auf, bis sie sich über die halbe Strecke zwischen Hütte und Meer erstreckte. Zwei Polizeihunde, die an Mielonens Wollpullover geschnuppert hatten, zerrten ungeduldig an der Leine. Dann durchstreiften sie den Wald, Oksman an einem Ende der Kette, Linda am gegenüberliegenden.

Die Taucher vom Rettungsdienst kamen kurz nach den anderen in einem Ranger mit offener Ladefläche an, schleppten Sauerstoffflaschen und anderes Zubehör zur Sauna und zogen sich dort Funktionsunterwäsche und Neoprenanzüge an. Keiner beneidete die beiden, wie sie bei diesem Wetter mit nacktem Oberkörper auf der Saunaterrasse herumhüpften. Der Wind war eisig kalt und fuhr unter die Haut. Man sah sofort, wer sich für das Wetter richtig angezogen hatte.

Oksman erkannte in einem der Schutzpolizisten jenen Pasi, den er unter der Dusche getroffen und mit dem er kurz in der Umkleide gesprochen hatte. Ihre Blicke begegneten sich, und er lächelte Oksman zu. Oksman lächelte zurück, konzentrierte sich aber sofort wieder auf seine Aufgabe.

Der Wald war schön. Vereinzelt waren Schneeflecken zu sehen, und es roch nach einer Mischung aus Frost und Nadelwald. An der Stelle, an der man Mielonen gefunden hatte, berührten die Äste einer großen Fichte den Boden. Als Oksman sie beiseiteschob, entdeckte er so etwas wie eine kleine Höhle. Im Dunkeln mochte das ein gutes Versteck gewesen sein, jetzt bei Tageslicht betrachtet wirkte es eher wie der Versuch eines kleinen Kindes, sich vor der schrecklichen Morra unter der Bettdecke zu verstecken.

In Höhe des Baums wurden die Hunde total wild. Sie bellten und drehten sich und wollten zurück zur Hütte. Ein Stück weiter fingen sie plötzlich erneut an zu bellen. Oksman und Linda eilten herbei und durchkämmten das Moos, allerdings vergebens.

»Hier ist eine Vertiefung. Vielleicht ist er hier gestürzt oder hat sich einen Moment ausgeruht. Die Hunde reagieren auf die kleinste Spur«, bemerkte einer der Hundeführer.

Linda raufte einem der Hunde das Fell und lobte ihn. Als der Hund Anstalten machte, Oksman die Hand zu lecken, zog er sie schnell zurück.

Nach zwei Stunden legten sie eine kurze Pause ein. Die Taucher hatten den Meeresboden inzwischen auf fast einhundert Metern abgesucht und setzten ihre Suche ohne Pause fort. Um elf Uhr rief Paloviita zum ersten Mal Oksman an, worauf dieser aber nicht antwortete. Eine Minute später klingelte Lindas Telefon, aber Oksman untersagte ihr, den Anruf anzunehmen. Kurz darauf meldete Oksmans Telefon durch ein Piepsignal den Empfang einer Textnachricht. Oksman las die Nachricht, in der Paloviita um Rückruf bat, sobald seine Zeit es zuließe. Oksman beschloss, dass seine Zeit es den ganzen Tag nicht zulassen würde, und steckte das Telefon zurück in die Tasche.

Gegen Mittag machte sich der größte Teil der Kollegen zum Aufbruch bereit, und nur etwa eine Handvoll Polizisten sowie ein Hundeführerteam blieben noch da. Der Wald war jetzt mehrere Male durchkämmt worden, und ihre Nerven lagen blank. Gesichter und Nasen waren gerötet, die Mienen abweisend. Es wurde kaum noch gesprochen, jeder konzentrierte sich nur noch auf seine Aufgabe und darauf, warm zu bleiben. Kurz vor zwei kamen die Taucher ans Ufer zurück und wechselten die Kleider. Beide waren total erschöpft und packten schweigend ihre Druckluftbehälter zusammen. Als sie Oksman nach dem Messer fragte, schüttelten sie nur den Kopf.

Gegen zwei war auch der letzte Rest Wärme, den die schwache Sonne verbreitet hatte, verschwunden. Neue Wolken waren aufgezogen. Erste dicke Schneekristalle fielen vom Himmel. Auch der Wind wurde immer kräftiger. Es sah ganz danach aus, als ob sie das Messer nicht finden würden. Das Tageslicht war inzwischen eher grau und kleidete die Uferlandschaft in ein neues, nicht weniger anziehendes Kleid. Der Ort war schön, bei jedem Wetter.

Mittlerweile war es Viertel vor drei. Außer dem zweiten Hundeführerteam waren nur noch Pasi, seine Partnerin sowie Linda vor Ort, die auf der Stelle hüpfte und mit den Armen um sich schlug, um sich warmzuhalten.

Einer der Hundeführer fragte: »Vorschläge?« Seine Nase lief, und er wischte sie mit dem Rücken des Handschuhes ab.

Linda schaute zu Oksman. Und Oksman wusste, dass alle von ihm erwarteten, dass er das Spiel abpfiff. »Wir versuchen es noch ein Mal«, sagte er stattdessen. »Linda und ich suchen das Ufer ab, ihr anderen lauft im Zickzack zwischen der Hütte und dem Ufer. Wir treffen uns an der Fichte um …« Oksman schaute auf sein Handy und sah, dass Paloviita unterdessen sechs Mal versucht hatte, ihn anzurufen. »… um halb vier. Dann ist es schon so dunkel, dass wir sowieso aufhören müssen.«

Obwohl keiner offen protestierte, spürte Oksman die Enttäuschung seiner Kollegen. Als er mit Linda Richtung Meer ging, hörte er Pasis Kollegin zischen: »Dieser Hornochse! Kein Mittag, keine Pausen, nicht mal einen Kaffee den ganzen Tag lang!«

Der Hund hatte eine neue Spur aufgenommen und verschwand hinter der Hütte. Oksman, der wirklich kein Tierfreund war, musste anerkennend feststellen, wie unermüdlich die Hunde arbeiteten. Sie murrten nicht, gaben nicht auf, machten einfach weiter. In dieser Hinsicht konnten die Menschen wirklich viel von ihnen lernen.

»Wir sollten es gut sein lassen«, sagte Linda zu Oksman, als sie auf den Pfad zum Plumpsklo einbogen. »Es war den Versuch wert, aber manchmal muss man sich eben auch ergebnislos geschlagen geben. Das gilt auch für dich. Wir müssen uns sowieso noch Paloviitas Predigt anhören. Der reißt uns den Allerwertesten auf, wenn er hört, was wir hier für einen Zirkus veranstaltet haben, und das Ganze ohne seine Einwilligung!«

Oksman erwiderte nichts, sondern hielt den Blick unablässig auf den Boden gerichtet, sah hinter Steine, zwischen Wurzeln, in andere mögliche Verstecke. Natürlich war ihm klar, dass Linda recht hatte. Sie hätten längst aufhören sollen, aber diesen Triumph wollte er Paloviita nicht gönnen. Oksman wusste, dass Linda zu ihm halten würde, aber Tatsache war, dass dies hier seine Idee gewesen war und er allein für die Folgen geradestehen musste. Wenn Paloviita ihnen die Hölle heiß machte, dann war er bereit, die gesamte Verantwortung zu übernehmen.

Linda begnügte sich damit, mit den Schultern zu zucken, so wie immer, wenn Oksman es vorzog zu schweigen. Normalerweise konnte sie Oksmans rüdes Verhalten gut wegstecken, aber heute hätte sie gern eine Antwort erhalten, und sein Verhalten verletzte sie.

Es begann, stärker zu schneien. Keine Flocken, sondern Eiskristalle, die wie feine Nadeln ins Gesicht stachen. Die Wolken verdunkelten sich, bald würde es heftig schneien. Im Wald war es schon jetzt fast dunkel, und mit jeder Minute wurde es dunkler. Die tiefgrünen Moosbüschel auf dem Boden wirkten fast schwarz.

Plötzlich wandte sich Oksman um und rief: »Schluss jetzt. Wir fahren. Es tut mir leid, dass das alles für die Katz war.«

Linda schaute Oksman sprachlos an. So hatte sie ihn noch

nie erlebt. Sein schmales, von Frost und Wind gerötetes Gesicht wirkte so bedauernswert, dass sie ihn am liebsten in den Arm genommen hätte – was sie natürlich nicht tat. Keine Ahnung, wie Oksman darauf reagiert hätte.

»Es muss dir nicht leidtun. Den Versuch war es wert, aber einen Kaffee solltest du jetzt schon spendieren.«

»Ja, und wir packen noch Krapfen oben drauf«, sagte Oksman und lächelte.

Nicht weit von ihnen bellte ein Hund. Sie erstarrten. Dann rief einer der beiden Hundeführer mit unverhohlenem Jubel in der Stimme: »Hier! Fund! Wir haben das Messer!«

Der Pfad führt zur Spitze einer Landzunge, wo neben einem gro-
ßen Felsbrocken eine umgestürzte Fichte liegt, deren Spitze bis ins
Wasser reicht. Jemand hat an einem der Äste ein Boot festgemacht,
die Ruder liegen im Boot. Sie setzen sich und lehnen sich mit dem
Rücken an den Felsen, Antti holt die Zigaretten hervor. Sie rau-
chen und schauen auf den See. Sein Wasser ist schwarz und riecht
schlammig. Insekten tanzen in Schwärmen dicht über dem Wasser,
irgendwo springt ein Fisch. Vom Sommerhaus dringen Gesang und
Musik zu ihnen. Sami spielt Gitarre. Ein Mittsommerfeuer nach
dem anderen flammt rund um den See auf. Fische stupsen an die
Wasseroberfläche.

»Manchmal wünsche ich mir, Tiina wäre schon als Baby gestor-
ben«, sagt Jari. »Sie war oft echt anstrengend, aber ehrlich, ich habe
sie geliebt.«

»Ich weiß. Ich habe sie auch geliebt.«

»Ich habe sie getötet.«

»Hast du nicht. Rami hat sie getötet. Dafür bringe ich ihn um.
Das verspreche ich.«

Jari bricht in heftiges Weinen aus. Antti legt ihm seinen Arm
um die Schultern.

»Ich weiß nicht, ob ich je wieder nach Hause kann. Sie hassen
mich jetzt. Ich wünschte, ich wäre auch gestorben.«

»Keiner hasst dich«, sagt Antti und zieht Jari fest an sich. »Ich
auf jeden Fall nicht. Wir sind Freunde.«

»Lass es uns schwören.«

Sie setzen sich gegenüber und fassen sich mit überkreuzten Un-
terarmen an den Händen.

»Immer füreinander da!«, sagt Antti.
»Egal, was passiert!«, erwidert Jari.
»Egal, was kommt!«, schließt Antti.

VII

PRÜGELEI AM FLUSS

37

Jari schwingt sich auf die Hände, wartet, bis er das Gleichgewicht gefunden hat, dreht sich um die eigene Achse, streckt die Füße gen Himmel, knickt dann in der Mitte ein und schießt mit den Beinen voran ins Wasser. Alle Geräusche verstummen, er versinkt in der Tiefe. Luftblasen um ihn herum, große und kleine. Dann sinkt er nicht weiter und stößt sich mit den Beinen zurück an die Oberfläche, bis sein Kopf im schäumenden Weiß wieder auftaucht.

Farben und Geräusche kehren zurück. Der blaue Himmel, der grüne Rasen und die Kiefern neben dem Schwimmbecken. Kreischende Kinder, Planschen. Er schaut nach oben und sieht seinen Freund, der sich über das Geländer beugt. Er winkt und krault in Richtung Leiter. Der Bademeister bläst kurz in seine Pfeife, und der nächste Junge holt Anlauf, springt so weit er kann und zieht kurz vor dem Eintauchen die Beine an.

Jari wartet unterhalb des Sprungturms auf Antti. Als dieser an der Reihe ist, krallt er seine Zehen um die Betonkante der Sprungplattform, breitet die Arme aus und lässt sich vornübergestreckt ins Wasser fallen. Jari ist neidisch auf Anttis Körper, der schon Züge von Männlichkeit aufweist. Die Muskeln an Armen und Oberkörper zeichnen sich deutlich ab, und das Gesicht ist eckiger geworden. Jaris eigener Körper dagegen ist noch jungenhaft, mit dünnen Armen und Rippen, die unter der Haut hervorstechen. Zumindest kommt es Jari so vor.

Sie gehen in die Sauna und anschließend in die Männerumkleide. Jari macht eine Räuberleiter, und Antti stemmt sich auf das Zwischendach. Er schiebt sich so weit vor, bis nur noch die Zehenspitzen über dem Bretterdach zu sehen sind.

»Kannst du was sehen?«, flüstert Jari.

»Nein, oder warte mal. Jetzt kommt eine.«

»Was siehst du?«

»Psst.«

»Siehst du was?«

»Eine alte Oma.«

»Ist sie nackt, siehst du den Busen?«

»Sei still jetzt!«

»Ich will auch gucken.«

Ein Schrei, und kurz darauf hört man die Stimme einer älteren Frau: »Also wirklich, Jungs!«

Antti schiebt sich zurück, die Bretter schaben gegen seinen Bauch. Sie prusten vor Lachen und gehen durch den Duschraum zurück in den strahlenden Sonnenschein. Als sie das Kinderbecken erreichen, haben sie sich immer noch nicht beruhigt. Jaris Vater steht bis zur Hüfte im Wasser und hält Tiina an den Armen, die in einer aufblasbaren Schwimmhilfe zappelt. Obwohl die Wassertemperatur 25 Grad beträgt, sind Vaters Lippen schon ganz blau. Sie schauen kurz vom Rand aus zu und springen dann zwischen die kleinen Kinder. Als Tiina die beiden erblickt, rudert sie so kräftig auf sie zu, dass das Wasser ordentlich spritzt.

Jari hört, wie ein anderer Vater, der seiner etwa dreijährigen Tochter versucht, Schwimmzüge beizubringen und eine Handvoll Tropfen abbekommen hat, zu seiner Frau sagt: »Könnte man nicht für Behinderte Extraschwimmzeiten einrichten? So ein Kampfrhinozeros drückt irgendwann noch mal ein kleines Kind unter Wasser.«

Jari schaut den Mann wütend an, doch der schenkt ihm keine Beachtung. Vater schiebt Tiina in flacheres Wasser, wo ihre Füße auf den Boden reichen, und lässt sie los. Sofort stürzt sie sich auf Antti. Er hebt Tiina auf die Schultern und dreht sich mit ihr. Dann spielen sie noch kurz im flachen Wasser Krokodiljagd und folgen danach Jaris Vater auf den Rasen, setzen sich auf die Picknickdecke und essen einen Snack. Jaris Mutter sitzt im Liegestuhl daneben und liest einen Roman. Jari und Antti steuern wieder zum großen Becken. Tiina quengelt und will mit, erst klammert sie sich an Jaris Arm und dann an sein Bein.

»Tiina-Maus, du kannst noch nicht schwimmen. Du kannst nicht mit zum Sprungturm«, sagt Mutter und versucht, Tiinas Griff zu lösen. »Komm, wir gehen zusammen ins flache Becken.«

»Nein, Iina ooss. Iina pingt mit Antti!« Ihre Stimme schwillt an, und die Menschen drehen sich nach ihnen um. Vater versucht, die Situation zu beruhigen, aber Tiina lässt sich nicht beschwichtigen, greift nach der Badetasche und kippt sie auf den Rasen. Sonnencreme, Wechselsachen und Windeln verteilen sich im Gras.

»Tiina, hörst du mich? Wenn du dich nicht beruhigst, müssen wir nach Hause gehen«, sagt Vater.

»Will in oosses Becken«, schreit Tiina.

Ihr Wutanfall lenkt die Aufmerksamkeit von immer mehr Leuten auf sie. Jari schämt sich. Er will nicht, dass jemand seine kleine Schwester mit ihm in Verbindung bringt. Und er schämt sich im gleichen Moment für seinen Gedanken. Endlich kann er sich aus Tiinas Griff lösen, tritt einen Schritt zur Seite und schlägt vor: »Könnte Tiina nicht mitkommen und von der Seite zugucken, wie wir springen?« Doch das ist keine Lösung.

»Ich habe keine Lust mehr zu springen«, sagt Antti jetzt. »Ich möchte lieber mit Tiina Krokodil spielen.«

»Hast du gehört, Tiina?«, fragt Mutter und wirft Antti einen dankbaren Blick zu. »Wir gehen alle in das flache Becken, die Jungs auch.«

Endlich beruhigt sich Tiina. Antti hebt Tiina auf die Schultern und hoppelt mit ihr zum Wasser. Sie jagen sich und springen abwechselnd vom Rand. Als Tiina sich allein im Wasser vergnügt und die Jungs für einen Moment vergisst, verdrücken sich die beiden aus dem Planschbecken und sprinten zum Sprungturm.

Jari entdeckt Henriikka, die mit zwei anderen Mädchen am Beckenrand sitzt und die Beine ins Wasser baumeln lässt. Ihre Haare sind nass. Ihr Körper weist schon die ersten Rundungen auf und erinnert so gar nicht mehr an das kleine Mädchen, mit dem er sechs Jahre lang die gleiche Klasse besucht hat. Es kribbelt im Bauch, und wieder überfällt ihn Scham über den eigenen kindlichen Körper.

Sie klettern auf den Sprungturm. Jari schwant, dass die Mädchen den Platz bewusst gewählt haben, um die Springer begutachten zu können. Er klettert hinter einem größeren Jungen die Leiter hoch, aber als er oben steht, gibt es keine Deckung mehr. Sein Blick sucht Henriikka, die die Hand hebt und ihm zuwinkt. Jari winkt zurück, und jetzt erschallt der Pfiff. Er beschließt, einen Vorwärtssalto zu versuchen, den er vom Dreier gut beherrscht, aber auf dem Fünfer noch nie probiert hat. Gleich von Anfang an läuft alles schief, er springt nicht richtig ab und klatscht mit dem Rücken auf das Wasser. Es zwirbelt wie ein Peitschenhieb. Doch der Schmerz ist nichts im Vergleich zu der Blamage. Anttis Stimme hallt von oben:

»Toller Sprung! Wo hast du den gelernt?«

Lachen. Ein anderer stimmt ein: »Den würde ich auch gern können.«

Jari krault zum Rand und schwingt sich hinauf. Sein Rücken brennt. Er schaut zu Henriikka und ist sich sicher, dass sie jeden Moment in Lachen ausbricht. Stattdessen springt sie ins Wasser und kommt quer durch das Becken auf ihn zu geschwommen. Jaris Herz macht einen Sprung. Er hilft ihr auf den Rand, und als sie sich neben ihn setzt, fühlt er einen Moment lang ihre Haut. Sie ist etwas größer als Jari. Verstohlen betrachtet er Henriikkas braun gebrannte Haut und ihren modischen Badeanzug.

Jari registriert die neidischen Blicke der anderen. Eine Welle der Genugtuung erfüllt ihn. Hier sitzt er und spricht mit dem tollsten Mädchen der Schule. Und sie ist zu ihm gekommen! Ein Junge nach dem anderen springt vom Turm, und jeder von ihnen zeigt mutigere Sprünge als sein Vorgänger. Henriikka verfolgt zwar die Vorführungen mit dem Blick, unterhält sich aber die ganze Zeit mit Jari. Auf einen Schlag wird Jari klar, dass sich Henriikka wirklich für ihn und keinen sonst interessiert. Und die Erkenntnis fühlt sich glasklar und himmlisch an. Wieder zerreißt eine kleine Faser zwischen Kindheit und Jugend, begleitet von der leisen Ahnung, dass die Welt letzten Endes gar nicht so kompliziert ist, wie er immer dachte. Das Mädchen neben ihm ist ein ganz normales Mädchen und er ein Junge wie jeder andere.

Jari und Henriikka reden über alltägliche Dinge, über Filme, den Sommer und die bevorstehende Oberstufe. Die Sonne scheint, es ist der erste warme Sommertag. Einer von vielen, die vor ihnen liegen. Es ist nicht wichtig, was gesprochen wird. Wichtig ist, was zwischen den Zeilen steht, dass es schön ist miteinander und sie sich bald wiedersehen werden. Nur sie beide.

Auch Rami ist im Schwimmbad. Jari und Antti haben ihn noch nicht entdeckt. Er sitzt auf der obersten Bank der Zuschauerreihen neben Santeri und Petteri und raucht. Sie sind nicht zum Schwimmen hier, sie wollen die Zeit totschlagen und Mädchen beobachten. Und vielleicht von einem Jüngeren, der sich in ihre Nähe wagt, ein paar Kröten erpressen. Seit dem Ende des Schuljahres waren sie fast jeden Tag im Schwimmbad. Santeri und Petteri würden ja zur Abwechslung mal ins Zentrum oder auf die Insel Kirjurinluoto mitten im Stadtgebiet gehen, wo es einen Badestrand am Fluss gibt. Aber Rami will ins Schwimmbad, also gehen sie ins Schwimmbad.

Sie haben eine Stelle im Zaun entdeckt, durch die sie sich zwängen, ohne Eintritt zu bezahlen. Jetzt stützen sie die Ellbogen auf die Knie und betrachten die bunte Schwimmerschar. Rami hat Henriikka gleich beim Reinkommen entdeckt und sie seither nicht aus den Augen gelassen. Er versteht selbst nicht, warum, aber er kommt nicht von ihr los. Sie hat sich in seinen Träumen und Gedanken eingenistet wie ein ungebetener Gast. Bei dem Gedanken an sie fühlt er sich krank und schwach, und das gefällt ihm gar nicht. Wenn er sie sieht, geht es ihm besser, aber er fühlt auch alles noch viel intensiver. In seinem Innersten weiß er allerdings, dass Henriikka für ihn immer unerreichbar bleiben wird.

Rami hat auch die beiden entdeckt, bei deren Anblick sich seine Eingeweide zusammenkrampfen: das Arschgesicht und seinen großen Freund. Er kann es nicht mit Sicherheit sagen – obwohl er sich eigentlich sicher ist –, dass die beiden es waren, die sein Rad geklaut haben. Aber das ist nicht einmal das Schlimmste, sondern die Schmach vor aller Augen – und die Prügel, die er dafür von seinem Vater bezogen hat. Der Ledergürtel war auch diesmal nicht geschont worden.

Die Angelegenheit verlangt Rache – sie schreit förmlich danach.

Das Arschgesicht ist harmlos, aber vor Antti Mielonen muss man sich in Acht nehmen. Rami hat schon immer ein gutes Gefühl dafür gehabt, wem er zu Leibe rücken kann und wem nicht. Das ist seine Gabe – die einzige, die er hat. Er kann auf einen Blick das schwächste Glied einer Gruppe ausmachen. Er sieht einfach, wer keinen Widerstand leisten und hinterher nicht petzen würde. Seine ganze Glaubwürdigkeit beruht darauf. Jetzt schreien alle seine Sinne, dass er Antti besser nicht angreifen sollte. Antti hat etwas Dunkles, Bedrohliches an sich. Rami hätte Antti gern in seiner Truppe, weiß aber, dass er niemals dazu bereit sein würde. Auch das sagt ihm sein Instinkt. In gewissem Sinne sind sie sich beide sehr ähnlich, und andererseits meilenweit voneinander entfernt. Rami hat festgestellt, dass keiner Antti je blöd kommt. Nicht die älteren Jungs und auch sonst keiner. Das kann kein Zufall sein. Er strahlt etwas aus, alle bemerken das, aber es lässt sich unmöglich in Worte fassen.

Mit dem Arschgesicht würde er leicht fertigwerden, das hat er schon einmal bewiesen, und zwar gründlich. Doch die Folgen waren unangenehm gewesen, also zögert er. Solange Jari mit Antti umherzieht, hat er ein Problem. Entweder würde er sie weiter nur von Weitem beobachten oder aufgeben. Aber Rami hat noch nie aufgegeben.

Er hält seine Versprechen immer, genau wie sein Vater.

Rami starrt auf Henriikkas braun gebrannten Rücken und die langen Haare, aus denen das Wasser rinnt, und er stellt sich vor, wie es wäre, ihre Knie und ihre Schenkel zu berühren. Rami verfolgt die Bewegungen ihrer Hände und Beine und fühlt einen wachsenden Druck im Hals und auf der Brust.

Dann sieht er, wohin sie schwimmt.

Zum Arschgesicht.

Rami drückt seine Zigarette im Gras aus, dickflüssiger Hass fließt durch seine Adern. Seine Augen suchen Antti auf dem Sprungturm und kehren dann zu Jari und Henriikka zurück.

Dieser Blick, dieser bewundernde, liebevolle Blick, mit dem Henriikka das Arschgesicht ansieht. Der ist am schwersten auszuhalten. Rami würde alles dafür geben, einmal so von ihr angeschaut zu werden.

Seine Augen wandern wieder zu Antti, der gerade abspringt und ein bisschen ungeschickt ins Wasser klatscht. So gefährlich wirkt der gar nicht. Was genau hält ihn nur zurück? Er hat mindestens ein Dutzend ebensolcher Rotzjungen klargemacht. Er würde auch diesen beiden zeigen, wer hier das Sagen hat. Das ist seine Pflicht, denn er ist Rami Nieminen, und er hält immer, was er verspricht.

38

Anttis Vater öffnet ihm die Tür, und Jari sieht sofort, dass nicht alles so ist, wie es sein sollte. Tapani Mielonen ist mit einem Bademantel bekleidet, obwohl es schon nach Mittag ist. Der Gürtel baumelt lose, und über dem Gummiband der Unterhose wölbt sich sein haariger Bauch. Die Augen sind blutunterlaufen, ungepflegte Bartstoppeln bedecken seine Wangen, und sein Blick hinkt träge hinterher. In seinem Mundwinkel klemmt eine Zigarette mit langem Aschestummel.

Tapani tritt zur Seite und lässt Jari in die Wohnung. Anttis Mutter Sirpa sitzt mit dem Rücken zum Flur am Küchentisch. Der Tisch ist voller leerer Bierflaschen. Auch Sirpa raucht. Jari sieht zwar ihr Gesicht nicht, kann aber die Rauchwolken sehen, die zur Decke steigen.

Antti sitzt in seinem Zimmer auf dem Bett und hat die Ellbogen auf die Knie gestützt. Als Jari die Tür öffnet, hebt er kurz den Blick, schaut aber sofort wieder auf seine Hände, die kraftlos zwischen den Knien hängen. Jari sieht sofort, dass Antti sich nicht zum Angeln umgezogen hat. »Gehen wir?«, fragt Jari.

Antti schüttelt den Kopf. »Kein Bock.«

»Das Wetter ist gut, nur ein paar Wolken, und das Wasser im Fluss ist heute flach.«

»Geh du. Mir ist nicht danach.«

In der Küche wird zischend eine Bierflasche geöffnet.

»Wir können auch zu uns gehen …«

»*Wenn es so schwer ist, dann kannst du gleich verduften!*« Tapanis Stimme donnert durch die Tür.

Jari ist angespannt, Anttis Finger krallen sich zur Faust.

»*So unwiderstehlich bist du nun auch wieder nicht, auch wenn du dich jedem Herumstreunenden an den Hals wirfst wie ein bil-*

liges Flittchen. Das macht dich noch lange nicht zu einer Sahne-
schnitte.«

»*Tapani, hör auf, das ist doch total bescheuert …*«

Das Klatschen einer Hand ist zu hören, und kurzzeitig herrscht völlige Stille. Antti erhebt sich. Sein Gesicht ist angespannt, und in seinen Augen ist wieder dieser Blick, den Jari schon auf der Terrasse des verlassenen Hauses gesehen hat. Nur jetzt noch härter und entschlossener. »Besser, du gehst jetzt«, sagt Antti tonlos.

Die Tür zu Anttis Zimmer wird geöffnet, und Anttis Mutter kommt herein. Eine Wange ist gerötet. Über ihr Gesicht huscht ein Lächeln, doch in ihren Augen sitzt die Bestürzung. »Wolltet ihr nicht angeln gehen, Jungs? Das Wetter ist schön. Ihr könnt ruhig gehen.«

»Keine Lust«, sagt Antti.

»Nein, geht ruhig. Vater ist nur ein bisschen müde.«

»Ich gehe nirgendwohin, bevor der Alte nicht von hier verschwunden ist.«

Ihr Gesicht wird ernst. »Das sind Dinge, die nur Erwachsene etwas angehen. Ihr seid noch zu jung, ihr versteht das noch nicht.«

Jari geht in den Flur und zieht sich die Schuhe an. Tapani sitzt in der Küche und stippt die Asche seiner Zigarette in den Aschenbecher. Der Bademantel hängt lose herunter, sein knochiger Oberkörper leuchtet milchweiß, aber der Bauch darunter wölbt sich wie eine Maserknolle und ist mit schwarzen Härchen bedeckt. Anttis Mutter folgt ihm in den Flur.

»Komm mal her, Junge«, sagt Tapani da plötzlich und winkt Jari zu sich. Sein Gesicht ist steif und ausdruckslos. Jari zögert, aber Tapani bittet ihn erneut, dieses Mal fordernder. Auch Antti kommt jetzt in den Flur, doch seine Mutter versperrt ihm den Durchgang zur Küche.

Jari tritt zögernd vor Tapani, der ihn grinsend anschaut. Er legt Jari seine Hand auf den Kopf und wuschelt ihm durch die

Haare. Die Geste ist halbherzig und ungeschickt, sodass Jaris ganzer Kopf hin- und herschwankt.

»Du bist doch ein schlaues Bürschchen, oder?«, fragt er und dreht Jaris Gesicht zu sich. Tapanis Hand liegt unverwandt auf seinem Kopf, er tut ihm nichts, aber er macht deutlich, wie leicht sich das jederzeit ändern könnte.

»Geht so, ja.«

Anttis Vater lacht. »Geht so, ja! Ihr habt vielleicht eine Art, euch auszudrücken heutzutage. Nun, wenn es so ist, kannst du dann ein Problem lösen?«

»Tapani, lass gut sein«, sagt Sirpa, aber ihre Worte verklingen wirkungslos. Anttis Vater fährt fort: »Du hast doch bestimmt eine Freundin, nicht? Na, hast du bestimmt. Nun, hier sitzen wir, zwei Männer und quatschen Stuss, oder wie würdet ihr das heute nennen? Also, die Frage ist: Was würde ein Schlaukopf wie du machen, wenn er erfährt, dass seine Freundin durch die Stadt kutschiert wie ein Postillon und jedem ihre Muschi anbietet?«

»Tapani, Schluss jetzt!«

Tapani bläst Jari Rauch ins Gesicht, der brennt in den Augen, und Jari muss husten.

»Halts Maul, Weib. Wenn Männer reden, schweigen die Huren. Der Jari hier ist nämlich einer von denen, die was Besseres verdienen. Der ist anders als Leute wie wir, die sich strecken müssen. Also, was würdest du tun, wenn du wüsstest, dass dein Kumpel deine Alte bürstet, während du in der Schule bist, he?«

Jari befreit sich aus Tapanis Griff. Tapani rülpst, trinkt sein Bier aus und haut die Flasche mit einem lauten Knall auf den Tisch. Alle fahren zusammen. Sirpa lässt Jari zurück in den Flur. Antti nutzt die Gelegenheit und schlüpft unter Mutters Arm hindurch in die Küche. Seine Augen lodern, und er wirkt, als wäre er um etliche Zentimeter gewachsen. Zumindest hat Jari bisher nicht gesehen, dass Antti fast größer ist als seine Mutter.

»Gegenüber Kleineren traust du dich«, sagt Antti. Seine

Stimme klingt ruhig, aber er spricht mit unerbittlichem Nachdruck. »Aber wenn dir jemand in deiner Größe gegenübersteht, dann machst du dir in die Hosen. Lass Mutter und meine Freunde in Ruhe. Das war heute das letzte Mal, dass du sie geschlagen hast.«

»Lass gut sein«, sagt seine Mutter und versucht, ihn am Arm zu fassen. Aber sein Vater kommt ihr zuvor und schnellt vom Stuhl auf. Antti tritt einen Schritt zurück, versucht auszuweichen, aber da hat ihn sein Vater schon am Kragen gepackt. Antti wankt, sein College-Shirt reißt.

»Nein«, kreischt Anttis Mutter und hält Tapanis Arm fest. Der schüttelt sie ab, greift mit der anderen Hand nach ihren Haaren und zieht daran. Sirpa schreit vor Schmerz und Entsetzen auf. Ihre Augen füllen sich mit Wasser, währenddessen Tapani weiter an Anttis Kragen zerrt.

Jari ist komplett gelähmt. Etwas Vergleichbares hat er noch nie erlebt. Auf Anttis Gesicht zeichnet sich kein Fünkchen Furcht ab. Er schaut fest in die trunkenen Augen seines Vaters.

»Es ist so«, sagt Anttis Vater mit heiserer Stimme, »der Chef dieser Familie bin immer noch ich, und Schwächlinge wie ihr können mir gar nichts! Jeden, der es versucht, bringe ich um!« Der Zigarettenstummel in seinem Mundwinkel hüpft.

Anttis Vater zieht Sirpa an den Haaren näher zu sich heran. »Guck dir deinen Jungen an, schau genau hin! Glaubst du wirklich, ich habe nichts gemerkt? Nichts an ihm sieht aus wie ich. Einen Hurenbastard habe ich versorgt.«

Tapani greift fester zu, und Sirpa jault auf. Jari weiß nicht, was er tun soll. Die eine Hälfte seiner Gehirnzellen befiehlt ihm, davonzulaufen und Hilfe zu holen, die andere, sich nicht von der Stelle zu rühren. Die Worte seines Vaters hallen in ihm wider, dass es nicht schicklich sei, sich in die Angelegenheiten anderer Familien einzumischen, aber vielleicht hat er andere Situationen gemeint.

»Dann töte mich«, krächzt Antti, »bring mich doch um, verdammt.«

Sein Vater löst die Finger, und Sirpa rutscht zu Boden. Dann fasst er mit beiden Händen nach Anttis Hals und drückt ihn mit Kraft gegen den Kühlschrank. Ein dumpfer Aufprall ist zu hören, als Anttis Hinterkopf dagegen knallt. Dann hebt er Antti hoch und presst ihn gegen die Wand.

»Das werde ich. Ich bringe dich um, worauf du dich verlassen kannst.«

»Tapani«, schluchzt Anttis Mutter. Ihr Make-up läuft in dunklen Streifen über die Wangen. »Er ist noch ein Kind. Tu ihm nichts …«

Anttis Augen brennen kalt. Als ob alle Wärme aus ihnen verschwunden wäre. Dahinter kommt etwas anderes zum Vorschein – etwas Berechnendes, Unerbittliches.

»Wenn er alt genug ist, mir zu drohen, dann ist er auch alt genug, für die Konsequenzen geradezustehen.«

Tapani stellt Antti zurück auf den Boden, greift nach der qualmenden Fluppe zwischen seinen Zähnen und hält das glühende Ende vor Anttis Augapfel. »Ich brenne dir die Augen aus«, sagt er mit immer noch vor Wut zitternder Stimme. Nur mit Mühe gelingt es ihm zu verhindern, dass seine Stimme sich überschlägt. Warmer Rauch trifft Antti im Gesicht.

»Lerne dich zu benehmen, sonst tue ich es wirklich.« Der glimmende Stängel ist nur wenige Zentimeter von Anttis Linse entfernt. Er kneift das Auge zu.

»Lass ihn«, schluchzt Anttis Mutter. »Bitte lass ihn.«

Und dann lässt Tapani ihn plötzlich los. Er drückt die Zigarette an der Tür vom Kühlschrank aus und nimmt die Hand von Anttis Hals. Die Fingerabdrücke zeichnen sich deutlich ab. Die Augen von Anttis Vater nehmen einen verdatterten Ausdruck an. Er schwankt zum Tisch und lässt sich in den Stuhl fallen.

Anttis Blick ist wachsam, der rasende Zorn daraus verschwunden. Er geht zu seiner Mutter und versucht, ihr aufzuhelfen, doch sie ist zu betrunken, völlig erschlafft und scheucht ihn weg.

Jetzt sieht Antti Jari im Flur stehen. Sie sehen einander in die Augen. Antti sagt kein Wort, aber Jari kann seine Gedanken lesen. Sie sind voller Scham.

Anttis Mutter hat sich auf einen Stuhl hochgezogen, sieht ebenfalls Jari und sagt zu beiden: »Jungs, geht angeln! Vater und ich, wir ...« Dann bricht sie in Tränen aus, aber diesmal wird ihr ganzer Körper von heftigem Schluchzen geschüttelt. Tapani Mielonen sitzt unbeweglich auf seinem Stuhl und starrt den Aschenbecher an, als wäre er in eine andere Welt abgetaucht.

»Wir gehen«, verkündet Antti, und Jari nickt. Antti holt einen anderen Pulli und eine neue Hose aus seinem Zimmer, und als sie wieder im Flur sind, hören sie Anttis Vater sagen:

»Junge, es tut mir leid. Verzeih mir. Ich ... habe das nicht so gemeint ... Ich weiß nicht, warum ich so ...«

Sirpa hat sich erhoben und räumt die Flaschen in den Schrank unter der Spüle, der bereits vor leeren Bier- und Schnapsflaschen überquillt. Antti öffnet die Wohnungstür, und sie verschwinden in den wolkigen Juninachmittag.

39

Jari sitzt auf seinem Angelkoffer, dreht einen goldschwarzen Blinker zwischen den Fingern und schaut zu Antti, der am Wasser steht, die Angelrute nach hinten hält und dann mit Schwung nach vorn schnellen lässt. Die Angelsehne gleitet schnurrend von der Rolle, der Köder fliegt in hohem Bogen über den Fluss und klatscht vor dem gegenüberliegenden Ufer ins Wasser, das dort von einem grünen Teppich aus Teichrosen bedeckt ist.

An der Stelle, wo sie stehen, teilt sich der Kokemäenjoki in vier Arme und wird zum größten Flussdelta der nordischen Länder. Rechts von ihnen presst sich der Fluss durch eine schmale Brücke, sprudelt über Stromschnellen und fließt an der Stelle, wo sie stehen, breiter und gemächlicher. Hinter ihnen stehen die kleinen Häuschen einer Kleingartenanlage wie auf einem Patchwork-Teppich. Weiter oben liegt eine Rohstofffabrik inmitten wilder Natur. Das Wasser steht niedrig, Antti lässt seinen Wobbler im Strom trudeln.

Ihre Räder haben sie auf der Brücke ans Geländer gelehnt. Jaris Angel steckt noch im Rucksack, wie eine Antenne. Er hat noch keine Lust gehabt, sie herauszuholen. Der Himmel ist bedeckt von einem Geflecht aus grauen Fäden, der Wind ist unstet, aber warm. Es ist Hochsommer. Die Blätter an Bäumen und Sträuchern leuchten in sattem Grün, überall blüht es. Insekten schwirren. Schwalben gleiten im Tiefflug direkt über dem Wasser.

Der herausgezogene Blinker ist leer, Antti lässt ihn erneut durch die Luft sausen, diesmal taucht er an einer anderen Stelle ein. Dann dreht er wieder an der Rolle.

Ein einzelner Graureiher taucht über den Bäumen auf und verschwindet hinter der Flussbiegung. Jari klaubt einen Stein vom Boden auf und schleudert ihn von sich. Er fliegt fast bis zum gegenüberliegenden Ufer.

Antti dreht sich um. »Du verscheuchst die Fische.«

»Ist doch egal«, antwortet Jari, hebt wieder einen Stein auf und wirft ihn in hohem Bogen. Er plumpst fast an der gleichen Stelle in den Fluss. Antti beugt sich über seinen Angelkoffer, zieht aus dem blinkenden Wirrwarr einen anders geformten Wobbler und befestigt ihn am Vorfach. Jari bückt sich nach dem dritten Stein und wirft. Er prallt klirrend gegen einen Stahlträger der Brücke und klatscht zwischen den Seerosen ins Wasser.

»Hör auf«, schnaubt Antti und legt die Angel ins Gras.

»Wir fangen sowieso nichts«, sagt Jari und kehrt zu seinem

Angelkoffer zurück. Antti bückt sich ebenfalls nach einem Stein und holt aus. Der Stein fliegt hoch in die Luft und plumpst fast kerzengerade mit einem Platsch ins Wasser.

»Das bedeutet Glück«, sagt Jari.

Antti dreht sich um und schaut Jari an. »Erzähl keinem davon.«

»Nein.«

»Versprich es.«

»Ich verspreche es. War er früher schon mal so?«

»Lass uns nicht darüber sprechen.«

Und sie sprechen nie wieder darüber. Das Thema ist abgehandelt.

Jari holt seinen Rucksack und beginnt, seine Angel zusammenzustecken. Nach einem abschätzenden Blick zum Himmel wählt er einen Blinker passender Farbe. Das Wasser, normalerweise trüb und faulig, ist heute glasklar. Es strömt in langsamen Strudeln, und die Halme des Wassergrases schweben über dem Boden wie Haare. Ein Schatten huscht über das Wasser, und Jari sieht einen Schwarm kleiner Fische, der still an einer Stelle verharrt. Plötzlich wird der Schatten breiter und dunkler, und als Jari den Blick hebt, sieht er drei Jungen, die sich mit ihren Rädern an das Geländer der Brücke lehnen. Er sieht sofort, wer es ist: Rami Nieminen und seine zwei Kumpane. Rami sitzt auf einem uralten Oma-Rad. Jari richtet sich auf und sucht Anttis Blick, der die drei ebenfalls entdeckt hat. Die Sonne blendet sie.

»Sieh an ... welche Täubchen turteln denn hier«, fragt Rami. Ein Zippo klickt, und eine Zigarette glimmt auf. Santeri und Petteri rollen auf ihren Rädern langsam die Auffahrt hinunter bis zur Kurve und schneiden ihnen damit den Fluchtweg ab. Rami bewegt sich betont langsam, lässt sein Rad fallen und schwingt sich über das Brückengeländer. Gemächlich schlendert er zu ihnen herüber, die Kippe im Mundwinkel. Er bläst den Rauch durch die Nase aus.

Jari denkt, dass Rami einen schlechten Tag gewählt hat, um ihnen Angst einzujagen.

»Wir mussten wegen euch durch halb Pori irren«, sagt Nieminen. »Bis uns jemand gesagt hat, dass ihr hier angeln geht.«

»Was willst du?«, fragt Antti.

»Was ich will?«, wiederholt Rami, wirft seinen Kumpanen, die ihre Fahrräder ebenfalls abgestellt haben, einen Blick zu und atmet Rauch aus. »Gute Frage. Was könnten wir denn wollen? Wie wäre es zum Beispiel damit: Wir erledigen das Weichei«, sagt Rami und weist mit dem Feuerzeug in Richtung Jari, »und dann kümmern wir uns um dich.« Jari ahnt eher, als sehen zu können, dass Santeri näher gekommen ist und Petteri ihm den Weg abschneidet. Der Kreis um sie herum schließt sich, der Sack wird zugezogen.

»Ich habe eine bessere Idee«, erwidert Antti. »Was, wenn ihr einfach Leine zieht?«

»Ohoh«, sagt Rami, »der Typ hat Eier!«

Santeri lacht trocken und nervös.

»Ich weiß, dass ihr das wart mit meinem Nishiki. Das war ein Fehler. Und jetzt werdet ihr dafür bezahlen.«

»Probier es doch«, konstatiert Antti.

Seine Unverfrorenheit lässt die anderen erstarren. Die Stimmung am Flussufer ist mit einem Mal wie elektrisiert. Alle können es spüren. Ein eisiger Hauch zieht vom Flussbett herauf und fährt ihnen unter die Haut, und Jari sucht Anttis Nähe.

»Dich wollen wir nicht, Mielonen. Du bist ganz in Ordnung. Uns genügt das Arschgesicht.« Rami zeigt auf Jari. In diesem Moment schubst Santeri Jari mit beiden Händen kräftig in den Rücken, sodass dieser ein paar Schritte vorwärts stolpert, das Gleichgewicht aber nicht verliert.

Die Blätter einer Salweide neben ihnen rauschen.

»Lasst ihn in Ruhe«, sagt Antti drohend. »Wenn ihr euch prügeln wollt, dann versucht es mit mir. Aber kämpft fair und einer auf einmal. Dann mache ich Kleinholz aus euch.«

Das war eine klare Ansage. Etwas in der Art hatte Rami befürchtet. Ein Rückzug kommt nicht infrage, damit würde er seine Stellung untergraben, aber andererseits konnten sie ordentlich etwas auf die Hucke bekommen. Und das war fast genauso schlimm. Rami hatte das bereits im Vorfeld in Betracht gezogen. Antti ist zwar groß, aber das sind sie auch. Und außerdem sind sie zu dritt. Das Arschgesicht, die taube Nuss, brauchen sie nicht mitzuzählen.

»Na, wenn du unbedingt willst«, sagt Nieminen und schnippt mit den Fingern. Santeris fleischige Arme legen sich von hinten um Anttis Brust wie eine Würgeschlange. Antti wartet nicht, bis Santeri zudrückt, sondern schnellt nach vorn. Die Bewegung kommt so überraschend, dass Rami es nicht schafft, ihm auszuweichen. Antti rasselt mit der Kraft einer Abrissbirne gegen ihn. Rami landet auf dem Allerwertesten im Gras und japst nach Luft.

Aber Santeri hat Antti wieder gepackt, und Anttis Tritt verfehlt Ramis Gesicht nur um wenige Zentimeter.

»Petteri«, schreit Santeri. Der Ruf schreckt Petteri auf, der etwas weiter entfernt steht und in die Gegend starrt. Er eilt seinen Kumpeln zu Hilfe. Petteri ist groß, und das weiß er einzusetzen. Er schwingt die Faust in Anttis Gesicht, allerdings nur halbherzig. Die Fingerknöchel treffen das Nasenbein, ohne Antti wirklich wehzutun. Ein Tritt von Antti trifft Petteri mit gewaltiger Wucht zwischen den Beinen. Petteri jault auf und klappt wie ein Taschenmesser zusammen. Jetzt mischt sich auch Jari in den Kampf ein, springt Santeri auf den Rücken und haut ihm seine Zähne in die Schulter. Santeri stößt einen Schrei aus, bleibt aber Herr der Lage und gibt Antti nicht frei.

Rami bekommt wieder Luft. Er steht auf, sieht Petteri, der sich am Boden krümmt und den Unterleib hält, und dann die ineinander verknäulten Kämpfer. Er erfasst die Situation sofort und greift an. Diesmal kann er Anttis wie wild um sich tretenden Beinen ausweichen und nähert sich von der Seite. Seine Faust trifft Antti mitten ins Gesicht. Ein Knacken ist zu hören, als ob ein Zweig zerbricht. Aus beiden Nasenlöchern läuft Blut, was Antti aber nicht aufhält – ganz im Gegenteil. Er windet sich noch heftiger und kann sich losreißen.

»Du verdammter Arsch«, krächzt Antti nasal und spuckt Blut. »Na, gomm doch!«

Jetzt, da er die Hände wieder frei hat, ist es Santeri ein Leichtes, Jari abzuschütteln, ihm eine Ohrfeige zu verpassen und von sich zu stoßen. Auch Petteri ist wieder bei Kräften und erhebt sich ächzend.

»Kill ihn!«, ruft Santeri aufgeputscht vom Adrenalin. »Kill ihn!«

Und genau das hat Rami auch vor. Er schleicht um Antti herum. Antti lässt ihn nicht aus den Augen. Das geht einige Sekunden so, dann stürmen beide gleichzeitig nach vorn und prallen aufeinander wie zwei Schafböcke auf der Weide. Sie ringen im Stehen und versuchen, sich gegenseitig aus dem Gleichgewicht zu bringen. Sie sind ungefähr gleich stark, und eine Weile sieht es so aus, als könnte es ewig so weitergehen. Santeri und Jari verfolgen das Geschehen von der Seite, bereit, jederzeit einzugreifen, sollte sich die Möglichkeit dazu bieten. Gerade rammt Antti seine Schulter mit voller Wucht gegen Ramis Nase. Rami schreit auf und lockert den Griff. Diese Gelegenheit lässt sich Antti nicht entgehen und rammt Rami sein Knie in den Unterleib. Rami entfährt ein unterdrücktes *auuuh*, und jetzt ist er an der Reihe, sich zusammenzufalten. Zum zweiten Mal innerhalb einer Minute entweicht ihm sämtliche Luft aus den Lungen. Der Hieb des zweiten Knies lässt nicht lange auf sich warten und trifft Nieminen am Mund, schlägt ihm einen Vorderzahn aus, und seine Unterlippe platzt auf.

Als Santeri merkt, dass sein Chef zu unterliegen droht, lässt er Jari stehen und greift Antti an. Er erwischt ihn am Ärmel und will ihn mit aller Kraft zu Fall bringen. Doch Santeri unterschätzt Anttis Kraft. Als er sich auf ihn stürzt, weicht dieser im letzten

Moment zur Seite aus, sodass Santeri stolpert, sein Gleichgewicht verliert und ins Wasser stürzt. Das Wasser spritzt auf. Jari kichert, teils aus Begeisterung, teils aus Nervosität. Santeris Kopf taucht wieder auf, und er paddelt ans Ufer. Er stellt sich ziemlich ungeschickt an und schluckt immer wieder Wasser. Petteri ist auch wieder auf den Beinen. Vor Schmerzen vornübergebeugt schlurft er heran, um den beiden Ausgeknockten beizustehen.

Doch dazu kommt es nicht. Antti tritt ihm in die Seite, woraufhin Petteri in sich zusammensackt wie ein geprügelter Hund, der den Schwanz einzieht. Er kriecht zum Wasser und streckt Santeri die Hand entgegen, der wild mit den Armen herumfuchtelt. Endlich kriegt Petteri Santeris Hand zu fassen, zieht ihn an Land, wo er mit pitschnassem Oberkörper auf die Uferböschung klatscht. Vom verblühten Löwenzahn steigen Schirmchen in die Luft auf und werden vom Wind über den Fluss getragen. Santeri stemmt sich aus dem Wasser. Blut läuft ihm aus der Nase übers Kinn. Jetzt richten Petteri und Santeri sich auf, und Jari kapiert, dass er die Gelegenheit, Antti zu helfen und die Lage unter Kontrolle zu bringen, hat verstreichen lassen. Jetzt sind sie wieder zwei gegen drei.

Jari stürzt sich auf Petteri, doch die Attacke versackt, als Petteri wild um sich schlägt und Jaris Wange trifft. Santeri und Petteri zwingen Antti zu Boden. Santeri setzt sich rittlings auf Antti, hält ihn mit seinem Gewicht am Boden und bearbeitet Anttis Gesicht mit den Fäusten. Obwohl Antti die Schläge mit den Händen abzuwehren versucht, trifft ihn ab und zu einer hart und schmerzvoll. Aus Santeris Haaren tropft Wasser und zeichnet weiße Linien in das Blut auf Anttis Gesicht.

Petteri hat Jari im Schwitzkasten und keucht Santeri zu: »Mach ihn fertig!«

Rami humpelt zu dem Paar am Boden, tritt ein paarmal kraftlos gegen Antti und befiehlt mit gurgelnder Stimme:

»Stellt ihn hin.«

Santeri klettert zögernd von Antti herunter, greift nach einem Arm und Petteri nach dem anderen. Dann zerren sie Antti hoch. Jari steht hilflos daneben und traut sich nicht, etwas zu unternehmen.

»Lass gut sein«, sagt Santeri, »die haben genug. Los, wir hauen ab.«

Sowohl Ramis als auch Anttis Gesicht sehen schrecklich aus. An Santeri hängen die Klamotten wie ein Teppich auf der Teppichstange.

»Der hat doch noch gar nichts abgekriegt«, sagt Rami. »Halt ihn fest!«

»Hört auf damit«, ruft Jari, aber seine Worte verhallen kraftlos.

Rami tritt dicht vor Antti hin, ihre Blicke verhaken sich ineinander. Inmitten von Anttis blutverschmiertem Gesicht erscheint ein rotes Grinsen, seine Augen glänzen wild, und nichts deutet darauf hin, dass er bereit wäre aufzugeben. Und Rami zögert bei diesem Anblick.

»Wenn du suschlägst, bringe ich dich und deine Gumbel um, säge euch in Stügge und hisse euch auf den Fahnenmast.« Die Worte klingen undeutlich und breiig, aber es liegt nicht ein Fünkchen Unsicherheit darin. Keinerlei Bluff. Die Worte sind eher eine Feststellung als eine Drohung. Rami lässt seine Faust sinken.

»Lass uns abhauen!«, drängt Santeri und lässt Anttis Arm los. Petteri tut es ihm gleich. Sie schauen kurz zu Rami und rennen dann zu ihren Rädern. Als Rami sieht, dass er allein ist, geht er ein paar Schritte zurück, dreht sich um und folgt den anderen zur Brücke.

Jari stürzt zu Antti und schreit auf, als er sieht, in was für einem Zustand das Gesicht seines Freundes ist. Antti muss husten, Bluttropfen spritzen in Jaris Gesicht und auf den Boden.

»Ist nicht so schlimm«, sagt Antti. »Aber es ist schon der zweite Pulli heute.«

»Dein Gesicht, es ist voller Blut.«

Antti versucht, sich das Gesicht mit dem Ärmel abzuwischen, lässt es dann, weil seine Nase so verdammt wehtut. »Scheiße. Der Pulli war neu.«

»Die haben dir die Nase gebrochen. Es hat total geknirscht.« Jari zückt ein Papiertaschentuch und reicht es Antti. Dieser hält es sich unter die Nase, aber als es sich augenblicklich voll Blut saugt, wirft er es weg. Er beugt den Kopf nach hinten und will die Nase zuhalten, doch der schneidende Schmerz lässt das nicht zu. Jari hilft Antti unter die Brücke, wo er sich gegen einen Brückenpfeiler lehnen kann. Dann zieht Jari sein T-Shirt aus und reißt es in Stücke. Es dauert fast eine halbe Stunde, bis es aufhört zu bluten.

Als sie endlich wieder aufstehen, ihren Angelkram auf die Gepäckträger schnallen und die Räder zum Weg schieben, fragt Jari: »Meintest du das ernst, dass du sie umbringst, wenn sie dich noch einmal schlagen?«

»Weiß nicht. In dem Moment war das so. Aber ich würde nicht wirklich jemanden töten.«

»Die haben sich vor Angst in die Hosen geschissen.«

»Die werden es wieder versuchen, du solltest vorsichtig sein. Ich kann nicht immer dabei sein und auf dich aufpassen.«

40

Herbst 2018

Paloviita zerkleinerte Zwiebeln, gab etwas Butter in die Gusseisenpfanne und röstete sie goldbraun. Dann goss er eine starke Fleischbrühe und Rotwein hinein, fügte braunen Zucker hinzu und ließ die Soße einkochen. Er kostete, fügte Salz und Pfeffer hinzu und war zufrieden. Es gelang ihm immer. Nach Rezept kochen war leicht – es war eigentlich das Einzige, das ihm immer gelang.

Er gähnte, dehnte seinen Nacken und spürte, wie verspannt er war. Dann nahm er eine zweite Pfanne und gab die vorher zum Temperieren herausgelegten Minutensteaks hinein. Sie begannen sofort zu brutzeln und zu schrumpfen. Der Geruch nach gebratenem Fleisch und Rotweinsoße erfüllte die Küche. Als er sicher war, dass nichts mehr schiefgehen konnte, ging er zur Küchentür und trocknete sich die Hände am Geschirrtuch ab. Terhi und die Mädchen waren im Garten. Terhi harkte die letzten Blätter unter der dünnen Schneeschicht zusammen, und die Mädchen spielten im Sandkasten.

Paloviita gähnte wieder. Wenn er nicht bald mal durchschlafen könnte, würde sein Gehirn blockieren und er durchdrehen. Doch immer, wenn es Abend wird, fangen seine Gedanken an, wie wild zu kreisen, so als summte ein riesiger Wespenschwarm in seinem Schädel. Sein Gehirn spuckte unzählige Varianten aus, mögliche und unmögliche, sie ließen ihm keine Ruhe. Er hatte das Gefühl, auf einer Felszunge mit einer atemberaubend schönen Aussicht auf Wälder, Felder und Seen zu stehen, dabei aber langsam und stetig auf den Abhang zuzurutschen, ohne sich irgendwo festhalten zu können. Das ganze Panorama war nur Illusion, ein trügerisches Wahnbild. Wenn er nicht bald Halt fände, würde er in die Tiefe stürzen.

Er kehrte zum Gasherd zurück, den sie in Italien bestellt hatten, und drehte die Flammen kleiner. Der Spaß hatte sie inklusive Versand über zweitausend Euro gekostet. Terhi hatte auf einem Gasherd bestanden, weil sie in dem Gourmet-Magazin *Genuss & Wein* von den göttlichen Vorzügen beim Kochen mit Gas gelesen hatte. Bedauerlicherweise hatte in der Zeitung nicht gestanden, wie teuer es war, die Gasflasche monatlich austauschen zu müssen. Terhi konnte die elf Kilo schwere Propangasflasche gerne selber bei Schneewetter in den Kofferraum hieven und zur Tankstelle fahren. Und es hatten zwei Gasherde zum Preis von je tausend Euro sein müssen, weil es in einer ordentlichen Küche nun Mal zwei Herde zu geben habe. Paloviita konnte sich an ungefähr vier Gelegenheiten in den vergangenen acht Jahren erinnern, die sie inzwischen hier wohnten, zu denen tatsächlich beide Herde gleichzeitig in Betrieb gewesen waren. Zweimal davon an Weihnachten. Zwei Riesenherde, aber eine minikleine Mikrowelle!

Oder erst die Deckenleuchten im Wohnzimmer! Jede hatte sechshundert Euro gekostet, und vier davon baumelten an der Decke. Und inzwischen sprach Terhi tatsächlich davon, dass sie wohl doch nicht zum Ambiente passten. Einmal in Fahrt, fielen Paloviita weitere Beispiele ein. Da waren die Fliesen im Bad. Eingeflogen aus Kanada. Sogar zweimal, denn die erste Lieferung hatte einen Farbfehler, den Paloviita zwar nicht entdeckt hatte, der aber von Terhi und ihrer Mutter sofort beanstandet worden war. An den Preis wollte er lieber nicht denken, er wurmte ihn immer noch. In der Hauptsache ging es natürlich darum, dass Terhi zufrieden war. Ist die Hausfrau zufrieden, herrscht Ruhe im Haus, sagte schon ein altes Sprichwort.

Die Minutensteaks wurden langsam knusprig braun. Er löschte die Flamme unter der Soßenpfanne und ging noch einmal zur Küchentür. Terhi stand jetzt an der Hecke, die die Grenze ihres Grundstücks bildete, und schwatzte mit der Nachbarin. Sie hatten sich beide auf ihre Rechen gestützt und offensichtlich eine Menge Spaß, denn sie lachten häufig und herzhaft. Paloviita suchte die Mädchen, sah sie aber nicht. Die Sandkiste war leer. Er ging durch das Wohnzimmer zum anderen Fenster, sah sie aber auch dort nicht.

Sein Blick strich durch den Garten, der sich zum Teich hin absenkte. Dort hatten sie einen Steg bauen lassen. Der Teich war alles andere als badetauglich, mehr ein umgekippter, verlandender

Tümpel. Ein paarmal war er in Männergesellschaft nach einigen Bieren ins Wasser getaucht. Und ein Ruderboot hatten sie auch, das inzwischen aber nur noch umgedreht an Land lag.

Plötzlich entdeckte er etwas Rotes am Wasser. Sinis Matschanzug. Der Schreck fuhr ihm in alle Glieder, sein Herz setzte einen Schlag aus. Die Mädchen spielten am Ufer, was ihnen strengstens verboten war, denn keines von ihnen konnte schon schwimmen – und Terhi stand mit dem Rücken zu ihnen. Lachte mit dieser Quasselstrippe. Paloviita warf das Geschirrtuch auf den Boden, riss die Terrassentür auf und stürmte in den Garten.

»Nein!«, schrie er und rannte so schnell er konnte. Ein metallischer Geschmack breitete sich in seinem Mund aus.

»Kinder, nein! Nicht ins Wasser!«

Terhi und die Nachbarsfrau verfolgten mit offenem Mund, wie Paloviita nur mit einem T-Shirt bekleidet auf Strümpfen durch den Schneematsch lief. Die Bänder seiner Schürze hatten sich gelöst und flatterten im Wind wie Supermans Umhang. Neben dem Rosenbeet rutschte Paloviita aus, fiel der Länge nach hin und war nun auch noch von oben bis unten mit Matsch beschmiert. Den Schmerz im Ellenbogen und in seinem Allerwertesten spürte er nicht, als er sofort wieder aufsprang und weiterspurtete.

Die beiden Mädchen krochen auf allen vieren am Ufer herum und stocherten mit einem Stöckchen in der dünnen Eisschicht auf dem See. Sie drehten sich um und sahen ihren Vater mit kreidebleichem Gesicht und weit aufgerissenen Augen auf sie zustürmen. Dann ließ er sich auf die Knie fallen, riss die Mädchen in seine Arme und drückte sie an sich. Er zitterte von Kopf bis Fuß, Tränen liefen ihm über die Wangen. Terhi, die sich inzwischen von ihrer Verblüffung erholt hat, kam herbeigeschlendert. Paloviita hob die Mädchen hoch und steuerte wieder auf das Haus zu.

»Was ist denn in dich gefahren?«, fragte sie und versuchte, ihm Sini abzunehmen. Aber Paloviita riss sie weg, drückte sie noch fester an sich und marschierte zur Terrasse.

»Bist du jetzt komplett übergeschnappt? Die ganze Nachbarschaft guckt zu! Hörst du mich überhaupt?«, fragte sie weiter und versuchte jetzt, ihm Sara abzunehmen. Doch Paloviita ging noch schneller und erwiderte nichts.

Terhi folgte ihrem Mann ins Haus. Paloviitas nasse Strümpfe hinterließen hässliche Spuren auf dem beigefarbenen Perserteppich im Wohnzimmer. Der Rauchmelder schrillte, und im Haus roch es nach verbranntem Fleisch. Terhi ging in die Küche und drehte den Gasherd ab. Die Minutensteaks waren zu kleinen Klumpen am Boden der Pfanne verkohlt. Sie machte die Fenster auf, holte die Küchenleiter und schaltete den Rauchmelder aus. Paloviita saß unterdessen auf dem Boden im Flur und pellte die Mädchen aus ihren Overalls.

»So kann es nicht weitergehen. Du benimmst dich wie ein durchgeknallter Idiot, das kann einem ja richtig Angst einjagen«, sagte Terhi, aber Paloviita schien nicht mal ihre Anwesenheit wahrzunehmen. »Hast du gehört, was ich gesagt habe? So kann es nicht weitergehen! Die Mädchen und ich gehen.«

Paloviita gelang es endlich, die Mädchen aus ihren Sachen zu schälen. Dann blieb er inmitten des Kleiderhaufens auf dem Boden sitzen. Erst jetzt merkte Terhi, dass er weinte.

»Du machst mir Angst. Bleib doch wenigstens zwei Tage zu Hause, ja? Du hättest fast das Haus abgefackelt.«

Paloviita nickte nur, erhob sich und zog die Strümpfe aus. Er verzog das Gesicht und fasste sich an den Rücken. Es fiel ihm schwer, den Kopf zu drehen. Terhi betrachtete ihn mit gerunzelter Stirn.

»Ich bin ausgerutscht. Der Rücken«, sagte Paloviita und drehte sich zu seiner Frau um. Sein Gesicht war grau, so hatte Terhi ihn noch nie gesehen. Aber noch beängstigender waren seine Augen, die sie völlig leer anblickten.

»Die alte Fredriksson dreht bestimmt schon ihre Runden und erzählt jedem, dass mein Mann auf Strümpfen wie ein Besessener durch den Garten tobt. Da schämt man sich ja die Augen aus dem Kopf. Was sollte das Ganze?«

»Das Wasser«, sagte Paloviita. »Die Mädchen … ich dachte, sie fallen und … ertrinken.«

»Ich habe sie die ganze Zeit über im Blick gehabt. Außerdem ist das Wasser am Rand nur zwanzig Zentimeter tief. Die Mädchen würden nie ins Wasser gehen. Sie wissen, dass sie das nicht dürfen. Das weißt du doch auch.«

Paloviita antwortete nicht. Jetzt hing ihm die Schürze um den Hals wie einem Pferd der Haferbeutel.

»Geh dich umziehen. Ich lass mir was zum Essen einfallen«, sagte Terhi und zog ihren Windbreaker aus.

Auf dem Küchenwagen klingelte Paloviitas Handy. Terhi nahm es in die Hand und hielt es Paloviita wütend hin. Er saß immer noch auf dem Boden und ordnete Hosen, Jacken, Handschuhe und Gummistiefel der Mädchen.

»Dienstlich. Sag ihnen, dass du krank bist und ein paar Tage freimachst.«

Paloviita nickte matt, drückte auf »Annehmen« und hielt sich das Handy ans Ohr: »Jari.«

»Hier ist Linda. Du hast mehrmals versucht anzurufen.«

Paloviita richtete sich auf und verlieh seiner Stimme Kraft, als er fragte: »Wo um Himmels willen habt ihr den ganzen Tag gesteckt? Warum geht keiner an sein Handy?«

»In Ahlainen. Sind wir immer noch. Wir haben das Messer gefunden.« Es dauerte einen Moment, bis die Worte Paloviitas Bewusstsein erreichten. Ein kalter Schauer durchfuhr ihn. »Wo?«

»Im Wald. Nicht weit von der Stelle, an der Antti Mielonen gefunden wurde.«

»Gut«, hörte er sich sagen. »Dann haben wir den Fall so gut wie im Kasten. Gute Arbeit.«

»Das ist Henriks Verdienst. Du hättest mal sehen sollen, wieviel Leute er heute Morgen zusammengetrommelt hat.«

»Sicher. Sag ihm Danke von mir«, murmelte Paloviita und beendete das Gespräch.

Terhi betrachtete ihren Mann, der in die Ferne starrte, zu einem weit entfernten Ort, der für Terhi unsichtbar war.

Er drehte sich um. »Ich muss ins Büro.«

»Jetzt? Das wirst du nicht, oder du kannst dir eine neue Gattin suchen.«

»Ich muss. Es ist etwas passiert … was keinen Aufschub duldet.«

Paloviita begab sich zur Treppe, ging nach oben und wechselte seine Sachen. Als er ein paar Minuten später wieder ins Erdgeschoss kam, lagen die Sachen der Kinder unangetastet auf dem Boden, und Terhi war nirgends zu sehen. Paloviita zog die Jacke an, griff nach den Autoschlüsseln und zog die Tür hinter sich ins Schloss.

Als Paloviita im Polizeigebäude ankam, hatte die Abendschicht schon begonnen. Er stieg die Treppen in den vierten Stock hinauf, begrüßte ein paar entgegenkommende Kollegen und ging in sein Büro. Oksman und Linda waren entweder schon gegangen oder noch auf der Rückfahrt von Ahlainen. Paloviita schnappte sich als Alibi ein paar Akten von seinem Schreibtisch und ging wieder ins Treppenhaus. Er fuhr mit dem Fahrstuhl ins Erdgeschoss, um sich mit seinem Chip den Korridor entlang von Tür zu Tür zu arbeiten. Er atmete auf, als er sah, dass heute Kolehmainen der Diensthabende war, ein erfahrener Polizist wenige Jahre vor der Rente, den er schon seit Langem kannte. Paloviita wusste, dass Kolehmainen keine überflüssigen Fragen stellen oder zu viel plaudern würde.

»Hallo, Herr Kommissar«, sagte er, als Paloviita an die Glasscheibe klopfte. »Kleiner Abendspaziergang?« Kolehmainen hielt eine dampfende Kaffeetasse in der Hand. Im Kontrollzentrum zeigten zahlreiche Monitore Überwachungsbilder vom Markt, der Einkaufsstraße und den Fußgängerunterführungen. Außerdem gab es in jeder Zelle eine Kamera, ebenso im Eingangsbereich sowie vor und hinter dem Polizeigebäude.

»Nicht so ganz. Ich bin gekommen, um Mielonen aus der Drei zu verhören.«

Kolehmainen zog die linke Augenbraue in die Höhe – sein Markenzeichen. »Ach so … wohin soll er gebracht werden?«

»Das hier wird keine offizielle Vernehmung. Ich kann mit ihm in der Zelle sprechen. Ich möchte ihn nur zwei Dinge fragen, nichts Gravierendes.«

Kolehmainens Braue blieb hochgezogen. Er schaute Paloviita an, dieser blickte ernst zurück.

»Sicher«, sagte er schließlich, erhob sich und trat nach Paloviita in den Korridor. Sie hielten vor einer Panzertür, Kolehmainen vergewisserte sich durch die Luke, dass alles in Ordnung war und zog den Riegel zurück.

»Soll ich offen lassen?«

»Brauchst du nicht. Ich gebe dir ein Zeichen.«

»Bist du sicher?«

Paloviita nickte.

»Wie du willst«, sagte Kolehmainen und wuchtete die schwere Tür auf. »Sie haben Besuch.«

Paloviitas Herz pochte, seine Schläfen pulsierten. Im Hals fühlte er ein Stechen, und er griff sich instinktiv an den Kragen, der aber bereits geöffnet war. Paloviita betrat die Zelle und betrachtete den kräftigen Mann, der mit angezogenen Beinen auf der plastikbeschichteten Matratze saß und den Kopf zwischen den Knien hängen ließ.

Kolehmainen schloss die Tür hinter ihm, und Paloviita hörte, wie der Riegel vorgeschoben wurde. »Hallo, Antti«, sagte Paloviita, sodass der Mann seinen Kopf hob.

Mehrere Tage alte Bartstoppeln, blutunterlaufene Augen und wirre, ungekämmte Haare, die seit Längerem keinen Friseur gesehen hatten, schauten ihm entgegen. Sein Geruch war abstoßend und erinnerte Paloviita an die unzähligen Alkoholikerbehausungen, die er im Laufe der Jahre hatte aufsuchen müssen.

Mielonen starrte Paloviita ausdruckslos an. Paloviita versuchte zu lächeln, wusste aber, dass man ihm seine Nervosität auf den ersten Blick ansah.

»Wie geht's?«, fragte er.

Mielonen guckte ihn einfach nur an. Einen Augenblick lang meinte Paloviita, von seinem Gesicht ablesen zu können, dass er ihn erkannte, aber weil dieser Eindruck sich gleich wieder verflüchtigte, konnte er sich nicht sicher sein. Es fühlte sich einfach nur seltsam an, seinem ehemaligen besten Freund so gegenüberzustehen. Vielleicht dem einzigen wirklichen Freund, den er je gehabt hatte. Das Gesicht, das er sah, wirkte vollkommen fremd, aber gleichsam so vertraut wie nur irgend möglich.

»Erinnerst du dich noch an mich?«

Mielonen antwortete noch immer nicht, starrte ihn noch einen Moment an und ließ dann seinen Kopf wieder zwischen die Knie sinken.

»Ich bin jetzt bei der Polizei, falls du es noch nicht weißt.«

Keine Antwort, keine Reaktion.

»Das Messer wurde gefunden«, sagte Paloviita, diesmal in offiziellerem Ton. »Ein Hundeführerteam hat es an der gleichen Stelle gefunden wie dich.«

Mielonen hob seinen Kopf erneut. Das Gesicht leblos und müde. »Aha«, sagte er.

Paloviita versuchte, seinem Blick zu begegnen, aber Mielonen wich ihm aus – bewusst oder unbewusst.

»Das heißt, wir haben jetzt genug Beweise, um Anklage zu erheben.«

»Aha.«

»Aha? Das ist alles, was du zu sagen hast? Aha?!«

»Was soll ich denn sonst sagen. Ihr habt das Messer gefunden.«

»Erkennst du mich nicht?«

Jetzt suchte Mielonen seinen Blick und verweilte kurz. Paloviita schaute zurück und versuchte, in seinen Augen irgendetwas zu entdecken: ein Wiedererkennen oder irgendetwas anderes. Aber alles, was er sah, war der leere Blick eines Säufers, der sich die Birne weggesoffen hatte. Ein Blick, dem er Hunderte Male begegnet war. Augen, die nur eines wollten: den nächsten Schluck. Um all das zu vergessen, was gewesen war und zu diesem Schlamassel geführt hatte.

»Ihr Bullen seht doch alle gleich aus«, sagte Mielonen und wandte den Blick ab.

»Ich habe versucht, dir zu helfen. Aber ich kann nichts weiter tun, wenn du mauerst.«

»Ich helfe keinem Bullen.«

»Erzähl mir, was in der Hütte vorgefallen ist. Rami Nieminen war auch dort. Hat er dir etwas getan? Gab es Streit? Hat er dich angegriffen? Oder dir gedroht?«

Keine Antwort, nicht einmal ein Blick.

»Antti, wenn du willst, dass ich dir helfe, dann musst du mit mir reden. Wenn die Ermittler herausfinden, dass du Nieminen von früher kanntest, wirst du vielleicht wegen Mordes angeklagt. Wir müssen den Staatsanwalt und den Richter davon überzeugen, dass du dich nur verteidigt hast. Dann wirst du vielleicht nur wegen fahrlässiger Tötung und Notwehrexzesses angeklagt.«

Paloviita glaubte allerdings selbst nicht daran. Messerstiche in den Rücken gingen bei keinem Juristen als Notwehr durch. Dass ein gewiefter Staatsanwalt einen heimtückischen Mord daraus machte, war viel wahrscheinlicher. Zumindest, wenn Mielonen oder sein Anwalt keinen alternativen Tathergang präsentieren konnten.

»Ich bin dein Freund, das weißt du. Aber ich kann dir nicht helfen, wenn du nicht kooperierst.«

Jetzt hob Mielonen ruckartig den Kopf. Aus seinen Augen

sprach eine so abgrundtiefe Verachtung, dass Paloviita unwillkürlich einen Schritt zurückwich. Er dachte daran, dass er hier auf wenigen Quadratmetern mit einem Mann eingesperrt war, der vor zwei Tagen einen anderen erstochen hatte. Jener Antti, den er vor siebenundzwanzig Jahren gekannt hat, war lange verschollen, ebenso wie jener Jari, den Antti vor siebenundzwanzig Jahren kannte.

»Was geschehen ist, ist geschehen«, sagte Mielonen. »Scheißegal.«

»Du könntest sagen, dass Nieminen dich kurz vor dem Angriff mit dem Messer attackiert und gedroht hat, dir die Kehle aufzuschneiden, dass du beschlossen hast, ihm zuvorzukommen. Du könntest sagen, dass du Angst vor Nieminen hattest, weil du wusstest, dass er schon einmal jemanden getötet hat.«

Jetzt zeigte sich zum ersten Mal so etwas wie ein Quäntchen Zustimmung in Mielonens Blick.

»Er hat schon einmal getötet«, fuhr Paloviita fort und hielt Mielonens Blick fest. »Er hat einen Kumpel mit einem Eisenrohr zu Brei geschlagen. Und einer Frau in den Kopf geschossen, obwohl er dafür nie verurteilt wurde. Er war bis zum Schluss das gleiche Arschloch, das er schon als Junge war. Erinnerst du dich?«

Instinktiv kontrollierte Paloviita den Sitz seines Hörgeräts. »Also meiner Meinung nach war es nur gerecht, dass er draufging. Keiner weint ihm eine Träne nach.«

Jetzt schaute Mielonen ihm zum ersten Mal forschend ins Gesicht. Paloviita ließ ihn in Ruhe gewähren.

»Wir haben nicht viel Zeit. Morgen haben wir die Fingerabdrücke, und wenn sie mit deinen übereinstimmen, dann war es das. Deswegen musst du jetzt reden und genau erzählen, was sich zugetragen hat. Ich kann mit dem Staatsanwalt sprechen, er ist ein Bekannter von mir. Und ich kenne die Ermittler in dem Fall, genau genommen bin ich ihr Vorgesetzter. Ich kann dir wirklich helfen, aber du musst mir vertrauen.«

»Fick dich, du Scheißbulle!«, sagte Mielonen und spuckte einen Schleimbatzen zwischen Paloviitas Füße. »Verzieh dich und lass mich in Frieden!«

»Antti ...«

»Verdufte, habe ich gesagt! Du hast schon immer geglaubt, was Besseres zu sein. Lass mich und verpiss dich!«

Paloviita stand noch ein paar Sekunden, ohne sich zu rühren und blickte auf Mielonen, der wieder die gleiche Position eingenommen hatte wie bei seinem Eintreten. Paloviita wandte den Kopf in Richtung Kamera an der Zellendecke und nickte. Ein paar Sekunden später hörte er, wie sich der Riegel bewegte, und Kolehmainen öffnete die Tür. »Alles klar, Herr Kommissar?«

Paloviita nickte. Genau so war es. Alles war klar.

VIII

DAS MESSER

41

Herbst 2018

Paloviita klopfte an den Rahmen von Lindas Bürotür. Sie schaute von ihren Unterlagen auf, setzte die Lesebrille ab und lächelte. Paloviita erwiderte das Lächeln und musste wieder einmal feststellen, wie schön Linda war. Er trat ins Zimmer und zog sich einen Stuhl heran.

»Ich bin gekommen, weil ich mich für mein schroffes Verhalten letztens entschuldigen wollte. Es war eine ganze Menge los, hier und zu Hause.«

Linda strahlte über das ganze Gesicht. »Schon gut. Außerdem hat deine Ansprache uns aufgerüttelt. Es stimmt schon, wir haben den Fall recht lässig genommen. Deine Moralpredigt kam da gerade richtig.«

Paloviita schüttelte den Kopf. »Nein, ihr wart nicht zu lässig. Ich war es. Euer gestriger Einsatz ist dafür ein gutes Beispiel.«

»Das war allein Henriks Verdienst. Er hat alles in die Waagschale geworfen. Ohne ihn hätten wir das Messer nicht gefunden.«

Paloviita schwieg einen Augenblick und sagte dann: »Henrik ist ein guter Polizist, und du genauso. Mach dich nicht kleiner als du bist. Auch Henrik hat seine Macken. Ohne dich wäre er wie ein Schuljunge, der sich im Wald verlaufen hat – und ich übrigens auch. Du hältst uns aufrecht.«

Linda lachte. »Schmeichler. Ich habe doch schon gesagt, dass ich dir nichts nachtrage.«

»Wo ist Henrik übrigens? Sonst ist er doch immer schon beim ersten Hahnenschrei hier.«

»Ehrlich gesagt, weiß ich es nicht. Gestern sagte er, dass er heute etwas zu erledigen hat.«

»Was denn?«

Linda zuckte mit den Schultern. »Keine Ahnung. Ich habe nicht nachgefragt. Ich dachte, du wüsstest es.«

»Ist das Messer in der Technik?«

»Ja. Salminen sichert gerade die Proben.«

Paloviita lächelte schief und erhob sich. »Prima. Hervorragende Arbeit!« Er verließ Lindas Büro und steuerte dann seinen Arbeitsplatz an, überlegte es sich dann aber anders und öffnete die Tür zum Treppenhaus. Er ging ins Erdgeschoss hinunter und betrat die kriminaltechnische Abteilung, wo emsige Geschäftigkeit herrschte und keiner auf ihn achtete. Das war ihm nur recht.

Die Zimmer von Raunela und Salminen lagen sich an einem breiten Flur gegenüber. Keiner von beiden war vor Ort, in Salminens Büro brannte Licht, aber bei Raunela war alles dunkel, auch der Computerbildschirm. Am Ende des Flurs befand sich eine luftdicht abschließende Tür, hinter der die Laborräume lagen. Neben der Tür war eine große Glasscheibe, durch die man ins Labor schauen konnte wie in ein Aquarium. Paloviita konnte sehen, wie Salminen und eine Kollegin in Schutzanzügen den Messergriff mit einem DNA-Stäbchen abtupften und anschließend von Griff und Scheide Fingerabdrücke nahmen. Paloviita wartete, bis die Proben entnommen und das Messer wieder in schützendes Plastik verpackt war, und trat erst dann durch die Tür. Die Techniker warfen sich einen Blick zu. Paloviita ließ sich von ihrer Verwunderung nicht beeindrucken, sondern ging schnurstracks zu dem Tisch, auf dem die Proben lagen und drehte sich um.

»Ist das das besagte Messer?«

Salminen und seine Kollegin schauten sich erneut an. »Voilà, das ist es«, bestätigte Salminen. »Die Hälfte aller Polizeikräfte von Pori hat danach gesucht, obwohl es die ganze Zeit direkt vor unserer Nase lag. Wir haben DNA-Spuren am Griff und an der

Klinge sicherstellen können. Reichlich Blut vom Opfer, aber, soweit ich sehe, gab es auch Anhaftungen von Gewebeproben des Täters. Morgen werden die Proben und das Messer ins Zentrallabor nach Vantaa geschickt, wo die DNA analysiert wird.«

»Gab es Fingerabdrücke?«

»Jede Menge. Wir haben auf jeden Fall Abdrücke vom Zeigefinger und vom Daumen. Die können wir sofort abgleichen, wenn ihr wollt«, sagte die Kollegin.

Paloviita schluckte. »Hervorragend!«

Salminen zog Handschuhe und Maske aus und warf sie in den Müll: »Fingerabdruckanalyse hin oder her! Ich gehe erst mal Kaffee trinken.« Mit diesen Worten ließ er Paloviita und seine Kollegin stehen und verschwand. Die Kriminaltechnikerin hob jetzt auch die andere Braue und schaute zu Paloviita.

»Die Fingerabdrücke sind von größtem Interesse für mich«, sagte Paloviita. »Falls es also möglich ist …«

Sie stöhnte, ging zurück zum Untersuchungstisch und zog ihre Maske herunter. Mit dem Messer bewaffnet kehrte sie zu Paloviita zurück und hielt es ihm hin. Paloviita beugte sich darüber und konnte deutlich die dunkel gefärbten Fingerabdrücke erkennen, die von den Kriminaltechnikern mit irgendeiner Chemikalie sichtbar gemacht worden waren. »Wir haben keine Griffspuren, dafür aber fast vollständige Abdrücke von Daumen und Zeigefinger. Beide sind schon sichergestellt und als Datei gespeichert.«

Paloviita nickte steif. Er befürchtete, die Technikerin könnte bemerken, dass er sich nur noch mit Mühe unter Kontrolle hatte, und konzentrierte sich auf jede seiner Bewegungen.

»Dieses Messer ist für unsere Ermittlungen von äußerster Wichtigkeit. Es ist die entscheidende Verbindung zwischen Opfer und Täter. Um ehrlich zu sein, ist es das einzige wirkliche Beweisstück, das wir haben«, sagte Paloviita, merkte, dass er in Erklärungen abschweifte und verstummte. Die Technikerin antwortete nichts, legte das Messer an seinen Platz zurück und schielte zur Uhr: Der Zeiger sprang mit einem Klack auf zehn nach neun.

Paloviita folgte ihrem Blick. »Frühstückspause? Geh ruhig, ich will dich nicht länger aufhalten. Ich bin nur ungeduldig und kann es nicht erwarten, den Fall endlich unter Dach und Fach zu haben.«

»Bitte bedien dich«, sagte sie und wies auf den hellen Bildschirm. »Wenn du es nicht erwarten kannst, dann fang meinetwegen schon an. Das Programm kannst du doch bedienen, oder? Ich muss wirklich etwas zwischen die Zähne bekommen, ich bin schon seit sechs Uhr heute Morgen hier.«

Paloviita lächelte, trat an den Computer und setzte sich. »Na, dann fange ich mal an«, sagte er. »Geh du ruhig dein Käffchen schlürfen.«

Einen Augenblick lang starrte sie Paloviita ungläubig an und vergewisserte sich, ob dieser es ernst meinte. Dann drehte sie sich mit einem Schulterzucken um und ließ Paloviita allein im Labor zurück.

Paloviita wartete, bis die luftdichte Tür ins Schloss fiel, und drehte sich zum Bildschirm um. Mit einem Druck auf die Entertaste verschwand der Bildschirmschoner, und der Desktop wurde sichtbar. Er klickte auf das Symbol des Fingerabdruckregisters. Die sichergestellten und digitalisierten Fingerabdrücke vom Messer fanden sich in dem zuletzt gespeicherten Ordner. Paloviita war kein besonders routinierter Nutzer dieses Programms, kannte aber die Grundfunktionen. Er markierte die digitalen Fingerabdrücke mit der Maus, zog sie in das Identifizierungsfeld und startete den Suchabgleich, der sie mit Tausenden gespeicherter Fingerabdrücke abglich. Mit einem Blick in Richtung Fenster vergewisserte er sich, dass ihn niemand beobachtete. Sein Puls beschleunigte sich, und sein Mund wurde trocken. Der Balken am oberen Rand des Fensters, der den Fortschritt des Abgleichvorgangs anzeige, wanderte im Schneckentempo über den Bildschirm.

Plötzlich öffnete sich ein Pop-up-Fenster mit einem zweiten Fingerabdruck, auf dem zahlreiche rote Punkte die Übereinstimmungen mit dem ersten markierten. Neben dem Text »Fingerabdruck identifiziert« erschien ein kleines Foto von Antti. Auch wenn Paloviita das Ergebnis schon im Voraus geahnt hatte, ließ die Gewissheit ihn innerlich zusammensacken. Antti Mielonen hatte das Messer, mit dem Rami Nieminen getötet wurde, definitiv in der Hand gehalten! Ab hier wären die weiteren Ermittlungen der reinste Spaziergang. Messer und Proben würden nach Vantaa geschickt, dort würde die DNA sowohl des Opfers als auch von Mielonen nachgewiesen werden – und dann waren da noch all die anderen Beweise: Anttis blutverschmierte Kleidung, die Aussagen der Zeugen, seine Flucht vom Tatort und der Versuch, sich im Wald zu verstecken. Im schlimmsten Fall bekäme Antti Lebenslänglich aufgebrummt, so wie Mr Muscle.

Paloviita schaute wieder zum Fenster. Statt eines kalten Schauers lief es ihm nun heiß über den Rücken. Unter den Achseln, und im Kreuz bildeten sich nasse Flecken. Er griff nach der Maus und öffnete das Programm erneut im Ordnermodus. Sein Herz hämmerte heftig.

Ein Blick zur Tür – kein Mensch.

Schweißperlen liefen ihm über die Stirn und blieben in den Brauen hängen.

Er bewegte den Cursor auf den Ordner mit den Fingerabdrücken, markierte ihn, ließ die Maus los und hielt den Finger über die Entfernen-Taste. Sein Blutdruck erreichte schwindelnde Höhen, und in seinen Ohren rauschte es. Sein taubes Ohr begann zu schmerzen, so wie beim Schwimmen, und unvermittelt hatte er den modrigen Geruch von abgestandenem Wasser in der Nase.

Langsam senkte er den Finger.

Ein Klick, und der Ordner mit den Fingerabdrücken war in den unendlichen Weiten der Bits und Bytes verschwunden.

Hastig schloss er das Identifizierungsprogramm, öffnete den Papierkorb-Ordner und entfernte die Datei auch hier.

In diesem Moment wurde die Tür geöffnet, und Paloviita wäre fast vom Stuhl gefallen.

»Na, hast du eine Übereinstimmung?«, fragte die Kriminaltechnikerin und stellte einen schwarzen Ordner, den sie unter dem Arm hatte, an seinen Platz ins Regal neben der Tür.

Er zitterte, war unfähig aufzustehen, drehte sich mit dem Bürostuhl zu ihr um. Sein Herz raste. Er versuchte zu lächeln, wusste aber nicht, ob es ihm gelang. »Ich wollte gerade, aber dann klingelte mein Telefon.« Er erhob sich, stellte fest, dass seine Füße ihn trugen, ging zur Tür und drehte sich noch einmal um: »Na, so eilig ist es mit den Fingerabdrücken nun auch wieder nicht. Sagt Bescheid, wenn ihr fertig seid.«

Ihr Blick schien ihn zu durchleuchten wie ein Röntgenstrahl. Glücklicherweise klingelte in diesem Moment ihr Handy. Sie nahm den Anruf an und lauschte, ohne den Blick von Paloviita zu wenden, der mit der Hand auf der Klinke regungslos an der Tür verharrte. Das Telefonat war nicht lang. Sie steckte das Handy wieder in die Tasche und sagte zu ihm gewandt:

»Es gab einen Verkehrsunfall mit Personenschaden an der Kreuzung Yrjönkatu und Valtakatu. Der Fahrer ist flüchtig. Das wirst du auf den Tisch kriegen.«

»Wie schlimm sind die Verletzungen?«

»Das Unfallopfer lebt, aber beide Beine sind gebrochen. Salminen und ich fahren zum Unfallort.«

Paloviitas Hand lag immer noch auf der Klinke.

»Die Fingerabdruckanalyse muss nun leider bis morgen warten. Es sei denn, du willst …«

»Nein, nein«, versicherte Paloviita schnell. »Das hat Zeit bis morgen.« Dann drehte er sich zur Tür und verschwand im Flur.

42

An diesem Morgen war Henrik Oksman wieder in aller Frühe erwacht und hatte sich zum einhundertfünfzig Kilometer entfernten Turku aufgemacht. Als er dort ankam, dämmerte es bereits. Er war noch nie in der Universitätsstadt gewesen und verließ sich daher auf sein Navi. Das führte ihn im morgendlichen Berufsverkehr allerdings ziemlich in die Irre, sodass er es ausschaltete und sich auf eigene Faust durchkämpfte.

Sein Ziel befand sich auf dem Aninkaisten-Hügel gleich neben dem Konzerthaus. Das Regionalarchiv war in einem ehrwürdigen, fast einhundert Jahre alten Gebäude in verwaschenem Rot untergebracht. Es stammte aus einer Zeit, in der man Behörden und Autoritäten noch respektierte. Oksman stieg die Stufen zum Haupteingang hinauf und trat ein. Am Informationsschalter zeigte er seinen Ausweis, legte sein Anliegen dar, und eine Archivmitarbeiterin gab die Daten in den Computer ein. Schließlich bat sie Oksman, ihr zu folgen. Sie führte ihn in einen überraschend modernen Lesesaal mit hohen Fenstern. Natürliches Tageslicht durchflutete den Raum. Den Fenstern gegenüber lag eine Glasfront, die den Blick auf das eigentliche Archiv freigab. Er war der einzige Besucher und entschied sich für einen Tisch ohne Mikrofilmlesegerät am Fenster.

»Warten Sie bitte hier, ich suche Ihnen die Archivalien heraus. Es kann aber einen Augenblick dauern.«

»Danke.«

Oksman schaute sich in dem Saal um. Wirklich kein inspirierender Raum, aber vielleicht brauchten die Forscher, die hier arbeiteten, keine Inspirationsquellen. Auch Kriminalermittlungen waren ja selten romantisch, auch wenn das in Romanen und Filmen oft anders dargestellt wurde. Polizeiarbeit war vor allem

Routine und Statistik. Sie bekamen so eine ungeheure Zahl an Meldungen herein, dass sie mit den vorhandenen personellen Ressourcen gar nicht zu bewältigen waren. Und dann regten sich die Menschen auf, wenn man ihnen sagen musste, dass die Polizei schlichtweg keine Kapazitäten hatte, um den Diebstahl ihres Fahrrads oder Handys zu untersuchen.

Wenn er an seinen Schreibtisch dachte und die Stapel unbearbeiteter Fälle, dann war er sich nicht mehr so sicher, was er eigentlich hier im Lesesaal des Regionalarchivs von Turku machte. Er hatte Dutzende Fälle vernachlässigt, der Stapel wuchs von Tag zu Tag. Und er saß hier und wartete auf archivierte Unterlagen, von denen er sich Aufschluss über jene Ereignisse am Mittsommerabend 1991 erhoffte, die zur Inobhutnahme von Antti Mielonen geführt hatten. Worum ging es ihm eigentlich? Um die Wahrheit? Um das Recht? Jagte er Geister?

Die Tür wurde geöffnet, und die Archivmitarbeiterin schob einen Rollwagen aus Metall herein, der mit vier übereinander geschichteten Archivkartons beladen war. Oksman stöhnte, der Tag würde lang werden.

»Hier ist alles, was das Findbuch zu Ihrer Aktennummer ausgespuckt hat. Ich weiß nicht, was genau Sie brauchen, also habe ich alles mitgebracht.«

»Danke.«

Die Mitarbeiterin schichtete die Akten vor Oksman auf den Tisch. »Der Kopierer steht da hinten. Damit können Sie auch Unterlagen scannen und an Ihre Mailadresse schicken lassen«, sagte sie und zeigte auf ein funkelnagelneues Xerox-Gerät. »Kopierkarten gibt es am Infoschalter.«

»Danke.«

»Ich bin verpflichtet, Sie auf unsere Lesesaal-Etikette hinzuweisen: Alle Archivunterlagen sind sorgfältig zu behandeln, und größtmögliche Ruhe ist einzuhalten. Mit der eigenen Kamera dürfen Sie Fotos machen, allerdings ohne andere zu stören.«

»Danke.«

»Wenn Sie fertig sind, lassen Sie die Unterlagen einfach am Platz liegen. Sagen Sie an der Infotheke oder mir Bescheid, wenn Sie gehen.«

»Danke.«

Der Archivmitarbeiterin fiel es sichtlich schwer, Oksman mit den Dokumenten alleinzulassen. Langsam bewegte sie sich auf die Tür zu, wobei sie Oksman immer wieder einen Blick zuwarf. Erst als sich die Tür hinter ihr schloss, zog er den ersten Aktenkarton zu sich heran und die erste Akte heraus. Schon der Umfang der Unterlagen zeigte, dass es sich um massive polizeiliche Ermittlungen gehandelt hatte. Zu dieser Zeit hatte es noch keine Computer gegeben, und so war jeder einzelne Bericht und jedes Protokoll mit einer mechanischen Schreibmaschine getippt worden. In Anbetracht dessen hatte sich jemand bei diesem Fall wirklich ins Zeug gelegt. Oksman dachte, dass man die Dinge früher viel besser auf den Punkt bringen musste. Eigentlich sollte sich der Papierverbrauch im Zeitalter des Computers reduzieren, aber stattdessen hatte er sich verzehnfacht.

Oksman brauchte geschlagene fünf Stunden, um das Material zu sichten. In regelmäßigen Abständen ging er auf die Toilette, wusch sich die Hände und das Gesicht. Er hasste es, alte Akten wälzen zu müssen. Das lag nicht nur am Geruch des lange gelagerten Papiers, sondern auch an den Mikroben und Bakterien, die sich trilliardenfach auf dem Papier tummelten und deren Stoffwechsel diesen typischen Mief verursachten.

Die Archivmitarbeiterin lief Karren schiebend und in seine Richtung äugend hinter der Glaswand hin und her. Ab und zu guckte Oksman zurück, nur, um zu sehen, wie sie errötend den Blick abwendete. Gegen Mittag dann kam ein weiterer Besucher in den Lesesaal, ein etwa sechzigjähriger Mann mit strubbeligen grauen Haaren, der Bart spärlich wie bei einem Pennäler. Oksman dachte, dass es keines ausgeprägten kriminalistischen Spürsinns bedurfte, um in ihm den Universitätsprofessor oder emeritierten Mückenforscher zu erkennen.

Oksman machte sich Notizen, weniger aus Gewohnheit als des Anscheins wegen, denn das Gelesene blieb ihm Wort für Wort im Gedächtnis. Einige Papiere fotografierte er mit der Handykamera, packte dann alle Unterlagen zurück in die Boxen und stand auf. Sein Herz klopfte heftig. Wie immer, wenn er etwas Entscheidendes herausgefunden hatte. Seine Gedanken galoppierten ohne Richtung, wie Pferde, die aus der Koppel ausgebrochen waren.

Der erst dreizehnjährige Antti Mielonen hatte in der Mittsommernacht 1991 seinen Vater getötet. Und Jari Paloviita war vor Ort gewesen.

Das Mittsommerfeuer lodert, Funkenschauer stieben in den Himmel. Anttis Vater steht hüllenlos am Feuer und tobt. Das Handtuch hängt ihm wie ein Geschirrtuch über dem Arm. Der orangefarbene Feuerschein wird von seiner nass glänzenden Haut widergespiegelt. Die Frauen stehen mit Jukka und Sami auf dem Pfad, der zum Wasser führt.

»Ich bin doch kein Idiot! Na klar weiß ich, was hier gespielt wird, während ich in der Sauna sitze. So doof bin ich nicht. Ich habe Augen und Ohren im Kopf!«

»Nun entspann dich mal«, sagt Sami. »Du brauchst nicht zu brüllen. Hier ist nichts gespielt worden, und das weißt du auch! Wann denn auch, wir sind doch die ganze Zeit hier gewesen.«

»Red kein Scheiß! Na klar habt ihr euch in der Sauna befingert. Glaubt ihr, ich habe das Gekicher nicht gehört? Wahrscheinlich habt ihr geglaubt, ich bin total im Tunnel und kriege eh nichts mit! Verfluchte Scheiße!«

»Lass gut sein und binde dir das Handtuch um. Ich garantiere dir, dass keiner hier irgendwas gemacht hat. Die Frauen waren die ganze Zeit hier. Nun sei doch nicht albern!«, sagt Jukka.

Doch Tapani beruhigt sich keineswegs. Er hebt den Arm und zeigt auf Jukka: »Du glaubst, ein besserer Arsch zu sein, bloß weil du eine Firma und ein eigenes Sommerhaus besitzt. Aber musst du deswegen gleich die Frauen anderer flachlegen?«

»Es reicht!«, sagt Jukka aufgebracht. »Jetzt hör endlich auf. Du siehst Gespenster. Weder ich noch Sami haben Sirpa angefasst. Mann, das weißt du doch!«

Sami geht zu Tapani und will ihm versöhnlich den Arm um

die Schultern legen, doch er stößt ihn weg. »Ey, fass du mich nicht an!«

Doch Sami geht wieder auf ihn zu, umfasst ihn freundschaftlich und drückt ihm eine Flasche Bier in die Hand. »Jetzt ist Schluss mit diesem Kaspertheater. Lass uns wieder in die Sauna gehen und die Sache unter Männern klären.«

IX

TIINA

43

Sommer 1991

»Du musst etwas essen! Sonst wirst du nie so groß wie ich.«

»Nein!«, sagt Tiina, presst die Lippen fest zusammen und dreht den Kopf weg.

»Na, dann bekommst du auch keine Belohnung«, sagt Jari und schwenkt einen Schokoriegel vor ihrem Gesicht.

Tiina reißt ihre Augen weit auf. »Will Hokolade!«

»Dann musst du wenigstens kosten. Achtung, hier kommt ein Flugzeug!« Jari lässt Luft durch die geschlossenen Lippen strömen, macht »brrr« und steuert den Löffel in Richtung Tiinas Lippen, doch ihr Mund bleibt zu.

»Nich essen!«

Jari versucht es noch eine Weile, gibt aber letztendlich auf und reicht Tiina den Schokoriegel. Er weiß, dass sie anderenfalls einen Ausraster kriegen würde, und dazu hat er jetzt keine Kraft. Mutter hatte ihm verboten, Tiina Zucker zu geben, aber die Not kennt kein Gesetz. Tiina verputzt die Schokolade und grinst über das ganze Gesicht, ihr Mund ist braunverschmiert. Sie sieht ziemlich lustig aus, und Jari muss laut lachen. Dann nimmt er ein Feuchttuch, wischt ihr die Mundwinkel sauber und isst seinen Schokoriegel.

Jari schaut auf die Uhr. Erst eine Stunde, seit Vater und Mutter weg sind, um Besorgungen zu machen. Drei Stunden allein mit Tiina sind eine lange Zeit. Das weiß er aus Erfahrung. Manchmal geht alles gut, aber wenn Tiina schlecht drauf ist, bedeutet das jede Menge Schwierigkeiten. Und meistens ist es so. Tiina ist wie eine scharf gestellte Landmine, die bei der kleinsten Berührung explodiert. Jari wünscht sich, Antti wäre hier. Er kann mit solchen Situationen viel besser umgehen als er.

»Wollen wir uns *Mickys und Plutos Weihnachtsbaum* anschauen?«, schlägt Jari vor. Er weiß, dass Tiina diesen Film über alles liebt.

»Nein, nich Icky und Puto. Ich will aus!«

Jari sieht aus dem Fenster. In zwei Wochen ist Mittsommer, am Himmel ist kein Wölkchen zu sehen. Wenn er nicht auf Tiina aufpassen müsste, würde er augenblicklich ins Freibad düsen. Oder Antti anrufen und mit ihm zu den Brücken am Fluss fahren, um zu angeln. Bei so einem Wetter würden sie dort natürlich nichts fangen, aber das ist für sie noch nie die Hauptsache gewesen.

Eine Woche ist vergangen seit jenem Vorfall bei Antti zu Hause, und seit jenem Tag, als sie am Fluss Rami Nieminen und seinen Kumpanen begegnet sind. Auch wenn sie sich seitdem ein paarmal gesehen haben, wird Jari das Gefühl nicht los, dass sie sich voneinander entfernen wie zwei in verschiedene Richtungen segelnde Schiffe bei Nebel. In gewisser Weise versteht Jari das sogar. Er würde Anttis Eltern nie wieder so sehen wie zuvor. Schon wieder ist ein dünner Kindheitsfaden gerissen. Jari ist sich nicht sicher, ob nicht vielleicht schon alle Fäden gerissen sind. Auf jeden Fall würde es sehr bald passieren, egal, wie sehr er sich dagegen wehren mochte. Das ist wie mit dem Glas voller Münzen, das er als kleiner Junge auf der Insel gefunden hat. Manchmal ist es einfacher, an einer Illusion festzuhalten, als sie aufzugeben.

Vielleicht ist er in den Augen seiner Eltern noch ein Kind, aber dumm mit Sicherheit nicht. Manchmal versteht er Dinge auch, ohne dass sie direkt ausgesprochen werden. Er glaubt einfach nicht, dass der Vorfall in Anttis Küche einmalig war – und er sieht auch, wie müde seine eigenen Eltern sind. Tiina ist wirklich anstrengend. Liebenswert, aber anstrengend. Vater und Mutter würden das nie laut aussprechen, aber es ist offensichtlich. Er hört es an ihrem Unterton oder an den nächtlichen Diskussionen, die nicht für seine Ohren bestimmt sind. Tiina wächst, aber ihr Geist entwickelt sich nicht weiter. Sie wird ihr ganzes Leben lang gefüttert und gewindelt werden müssen und Trotzanfälle haben. Nur ihre Körperkraft wird zu- und die ihrer Eltern abnehmen.

Jari liebt Tiina von ganzem Herzen, aber manchmal wünscht er sich, sie wäre nie geboren. Mit Tiina hatte die Normalität, die ihr Leben zuvor bestimmt hatte, ein Ende gefunden. Die gemeinsamen Wochenenden in der Hütte und alle Fröhlichkeit, die sie miteinander geteilt hatten. So etwas wie Glück erleben sie immer noch – das kann Jari spüren –, aber ihre heitere Fröhlichkeit wurde unter all den Besuchen bei Neurologen und Physiotherapeuten und diesen infernalischen Fütterungen vergraben. Die Nächte sind ruhelos, und über allem schwebt die Furcht, Tiina könnte sich erkälten oder verletzen, oder irgendetwas anderes könnte passieren, das die ganze Familie in den Ausnahmezustand katapultieren würde.

»Mehr! Ich will mehr!«, quengelt Tiina.

»Ich habe keinen mehr«, sagt Jari und versucht, Tiinas Hände sauber zu wischen. Tiina hampelt herum, ein Wutanfall steht bevor. Ihr Stuhl wackelt, und Jari muss ihn festhalten, damit er nicht umfällt.

»Mehr! Ich will mehr Hokolaaade!«

»Nein, der Stuhl kippt gleich um. Hör auf!«

Tiina greift nach ihrem Teller aus Plastik und knallt ihn auf den Boden. Kartoffelbrei spritzt an die Wand.

»Verdammte Kacke! Halt jetzt still«, zischt Jari und wischt dabei etwas zu unwirsch die letzten Schokoladereste aus Tiinas Gesicht. Dann hebt er sie aus dem Stuhl. Ein Fuß bleibt im Stuhl hängen, und er fällt krachend zu Boden. Die Schnabeltasse kippt um, Milch tropft auf den Teppich.

»Scheiße!«, brüllt Jari und stellt Tiina unsanft auf den Boden. »Guck, was du angerichtet hast!«

Tiina bricht jetzt in hysterisches Brüllen aus. Jari stellt den Stuhl wieder hin und macht sich daran, die Schweinerei wegzuwischen, rollt den Teppich zusammen und wischt Boden und Wand sauber. Tiina plärrt und heult wie eine Feuersirene, ohne Luft zu holen. Jari versucht, das Gebrüll zu überhören, aber als der heftigste Gefühlsaufruhr sich legt, machen sich Schuldgefühle breit. Er hockt sich neben seine Schwester und nimmt sie in den Arm. Tiina klammert sich an ihn wie eine Ertrinkende an ihren Retter. Er streichelt ihr übers Haar, wiegt sie hin und her und flüstert beruhigende Worte.

»Alles gut. Entschuldige bitte, Jari ist dir nicht böse.«

Tiina schluchzt herzzerreißend und macht sein T-Shirt klitschnass. Jetzt holt er doch einen weiteren Schokoriegel aus dem Schrank, isst selbst die Hälfte und reicht Tiina den Rest. Er schaut wieder zur Uhr. Als ob die Zeiger sich keinen Millimeter bewegt hätten! Als Tiina aufgegessen hat, bringt er sie ins Spielzimmer, und sie schauen gemeinsam Bilderbücher an: *Goldlöckchen und die drei Bären, Das Dschungelbuch, Dumbo, der fliegende Elefant* und wieder *Goldlöckchen*. Es dauert nicht lange, und die Bücher gehen ihnen aus. Und Jari ist nicht in der Stimmung, zigmal *Hase und Igel* vorzulesen. Er möchte raus, dort wäre Tiina ruhiger. Aber Mutter und Vater haben es ihm nicht erlaubt, auch wenn Jari nicht begreift, warum. Was kann denn schon passieren? Zumal jetzt im Sommer, wo Tiina nichts anderes als Schuhe und eine Kopfbedeckung braucht.

»Pipi«, sagt Tiina.

»Ist da ein Vögelchen?«, fragt Jari und betrachtet das Buch, das sie sich gerade anschauen, kann aber keines entdecken. Dabei weiß er sofort, was Tiina meint. Tiina hat Pipi gemacht, und ihre Windel ist voll. Jari hofft, dass nur die Windel voll ist und er nicht auch noch ihre Hose wechseln muss. Außerdem ist eine vollgepisste Windel noch das reinste Zuckerschlecken verglichen mit dem festeren Zeug.

Jari schaut erneut zur Uhr, führt dann Tiina ins Bad und beginnt sie auszuziehen. Mitten in der Prozedur klingelt das Telefon. Er flucht und lässt Tiina mit heruntergelassener Windel neben dem Klo stehen.

»Bei Paloviita, Jari am Apparat.«

»Hallo. Ich bin's, Antti. Was machst du gerade? Wollen wir zu den Brücken angeln fahren?«

Jari schaut in Richtung Bad. Tiina steht immer noch da, schaut ihn mit leicht schief gelegtem Kopf an und lutscht am Zeigefinger ihrer linken Hand. »Ich muss auf Tiina aufpassen.«

»Und danach?«

Jari zieht die Telefonschnur so lang, bis er die Wanduhr im Wohnzimmer sehen kann. Vater und Mutter sind seit bald zwei Stunden unterwegs und können jeden Moment zurückkommen. Jari hofft das sehr, denn um drei ist er mit Henriikka am verlassenen Haus verabredet. Bis dahin sind es noch anderthalb Stunden.

»Ich glaube, das wird nichts. Ich fühl mich nicht so«, lügt er.

Antti ist eine Weile still. »Okay, dann irgendwann anders.«

»Klaro. Lass uns telefonieren.«

Als Jari den Hörer auflegt, durchflutet ihn das schlechte Gewissen. Er hat seinen besten Freund angelogen, ohne zu wissen, was an der Wahrheit so schwer gewesen wäre. Er lockt Tiina ins Wohnzimmer, wo er besser auf sie aufpassen und gleichzeitig die Uhr im Auge behalten kann. Die Relativität der Zeit ist eine Tatsache. Eben kroch sie noch im Schneckentempo voran, und inzwischen hoppelte sie wie ein Hase.

Jari holt die Spielkisten aus Tiinas Zimmer und versucht, sie für etwas zu interessieren, aber es ist zwecklos. Nichts scheint zu helfen, heute nicht und auch sonst nicht. Tiina schleudert die Sachen durch die Luft, ist knatschig und will unbedingt zum

Kühlschrank. Die Uhr tickt. Jari schaut jetzt immer öfter auf die Zeiger, läuft rastlos von Zimmer zu Zimmer und schaut aus dem Wohnzimmerfenster auf die Straße. Jetzt ist es schon halb drei. Wo zum Henker bleiben seine Eltern? Sie haben versprochen, spätestens bis zwei Uhr zurück zu sein.

Als es fünf vor drei ist, verliert Jari die Nerven. Er hat die letzten zwanzig Minuten am Fenster gestanden, während Tiina die Schubfächer ihres Schranks leer räumte, ohne dass er sie daran gehindert hat. Mit welchem Recht tun Mutter und Vater ihm das an? Er greift nach dem Hörer und wählt die Nummer von Anttis Eltern. Es ist an der Zeit, ihm die Wahrheit zu sagen, ganz gleich, ob Antti ihn auslacht oder nicht.

Es klingelt nur wenige Male, dann hört er die Stimme von Anttis Mutter:

»Mielonen.«

»Hier ist Jari. Ist Antti zu Hause?«

»Nein, er ist angeln gefahren. Ich dachte, mit dir.«

»Ja, er hat gefragt, aber ich konnte nicht. Wenn er nach Hause kommt, kann er mich bitte sofort anrufen … oder direkt zum Haus gehen … oder doch nicht. Ich sag's ihm selbst, wenn ich ihn sehe.«

Jari legt auf und starrt die weiß getünchte Wand mit der Uhr an. Genau in diesem Moment rückt der Zeiger auf die Drei. Henriikka ist garantiert schon am Haus. Wie lange würde sie wohl auf ihn warten? Zehn Minuten, zwanzig, vielleicht auch eine halbe Stunde? Und dann? Dann geht sie in dem sicheren Glauben fort, er habe sie sitzenlassen. Er hat alles vermasselt. Wenn doch nur Antti zu Hause gewesen wäre. Er hätte Antti zum Haus schicken können mit der Botschaft, dass er sich etwas verspäten würde. Aber so viel Glück hat er nicht. Er nicht. Antti ist angeln gefahren, und er sitzt hier fest!

Eine Welle der Wut schwappt über ihn herein.

»Was meinst du, wollen wir ein bisschen spazieren gehen?«

»Aus!«, jubelt Tiina und klatscht in die Hände.

»Wir können zum Beispiel in den Wald gehen.«

»In den Wald, ich will in den Wald!«

Jari holt seinen Rucksack und packt die Sachen von Tiina ein, die Mutter immer mitnimmt, wenn sie irgendwohin gehen: Sonnencreme, zwei trockene Windeln, Feuchttücher, eine Hose und einen Pulli zum Wechseln. Er bindet ihr die Schnürsenkel zu und setzt ihr ein Basecap auf, das ein bisschen zu groß ist. Er streicht ihr die Haare hinters Ohr und lächelt sie an. Tiina lächelt so strahlend zurück, wie nur ein kleines Kind lächeln kann.

Jari hinterlässt auf dem Tisch einen Zettel, auf dem er lügt, dass Tiina sich nicht hat beruhigen lassen und sie deswegen rausgegangen sind, dass sie aber spätestens um vier zurück wären. Dann schaltet er den Fernseher aus und schließt die Wohnungstür hinter ihnen ab, ohne zu ahnen, dass Tiina nie wieder durch diese Tür gehen wird.

Jari hebt Tiina auf den Gepäckträger seines Fahrrads. Das haben sie schon ein paarmal geübt, und einmal hat es sogar geklappt. Tiina fand das ungeheuer lustig. Jari stellt einen Fuß auf die Pedale und holt Schwung. Als er das Gleichgewicht gefunden hat, hebt er auch den anderen Fuß auf die Pedale und balanciert sein Tunturi-Rad aus. Sie schwanken wie ein Ozeanriese von einer Seite auf die andere. Tiina klammert sich fest an ihn, sie werden schneller und preschen voran, jetzt schon fast ohne zu schlingern. Tiina gackert. Der Sommer duftet. Um sie herum schwirrt und summt es, die Sonne kitzelt ihre Nasen. Jari kann sich nicht erinnern, wann er das letzte Mal so glücklich gewesen ist.

Den Waldhang erklimmen sie hintereinander. Tiina hat Mühe, mit ihrem Bruder Schritt zu halten. Von Zeit zu Zeit stolpert sie und fällt hin, dann muss Jari sich umdrehen und ihr aufhelfen. Die Zeit rennt, und Jari schaut in einem fort auf die Uhr. Er ist schon fast eine halbe Stunde zu spät.

Auf halber Höhe hat Tiina keine Lust mehr und weigert sich weiterzugehen.

»Ich omme nicht. Nach Hause gehen.«

»Nein, wir gehen jetzt weiter. Dort steht ein tolles Haus, du wirst sehen«, sagt Jari, fasst Tiina am Arm und zieht sie hinter sich her.

»Nein, ich omme nicht. Tiina nach Hause.«

»Wenn du jetzt bockst, verzeihe ich dir das nie. Hast du gehört? Wenn du dich jetzt nicht bewegst, lässt Jari dich hier für immer stehen!«

Jari zieht sie heftig am Arm, und Tiina platscht mit dem Gesicht ins Moos, plauzt los und bleibt heulend liegen.

»Verdammt, Tiina!«, schimpft Jari und kniet sich neben sie. Er streicht ihr übers Haar und redet beruhigend auf sie ein: »Entschuldige, Tiina. Jari hat das nicht so gemeint …«

Tiina schluchzt. Jari holt einen Schokoriegel aus seinem Rucksack und hält ihn ihr hin: »Den kriegst du, wenn wir da sind. Es ist nicht mehr weit.«

»Tiina Angst. … Nach Hause.«

Es sind nur noch wenige hundert Meter. Jari weiß nicht, ob Henriikka noch da ist und auf ihn wartet. Vermutlich nicht. Wahrscheinlich glaubt sie, er habe sie sitzengelassen und ist gegangen. Jari spielt mehrere Möglichkeiten durch: Er könnte Tiina hier warten und Schokolade essen lassen und selbst zum Haus rennen. Das würde nur wenige Minuten dauern. Er könnte ihr die Situation erklären und zurückkommen, oder vielleicht sogar mit Henriikka zusammen zurückkommen. Er spielt die Variante ernsthaft durch, sieht dann aber ein, dass er Tiina unmöglich allein lassen kann. Er hat schon jetzt zu viele Grenzen überschritten. Er hätte niemals mit Tiina rausgehen dürfen. Gleich ist es Zeit für Tiinas Medizin. Mutter und Vater sind bestimmt schon zu Hause, haben seinen Zettel gelesen und toben vor Wut.

Jari weiß, dass er die falschen Entscheidungen getroffen hat.

Er hat die Verantwortung. Aber es gibt Dinge, die wichtiger sind als alles andere. Gravierende Gründe, Gründe wie Henriikka. Außerdem haben seine Eltern sich auch nicht an ihr Versprechen gehalten. Nein, sie haben ihn im Stich gelassen. Das Recht ist auf seiner Seite.

Tiina schluchzt. Jari sieht wieder auf die Uhr und dann auf den Weg vor sich. Er führt abwärts und wendet sich dann nach links. Die Wiese ist noch nicht zu sehen, aber wenn sie noch hundert Meter weitergingen, würden sie am Rand der Wiese stehen und könnten das Haus sehen.

Jari nimmt Tiina Huckepack. Sie wiegt ganz ordentlich. Er korrigiert ihren Sitz, findet das Gleichgewicht wieder und steigt den felsigen Hang hinab.

»Opp opp opp!«

Sie erreichen die Wiese. Alles um sie herum blüht. Eine unglaubliche Fülle an Insekten, Libellen, Schmetterlingen und Bienen schwirrt über den Blumen. Der Pfad zeichnet sich als schmaler Streifen vor ihnen ab. Sie halten kurz an. Jaris Herz macht einen Sprung. Henriikka sitzt auf den Treppenstufen vor dem Haus und schaut zur Seite. Ihre Haare sind wieder zu einem Zopf geflochten.

»Schau, dort ist das Haus. Wie findest du es?«

»I-i-i-i! Opp-opp-opp!«

Jari galoppiert kichernd über die Wiese. Tiina klammert sich an seinen Hals, presst ihre Wange an seine Schulter und lacht. Henriikka sieht sie kommen, steht auf und winkt.

»Es tut mir leid, dass du warten musstest. Ich musste auf meine Schwester aufpassen«, sagt Jari und setzt Tiina ab. »Ich hatte Angst, dass du schon gegangen bist.«

»Schön!«, gluckst Tiina und zeigt auf Henriikka.

Henriikka ist in der Tat wunderschön. Schöner als jemals zuvor. Ihr französischer Zopf beginnt oben auf dem Kopf, fällt über ihre Schulter und umrahmt ihr sommersprossiges Gesicht. Der

Blick ihrer Augen ist so klar und hell, dass Jari beinahe die Luft wegbleibt.

»Tiina hat recht«, sagt Jari und versucht, Henriikka nicht anzustarren. Aber das ist unmöglich. In seinem Inneren hofft er, möglichst viele könnten sie jetzt so sehen. Die Gerüchteküche würde sich rasend schnell verbreiten und in kürzester Zeit auch ihre Freunde erreichen. In seinem Kopf hallt das Wort »Freundin«. Ist Henriikka das? Gehen sie jetzt zusammen? Vielleicht, vielleicht ist es wirklich so. Er überlegt, ob er sie fragen soll, ob sie mit ihm gehen will. Natürlich besteht die Gefahr, dass sie Nein sagt, aber er beschließt, seine Angst zu besiegen. Jari denkt an die Blicke, die sie ihm im Freibad und in der Schule zugeworfen hat. Vielleicht wartet sie nur darauf, dass er sie fragt. Möglicherweise haben sie sich genau deshalb hier verabredet.

Henriikka hockt sich vor Tiina, streicht ihr die Haare aus dem Gesicht und rückt ihr das Basecap zurecht. »Hallo Tiina, du bist aber hübsch. Ich bin Henriikka.«

Tiina schaut starr auf ihre Füße und umklammert Jaris Bein.

»Warst du schon drin?«, fragt Jari.

»Ja, aber ich finde es gruselig. Hier draußen ist es viel schöner.«

»Eingehen«, sagt Tiina und zeigt auf die Tür.

»Tiina ist …«

»Ich weiß«, lächelt Henriikka. »Sie ist niedlich.«

Sie steigen die Treppenstufen hinauf. Eine Wolke schiebt sich vor die Sonne und treibt einen Schatten über die Wiese. Henriikka geht durch das Wohnzimmer in die Küche, kommt zurück und fragt plötzlich und ohne Vorankündigung: »Hast du den Brief geschrieben?«

»Welchen Brief?« Jaris Gesicht läuft rot an.

»Den, in dem steht, dass meine Augen leuchten wie Opale.«

Das Rot vertieft sich, und er hofft, dass das Dämmerlicht im Inneren des Hauses es überdeckt. Er ist unfähig zu antworten.

»Ich hab mir gleich gedacht, dass du ihn geschrieben hast. Du schreibst so schön.«

Jari sieht sie an. Ihre Augen leuchten im Schummerlicht und sehen wirklich aus wie zwei Opale.

»Ich finde das sehr schön. Noch nie hat jemand etwas so Schönes zu mir gesagt. Aber wenn du ihn nicht geschrieben hast …«

»Doch, habe ich«, sagt Jari und schluckt. »Ich mag dich.«

Das auszusprechen ist vielleicht das Schwerste, was er jemals getan hat. Doch jetzt ist es raus.

»Ich mag dich auch«, antwortet Henriikka, und ihr Gesicht überzieht sich jetzt auch mit einem zarten Rot.

»Tiina aus«, sagt Tiina und läuft zur Tür.

»Nicht rausgehen! Dort ist es gefährlich. Du könntest in einen Nagel treten.«

»Nach Ause!«

Jari sieht, dass sie schon wieder unruhig wird. »Wenn du willst, kannst du auf der Terrasse spielen, aber nicht allein die Treppe runtergehen!«

Tiina tritt hinaus in die Sonne, setzt sich auf die oberste Stufe und malt mit dem Finger Strichmännchen in den Staub. Jari vergewissert sich, dass Tiina tatsächlich sitzen bleibt, und sieht wieder Henriikka an. Er fühlt sich wie berauscht.

Seit jenem Tag, als Antti Mielonen ihm einen Zahn ausschlug, ist Rami Nieminen jeden Tag zu dem verlassenen Haus gekommen. Immer allein. Was genau er hier sucht, weiß er selbst nicht, aber jetzt, wo er Henriikka dabei beobachtet, wie sie auf der Veranda, wo das Weidengebüsch über die Brüstung ragt, hin und her wandert, weiß er genau, was er gesucht hat.

Er hat schon immer an Schicksal geglaubt. Zu oft war es das Schicksal, das ihm zum Erfolg verholfen hat, als dass er so eine Macht auf die leichte Schulter nehmen konnte. Und die Tatsache, dass sich von allen Menschen der Welt ausgerechnet Henriikka hier einfindet, kann kein Zufall sein. Das ist Schicksal und er sein Gott. Henriikka hält Ausschau und scheint auf jemanden zu warten. Die Spannung in Rami wächst. Wenn er richtig liegt – und das Schicksal sich auf seine Seite schlägt, so wie es das immer tut –, dann sieht er am Waldrand gleich das Zweiergespann, auf das er wartet. Henriikka ist da nur die willkommene Beigabe, eine zusätzliche Prämie für all das, was er erdulden musste.

Ja, wer kommt denn da. Das Arschgesicht, mit seiner Spacko-Schwester im Huckepack. Rami wartet angespannt, ob auch Mielonen auftaucht. Aber als das Arschgesicht und seine Schwester auf Henriikka zusteuern und von Mielonen nichts zu sehen ist, ist Rami überzeugt, dass er auch nicht mehr kommen wird.

Jemand musste mal ein ernstes Wort mit Arschgesicht reden.

Und dieser Jemand würde er sein.

Das war seine Pflicht.

Er zieht die Tokarev TT-33 seines Vaters aus der Tasche, wiegt das leblose Metall in der Hand und fährt mit dem Finger über den eingravierten Stern im Griff. Rami kontrolliert, dass das Magazin voll ist und zieht den Schlitten nach hinten. Wie stark wohl der Rückschlag sein wird? Wie laut der Knall? Die Versuchung, die Pistole auszuprobieren, ist ungeheuer groß. Irgendwann wird er es tun. Das ist sicher. Eines Tages wird er die Pistole benutzen.

Dann richtet Rami seinen Blick wieder auf Henriikka. Ihre Anwesenheit ist ein Problem. Das fühlt er, ohne zu verstehen, warum. Sie ist wie alle Mädchen, nichts Besonderes … obwohl, das stimmt nicht ganz. Schon allein beim Gedanken an Henriikka fühlt er sich schwach. Am schlimmsten ist es, sie mit diesem Milchgesicht zusammen zu sehen. Der Anblick verursacht einen solchen Aufruhr in ihm, dass er förmlich überquillt. Henriikka gehört ihm!

Der Schatten einer Wolke gleitet über die Wiese, die Grillen zirpen im Chor. Der Anblick der Waldwiese ist schön, findet

Rami. Eine blühende Wiese mitten im Wald, darauf ein altes, graues Haus und am Himmel ein Geschwader dunkler Wolken, das sich zum Angriff formiert. Die Szene würde seiner Meinung nach gut in einen Clint-Eastwood-Film passen. Er selbst ist natürlich Clint, der namenlose Fremde auf dem Weg zu seiner letzten Abrechnung.

Rami beobachtet von seinem Versteck aus, wie Henriikka, das Arschgesicht und der Krüppel ins Haus gehen. Dann erhebt er sich, steckt die Tokarev unter seinem Pulli in den Gürtel und verzieht sich ins Gebüsch.

»Willst du mit mir zusammen sein?«, fragt Jari. Sein Gaumen ist rau wie Schmirgelpapier. Er kneift sich, um sicher zu sein, dass er nicht träumt.

Henriikka tritt einen Schritt näher. Jari schluckt. Tiina sitzt auf der Terrasse und singt, auch wenn es nicht sehr melodisch klingt. Henriikka beugt sich vor, gibt Jari einen Kuss auf die Wange und sagt:

»Ja, gern.«

Jari greift nach Henriikkas Hand und zieht sie zu sich heran. Ihre Hüften streifen sich leicht. Die Berührung ist wie ein elektrischer Schlag, sie bekommen Gänsehaut.

»Ich habe dich schon immer gemocht«, sagt Henriikka. »Heimlich habe ich gehofft, dass der Brief von dir ist. Aber du hast nichts gesagt, auch nicht im Kino, und da dachte ich, du meinst es doch nicht so.«

»Doch, ich mag dich … sogar sehr.«

Der Wind pustet sommerliche Wärme ins Haus und spielt in einer Zimmerecke mit den trockenen Blättern. Tiina steht auf, summt aber immer noch.

»Tiina, du musst auf der Terrasse bleiben, vergiss das nicht. Sonst kann Jari dich nicht sehen.«

»Deine Schwester ist süß«, sagt Henriikka und legt ihren Kopf gegen Jaris Schulter. Er kann ihr Shampoo riechen und ihre weiche Haut fühlen.

»Und du bist auch süß«, sagt sie und dreht ihm das Gesicht zu. Ihre Lippen berühren sich. Henriikkas Lippen sind feucht und weich.

Sie küssen sich wieder, diesmal länger und forschender. Jari kann sich nicht erinnern, jemals etwas Vergleichbares erlebt zu haben. »Ich bin gerade sehr glücklich«, sagt Henriikka. Tiina lugt durch die Tür, kichert und zieht sich wieder zurück.

Der Schatten einer Wolke verdunkelt das Zimmer. Jari und Henriikka stehen unbeweglich in der Mitte des Raums, sie an seine Schulter gelehnt. Sie lauschen auf ihren Atem, nehmen den Duft des anderen in sich auf. Der Augenblick ist gut. Die Wolke zieht vorüber, und das Licht flutet wieder durch die offen stehende Tür herein. Aber diesmal zeichnet sich der Schatten zweier Personen auf dem Boden ab.

Jari lässt Henriikka los und schaut über die Schulter. Rami steht im Türrahmen, den Arm lässig um Tiina gelegt. Sein Gesicht kann Jari nicht erkennen, aber er ahnt, dass sich darauf ein Grinsen abzeichnet, das alles andere als Gutes verheißt.

»Onkel spielt«, sagt Tiina, »Onkel gibt Tiina Bonbons.«

Jari sieht, dass Tiina etwas im Mund hat. »Tiina, komm mal her«, befiehlt er, aber Rami nagelt sie mit seinem Griff fest.

»Du brauchst keine Angst zu haben«, sagt Rami und streicht ihr über den Kopf wie einer Katze. Tiina drückt sich an Rami. »Sei ganz ruhig, wir reden nur.«

»Lass sie los«, fährt Henriikka ihn an, aber ihr Schrei verhallt wirkungslos.

»Und wieder lässt sich das Arschgesicht von einem Weibsbild beschützen. Wieso überrascht mich das nicht.« Nieminen tritt ein paar Schritte in den Raum. »Wieso kommt mir das langsam bekannt vor?«

»Antti wird gleich hier sein. Dann wird dir Hören und Sehen vergehen«, sagt Jari mit zitternder Stimme.

»Wird er nicht. Und selbst wenn, ich habe keine Angst vor ihm.«

»Lass Tiina los. Sie hat dir nichts getan.«

»Na, na, na, nun beruhigen wir uns erst einmal. Ich will diesem Engelchen hier gar nichts tun. Keine Bange«, sagt Nieminen und wuschelt ihr durchs Haar, jetzt ein bisschen derber. »Und du bist auch in Ordnung.« Rami zeigt auf Henriikka und dann auf Jari: »Aber mit dir habe ich noch ein paar alte Rechnungen offen. Hatten wir nicht etwas vereinbart? Dass du die Schnecke nicht einmal mehr von der Seite anguckst, sonst reiße ich dir die Zunge raus. Und hier hängt ihr zusammen ab, als gäbe es unsere Vereinbarung gar nicht.«

»Lass sie los!«

»Sonst was?«

»Sonst schlage ich dich!«

Ramis Gesichtsausdruck verdunkelt sich einen Moment lang, doch dann kehrt das Grinsen zurück, und seine Zähne schimmern wie eine Reihe Elfenbein. »Okay. Ich lass sie los.«

Rami zieht Tiina an den Haaren und dreht sie um ihre eigene Achse. Tiina schreit vor Angst und Schreck und heult los. Da lässt Rami sie wieder los und stößt sie in den Rücken. Tiina stolpert die Treppenstufen hinunter. Jari will hinterherstürzen, aber Rami versperrt ihm den Weg.

»Tiina, du gehst nirgendwohin. Hast du gehört? Bleib in der Nähe!«

»Lass uns gehen«, fordert Henriikka wütend. »Du bist ein totales Miststück, Rami!«

Tiinas Weinen hallt von draußen herein. Sie geht unterm Fenster vorbei und weiter um das Haus herum. »Tiina, geh nicht weiter. Warte dort, wo du bist.«

»Ehrlich gesagt, weiß ich nicht, was ich mit euch machen

soll«, sagt Rami und fährt sich über das Gesicht. »Ihr hört mir anscheinend gar nicht zu, und das macht mich sehr traurig.«

»Scher dich zum Teufel«, schreit Henriikka spitz.

Rami tut, als ziehe er das ernsthaft in Erwägung, und sagt dann: »Dir tu ich nichts. Aber das Arschgesicht und sein Freund haben mir sehr wehgetan, und das kann ich nicht einfach auf sich beruhen lassen. Ich begreife nicht, was du in diesem Windei siehst. Ich begreife es einfach nicht. Wir wären ein viel besseres Paar.«

Henriikka bricht in entgeistertes Lachen aus. »Was denkst du dir eigentlich? Bist du komplett übergeschnappt? Ich würde niemals etwas mit dir anfangen. Jari ist zehnmal mehr Mann, als du es je sein wirst. Das Einzige, was du kannst, ist Kleinere zu schikanieren.«

Über Ramis Gesicht legt sich ein Schatten. Jari sieht durch das Fenster, wie Tiina draußen herumläuft, ihr Heulen ist in Schluchzen übergegangen. Er wendet den Kopf und sieht Nieminen fest in die Augen:

»Ganz gleich, was du mit mir vorhast, lass Henriikka und Tiina aus dem Spiel.«

»Horch, horch! Hier spricht ein Held. Ich habe nicht vor, ihnen etwas zu tun. Aber dich muss ich zurechtweisen, so wie versprochen.«

»Tiina hat eine geistige Behinderung, kapierst du das? Wenn sie da draußen rumläuft, dann kann sie sich verletzen oder verlaufen. Ich muss sie nach Hause bringen.«

Jari nimmt Henriikkas Hand und geht auf die Tür zu. Zuerst sieht es so aus, als ob Rami einen Schritt zur Seite treten und sie ziehen lassen würde. Vielleicht hat er das tatsächlich einen Moment in Erwägung gezogen, aber dann stellt er sich wieder breitbeinig in die Tür und stößt Jari hart vor die Brust.

»Na, bis wir das unter uns geklärt haben, wird der Mongo schon allein klarkommen. Außerdem warst du es, der sie hierher geschleift hat.«

Jari kapiert, dass Rami sie nicht einfach so gehen lassen wird. Er versucht, mit Gewalt durch die Tür zu kommen, aber Rami stößt ihn zurück, sodass er wieder neben Henriikka steht. Dann hebt Rami sein T-Shirt hoch und zieht die Tokarev hervor.

Jari und Henriikka reißen erschrocken die Augen auf. Zuerst glaubt Jari, es handele sich um eine Schreckschusspistole, doch dann erkennt er, dass er in das kalte Auge einer echten Waffe blickt.

»Du hast keinen Blassen, was ich wegen dieser Fahrradgeschichte durchgemacht habe. Du hast nicht die leiseste Ahnung, was ich dafür einstecken musste.«

»Rami, bitte, steck das Ding weg«, fleht Henriikka und bricht in Tränen aus. Nieminen sieht erst sie und dann die Waffe an, sein Blick verschleiert sich, als ob er sich innerlich von diesem Moment und diesem Ort löst.»Rami, bitte. Ich mach, was du willst.«

Von Tiina ist nichts mehr zu hören.

»Lass uns gehen! Ich muss Tiina nach Hause bringen, bevor meine Eltern sie suchen kommen.«

Rami richtet die Pistole auf Jari. »Die hat meinem Großvater gehört. Der war Oberst im Krieg und hat damit eine Masse Russen erledigt. Die Waffe hat viel Blut gesehen.«

»Jetzt spinn hier nicht rum«, sagt Jari. »Pack sie endlich weg. Dann erzählen wir keinem, dass du eine Waffe hast.«

Henriikka sackt auf die Knie. Ihr Zopf hat sich gelöst, und die Haare kleben in ihrem nassgeweinten Gesicht. Schon wieder wird ein dunkler Wolkenschatten über die Wiese getrieben. Eine dicke Schmeißfliege kommt hereingeflogen und fliegt brummend von einem Zimmer zum nächsten.

»Hör mal, Rami«, Jari bemüht sich um eine möglichst feste Stimme, doch zwischen den Worten gibt sie nach. »Steck sie weg, bevor du jemanden damit umbringst. Hast du eine Vorstellung, was dann mit dir passiert?«

Ohne Vorwarnung macht Nieminen einen Schritt nach vorn, packt Jari am Hemd und hält ihm die Pistole unters Kinn. Das kalte Metall drückt in seine Haut. Der Geruch von Waffenöl und verbranntem Kordit steigt Jari in die Nase. Sein Herz schlägt so schnell, dass er fürchtet, es könnte jeden Moment bersten.

»Ich bringe dich um«, sagt Rami heiser. »Ich durchlöchere dich von oben bis unten.«

Jaris Knie geben nach, und er sackt zu Boden.

Rami steckt Jari die Pistole in den Mund. Er hört ein Pling, als sich das Metall zwischen die Zähne schiebt. Was er hier tut, überschreitet alle Grenzen des Vorstellbaren. Er weiß, dass er alle geschriebenen und ungeschriebenen Gesetze verletzt und sich auf absolut verbotenem Terrain bewegt. Doch aufhören kann er nicht. Aufhören will er nicht. Das Gefühl der Überlegenheit ist berauschend. Über Jaris Lippe läuft Speichel, bildet einen langgezogenen Tropfen und fällt auf den Kragen seines Hemdes.

Rami kennt diesen flehenden Blick. Er ist ihm schon unzählige Male begegnet, aber noch nie so intensiv. Das muss die Todesangst sein, die Ramis Vater meinte, als er ihm von diesen Vergasungsgeschichten erzählt hat. Genau das ist dieser Blick, und er ist auf ihn, Rami, gerichtet.

Er allein kann darüber entscheiden, wer stirbt und wer leben darf. So mächtig ist sonst nur Gott.

Die Waffe ist nicht gesichert. Seine Finger scheinen ganz von selbst zu wissen, was sie zu tun haben, auch wenn in seinem Gehirn im Augenblick nur Nebel herrscht. Rami spürt ein unangenehmes Ziehen in den Hoden, die Luftröhre verengt sich, und die Kopfhaut kribbelt. Seine Muskeln sind bis zum Äußersten gespannt, und er riecht alles überdeutlich: den Schimmel, den Staub und die Wiese vor dem Haus.

»Rami, hör auf«, schluchzt Henriikka.

Nieminen lässt seinen Zeigefinger durch den Abzugbügel gleiten.

Der Russe hat nur drei gute Dinge mitgebracht: Weiber, Wodka und Waffen.

Wenn er seinen Finger am Abzug knickt, löst sich ein Schuss, und Jari Paloviita stirbt. Wie viel Blut mochte austreten? Ob es weit spritzte? Wie würde er sich hinterher fühlen? Die großen Fragen des Lebens. Wie fühlt es sich an, zu töten und für den Tod verantwortlich zu sein? Er vermutet, dass er nichts fühlen würde.

Das Arschgesicht versucht, etwas zu sagen. Der Speichel läuft in einem dünnen Rinnsal aus seinem Mundwinkel. Rami schiebt die Pistole tiefer hinein, und Jari muss würgen.

Von draußen ist ein Schrei zu hören. Das war Tiina von ziemlich weit weg, danach ist es still. Alle haben es gehört, auch Nieminen, der kurz seinen Kopf zum Fenster dreht. Er lauscht, aber abgesehen von dem Summen des Brummers und Henriikkas Geschluchze ist es still.

Jetzt steht Henriikka auf und streicht sich die feucht verklebten Haare aus dem Gesicht.

»Hör jetzt auf«, schluchzt sie, »bitte!«

Aber Rami hat nicht vor aufzuhören. Er hat zum ersten Mal überhaupt das Gefühl zu leben. Sein Mund ist vollkommen ausgetrocknet, die Zunge klebt am Gaumen. Er hat einen metallischen Geschmack im Mund. Langsam krümmt er den Finger, den Blick fest auf Jari gerichtet. Er konzentriert sich voll auf den panischen Schrecken, der aus Jaris Augen spricht.

»Nein! Hör auf!«

Von draußen ist wieder ein Schreien zu hören, diesmal von noch weiter weg. Der Abzug geht schwer, er muss ordentlich drücken – und er drückt. Er wird jetzt nicht aufgeben.

»Rami, es reicht!«

Die Fliege landet auf Ramis verschwitztem Gesicht und reißt ihn kurzzeitig aus seinem Rausch. Der Druck auf den Abzug lässt geringfügig nach. Er versucht, die Fliege wegzublasen, aber die Fliege krabbelt über die Wange nach oben. Rami neigt den Hals und schüttelt den Kopf. Doch die Fliege lässt sich nicht beirren. Er hebt die linke Hand und verscheucht sie. Die Fliege fliegt erschrocken auf und beginnt wieder mit ihrem nervtötenden Kreiseln. Von draußen dringt Weinen zu ihnen. Es ist gedämpft und weit weg, aber es ist eindeutig Tiina.

Rami drückt den Abzugshebel wieder, dieses Mal mit mehr Entschlossenheit. Die Pistole wackelt hemmungslos in seiner zitternden Hand. Er streckt den Arm, kneift ein Auge zu und dreht den Kopf eine Spur.

Henriikka rammt ihn von der Seite.

Der Schuss löst sich. Es hallt in ihren Ohren.

Auf den Knall folgt der stechende Geruch nach Schießpulver.

Rami strauchelt, hält sich aber aufrecht.

Jari kippt rückwärts auf den Boden, sein Kopf donnert gegen die Dielen. Ein feines Blutgerinnsel sammelt sich in den Rillen des Holzes. Die Patrone hat eine lange Wunde am Haaransatz gerissen, war dann weitergeflogen und in der Holzwand steckengeblieben.

Henriikka schnappt nach Luft und stürzt zu Jari.

Rami starrt auf die Pistole, aus der immer noch eine dünne Rauchsäule aufsteigt. Das Gefühl der Macht, das ihn eben noch erfasst hat, ist mit dem Knall verflogen. Er sieht zu Jari, der bewusstlos auf dem Boden liegt. Das Blutrinnsal hat eine Kerbe in den Dielen erreicht, wechselt die Richtung und versickert im Staub. Er dreht sich um und rennt aus dem Haus. Das Licht ist klar und brennt auf seiner Netzhaut. Er läuft.

Und läuft.

Und läuft …

Die Geräusche kehren zurück, und etwas Warmes rinnt über sein Gesicht. Tropfen. Pfeifen im Ohr. Ein stechender, übler Geruch. Jari öffnet die Augen. In seinem Mund der Geschmack nach Eisen und Waffenöl.

»Tiina«, haucht er.

Henriikka weint. Jari richtet sich auf. Alles um ihn herum wankt. Er sitzt sicher auf dem Boden, aber Dielen und Wände scheinen zu kippen. Sein Ohr schmerzt. Er reibt daran, aber das Gefühl lässt nicht nach. Er versucht, alles ins Gleichgewicht zu bringen und tief einzuatmen. Rami ist nirgends zu sehen.

»Tiina?«, fragt er erneut.

»Draußen«, sagt Henriikka. »Rami wollte dich umbringen.«

Jari sieht durch die Tür und konzentriert sich auf die Horizontlinie. Die ist unverrückbar, das weiß er. Über der Wiese tanzen bunte Schmetterlinge in einem unwirklichen Licht. Das Schwanken lässt nach, ebenso das Fiepen im Ohr, aber der Schmerz hält an. Es fühlt sich an, als würde sein Trommelfell mit über der Flamme erhitzten Stricknadeln durchstochen. Er kniet sich erst hin und steht dann auf. Alles um ihn herum schwankt, aber er kann das Gleichgewicht halten und taumelt zur Tür.

Draußen ist niemand zu sehen.

»Tiina«, ruft er. »Tiina, wo bist du?«

Er geht hinaus. Die Sonne scheint ihm warm ins Gesicht. Er läuft zur Hausecke und einmal komplett um das Haus herum. Von Tiina keine Spur. »Tiina!«

Henriikka erscheint in der Tür. »Vielleicht ist sie schon nach Hause gegangen?«

»Sie findet nicht allein nach Hause. Wenn ihr etwas zustößt, verzeihe ich mir das nie. Tiina!«

Nur das Zwitschern der tief fliegenden Schwalben ist zu hören.

Auf seiner Wange fühlt er etwas Feuchtes, Warmes. Er wischt darüber, und seine Finger färben sich rot. Er wundert sich, woher das Blut stammt.

»Sie kann nicht sehr weit sein. Ich habe gerade noch ihre Stimme gehört«, sagt Henriikka.

»Aus welcher Richtung kam sie?«

»Ich weiß nicht, von irgendwo da drüben.« Henriikka zeigt über die Wiese. »Sie hat geweint.«

Jari läuft in diese Richtung los und ruft Tiinas Namen. Endlich hört auch er etwas. Die Stimme kommt aus den Gräsern. Sie klingt dumpf, wie von unter der Erde. Aber es ist mit Sicherheit Tiinas Stimme. Jari fällt ein Stein vom Herz.

»Hier, Henriikka! Hier drüben!«, ruft er und stürmt voran. Die Stängel der längsten Gräser streifen sein Gesicht, seine Füße verheddern sich. Er fällt, steht aber sofort wieder auf und hastet weiter.

»Tiina! Ruf etwas!«

Jetzt hört er sie wieder. Diesmal ganz nah. Aber ihre Stimme ist voller Panik und Angst. Kalt, schallend. Plötzlich wird Jari alles klar. Noch bevor er den alten Brunnen erreicht, weiß er, wo sie ist, und kreischt: »Henriikka, hierher. Du musst mir helfen. Sie ist im Brunnen!«

Der Brunnen ist tief. Jari hat viele Steine und Fünfpfennigmünzen hineingeworfen. Er weiß genau, wie schauerlich tief er ist. Jetzt kann er Tiinas hellen Pulli erkennen. Jari kniet sich neben den Betonring und beugt sich über den Rand. Ein kalter Geruch nach Moder und Fäulnis schlägt ihm ins Gesicht.

»Tiina! Jari ist hier. Keine Panik. Kommst du mit den Beinen auf den Boden?«, fragt er, weiß aber, dass Tiina nicht imstande ist zu antworten. Sie versteht nicht einmal die Frage. Jari sieht, dass Tiina im Wasser strampelt und sich an einer Baumwurzel festhält, die durch ein Loch in der Brunnenwand hereinragt.

»Jari! Ich ab Angst!«

Jari sieht Henriikka, die steif und mit verweintem Gesicht auf ihn zuläuft. »Hol etwas Langes, ein Brett oder einen Ast … oder …«

Henriikka ist jetzt neben ihm. »Bleib du hier und versuch, Tiina zu beruhigen«, sagt er zu ihr, springt auf und sprintet so schnell er kann zum Haus. Die Sekunden galoppieren, und das Haus war noch nie so weit weg wie jetzt.

Alles ist relativ, schießt es ihm durch den Kopf. Die Zeit, das Universum, Entfernungen – alles. Jetzt ist er am Haus und rennt suchend einmal darum herum. Ein Brett ragt aus der Verschalung. Er greift danach, zerrt daran. Rostige Nägel knirschen, lösen sich aus dem morschen Holz wie faule Zähne aus einem Kiefer, und das nächste Nagelpaar hebt sich. Das Brett biegt sich wie eine Zwille, wieder löst sich ein Nagel, dann bricht es. Jari wirft das Holzstück zur Seite und rennt weiter. Er umrundet das Haus, findet aber nichts Brauchbares, kein loses Brett, keine Leiter, nichts. Lähmendes Grauen steigt in ihm auf. Er düst auf die Terrasse und rüttelt an dem morschen Geländer. Doch es gibt nicht nach. Er tritt dagegen, sodass die ganze Terrasse wackelt, aber keine Planke rührt sich. Er schaut in Richtung Brunnen. Henriikka hat sich über den Rand gebeugt, er ruft ihr zu: »Red ihr zu, dass sie sich gut festhält. Ich versuche, etwas Langes zu finden.«

Jari rennt ins Haus, dreht eine Runde durch Küche und Stube, kann aber nichts Brauchbares finden, und stürmt wieder nach draußen. Er stürzt durch das Weidendickicht zum steinernen Sockel des ehemaligen Kuhstalls, rennt hin und her, entdeckt aber auch hier nichts, was ihm weiterhilft. Er sieht ein, dass er ohne Werkzeug kein Brett oder etwas Ähnliches losbekommt. Im Wald würde er vielleicht einen abgebrochenen Ast oder umgekippten Baum finden, aber bis zum Wald ist es zu weit. Der Weg hin und zurück würde zu lange dauern. Also dreht er sich um und eilt zurück zum Brunnen.

Henriikka rückt zur Seite und richtet sich auf. Tiina schluchzt, die stinkende Brühe plätschert schwer unter ihren Füßen. Jari fasst Henriikka an der Schulter und schaut ihr fest in die Augen. Er blickt in blankes Entsetzen, das aber sofort in Wachheit und Handlungsbereitschaft umschlägt.

»Lauf und hol Hilfe. Lauf so schnell du kannst und sprich den ersten Erwachsenen an, dem du begegnest, ganz egal, wen, und bring ihn her. Hast du verstanden?«

Henriikka nickt und läuft unverzüglich los.

Jari schaut ihr kurz nach und springt dann ohne Nachzu-denken selbst in den Brunnen. Der Schacht ist viel tiefer, als es schien und als er dachte. Wie ein Sprung vom höchsten Brett des Sprungturms. Endlich treffen seine Beine auf Wasser, sein Kopf taucht unter, und noch immer fällt er, bis er endlich den morasti-gen Boden erreicht. Das Wasser steht mindestens zwei Meter tief, keine Chance, den Boden zu erreichen. Ein heftiger Schreck fährt ihm in die Glieder, wie um alles in der Welt sollen sie sich über Wasser halten?

Jaris Kopf taucht wieder auf, er holt tief Luft, fauliges Wasser läuft ihm aus dem Mund. Die Luft ist kühl und schwer. Das At-men gelingt mühelos. Tiina klammert sich an ihn, und sie sinken beide unter Wasser. Er fühlt ihr Gewicht. Es ist völlig klar, dass er sie beide nicht lange über Wasser wird halten können. Als sie wieder an die Oberflächen kommen, brüllt Jari:

»Halt still!«

Er versucht, Tiinas Finger zu lösen, die sich in seinen Hals graben wie die Fangkrallen eines Raubvogels.

»Lass los, oder wir ertrinken!«, kreischt er, aber sie lockert ih-ren Griff nicht, klammert sich mit der anderen Hand an seine Haare und schlingt ihre Beine um seinen Rumpf.

Sie gehen wieder unter.

Jari versucht, sie mit Tritten wieder an die Oberfläche zu bugsieren, aber seine Kraft reicht nicht aus. Sie sinken und sin-ken, und Panik erfasst ihn. Er versucht, sich aus der Umklamme-rung seiner Schwester zu befreien, bewirkt aber das Gegenteil. Je mehr er versucht, ihren Griff zu lockern, umso stärker krallt sie sich fest. Erst als seine Füße den Boden berühren, gelingt es ihm, die Umklammerung ihrer Beine zu lockern und sich freizustram-peln, um sie wieder nach oben zu bringen. Sie husten, und Tiinas

Griff löst sich kurz aus seinen Haaren. Er ergreift die Gelegenheit und streckt sich, um nach der Wurzel zu greifen, an der Tiina sich zuvor festgeklammert hat.

Von all den Wurzeln, die durch den löchrig gewordenen Betonring in den Brunnenschacht hereinragen, ist diese als Einzige etwas stabiler. Langsam verlagert er sein Gewicht und registriert erleichtert, dass die Wurzel sie beide hält. Er greift nach Tiinas Hosenbund und zieht sie an sich. Tiina schlingt ihre Arme um seine Schultern, und eng umschlungen sammeln sie Kraft.

»Du musst dich richtig doll an mir festhalten. Verstehst du? Du darfst nicht loslassen, auch nicht, wenn du müde wirst.«

»Ich abe Angst.«

»Das brauchst du nicht. Henriikka holt Hilfe. Es wird nicht lange dauern.«

Aber natürlich weiß Jari, dass das eine Lüge ist. Bis zum nächsten Haus sind es mindestens fünf oder sechs Minuten, egal wie schnell Henriikka läuft. Dann muss ihr erst einmal jemand glauben, wenn sie erzählt, was passiert ist. Im schlimmsten Fall könnte es zwanzig Minuten oder länger dauern, bis Hilfe kommt. Nie im Leben würde er Tiina so lange halten können. Seine Hände und Beine werden jetzt schon müde, obwohl erst, ja wie viel eigentlich, ein paar Minuten vergangen sind. Wie soll er das nur durchstehen? Ob Henriikka den Berg schon hinter sich gelassen hat?

Tiinas Griff wird schwächer, und sie rutscht an ihm herunter. Jari verzieht das Gesicht, wendet all seine Kraft auf und kann ihr schließlich seinen Arm unter die Achseln schieben. Vor Schreck beginnt Tiina wieder zu zappeln. Jari verliert kurz das Gleichgewicht und hätte die Wurzel, die aussieht wie das haarige Bein einer schrecklichen Spinne, beinahe losgelassen. Es gelingt ihm, die Wurzel fester zu greifen, aber dann merkt er, wie seine Hand langsam, aber unaufhaltsam abrutscht, als wäre die Wurzel ein eingefettetes Kabel.

Er sucht die Brunnenwand nach einer weiteren Wurzel ab, die stark genug wäre, ihn und Tiina zu halten. Aber da ist nur diese eine, die ihm langsam aus den Fingern rutscht. Seine Hand wird taub, der Griff seiner Finger schwächer. Jari beißt die Zähne zusammen und konzentriert sich nur auf diese eine Sache: Festhalten! Alles andere hat keine Bedeutung mehr. Doch dann kann er sich nicht länger halten, und sie stürzen in die Tiefe.

Wasser rauscht in ihren Ohren, im Mund breitet sich der Geschmack des schlammigen Wassers aus. Jari rudert mit den Beinen und dem freien Arm und schafft es, sie wieder nach oben zu befördern. Dann versucht er, Tiina auf seinen Rücken zu manövrieren.

»Huckepack«, stöhnt er vor Anstrengung. »Wir spielen Pferdchen.«

Dann gelingt alles überraschend leicht. Tiina fasst ihn am Hals, klettert von allein auf seinen Rücken und schlingt ihre rundlichen Oberschenkel um seine Taille.

»Halt dich so fest du kannst«, keucht Jari, schluckt Wasser, das nach Scheiße schmeckt – und er weiß genau, wie Scheiße schmeckt – und sagt weiter: »Hab keine Angst, alles wird gut.«

Jetzt hat er beide Hände frei, und er streckt sich wieder nach der Wurzel. Diesmal kriegt er sie mit der linken Hand zu fassen. Für kurze Zeit ist es jetzt leichter. Auf dem Rücken wiegt Tiina weniger, und jetzt kann er die Hände wechseln. Sekunden werden zu Minuten, verharren unbeweglich und galoppieren dann wieder wie Rennpferde.

Wie viel Zeit ist vergangen? Schwer zu schätzen. Fünf Minuten? Oder zehn? Mehr auf keinen Fall. Henriikka hat den Wald bestimmt schon hinter sich gelassen. Seine Füße schmerzen. Er versucht, einen Halt zu finden, aber die Brunnenringe sind glitschig. Je mehr er sich bewegt, umso schneller ermüdet er. Sein Atem geht heftig. Der Griff lockert sich unweigerlich. Er muss sich aufbäumen, um die Hand wechseln zu können. Sehr oft würde ihm das nicht mehr gelingen. Vielleicht ein paarmal öfter, wäre er allein. Aber mit Tiina auf dem Rücken zieht es ihn unentwegt in die Tiefe. Und jetzt, da der Adrenalinschub abflaut, fühlt er auch die Kälte, die nach ihm greift wie die Hand der toten Hexe.

»Halt … dich … fest! Ich … wechsele … die Hand«, bringt Jari hervor und macht sich bereit für die nächste Kraftanstrengung. Er befördert Tiina mit einem Ruck ein Stück höher, stemmt einen Fuß gegen die Brunnenwand und holt Schwung. Dann gibt etwas nach, und seine Bewegung zielt ins Leere. Die Wurzel zerbricht mit einem Knacken, sie fallen ins Wasser und sinken tief, bis auf den Grund.

Dunkelheit. Tiina verliert den Halt, und er kommt allein wieder an die Oberfläche. Der Geruch nach faulen Eiern steigt ihm in die Nase. Er durchpflügt mit den Armen das Wasser, kann aber seine Schwester nicht finden. Er taucht wieder ab und tastet mit den Händen. Seine Finger kriegen etwas zu fassen, das Tiinas Jacke sein könnte. Er krallt seine Finger hinein und zieht es über Wasser. Endlich kann er Tiinas Kopf wieder sehen, aber er hängt schlaff zur Seite. Jari richtet ihn auf und stellt erschrocken fest, dass sie nicht mehr atmet. Panik erfasst ihn, und zum ersten Mal kommt ihm der Gedanke, dass Tiina sterben könnte.

Er tritt auf der Stelle und schüttelt sie, haut ihr auf den Rücken, aber nichts passiert. So als ob in seinen Armen eine Stoffpuppe hinge. Jari beginnt zu weinen. Es kommt tief aus seinem Inneren. Er weint ekstatisch, fast schreiend. Dabei schüttelt er sie immer wieder und klopft ihr auf den Rücken, bis Tiina endlich zu husten beginnt. Aus ihrem Mund läuft Wasser, das schwarz ist wie Blut, und jetzt weint auch sie.

Ein Schatten legt sich über sie, und Jari richtet den Blick nach oben. In der Brunnenöffnung ist ein Stück blauer Himmel zu sehen, in dem ein Kopf aufgetaucht ist. Kurzzeitig ist sich Jari sicher, dass Rami Nieminen zurückgekehrt ist, um mit seiner Pistole zu vollenden, wobei er unterbrochen wurde.

»Jari?«, erschallt Anttis Stimme.

»Hilfe!«

»Was ist passiert?«

»Rami war hier, er hatte eine Pistole, und Tiina ist in den Brunnen gefallen. Henriikka ist losgerannt, um Hilfe zu holen.«

»Kannst du dich irgendwo festhalten?«

»Nein, wir brauchen irgendetwas Langes.«

Anttis Kopf verschwindet aus seinem Gesichtsfeld. Ein neuer Adrenalinschub pumpt neue Kraft durch seinen Körper. Vielleicht ist doch noch nicht alles verloren. Da fällt ihm ein, dass er einmal gesehen hat, wie Rettungsschwimmer den zu Rettenden festhalten. Er dreht Tiina auf den Rücken, fasst sie im Rettungsgriff unter den Achseln und lehnt sich zurück. Tiina zappelt und tritt nicht mehr. Die neue Stellung ist auch für Jari leichter, aber er weiß, dass seine Glieder dennoch bald ermüden werden. Er fühlt Tiinas Atmung und Körperwärme an seiner Brust und konzentriert sich darauf, sie über Wasser zu halten. Es gibt nur diesen Augenblick, den nächsten Atemzug und den nächsten Beinschlag, um sie über Wasser zu halten. In Gedanken zählt er die Sekunden. Immer, wenn er bei zehn ankommt, beginnt er von vorn. Er hält die Augen fest geschlossen, sein Gesicht ist konzentriert und angespannt. Beinschlag – eins, Beinschlag – zwei, Beinschlag – drei …

»Jari!«, Anttis Stimme ertönt von oben und holt ihn in die Gegenwart zurück.

»Ja?«

»Ich reiche dir einen Stock, warte!«

Anttis Kopf verschwindet, um gleich darauf wieder aufzutauchen. Er schiebt einen langen Birkenstamm in den Brunnen, tiefer und immer tiefer. Als der Stamm sich nicht weiter nähert, versucht Jari, ihn zu erreichen, aber seine Hand greift ins Leere. Er versucht, höher emporzuschnellen, seine Finger streifen die vordersten Blätter, aber er kriegt ihn nicht zu fassen.

»Ich komme nicht ran!«

»Warte.« Antti beugt sich so tief herunter, wie er kann, und hängt mit dem Oberkörper bedrohlich weit über den Brunnenrand. Die Birke rutscht ein Stück tiefer und dieses Mal kann Jari sie erreichen.

»Kriegst du's?«

»Na ja.«

»Halt fest! Gleich kommt Hilfe.«

»Ich kann nicht mehr, Tiina …«

»Aber sicher kannst du, und zwar solange du musst, Himmelarsch!«

»Ich habe so einen Schiss. Rami hat versucht, mich umzubringen, der hatte 'ne Waffe und hat geschossen.«

»Shh. Spar deine Kräfte. Ist Tiina okay?«

»Ja.«

»Gut, lass dich hängen. Ich halt euch schon beide.«

Dann ist es lange ruhig. Jari konzentriert sich darauf, sich an der Birke und gleichzeitig Tiina festzuhalten. Die Zeit läuft wieder langsamer. Seine Gedanken spalten sich auf und irren an einen Ort, wo alles in Bewegung ist und nur er regungslos verharrt. Er wird jäh aus seinen Gedanken gerissen, als Tiinas Kopf unter Wasser rutscht. Er bekommt einen Schreck und erhöht die Trittfrequenz. Tiina hustet, dreht den Kopf, ist aber schon sehr schwach. Jari beißt die Zähne zusammen und versucht, seine Position zu verbessern, schluckt stattdessen aber selbst Wasser und beginnt zu husten. Ihm ist kalt.

»Jari?« Antti hört das Husten und dann einige, mühsam hervorgestoßene Worte:

»Ich – kann – nicht – mehr.«

»Verdammt kannst du! Hörst du! Es dauert nicht mehr lange!«

Wieder ist es still. Dann fängt Antti an zu reden:

»Mutter hat gesagt, dass du angerufen hast und zum Haus wolltest. Ich wollte eigentlich angeln gehen, hatte aber alleine keinen Bock. Und als ich hier ankam, habe ich euch rufen hören.«

Jaris Griff lockert sich, und Antti schreit ihn an: »Halt fest. Mann, halt dich bitte fest!«

Jaris Finger tasten nach dem Stamm. Er hat kaum noch Gefühl in den Fingern. Es fällt ihm schwer, sich auf so viele verschiedene Dinge gleichzeitig zu konzentrieren. Tiinas schlaffes Gewicht zieht ihn in die Tiefe. Wenn er sie nicht bald loslassen kann, werden sie beide untergehen. Antti bewegt den Stamm hin und her, und Jaris Finger erwischen den Stamm, rutschen aber ein ums andere Mal wieder ab.

»Halt fest, halt dich fest!«, fordert Antti ihn auf und beugt sich noch tiefer in den Schacht.

Dann kriegt Jari den Baum endlich wieder zu fassen. Aber er weiß, dass seine Kräfte höchstens noch für ein paar Sekunden reichen werden. Als der Stamm aus seiner Hand rutscht, versucht er gar nicht erst, ihn wieder zu erreichen, sondern konzentriert sich darauf, Tiinas Gesicht über Wasser zu halten. Tiina ist vollkommen schlaff, ihr Atem unregelmäßig und röchelnd. Jari fängt wieder an zu weinen.

»Halt dich fest!«

»Es geht nicht, ich kann nicht mehr!«

»Halt dich verdammt noch mal fest! Hej! Du! Ich liebe dich. Halt dich sofort an dem Baum fest!«

Jari rafft sich auf und bekommt die Birke wieder zu fassen. Er greift fest zu und hat das Gefühl, seine Schulter und Muskeln reißen.

»Hej! Sie kommen. Ich kann sie sehen!«, ruft Antti aufmunternd. »Halt durch. Die haben eine Leiter!«

Jari zwingt sich mit letzter Kraft, nicht loszulassen. Seine Zähne sind fest aufeinandergepresst. Vor seinen Augen tanzen Sterne am schwarzen Nachthimmel. Seine ganze Welt ist hier. Hängt an einem dürren Birkenstamm. In dem anderen Arm hängt schlaff seine Schwester. Jetzt hört auch er die Stimmen und Rufe. Sie kommen schnell näher.

»Hilfe! Hilfe«, ruft Antti. »Hier drüben! Hilfe!«

Dann sind die Stimmen direkt über ihm. Hastig gesprochene, kurze Sätze. Die Stimmen von Erwachsenen. Ein Mann ruft etwas, und dann wird es dunkel. Drei Köpfe verdecken die Sicht auf den Himmel.

»Hallo!«, ruft der Mann. Aber Jari hat keine Kraft mehr zu antworten.

»Macht Platz!«, befiehlt der Mann jetzt, und es wird kurz wieder heller. Die Birke kommt ein Stück weiter runter und der schlimmste Schmerz im Oberarm lässt nach.

»Die Leiter!«

Wieder bedeckt sich der Himmel, metallisches Klirren, als etwas in den Schacht hinabgelassen wird. Jari konzentriert sich auf Tiina, die ihm jede Sekunde etwas mehr entgleitet. Er versucht, sie besser zu fassen, schafft es aber nicht. Ihr Körper zittert. Die Leiter landet neben ihm, und er hört die Aufforderung: »Halt dich an der Leiter fest!«

Jari kann die Leiter sehen, sie ist direkt neben ihm. Nur eine Armlänge von ihm entfernt. Aber er kann die Birke nicht loslassen. Dann würde er sofort zu Boden sinken. Seine Beine haben nicht mehr genügend Kraft, um sie beide über Wasser zu halten. Er ist vollkommen am Ende.

»Halt dich an der Leiter fest!«, hört er wieder. Dann kommt jemand heruntergeklettert. Er bekommt es nur noch verschwommen mit, denn sein Bewusstsein ist bereits eingetrübt. Der Schmerz hat nachgelassen, und er treibt in einem Zustand jenseits von Zeit und Raum. Vor ihm öffnet sich ein Fenster, durch das er schauen kann, aber die Gestalten, die er sieht, sind keine Menschen.

Ein starker Arm greift ihn unter der Achsel und zieht ihn hoch. Rufe, die er nicht versteht. Das Licht wird heller, und dann ist er auf einmal wieder auf der Erde. Grelle Farben, ein knallblauer Himmel, Schwalben. Er wird auf die Seite gedreht. Antti ist neben ihm, sagt etwas, das Jari aber nicht versteht. Er starrt auf einen Grashalm, an dem ein Marienkäfer mühsam hochkrabbelt. Über das Himmelsdach segelt eine Wolke. Jetzt hat der Marienkäfer die Spitze des Grashalms erreicht, er biegt sich leicht, und dann krabbelt der Käfer auf der anderen Seite wieder herunter.

Jari weiß, dass er lebt, wünscht aber, es wäre nicht so. Er wünscht, er wäre noch in dem Brunnenschacht. In seinem Ohr piept es. Das Pfeifen ist zurückgekehrt und wird ihn von nun an bis ans Ende seines Lebens begleiten. Es wird immer da sein und ihn an diesen Tag erinnern, damit er ihn nie vergessen kann.

Tiina wird zwei Tage vor Mittsommer auf dem Käppärä-Friedhof beerdigt. Der Regen setzt am Vorabend ein und wird gegen Nacht stärker. Es ist der erste Regen seit vielen Wochen. Die Luft kühlt ab, und gegen Mitternacht zieht ein heftiges Gewitter über die Stadt. Der Regen trommelt auf das Dach und strömt schäumend aus den Fallrohren. Doch am nächsten Morgen sind Gewitter und Regen verklungen, und die Sonne scheint wieder.

Auf dem Friedhof kann man den Regen noch riechen. Das frisch gemähte Gras ist nass. Hier und da wird der Weg von Pfützen gesäumt, auf denen sich Pollen gesammelt haben. Nur wenige Menschen sind anwesend. Tiinas Sarg ist aufgebahrt. Der Pfarrer streut Sand darüber. Es ist der kleinste Sarg, den Jari je gesehen hat. Er versucht zu weinen. Er kann die Tränen spüren, bekommt sie aber nicht heraus. In seinem Hals sitzt ein dicker Klumpen.

Draußen wird der Sarg auf einen Karren geladen. Vater schiebt ihn an der Deichsel vor sich her. Entgegenkommende machen Platz und schauen Ihnen hinterher. Als der Sarg in die ausgehobene Grube eingelassen wird, aus deren Wänden Wurzeln herausragen wie haarige Spinnenbeine, ist sich Jari sicher, dass er gleich erstickt. Ihm kommt es so vor, als legte man Tiina zurück in den Brunnen, und alle sähen ihn an. Vater und Mutter und Oma und Opa. Alle schauen ihn anklagend an. Jari wünscht, er wäre statt ihrer gestorben und das wäre seine Beerdigung. In gewissem Sinne ist sie das auch, denn er wird nie wieder heil sein.

X

VERGELTUNG

44

Jari Paloviita starrte an die Schlafzimmerdecke. Die Schatten von im Wind schwankenden Bäumen tanzten im Licht der Straßenlaternen und malten eigentümliche Figuren an Wände und Decke.

Er betrachtete seine Frau Terhi, die mit dem Rücken zu ihm schlief. Ihr volles Haar bedeckte das Kissen, und unter der dünnen Decke zeichneten sich die Kurven ihres Körpers ab. Gern wäre er mit seiner Hand über die Linien ihres Körpers gestrichen, um ihre Wärme und Weichheit zu spüren. Zehn Jahre zuvor hätte er das sicher auch getan. Aber die Zeit, als er Terhi mitten in der Nacht wecken konnte, um sie zärtlich zu verwöhnen, war längst vorüber. Paloviita stand auf und ging in den Flur. Im Haus war es still, nur das Summen des Kühlschranks und das Ticken der Wanduhr im Wohnzimmer waren zu hören. Einen Moment lang verharrte er auf dem Treppenabsatz. Durch das Fenster unter der Decke fiel Licht und färbte die Treppenstufen aus Nussbaumholz gräulich. Draußen wankten die Bäume im Wind. Auf seiner silbrig schimmernden Haut flackerten Schatten wie lebendig gewordene Tattoos.

Er ging über die Treppe nach unten und schaute in die Zimmer der Mädchen. Sinis Decke war auf den Boden gerutscht. Sara schlief quer im Bett, ihr rechter Fuß ragte über den Bettrand. Paloviita legte sie richtig herum ins Bett und deckte beide zärtlich zu.

Morgen würden sie das Messer nach Helsinki schicken und dort die DNA-Spuren vom Opfer und von Antti Mielonen sicherstellen. Das reichte für eine Verurteilung. Sein Manöver, die Fingerabdruckdaten ins Bituniversum zu befördern, hatte ihm nur etwas Zeit verschafft. Er hätte natürlich auch die Tatwaffe abwischen können, wusste aber, dass irgendwo auf dem Stahl oder in einer Ritze immer etwas zurückblieb, und das kleinste Tröpfchen reichte dem kriminaltechnischen Labor, um eine Person zu identifizieren. Um Antti zu retten, müsste er das Messer verschwinden lassen.

Er trank zwei Gläser Wasser und starrte auf die rotschimmernde Anzeige am Herd. Es war kurz vor zwei. Die dunkelsten Stunden der Nacht. Er strich sich über Gesicht und Nacken, ging noch einmal in die Zimmer der Mädchen und schaute durch Sinis Fenster nach draußen. Die Straße war still, in keinem der Nachbarhäuser brannte Licht. Die Stadt schlief, so wie er normalerweise auch. Vielleicht lag es an jenem kosmischen Rauschen, von dem sein Vater einst gesprochen hatte und das sie mit einem alten Autoradio hatten einfangen wollen. Er musste eine Entscheidung treffen, sonst würde sein Gehirn explodieren.

Er ging zurück nach oben ins Schlafzimmer. Terhi hatte sich auf den Rücken gedreht. Ihre puppenhaften Augen, in die er sich einst verliebt hatte, waren geschlossen. Wie schön sie war. Wie goldig ihre beiden Mädchen. Und in was für einem prächtigen Haus sie wohnten.

Leider fußte das alles auf einer Lüge. Die Schwere seiner Schuld war erdrückend. Über Jahre hinweg hatte er sich von seinem besten Freund abgewendet, er hatte nicht angerufen, nicht gefragt, wie es ihm geht, keine Hilfe angeboten.

Dabei hatte er es immer gewusst. Sein ganzes Leben bestand aus einer riesigen Lüge, in deren Mittelpunkt er selbst stand. Eine Lüge wie das Lächeln auf den Fotos.

Paloviita beschloss sich anzuziehen, stieg in seine Jeans und streifte den Hoodie über. Er blieb kurz neben ihrem Bett stehen und betrachtete erneut seine schlafende Frau. Dann ging er und verließ das Haus, holte Schraubenzieher und Taschenlampe aus der Garage, testete, ob die Batterien noch voll waren, und stieg ins Auto. Er wusste exakt, wie viele Überwachungs- und Verkehrskameras es in der Stadt gab und wo diese sich befanden. Soeben fuhr er an mehreren von ihnen vorbei. Aber es war allerdings auch unbestritten, dass Henrik Oksman ihm in diesem Wissen in nichts nachstand.

Er stellte das Auto an einer Querstraße im sechsten Stadtbezirk ab und stieg aus. Glücklicherweise regnete es nicht, trotzdem war der Boden matschig vom geschmolzenen Schnee. Die Häuser am Rand der Straße waren dunkel bis auf eines, in dem bläuliches Licht hinter einem Vorhang flackerte. Wahrscheinlich schaute jemand fern oder war vor der Glotze eingepennt.

Paloviita zog die Kapuze hoch und lief zum Ende der Straße. Ein kleiner Spielplatz wurde von einer einzigen Straßenlaterne in der Form einer fliegenden Untertasse erleuchtet. Außerhalb des Lichtkreises breitete sich die Nacht grenzenlos aus wie das Weltall. Paloviita schritt durch den Lichtkegel und verschwand in der Dunkelheit. Er zwängte sich durch ein Gebüsch, stieg über einen Drahtzaun und ging die Böschung zu den Gleisen hinunter. Quer über die Gleise verlief ein Trampelpfad, eine Abkürzung zur anderen Seite der Bahnstrecke. Die Signalleuchte zeigte Rot. Über die Eisenbahnbrücke rauschte ein Auto. Paloviita folgte dem Gleisbett, auf dem sich allerlei Unrat angehäuft hatte. Es roch nach Rost, Katzenpisse und Teer-Kreosot.

Dann bog er auf einen schwach ansteigenden, von einem Weidendickicht gesäumten Pfad ein, der zu einer großen, asphaltierten Fläche führte. Er hockte sich ins Gebüsch und beäugte den Platz hinter dem Gebäude, den sich Polizei und Rettungsstelle teilten. Auf den Parkflächen standen nur wenige Autos. Die Lampe über der Betriebstankstelle verbreitete einen milchigen Schein. Was zum Teufel hatte er hier eigentlich vor? Einen Einbruch in seine Dienststelle! In das Gebäude der Polizei! Vielleicht war er wirklich verrückt geworden, wie Terhi gesagt hatte. Das Adrenalin breitete sich in seinem Blutkreislauf aus, sein Herz schlug schneller.

Das Revier war besetzt wie jede Nacht, ebenso die Räume der Schutzpolizei im Erdgeschoss. Im Raucherpavillon stand im Augenblick niemand. Paloviita sprang über den Zaun und lief unter Meidung der hellsten Stellen über den Platz. Trotzdem wusste er sehr wohl, dass jeder, der zufällig aus dem Fenster blickte, ihn so deutlich wie bei Tageslicht erkennen konnte. Vielleicht wurde er tatsächlich gesehen. Er ging um die Werkstatthalle herum und trat ins Licht. Das Eisengitter vor der Garage der Dienst-KFZ war geschlossen, aber der Personaleingang daneben ließ sich mit seinem Schlüssel öffnen.

Die Hauswand des Polizeigebäudes lag im Dunkeln. Er musste sich dicht unter den Fenstern bewegen, denn die Halle war mit Bewegungsmeldern ausgestattet. Direkt daneben befand sich eine Überwachungskamera, die unablässig auf die Außentür des Zellentrakts und die eingezäunte Raucherzone für die Inhaftierten gerichtet war. Das Kamerabild wurde live in den Kontrollraum übertragen, der durchgehend von mindestens einer Person besetzt war. Die rote Lampe an der Kamera blinkte.

Er lief gebückt unter den Fenstern entlang und fürchtete, das Hoflicht könnte jeden Moment aufflackern. Dann würde die Wache automatisch auf den Monitor starren. Neben der Hintertür wuchs ein Strauch an der Hauswand, der im Sommer von unzähligen weißen Blüten übersät war. Paloviita hockte sich dahinter und wartete. Einen Sichtschutz boten die jetzt blattlosen spärlichen Zweige kaum. Falls jemand auf den Platz kommen sollte, würde er ihn sofort entdecken. Er, der leitende Kriminalhauptkommissar, hockte mit ins Gesicht gezogener Kapuze im Gebüsch hinter dem Polizeigebäude. Was in Gottes Namen sollte er sagen, wenn er wirklich entdeckt wurde? Etwa, dass er seinen Schlüssel suchte? Mein lieber Scholli!

Noch konnte er sich zurückziehen, noch war nichts Unwiderrufliches geschehen. Er könnte nach Hause fahren, und alles liefe weiter wie bisher. Antti Mielonen würde wegen Totschlags verurteilt werden und dann für Jahre einsitzen. Vielleicht wäre das gar nicht die schlechteste Lösung für Antti. Im Gefängnis könnte er vom Alkohol loskommen, etwas lernen und seinem Leben eine neue Richtung geben. Der Gedanke hatte etwas Tröstliches. Warum glaubte er, Paloviita, für das Leben eines anderen Menschen verantwortlich zu sein? War nicht jeder letztendlich der Krieger seines eigenen Glücks, wie Terhi es ausdrückte? Antti war für seine Lage ganz und gar allein verantwortlich. Niemand hatte ihm Alkohol eingeflößt oder ihm ein Messer in die Hand gedrückt – und erst recht hatte niemand ihn gezwungen, damit Rami Nieminens Halsschlagader aufzuschlitzen.

Die Beweise wirkten unumstößlich, aber in seinem Innersten wusste Paloviita, dass das nicht stimmte. Jeder einzelne Beweis stand auf wackligem Boden und konnte jederzeit einstürzen wie ein Kartenhaus. Tatsächlich vibrierte es schon, es knackte und knirschte in den Ecken. Antti und er hatten gemeinsam den Raum jenseits des kosmischen Rauschens betreten. Hier, hinter dem Gebüsch, rauschte es so stark, dass es in den Ohren schmerzte. Die Luft um ihn herum brüllte geradezu, war erfüllt von Stimmen der Vergangenheit, sodass ihm fast der Kopf platzte.

Ein Streifenwagen hielt vor dem Metalltor an der Einfahrt und wartete darauf, dass es zur Seite glitt. Die Scheinwerfer strichen auch über den Strauch, hinter dem Paloviita hockte.

»Scheiße!«, dachte Paloviita und versuchte sich so klein zu machen, wie er konnte. Jetzt war es für einen Rückzieher zu spät. Er wusste, dass er so lächerlich aussah, wie es für einen Menschen nur möglich war.

Der blauweiße Transporter setzte sich in Bewegung und fuhr auf den Platz. Der 500-Watt-Scheinwerfer des Bewegungsmelders an der Wartungshalle leuchtete auf und tauchte alles in ein grelles

Licht. Der Polizeiwagen glitt über den Asphalt, das Klackern der Spikereifen war jetzt deutlich neben ihm zu hören.

Er schloss die Augen und hielt die Luft an.

Der Wagen hielt. Die Fahrertür wurde geöffnet und kurz darauf auch die Beifahrertür. Ein Koppel klirrte. Paloviita erwartete, gleich im Nacken gepackt und wie ein entflohener Häftling in die Höhe gezerrt zu werden. Doch nichts dergleichen geschah. Die Schritte gingen zum hinteren Teil des Fahrzeugs, und Paloviita öffnete vorsichtig ein Auge. Der Wagen stand nur wenige Meter von ihm entfernt, Abgase stiegen ihm in die Nase.

Die Fahrertür stand offen.

Er konnte die warme Luft spüren, die aus dem Wageninneren strömte.

»Na, dann mal raus«, befahl eine männliche Stimme. Paloviita war versucht, die Arme zu heben, wusste aber, dass die Aufforderung nicht ihm galt. Klappern und Ächzen. Dann wurden die Flügeltüren wieder zugeschlagen. Jetzt sagte eine weibliche Stimme:

»Und schön brav sein.«

Die Polizeibeamten führten einen jungen Mann mit verschmutzter Jeans und einem ähnlichen Kapuzenshirt wie Paloviita es trug dicht am Busch vorbei. Sie schauten nicht eine Sekunde in seine Richtung, sondern konzentrierten sich auf die taumelnde Gestalt, die ohne ihren festen Griff gestürzt wäre. Dann fiel der Blick dieses Mannes, oder besser des Jungen, auf die kauernde Gestalt neben dem Busch, und einen Herzschlag lang begegneten sich ihre Blicke. Die Augen des Burschen weiteten sich vor Verblüffung. Paloviita legte den Finger an die Lippen und zwinkerte ihm zu. Er blinzelte zurück und verzog das Gesicht zu dem schiefen Grinsen eines Betrunkenen. Jetzt waren sie schon an der Tür, öffneten das elektrische Schloss und zogen die Tür auf.

Paloviita wartete, bis die Tür fast wieder zugefallen war,

sprang dann aus seinem Versteck und bekam im letzten Moment die Klinke zu fassen. Er schaute vorsichtig durch die Tür und schlich hinein. Der Gang zu den Arrestzellen lag verlassen, war aber hell erleuchtet wie ein Operationssaal. Auch der Glaskasten des diensthabenden Beamten, von dem aus man die Stelle, an der er stand, direkt einsehen konnte, war leer. Der Beamte war mitgegangen, um den Schutzpolizisten eine Zellentür aufzuschließen. Paloviita konnte hören, wie sich die Schritte entfernten, und der Schlüssel klirrte.

Er hatte keine Zeit zu verlieren, stürzte zum Glaskasten und beugte sich hinein. Der Strauch war auf einem der unteren Monitore deutlich zu sehen – ein Wunder, dass er nicht entdeckt worden war. Eine Zellentür quietschte in den Angeln. Paloviita ging zur Tür des Schichtleiters und fluchte innerlich: Musste wirklich jede einzelne Halogenlampe selbst mitten in der Nacht brennen? Hatte der Staat etwa noch nie etwas von Energiesparen gehört? Er huschte in den Flur. Die Feuertür am Ende des Eingangsbereichs war verschlossen. Aber alle Türen ließen sich nicht nur elektronisch, sondern auch mit dem Schlüssel öffnen. Er hörte, wie die Streife und der Wachhabende miteinander redeten und lachten. Sie waren bereits auf dem Rückweg, ihm blieben höchstens fünf Sekunden, sein Schlüsselbund hervorzuziehen, den richtigen Schlüssel zu finden und das Schloss zu öffnen. Sein Herz raste wie wild.

Er griff nach dem Schlüsselbund in seiner Tasche und wollte es herausholen, aber irgendwie hatte es sich in dem zerschlissenen Stoff seiner Hosentasche verfangen, und er bekam es nicht frei, egal wie sehr er daran zerrte. Die Schritte kamen näher. Paloviita sah über die Schulter und zog sicherheitshalber die Kapuze tiefer ins Gesicht. Er könnte alles abstreiten. Erklären, dass er keinen Schlaf gefunden und beschlossen hatte, ins Büro zu fahren. Im Geiste legte er sich schon die richtigen Worte zurecht.

Die Stimmen kamen jetzt nicht mehr näher. Die Polizisten

waren am Glaskasten stehen geblieben und setzten ihr Gespräch wohl noch eine Weile fort. Er zerrte weiter am Schlüsselbund, und diesmal flutschte es heraus, als ob es nie verhakt gewesen wäre. Er schob den Schlüssel ins Schloss und drehte ihn, die Tür sprang auf, und Paloviita schlüpfte in den Vorraum zum Aufzug, der im Dämmerlicht lag. Hier und dort brannten Sicherheitsleuchten, aber sonst war es dunkel. Faktisch war er gerade in die Diensträume der Polizei eingebrochen. Eigentlich war es lächerlich einfach gewesen. Viele, die in den Zellen schlummerten, hatten sicherlich schon davon geträumt, hier auszubrechen, aber kaum einer träumte wohl davon, hier einzubrechen. Die roten Lampen der Bewegungsmelder im Flur blinkten, doch Paloviita kümmerte sich nicht darum. Es gab insgesamt drei Überwachungskameras in diesem Stockwerk, die permanent aufzeichneten, aber keine war auf jenen Teil des Korridors gerichtet, in dem er sich befand. Und keine überwachte den Ort, zu dem er unterwegs war.

Henrik Oksman blickte auf die Zeitanzeige am Armaturenbrett. Zehn vor drei. Er hatte nicht schlafen können. Immer, wenn er die Augen schloss, hörte er das ununterbrochene Bellen des Hundes, bis er es nicht mehr aus seinem Bewusstsein verbannen konnte. Nur wenn er die Augen öffnete, ließ das Bellen nach. Oksman dachte lange Zeit, dass die Hunde weit weg waren, doch jetzt hatten sie die Spur wiederaufgenommen und waren ihm erneut auf den Fersen. Vaters hüftkranke Bluthunde, die niemals ermüdeten.

Die Hunde waren es auch, die Oksman sagten, dass irgendetwas nicht stimmte. Sein Instinkt sagte es ihm.

Das Messer war gefunden worden, voller Blut und Fingerabdrücke. In Verbindung mit den übrigen Beweisstücken reichte das aus, um Antti Mielonen zu verurteilen. Jetzt ging es nur noch darum, ob es Mord oder Totschlag war. Das Messer war unter

Moos versteckt worden. Es war nicht einfach im Wald weggeworfen worden, sondern jemand hatte bewusst versucht, es zu
verbergen. Das war ein erschwerender Umstand und warf ein
fragwürdiges Licht auf alles andere. Vielleicht war Antti Mielonen ja doch nicht so einfältig, wie sie bisher angenommen hatten:
ein Trinker, der sich das Hirn weggesoffen hatte und sich nicht
einmal genau daran erinnern konnte, wann er wo gewesen war.
Hatte er alles von Anfang an geplant? Seinen Aufenthalt im Wochenendhaus, die Messerstecherei, seine Flucht – alles?

Oksman schüttelte den Kopf. Er glaubte nicht wirklich an einen größeren Plan hinter all dem. Genauso gut konnte Paloviita
behaupten, jemand hätte das Messer nachträglich dort deponiert.
Schließlich hatten sie schon zweimal vergeblich versucht, es zu
finden.

Natürlich würde Paloviita nie etwas in dieser Größenordnung
unternehmen. Er und Linda würden morgen die Unterlagen fer-
tigmachen und sie dem Staatsanwalt übergeben. Paloviita hätte
keine andere Wahl, als die Papiere zu unterschreiben.

Es war unbestritten, dass Nieminen und Mielonen sich früher gekannt hatten – und dass Paloviita beide kannte. Oksman
hatte das Foto, das alles belegte – und er hatte Akten, die noch
viel mehr bewiesen. Die Verbindung zwischen Paloviita und Mielonen reichte viel tiefer, als er anfangs zu vermuten gewagt hatte.
Er musste das ansprechen, auch wenn es ihm unangenehm war.
Sonst könnte er nicht weiter mit Paloviita zusammenarbeiten,
falls dieser seine Stelle überhaupt behalten durfte, wenn alle Karten eines Tages offen auf dem Tisch liegen würden.

Er war so in seine Gedanken vertieft, dass er gar nicht bewusst
wahrgenommen hatte, wie er von zu Hause bis zur Polizeidienst-
stelle gekommen war. Er fuhr exakt mittig in eine der markierten
Parklücken und stieg aus. Es war kalt, aber noch nicht unter null,
und das bisschen Schnee, das es den Tag über gegeben hatte, war
fast vollständig wieder geschmolzen.

Jener Schnee, der beinahe ihre Ermittlungen vereitelt und das Messer endgültig begraben hätte.

Aber sie waren trotz allem erfolgreich gewesen.

Er ging durch die Hintertür. Der Diensthabende fuhr bei seinem Anblick zusammen, nahm die Füße vom Tisch und faltete das Boulevardblatt zusammen, in dem er gelesen hatte. Seine Augen huschten über die Monitore, als ob er vertuschen wollte, dass er Oksmans Eintreffen nicht bemerkt hatte.

Der Kollege sah auf die Uhr und unterdrückte ein Gähnen, das sich als Zittern über sein Gesicht zog. »Grüß dich, Henrik. Du bist aber zeitig … oder spät auf den Beinen.«

Oksman lächelte, was ziemlich selten vorkam.

»Ich habe gehört, dass ihr gestern mit einem Großaufgebot in Ahlainen unterwegs wart. Prima Sache, dass ihr das Messer gefunden habt.«

Oksman nickte. »Ich muss noch die Berichte für morgen fertig machen.« Mehr sagte er nicht, ging am Büro des Schichtleiters vorbei und öffnete die Tür zum Aufzugsvorraum mit seinem Chip. Er verspürte einen inneren Drang, sich zu vergewissern, dass das Messer an Ort und Stelle war.

Die Tür zum Bereich der Kriminaltechnik war verschlossen, und hier passte Paloviitas Schlüssel nicht. Er hätte die Tür ohne Weiteres mit seinem Chip öffnen können, aber dann hätte er einen elektronischen Fingerabdruck in den Zugangskontrolldaten der Dienststelle hinterlassen. Er suchte nach einer Alternative, und tatsächlich boten sich zwei konkurrierende Lösungen an.

Bei der Variante eins hätte er einfach nach oben in sein Büro gehen können, um den Generalschlüssel aus Heinonens Kiste zu holen. Allerdings müsste er dafür entweder den Aufzug oder die Treppe benutzen, und beide waren videoüberwacht. Es war unmöglich, den Schlüssel zu holen, ohne dass ihn eine Kamera einfing.

Er fluchte. Warum hatte er das nicht im Voraus bedacht? Und warum hatte er den Generalschlüssel nicht schon längst an seinem Schlüsselbund befestigt? Heinonen war jetzt in Vantaa und würde ihn dort wohl kaum brauchen.

Auch Variante zwei barg gewisse Risiken. Sogar noch größere als Variante eins. Am Passausgabeschalter gab es eine Kassette mit sogenannten Besucherchips, die man sich leihen konnte, wenn man seinen vergessen hatte. Auch Paloviita hatte ein paarmal darauf zurückgegriffen, allerdings lag das schon mehr als zwei Jahre zurück. Das Öffnen des elektronischen Schlosses würde zwar auch Spuren hinterlassen, aber da es sich nicht um seinen persönlichen Chip handelte, konnte man den Vorgang nicht nachverfolgen. Außerdem gab es auch im Eingangsbereich Kameras, aber wenn er sich recht erinnerte, dann überwachten sie die Eingangstür und den Schalter, nicht den Bereich dahinter. Paloviita hoffte eindringlich, dass ihn seine Erinnerung nicht täuschte.

Er drehte sich um und ging zurück in die Eingangshalle.

Draußen vor der Tür standen zwei Polizeibeamte und unterhielten sich. Eine Frau und ein Mann. Er konnte sie durch die Glasscheibe sehen. Sie hatten offensichtlich Spaß. Der Kollege hatte den Daumen unter sein Koppel gesteckt, sie stemmte die Hände in die Hüften. Paloviita duckte sich und fühlte sich schon wie der letzte Idiot, der auf seiner eigenen Dienststelle mit den Kollegen Versteck spielte. Er inspizierte die Decke und versuchte, die Kameras auszumachen, entdeckte aber nur eine. Irgendwo gab es noch eine weitere, aber er konnte sie im Moment einfach nicht finden. Paloviita stellte sich vor, wie es aussah, wenn er auf den Aufzeichnungen der im Nachtmodus laufenden Kamera auf allen vieren von der Verbindungstür zum Schalter kroch. Wurde er dabei erwischt, würde das Video zum Hit unter sämtlichen Polizeibeamten Poris werden.

Glücklicherweise war die Polizei technisch gesehen ein bisschen von gestern. Während in allen Einkaufszentren längst Panoramakameras mit 360°-Rundumsicht im Einsatz waren, begnügte sich die Polizei noch mit der alten Technik.

Er behielt die Polizisten vor der Tür im Auge und hoffte, dass ihr Interesse füreinander stark genug war und sie keinen Grund hatten, durch das Fenster hereinzuschauen. Gerade als Paloviita alles andere als elegant durch einen Lichtkegel krabbelte, drehte der Kollege sich um und sah genau in seine Richtung. Paloviita erstarrte und schaute zurück. Er erwartete, dass der Beamte etwas zu seiner Kollegin sagte und auf ihn zeigte oder die Tür öffnete und hereinkam, aber nichts dergleichen geschah. Vielmehr korrigierte er den Sitz seines Käppchens und wandte sich dann wieder seiner Kollegin zu.

Paloviita ließ die angestaute Luft aus seiner Lunge entweichen, kroch zur Kassette und hob den Deckel. Leer! Verfluchter Mist! Er nahm die Kassette in die Hand und schüttelte sie. Nichts. Absolut nichts. Dann durchsuchte er die Schubladen, fand aber nur Formulare und andere Unterlagen. Er lehnte sich an den Schalter, die Anspannung fuhr ihm stechend durch die Glieder. Heinonens Generalschlüssel kam ihm wieder in den Sinn. Er wäre seine einzige Chance, aber er verwarf die Idee im gleichen Atemzug.

Paloviita lugte über den Schalter, die beiden Polizisten hatten ihren Weg fortgesetzt. Er durchsuchte die Schubladen erneut, diesmal bis in die hinterste Ecke. Und tatsächlich fand er in der untersten Schublade die Kassette mit dem Wechselgeld und darin einen Chip. Er nahm ihn an sich und verschwand auf dem gleichen Weg, den er gekommen war.

Henrik Oksman öffnete die Tür zum Bereich der Kriminaltechnik mit seinem Chip und knipste das Licht im Korridor an, von dem die Laborräume und Büros der Techniker abgingen. Nachts hatte er diese Räume noch nie betreten. Einige der Türen waren geschlossen, die Büroräume hinter den offen stehenden Türen lagen im Dunkeln. Die Farben der Bildschirmschoner der Dienstcomputer leuchteten gespenstisch.

Wenn Raunela erführe, dass er hier herumgeschnüffelt hatte, würde er erst vor Wut schäumen und ihn dann in Stücke reißen. Oksman schätzte Raunela. Es war eine Freude, mit einem Kriminaltechniker zu arbeiten, der kompromisslos war und nicht mit sich handeln ließ. Allerdings hatte er auch eine andere Seite, die die Zusammenarbeit mit ihm manchmal unmöglich machte: Raunela konnte gnadenlos sein. Gnadenlos und zum Kotzen. Aber Oksman musste das Messer sehen, komme was wolle, denn er fürchtete, Paloviita könnte etwas mit dem Messer anstellen. Es abwischen, verschwinden lassen, stehlen – irgendwas.

Zwischen Paloviita und Antti Mielonen gab es eine Verbindung, und er wusste inzwischen auch welche. Alles erschien in einem neuen Licht, denn alles hing mit diesem Mittsommerabend 1991 zusammen. Und Paloviita hatte sich bereits jetzt schon auf eine Weise in die Ermittlungen eingemischt, die alles andere als ethisch korrekt war. Auch wenn Oksman nicht ernsthaft glaubte, dass Paloviita so weit gehen würde, Beweise zu fälschen, war doch allein schon der Umstand seltsam, dass Paloviita bisher verschwiegen hatte, wie gut er Mielonen kannte. Das und sein Instinkt sagten ihm, es wäre gut, sich zu vergewissern, dass bei den Ermittlungen alles in geordneten Bahnen verlief.

Die Hunde sind ihm auf den Fersen. Vaters hüftkranke Bluthunde.

Oksman hörte immer auf seinen Instinkt. Es war kein Zufall, dass die Aufklärungsquote seiner Fälle so hoch war. Instinkte waren uralte, im Laufe der Evolution entstandene Überlebensstrategien, auf die zu hören die heutigen Menschen verlernt hatten. Opfer von Gewaltverbrechen berichteten oft, dass sie die Gefahr vor dem Angriff gespürt, aber nichts unternommen hatten, weil sie ihrem Instinkt nicht vertrauten. Er dagegen war klüger.

Signale, die von außen kamen.

Die Technik würde schnell herausfinden, ob die sicherge-stellten Fingerabdrücke mit denen von Antti Mielonen überein-stimmten. Wenn es sich zweifelsfrei um die Tatwaffe handelte, wäre der Fall abgeschlossen. Danach würde man das Messer noch ins Labor des Zentralen Kriminalamts nach Vantaa zu einem DNA-Abgleich schicken, aber das wäre nur noch das Tüpfelchen auf dem i. Die Polizei hatte schon vor langer Zeit ihre Lektion gelernt: Wenn ein Fall vor Gericht Bestand haben sollte, musste man ihn doppelt und dreifach absichern. Ohne Gürtel und Ho-senträger stand man vor den Rechtsanwälten schnell mit herun-tergelassener Hose da.

Paloviita sah, dass im Korridor der KT Licht brannte. Vor ein paar Minuten noch war alles dunkel gewesen. Aber durch das Milchglas der Feuerschutztür konnte man dennoch nichts erken-nen. Warum um alles in der Welt war jemand um drei Uhr mor-gens hier? Sollte er also warten, bis die Person wieder herauskam, oder selbst hineingehen und hoffen, demjenigen nicht über den Weg zu laufen? Hinter der Milchglasscheibe war die Silhouette eines großen, schlanken Mannes zu erkennen, und Paloviita war sich plötzlich absolut sicher, Henrik Oksman erkannt zu haben. Oksman in den heiligen Hallen der Kriminaltechnik!

Paloviitas Gehirn arbeitete auf Hochtouren. Es gab nur einen Grund, warum Oksman mitten in der Nacht hier war. Aus dem gleichen Grund wie er. Wegen des Messers. Oksman ahnte etwas, aber was?

Paloviita hielt den Besucherchip vor das Schloss und steckte den Kopf durch die Tür. Der Flur war leer. Seine Eingeweide krampften sich in einer schrecklichen Vorahnung zusammen. Er fühlte sich wie ein Fisch, der geradewegs in eine Reuse schwamm. Die Gefahr war spürbar, trotzdem schwamm er weiter. Er stoppte die Tür mit der Hand und drückte sie behutsam ins Schloss. Ein leises Schnappen war zu hören, das für Paloviita klang wie der Knall eines Schusses.

Absolute Stille.

Dann ein kaum wahrnehmbares Klacken aus der Asservatenkammer, als die Türklinke nach unten gedrückt wurde. Paloviita lief es eiskalt über den Rücken, und er schlüpfte durch die nächstbeste Tür in ein Büro. In letzter Sekunde, wie sich zeigte, denn im selben Moment öffnete sich die Tür schräg gegenüber, und Henrik Oksman trat in den Flur hinaus. Paloviita hörte, wie Oksman die Tür ins Schloss fallen ließ und danach regungslos verharrte und lauschte.

Paloviita stand in einem dunklen Büro. Farbige Bälle wanderten über den Bildschirm. Er durfte sich nicht bewegen, denn das kleinste Geräusch konnte ihn verraten.

Schließlich setzte Oksman sich wieder in Bewegung und kam an der offen stehenden Tür vorbei. Paloviita hatte sich in den letzten Winkel zurückgezogen. Als Oksman in der Tür stehen blieb und den Kopf ins Zimmer steckte, war sich Paloviita sicher, entdeckt worden zu sein. Doch Oksman drehte sich um, ging den Flur entlang und schaltete das Licht aus. Als die Milchglastür ins Schloss fiel, atmete Paloviita aus, wagte aber noch nicht, sich zu rühren. Die bunten Bälle setzten ihre stumme Wanderung über den Bildschirm fort.

Paloviita erhob sich und dachte ernsthaft darüber nach, aufzugeben. Er fühlte das dringende Bedürfnis, die Füße in die Hände zu nehmen, das Polizeigebäude schnellstmöglich zu verlassen und sein Vorhaben abzublasen.

Erst jetzt wurde ihm die volle Tragweite seines Tuns bewusst. Er setzte alles aufs Spiel: seine Karriere, seinen Ruf, möglicherweise auch seine Familie, einfach alles, was er besaß. Oksmans Erscheinen war ein schlechtes Omen – oder die letzte Warnung.

Besser, er würde verschwinden und sich auf die wichtigen Dinge in seinem Leben konzentrieren: auf Terhi und die Kinder, auf das Haus, das noch nicht abbezahlt war. Er begriff, dass er die Dinge, die wirklich von Bedeutung waren, viel zu lange vernachlässigt hatte. Er hatte sich der Erbsünde schuldig gemacht und angefangen, alles für selbstverständlich zu halten. Paloviita wusste aus Erfahrung, dass man die Dinge erst zu schätzen wusste, wenn man sie nicht mehr besaß. Wie hatte er das nur vergessen können! Das würde sich jetzt ändern. Er würde nach Hause gehen, Terhi mit Küssen wecken und mit ihr bis zum Morgen reden. Er würde ihr alles sagen. Einfach alles. Er würde von dem Messer erzählen und von Antti Mielonen, von Rami Nieminen und dieser Nacht in der Dienststelle. Er würde über Tiina sprechen und über die Waffe, die Nieminen bei sich gehabt hatte an jenem Tag, seit dem er auf dem einen Ohr nicht mehr richtig hörte. Und er würde auch den Mittsommerabend 1991 erwähnen. Ja, auch das würde er Terhi endlich erzählen, und zwar die ganze Wahrheit. Keine Geheimnisse mehr.

Aber dann war die Versuchung einfach zu groß. Der letzte verzweifelte Versuch, die Stimme seines Gewissens zum Schweigen zu bringen – und die Schuld zu vergelten, die vor so langer Zeit nicht beglichen worden war.

Er zog die Taschenlampe hervor, schaltete sie an und trat in den Flur. Er musste nicht lange überlegen, wo das Messer aufbewahrt wurde, sondern steuerte geradewegs auf die Tür zu, aus der Oksman gekommen war. Er drückte die Klinke mit seinem Ärmel herunter und … nichts rührte sich.

Also zog er sein Schlüsselbund aus der Tasche und kramte den passenden Schlüssel hervor. Doch die Tür öffnete sich nicht. Paloviita versuchte den nächsten und wieder den nächsten, bis er alle Schlüssel durchprobiert hatte. Die Tür blieb verschlossen. Er starrte den dunklen Flur entlang. Über der Ausgangstür leuchtete das grüne EXIT-Schild. Irgendwo musste es hier einen Schlüssel zur Asservatenkammer geben, nur wo? Er tastete seine Taschen ab und stieß auf den Schraubenzieher. Damit ließe sich die Tür öffnen, aber es würde hässliche Spuren hinterlassen, und es würde nur noch mehr Gerede geben. Andererseits würde das sowieso geschehen. Gerade in dem Moment, als er den Schraubenzieher ansetzen wollte, fiel ihm ein, es doch noch einmal im Sekretariat zu versuchen. Er leuchtete den Raum mit der Taschenlampe aus, durchsuchte alle Schubladen. Nichts. Enttäuscht wandte er sich zum Gehen. Da fiel der Schein der Taschenlampe auf eine Pinnwand, an der mit einer Stecknadel ein Schlüssel befestigt war. Sofort wusste er, dass es der richtige war. Er grinste, nahm den Schlüssel an sich und kehrte zur Asservatenkammer zurück.

Klick, und die Tür öffnete sich.

Er schaltete das Licht an. Noch hatte er die Grenze des Unwiderruflichen nicht überschritten. Erst in dem Moment, in dem er das Messer berührte, wurde er zum Geächteten, hätte er alles, was er besaß und was er jemals besitzen würde, aufs Spiel gesetzt. Sein Einsatz war sein ganzes Leben, seine Karriere, seine Familie – einfach alles.

Der Gedanke verursachte kalte Schauer, und er schnappte nach Luft.

Die Regale in der Asservatenkammer waren halb leer. Hier und da standen Pappkartons, versiegelte Probenbeutel, Aktenordner und Computerteile. Das Messer lag im untersten Regal. Es befand sich in einer Kühlbox aus Styropor, auf deren Seite die Angaben zum Beweismittel standen. Er bückte sich, holte die Box hervor und nahm den Deckel ab. Das Messer und die Wischproben lagen in versiegelten Plastikbeuteln auf dem Boden.

Alle Kraft wich aus ihm. Da lag sie nun. Die Waffe, mit der Antti Rami erstochen hatte. Seine Nackenhaare sträubten sich. Er nahm die Beutel an sich und stellte die Box zurück ins Regal. Als er die Beutel unter sein Hemd steckte, spürte er die Plastikfolie kalt auf seiner Haut. Er hatte die Klinke schon in der Hand, da nahm er auf dem Flur ein Geräusch wahr. Zuerst glaubte er, Gespenster zu hören. Trotzdem blieb er stehen, um zu lauschen.

Schritte.

Jemand war im Flur.

Oksman!

Paloviita löschte das Licht und lauschte dem Knarren der nahenden Schritte.

Henrik Oksman sah aus dem Fenster. Er blickte auf die freie Fläche hinter dem Polizeigebäude und auf das Blechdach des KFZ-Stützpunkts. Dahinter lag die Bahnstrecke, deren Beleuchtung nie erlosch. Er drehte einen Kugelschreiber zwischen den Fingern und klickte damit herum.

Er hatte sich versichert, dass das Messer an Ort und Stelle und nicht gegen ein anderes ausgetauscht worden war. Hatte er ernsthaft angenommen, Paloviita könnte etwas Derartiges wagen? Oksman schimpfte sich paranoid, aber der Gedanke hatte ihm keine Ruhe gelassen. So wie die unaufhörlich bellenden Köter in seinem Traum.

Auf den Parkflächen standen außer seinem eigenen Auto nur noch wenige andere. Er fühlte die Müdigkeit in allen Gliedern, und er hatte sich immer noch nicht entschieden, wie er mit den Informationen umgehen sollte, die er im Regionalarchiv recherchiert hatte. Das Letzte, was er wollte, war, Paloviita Schwierigkeiten machen, aber es gab Dinge, die er nicht unter den Teppich kehren konnte. Sie waren schließlich Polizisten, unabhängige Ermittler, bildeten das Rückgrat des gesamten finnischen Rechtssystems. Bröckelte ihre Unvoreingenommenheit, bröckelte die ganze Gesellschaft. Oksman wusste, dass die Welt voller Staaten war, deren Polizei man nicht vertrauen konnte. Deswegen musste Finnland in dieser Hinsicht eine Nulltoleranzstrategie fahren. Es ging um ihre Glaubwürdigkeit.

Der Zeiger der Uhr klackte auf fünfzehn nach drei. Die Novembernacht war stockdunkel. Wieder wanderte sein Blick zu seinem Wagen, er sollte einfach nach Hause fahren und schlafen.

Aber etwas hinderte ihn. Er betrachtete immer noch die ge-
parkten Autos, als ihm plötzlich wieder einfiel, warum er die
Asservatenkammer so schnell verlassen hatte. Hatte er nicht das
Surren eines elektronischen Schlosses gehört und deshalb den
Raum verlassen? Genau. Allerdings hatte er den Korridor dann
leer vorgefunden.

*Aber du hast etwas gehört! Das Surren des elektronischen
Schlosses. Und da war noch etwas! Schritte. Genau, du hast das
Geräusch von Schritten gehört.*

In seinem Nacken kribbelte es, die Härchen auf seinen Unterarmen standen zu Berge. Hatte ihm sein Instinkt tatsächlich
einen Streich gespielt? Drehte er jetzt komplett durch? Er erhob
sich, verließ das Büro, eilte die Treppe hinunter und ging erneut
in die KT.

Der Korridor war dunkel. Die Neonröhren sprangen flackernd
an, und es dauerte eine Weile, bis sie ihre volle Leuchtkraft erreichten. Zielstrebig steuerte er die Tür zur Asservatenkammer
an und zog den Schlüssel seines ehemaligen Chefs Juhani Heinonen aus der Tasche, den er sich aus Paloviitas Büro geliehen hatte.
Heinonen störte es sicher nicht, und er konnte so gleichzeitig sicherstellen, dass Paloviita ihn nicht benutzen konnte. Er wusste,
dass er kleinlich und krankhaft misstrauisch war. Aber sein Instinkt war stärker. Er würde nicht so schnell damit aufhören, auf
seine innere Stimme zu lauschen.

Vor der Tür hielt er inne. Plötzlich war er sich nicht mehr sicher, ob er tatsächlich Schritte gehört oder ob sein übermüde-
tes Gehirn ihm nur einen Streich gespielt hatte. Er zog die Tür
auf, schaltete das Licht ein und ließ seinen Blick über die Regale
schweifen. Alles sah so aus, wie es sein sollte. Das Regal, in dem
die Beweisstücke im Mordfall auf Korpholma gelagert wurden,
befand sich in der Ecke. Hier lagen auch Antti Mielonens Sporttasche und die Kleidungsstücke, die durchnässt auf dem Boden der
Saunahütte gelegen hatten. Daneben standen Mielonens abgetra-

gene Schnürstiefel. Auch die Zigarettenstummel und Flaschen waren sortiert und eingetütet worden. Insgesamt war es nicht sehr viel Beweismaterial, was für die Geradlinigkeit der Ermittlungen sprach. Der Täter hatte von Anfang an festgestanden. Das Einzige, was zunächst gefehlt hatte, war die Tatwaffe, aber auch die hatten sie ja gefunden. Sie lag dort im untersten Fach in einer Styropor-Box, und er hatte sich vorhin davon überzeugt, dass sie noch dort war. Moment mal, war die Box verschoben worden?

Die Box schien nicht mehr exakt an der gleichen Stelle zu stehen, oder kam ihm das nur so vor?

Oksman fühlte eine große Versuchung, die Box erneut zu öffnen. Ehrlich gesagt, hätte er am liebsten hier Wache gehalten, bis der Morgen hereinbrach und Raunela und seine Kollegen auf Arbeit erschienen. So langsam machte er sich ernsthaft Sorgen um seine geistige Gesundheit. Dieses Gefühl, seinen Kollegen nicht vertrauen zu können, kannte er gar nicht.

Längere Zeit würde er es in dem Raum allerdings nicht aushalten. Der Gestank bereitete ihm Übelkeit. Hier wurde all das gelagert, was bereits Panik in ihm hervorrief, wenn er nur daran dachte: Ausscheidungen, Exkremente, Gewebeproben.

Er bückte sich also ein zweites Mal an diesem Tag und öffnete den Deckel der Box.

Alle Luft wich aus Oksmans Lunge. Das Messer und die Wischproben waren verschwunden. Er kniff die Augen zu und öffnete sie wieder, vielleicht spielte die Müdigkeit ihm einen Streich. Nein, er irrte sich nicht. Jemand hatte das Messer genommen – und zwar vor wenigen Minuten!

Er drehte sich um. Der Korridor war leer. Er knallte die Tür zur Asservatenkammer zu. Maßlose Wut erfasste ihn und entlud sich in einem unbeherrschten Brüllen: »PALOVIITA!«

Rings um Paloviita war es stockdunkel. Die Luft war abgestanden, sauerstofflos und schmeckte nach Plastik. Das Kohlendioxid in der Atemluft verdrängte den Sauerstoff im Blut und machte ihn schläfrig. Seine Gedanken waren noch klar, aber die Geräusche klangen gedämpft, und sein Körper fühlte sich an wie plattgewalzt. Zeitweilig kehrte sein Körper zu ihm zurück, und mit ihm erfasste ihn Panik, die so lähmend war, dass er fürchtete, in ihr zu ertrinken. Sein Hörgerät rutschte heraus, und infolge der Druckveränderung begann sein Ohr zu schmerzen.

Er hörte, wie die Tür zur Asservatenkammer geöffnet und das Licht angeschaltet wurde. Er holte tief Luft, füllte seine Lungen mit der abgestandenen Luft und hielt den Atem an. Jegliches Gefühl für Zeit und Raum kam ihm abhanden. Er hatte das Gefühl, im Wasser zu schweben, am Grunde eines dunklen, tiefen Schachts. Dann schwebte er im Weltraum und sauste mit Lichtgeschwindigkeit durch die Zeitfalten. Um ihn herum blitzte es in allen Farben, als ob jemand in seinem Kopf ein Feuerwerk entzündet hätte. Da war Tiina als Zweijährige, sie hatte gerade laufen gelernt. Ein Lächeln strahlte über ihr ganzes Gesicht, als sie nur mit einer Windel bekleidet über den Rasen zu ihren Eltern tapste. Er selbst saß auf dem Steg, vielleicht als Fünfjähriger, und ließ die Füße im Wasser baumeln. Und hier radelten Antti und er mit ihren Rucksäcken freihändig den Hang hinunter.

Die Schritte kamen näher und verharrten. Eine Unendlichkeit lang war es vollkommen still. Er hörte ein quietschendes Geräusch, dann wurde die Tür zugeknallt, und ein markerschütternder Schrei hallte durch den Flur.

Paloviita zog den Reißverschluss auf, japste nach Luft und setzte sich auf. Ihn schauderte, ihm war schwindelig. Als er das Hörgerät wieder eingesetzt hatte, war er wieder in der Realität verankert. Er schüttelte sich vor Ekel und kletterte aus dem Leichensack, in den er sich geflüchtet hatte. Jetzt sah er aus wie die abgestreifte Puppe eines riesigen Schmetterlings. Er bückte sich, rollte den Sack zusammen und stopfte ihn wieder unter das Regal, wo er ihn hergeholt hatte. Er wollte nicht darüber nachdenken – und schon gar nicht wirklich wissen –, ob Leichensäcke Einwegprodukte waren, und wenn nicht, ob dieser hier schon benutzt worden war. Nachdem er sich vergewissert hatte, dass Messer- und Probenbeutel sicher unter seinem Hemd verstaut waren, öffnete er die Tür und spähte in den Flur. Er war leer. Kurz überlegte er, ob er in einem der Büros durchs Fenster hinausklettern sollte, verwarf den Gedanken aber schnell. Stattdessen öffnete er die Feuerschutztür am Ende des Bereiches. Alle Lampen im Polizeigebäude brannten. Kopflose Panik drohte ihn zu übermannen, aber er unterdrückte das Gefühl mit aller Macht. Seine Glieder schienen unschlüssig, ob sie den Dienst versagen oder sich in Windeseile bewegen sollten, entschieden sich dann aber glücklicherweise für Letzteres.

Vor ihm waren Stimmen zu hören, und Paloviita schlüpfte durch die erstbeste, offenstehende Tür zu seiner Rechten. Erst jetzt identifizierte er den Raum als Damentoilette, verzog sich in eine Kabine und zog die Tür hinter sich zu. Er hörte sich nähernde Schritte auf dem Flur. Männerstimmen, die laut miteinander sprachen. Dann entfernten sich die Schritte wieder. Er öffnete die Tür ein wenig und schlich auf den Flur. Es gab für ihn nur einen Weg hinaus – den gleichen, auf dem er auch ins Gebäude gelangt war.

Er erreichte die Tür zum Zellentrakt und war darauf gefasst, gleich einem Augenpaar zu begegnen, doch zu seiner Überraschung war der Gang leer. Auch der Kontrollraum war leer. Paloviita steckte den Kopf in den Glaskasten. Auf einem der Bildschirme entdeckte Paloviita den Schichtleiter und den Diensthabenden im Foyer. Ein anderer Monitor zeigte den verlassenen, dunklen Platz hinter dem Polizeigebäude. Er streckte den Arm aus und schaltete über den Hauptschalter alle Monitore und Kameras aus. Als alle Bildschirme schwarz waren, drehte er sich um und verschwand durch den Ausgang in die dunkle Novembernacht.

Er folgte dem gleichen Pfad wie auf dem Hinweg, überquerte den Platz hinter dem Gebäude, die Bahngleise und den Spielplatz. Schritt für Schritt verringerte er seine Geschwindigkeit. Als er endlich den nassen, mit Matschspuren überzogenen Asphalt am Rande des sechsten Stadtbezirks erreichte, lehnte er sich zum Verschnaufen an einen Zaun. Sein Schatten wurde vom Schein der Straßenlaterne an eine Hauswand projiziert, und mit seinem Kapuzenpulli erinnerte er eher an einen apokalyptischen Reiter als an einen Polizeikommissar. Er spürte den harten Griff des Messers an seiner Brust, zog den Reißverschluss herunter und holte es hervor. Es handelte sich um ein großes Küchenmesser. Das Moos und der Regen hatten den größten Teil des Blutes entfernt, aber Paloviita wusste, dass die verbliebenen Reste zusammen mit den Fingerabdrücken ausreichen würden, um Antti Mielonen nachzuweisen, dass er Rami Nieminen getötet hatte.

Von einer weiter entfernt liegenden Straße drang das Geräusch eines fahrenden Autos herüber. Paloviita schob das Messer an seinen Platz zurück und setzte den Weg zu seinem Wagen fort, der ein paar Straßen weiter geparkt war. Er legte das Messer auf den Beifahrersitz, wischte die beschlagene Frontscheibe ab und drehte den Zündschlüssel im Schloss. Falls es einen Gott oder so etwas wie Karma gäbe, dann wäre jetzt die Gelegenheit, einzugreifen. Offensichtlich geschah das nicht, denn der Motor sprang unverzüglich an. Aus dem Radio drang nur ein Rauschen, Paloviita schaltete es aus. Er setzte das Auto in Bewegung und bog an der nächsten Kreuzung ab. Sein Herz schlug heftig. Er fühlte die Gegenwart des Messers, glühend heiß wie der Brennstab eines Kernreaktors. Das Auto fuhr durch die schwarze, verlassene Innenstadt, und er überquerte die Brücke über den dunkel und kalt strömenden Kokemäenjoki in Richtung Rauma. Das Naherholungsgebiet Kirjurinluoto mit der Freilichtbühne Delta Arena lag zu seiner Rechten, der sich verzweigende Fluss zu seiner Linken.

Er begegnete keinem Menschen. Das Licht der Straßenlaternen wechselte von weiß über gelblich zu orange. Er hielt in Höhe der Hevosluodon-Brücke, ließ den Motor laufen und stieg aus. Beim Ausatmen bildeten sich feine Wölkchen. Unter ihm, wo sich der Flussarm durch die Brücke zwängte, brodelte das Wasser, auf der anderen Seite floss es ruhiger und breiter. Über der Stadt färbte sich der Horizont in zarten Rottönen, zum Meer hin teilten Himmel und Fluss noch die gleiche Dunkelheit. Er riss den Beutel auf, betrachtete das Messer für einen Moment und schleuderte es dann so weit er konnte in den Fluss. Es klatschte unweit der Stelle ins Wasser, an der vor langer Zeit die Prügelei zwischen Antti, ihm und Nieminens Gang stattgefunden hatte. Die Wischproben nahmen denselben Weg.

Paloviita stieg wieder ins Auto. Das Gebläse hatte das Wageninnere inzwischen angenehm erwärmt. Dann fuhr er die Brücke in Richtung Kleingartenanlage hinab. Als er zu Hause ankam, war es Viertel nach vier. Das Haus schlief, als wäre er nie weg gewesen. Er zog Jacke und Schuhe aus, nahm das Hörgerät heraus, rollte sich auf dem Sofa im Wohnzimmer zusammen und schlief fest und traumlos bis zum Morgen.

45

Als Henrik Oksman am nächsten Morgen in sein Büro stürmte, erwartete Paloviita ihn schon. Er hatte ihn noch nie zuvor so aufgebracht gesehen. Oksman zitterte vor Wut, als er sich vor Paloviitas Schreibtisch postierte.

»Das Messer ist verschwunden«, zischte Oksman.

»Welches Messer?«

»Spiel hier nicht den Dummen!«

Paloviita warf einen Blick auf die offen stehende Tür hinter Oksman. »Beruhig dich erst mal, mein Lieber, und erzähl, was vorgefallen ist.«

»Erstens bin ich nicht dein Lieber und zweitens weißt du verdammt gut, von welchem Messer ich rede.«

»Meinst du das Messer, das ihr gestern bei der Hütte gefunden habt? Hervorragende Arbeit.«

Über Oksmans Gesicht huschte ein Schatten der Unsicherheit und zeigte Paloviita, dass Oksman nicht mit absoluter Sicherheit wusste, ob wirklich er das Messer genommen hatte.

»Es ist verschwunden. Jemand hat die Tatwaffe letzte Nacht aus den Räumen der Kriminaltechnik gestohlen.«

Paloviita richtete sich auf seinem Stuhl auf und tat entrüstet: »Großer Gott!«

Oksmans Gesichtsmuskeln zuckten, als er sagte: »Überrascht es dich, wenn ich dich verdächtige?«

Wieder wanderte Paloviitas Blick zur Tür. Er fragte sich, wer von seinen Kollegen die Szene vom Flur aus mitverfolgte. »Du solltest dir genau überlegen, was du als Nächstes sagst«, verkündete Paloviita. »Ich weiß nichts von einem Messer. Ich habe es noch nicht einmal gesehen, geschweige denn angefasst. Ich gehe doch davon aus, dass du irgendwelche Beweise für deine Beschuldigungen hast.«

Oksman starrte Paloviita an, und eine Zeitlang maßen sie sich mit Blicken. Paloviita bereitete dem ein Ende, indem er sagte: »Das habe ich mir gedacht. Wenn du nicht mehr vorzuweisen hast, dann verlasse bitte dieses Büro.«

Oksman schmetterte eine Farbkopie vor Paloviita auf den Schreibtisch. Ein kurzer Blick genügte, um zu erkennen, worum es sich handelte: Es war das Klassenfoto der 6B an der Käppärä-Schule aus dem Jahre 1991.

»Ihr kennt euch. Du, Mielonen und dieser Nieminen. Ihr wart als Kinder befreundet und in einer Klasse.«

Paloviita griff nach dem Blatt und fand die drei Gesichter sofort: »Wo hast du das her?«

»Von Pentti Riiho, eurem damaligen Klassenlehrer.«

Paloviita nickte bestätigend. Dann verhärteten sich seine Gesichtszüge: »Du hast eigenmächtig die Ermittlungen ausgeweitet. Gut, ich bin beeindruckt. Aber was soll dieses alte Klassenfoto beweisen? Rein gar nichts. Pori ist eine kleine Stadt.«

»Du hast von Anfang an in die Ermittlungen eingegriffen. Du willst Antti Mielonen schützen.«

»Was faselst du da? Hast du Fieber? Bloß weil wir vor dreißig Jahren zusammen in einer Klasse waren, heißt das noch lange nicht, dass ich als Ermittlungsleiter befangen bin. Du hast selbst gesagt, dass die technischen Untersuchungen nicht einwandfrei abgelaufen sind. Ich habe lediglich versucht, dafür zu sorgen, dass man uns hinterher nichts vorwerfen kann.«

Jetzt legte Oksman den Stapel Papiere, die er unter den Arm geklemmt hatte, vor ihn auf den Tisch: »Antti Mielonens Vater starb am Mittsommerabend 1991 in Eura. Ich habe die Ermittlungsunterlagen von damals aufgetrieben. Es war kein Unfall. Mielonen hat seinem Vater mit einem Stein den Schädel eingeschlagen und anschließend versucht, die Leiche im See zu versenken.«

Paloviita betrachtete die Papiere, rührte sie aber nicht an. Sein Gesicht war wie versteinert, nur seine Augen funkelten, als wären sie zwei Eiskristalle. Jetzt richtete er den Blick auf Oksman. »Du wirst nicht umsonst der Ochse genannt. Ich habe schon immer gewusst, dass du der beste Polizist bist, den ich je gekannt habe.«

»Jetzt ist nicht die Zeit für Schmeicheleien.«

»Okay, ich will ehrlich sein.«

»Dann sei es auch und sag, wo das Messer ist. Was hast du damit gemacht?«

»Hör schon auf, ständig auf dem Messer herumzureiten. Ich kann dazu nichts sagen. Wenn hier Beweismittel verschwinden, ist das in der Tat eine sehr ernste Angelegenheit. Wenn es, sagen wir … innerhalb von zwei Stunden nicht wiederaufgetaucht ist, sorge ich für eine interne Ermittlung.«

»Du warst dabei.«

»Wobei? Es wird langsam Zeit, dass du deinen Worten Beweise folgen lässt, sonst werde ich ungemütlich.«

»Beim Mittsommerfest 1991 in Eura. Das steht so in den Unterlagen. Du warst dabei, als Antti Mielonen seinen Vater getötet hat.«

Paloviita entgegnete nichts.

»Was ist damals passiert? Ist Tapani Mielonen tätlich geworden, und Antti Mielonen hat sich verteidigt? War es so?«

»Sag du es mir, du weißt ja offensichtlich bereits alles. Es steht doch in den Akten.«

»Ihr wart minderjährig. Wie alt genau? Zwölf? Oder dreizehn? Eure Aussagen haben erstaunlich übereingestimmt.«

Paloviita schwieg wieder.

»Hat Tapani Mielonen dich bedroht, und ist Antti Mielonen dazwischengegangen? Hilfst du ihm deswegen? Weil du glaubst, dass du ihm etwas schuldig bist?«

»Du siehst Gespenster.«

Oksmans zorniges Gesicht wurde von einer plötzlichen Eingebung erhellt. Er schaute Paloviita an, aus seinem Blick sprach Überraschung, ja fast Bewunderung. »Du … du hast Tapani Mielonen getötet, und Antti hat die Schuld auf sich genommen. Jetzt willst du …«

»Es reicht!« Paloviita war aufgestanden. »Wenn das Messer nicht bis zwölf Uhr wieder auftaucht, gehe ich davon aus, dass du für sein Verschwinden verantwortlich bist. Und wenn du nicht in ernsthafte, und ich meine wirklich ernsthafte, Schwierigkeiten geraten willst, dann hörst du auf, abwegige Theorien zu verbreiten. Das kann ich mindestens genauso gut, wenn es notwendig sein sollte.«

»Mal sehen, ob der Kriminaldirektor das genauso sieht«, sagte Oksman.

Paloviita grinste, und das Glitzern in seinen Augen war so grausam, dass Oksman kurz zurückzuckte. »Ja gern. Wir werden sehen, wem von uns beiden er eher glaubt. Ich will den Bericht über die verschwundene Tatwaffe heute noch auf meinem Tisch sehen! Dass es überhaupt verschwinden konnte, ist mehr als peinlich. Du wirst sicher nicht wollen, dass die Presse davon Wind bekommt.«

»Du kannst mich mal, Jari. Das wird dir noch leidtun«, sagte Oksman und verließ Paloviitas Büro. Paloviita wartete kurz, bevor er sich auf seinen Stuhl fallen ließ. Seine Eingeweide krampften sich zusammen.

46

Paloviita betrat den Friedhof durch das Westtor. Am Himmel kreisten schwere Wolken, die sich seit dem Morgen verdichtet hatten. Für den frühen Abend waren Niederschläge angekündigt, die die ganze Nacht anhalten sollten. Der meteorologische Wetterdienst war sich allerdings nicht sicher, ob der Niederschlag in Form von Regen, Schneeregen oder Schnee fallen würde.

Paloviita ging in Gedanken versunken über die schmalen Pfade zwischen den Gräbern. Irgendwann stand er vor dem Grab, das er auch mit verbundenen Augen gefunden hätte, obwohl er zuletzt in jenem Winter hier gewesen war, in dem Sara geboren wurde.

Tiinas Grab war sauber und gepflegt. Die Tannenzweige waren frisch, und das im Herbst gepflanzte Heidekraut leuchtete noch rötlich. Paloviita überlegte, ob seine Mutter noch immer täglich hierherkam. Wahrscheinlich tat sie es. Der Grabstein war aus poliertem Granit, und neben dem Namen hing ein kupfernes, mit grüner Patina überzogenes Kreuz. Auf dem Stein saß ein steinernes Vögelchen. Paloviita stand lange und betrachtete das Grab. Er hatte das unangenehme Gefühl, beobachtet zu werden, aber als er sich umwandte, konnte er niemanden sehen. Etwas weiter entfernt lief eine ältere Frau, die eine rote Steppjacke und einen blauen Hut trug, sonst war der Friedhof verlassen. Es herrschte trübes Tageslicht, obwohl es erst Mittag war. Die Stämme der Bäume schimmerten nass, der Rasen war welk mit vereinzelten Pfützen, in denen sich der graue Himmel spiegelte.

Er zog eine Grabkerze aus der Tasche, drehte sich mit dem Rücken zum Wind und zündete sie an. Er wartete, bis der Docht sicher brannte, bevor er den Deckel daraufsetzte. Sorgfältig platzierte er die Kerze zwischen den grünen Zweigen, richtete sich auf und entblößte sein Haupt. Sein Blick hing an der Flamme, mit der der Wind spielte.

»Tiina«, sagte er und schaute sich um. Er hatte noch nie mit einem Grab gesprochen und kam sich albern dabei vor. Genauso albern, wie er sich gefühlt hatte, als er zu seinen neugeborenen Kindern gesprochen hatte, obwohl die kein Stück von dem kapierten, was er da sagte. Aber wer weiß, vielleicht hatten die Babys ihn doch verstanden, und vielleicht wurde er auch jetzt gehört.

»Ich bin es, Jari. Dein Bruder. Erinnerst du dich noch?«

Seine Stimme brach, und die Heftigkeit seiner Emotionen erschreckte ihn. Auf einmal schien alles um ihn herum einzustürzen. Eine Windböe erfasste die Kerze, die beinahe erlosch.

»Rami Nieminen ist tot. Antti hat ihn getötet. Ich weiß nicht, ob es dich interessiert, aber ich dachte, ich sollte es dir vielleicht erzählen.«

Nichts. Er hatte nicht das Gefühl, dass ihn jemand hörte. Vom Baum neben ihm fielen schwere Tropfen auf den Boden. Einer davon fiel auf seinen Kopf und lief ihm über die Stirn. Er setzte die Mütze wieder auf.

»Ich vermisse dich. Habe ich immer, aber ich habe mich nicht getraut, es dir zu sagen. Ich hatte Angst, du bist mir böse.«

Die Frau in der roten Jacke ging an ihm vorüber. Sie hatte braune lockige Haare und grüne Augen. Kurz begegneten sich ihre Blicke, und Paloviita hatte das Gefühl, sie irgendwoher zu kennen, doch er konnte sich nicht erinnern, woher. Die Frau erkannte ihn auch, lächelte und nickte ihm zu. Paloviita nickte zurück. Als sie außer Hörweite war, fuhr er fort:

»Bitte verzeih mir. Hoffentlich hast du es gut, dort, wo du bist. Jetzt lacht dich keiner mehr aus. Wir sehen uns irgendwann wieder, kleine Schwester.«

Die Kerze flackerte, ging aber nicht aus.

Paloviita lief zurück zu seinem Auto. Noch mehr Tropfen liefen über seine Wangen. Diesmal waren sie heiß.

47

Oksman spurtete durch das Foyer. Der Schichtleiter kam ihm an der Tür zum Zellentrakt entgegen und versuchte, ihn aufzuhalten.

»Ich bin die Überwachungsbänder durchgegangen. Die einzige Person, die auf ihnen zu sehen ist, bist du.« Oksman schob ihn zur Seite und stieß die Tür mit Karacho auf. Der Schichtleiter sah ihm verdattert hinterher. An der Tür drehte Oksman sich noch einmal um und zischte: »Und wer hat dann den Besucherchip benutzt? Ein Gespenst vielleicht?«

»In dem Korridor gibt es keine Kameras ...«

»Sieh dir jede einzelne Aufnahme noch einmal an!«, brüllte Oksman und ging weiter. Oksmans Geschrei drang bis in den Besprechungsraum und veranlasste die Kollegen, die dort an ihren Berichten arbeiteten, aufzustehen und nachzusehen. Eine Polizeimeisterin streckte den Kopf aus der Tür und fragte: »Was hat denn den Ochsen geritten?«

»Es sind wohl ein paar wichtige Beweisstücke verschwunden«, antwortete der Kollege.

»Oho«, entgegnete die Polizeimeisterin lachend, »ich dachte schon, sein Lover hat ihn verlassen.«

Oksman marschierte schnurstracks ins Kontrollzentrum, wo ihn der Diensthabende schon auf dem Monitor hatte kommen sehen. Er war aufgestanden, um sich gegen Oksmans anrollende Wut zu wappnen.

»Antti Mielonen in den Vernehmungsraum zwei, und zwar zackig!«

Der Polizist sah Oksman betont gelassen an und verkündete: »Er war es auf jeden Fall nicht, der das Messer entwendet hat.«

»Schnauze!«

»Das war doch nur ein Spaß! Eine Mordwaffe verschwindet schließlich nicht jede Woche. In der Zwei läuft gerade eine Vernehmung, aber die Drei ist frei.«

Oksman wartete, bis der Diensthabende Haltung annahm, salutierte und wegtrat, um den Befehl auszuführen. Die Zellen der Untersuchungsgefangenen befanden sich am Ende des Trakts. Sie waren etwas geräumiger als die Arrestzellen, dort gab es ein Bettgestell und nicht nur eine Matratze, sie hatten ein ordentliches Toilettenbecken und waren auch insgesamt etwas komfortabler ausgestattet. Aber es waren trotzdem und in jeder Hinsicht jämmerliche Löcher.

Der Diensthabende schloss die Zellentür auf und befahl Mielonen, sich zu erheben und in den Flur zu treten.

»Soll ich Handschellen anlegen?«, fragte er Oksman.

»Nicht nötig.«

Der Diensthabende führte sie in den Vernehmungsraum drei.

Oksman aktivierte die digitale Videokamera per Fernbedienung und verlas die persönlichen Daten des Verdächtigen.

»Setzen!«

Mielonen zog den Stuhl hervor, setzte sich, legte die verschränkten Hände auf den Tisch und schaute Oksman abwartend an. Dieser blieb an die Wand gelehnt stehen und wartete, bis ihre Blicke sich trafen: »Nun, sind Ihnen die Ereignisse vom neunten November wieder in den Sinn gekommen?«

Mielonens Mimik und Gestik waren wie zuvor widerborstig und renitent. Er schüttelte den Kopf und wandte den Blick ab: »Ich habe versucht, mich zu erinnern, aber es ist alles schwarz.«

»Es gibt neue Beweise. Die Polizei hat gestern Nachmittag das Messer im Wald gefunden. Sie hatten es unter dem Moos versteckt.«

Mielonen zeigte keine Reaktion.

»Sie sind nicht überrascht?«, fragte Oksman und starrte Mielonen an, der sich mit dem Daumennagel Schmutz vom Zeigefinger der linken Hand schabte. Oksman nahm die Fernbedienung und schaltete die Kamera aus. Die rote REC-Leuchte erlosch. Mielonen schaute auf.

»Offensichtlich wissen Sie schon alles über das Messer. Hat Jari es Ihnen erzählt?«

»Ist das ein Verhör?«

»Wonach sieht es denn aus?«

»Schwer zu sagen. Die Kamera ist ausgeschaltet, und Sie sind allein.«

Mit Mielonen ging eine Veränderung vor sich. Er richtete sich auf, und in seine Augen trat ein wacher Ausdruck. Vor Oksmans Augen verwandelte sich das menschliche Wrack, das Linda und er am Sonnabend verhört hatten, in einen völlig anderen Menschen. Er schauderte. Oksman erinnerte sich gut, dass er bereits bei der ersten Vernehmung blankes Kalkül hinter Mielonens Verhalten vermutet hatte.

»Wir können offen reden. Von diesem Gespräch wird es kein Protokoll geben, und es wird auch nicht aufgezeichnet«, sagte Oksman.

»Und Sie glauben ernsthaft, ich bin so blöd?«

»Wie meinen Sie das?«

»Ich soll der Polizei alles erzählen? Ganz bestimmt nicht! Warum sind Sie hier? Wenn ihr das Messer habt, das meine Schuld beweist, warum bemühen Sie sich dann her und schalten die Kamera aus?«

Oksman presste die Zähne aufeinander. Jetzt war der Zeitpunkt gekommen, die Masken abzulegen und vollkommen offen zu reden. Das war die einzige Möglichkeit, die ihm blieb. Es war unsinnig zu hoffen, er könnte Mielonen überführen.

»Hat Paloviita Sie aufgesucht? Ich weiß, dass es so war. Ich weiß auch, dass Sie sich kennen. Sie waren als Kinder befreundet.«

Mielonens Gesicht zeigte keine Regung.

»Ich habe Beweise dafür. Sommerhaus in Eura, 22. Juni 1991. Die Nacht, als Ihr Vater starb. Sie waren beide da, Paloviita und Sie. Was ist damals passiert?«

»Ich habe dem Scheißkerl den Schädel eingeschlagen. Das ist kein großes Geheimnis.«

»War es wirklich so? Der Stein wurde nie gefunden. Ihnen scheint öfter die Tatwaffe abhandenzukommen.«

»Wie ich höre, Ihnen auch.«

Oksmans Gesicht lief rot an.

»Man wird Sie in jedem Fall verurteilen, mit Messer oder ohne. Die Beweise gegen Sie sind ausreichend. Das Amtsgericht wird Ihren Fall einfach durchwinken. Die Frage ist nur noch, ob Sie wegen Totschlags oder vorsätzlichen Mordes verurteilt werden.«

»Ach ja?«

»Ihr Freund Paloviita kann Ihnen auch nicht mehr helfen. Sie werden beide angeklagt werden. Sie wegen Mordes und er wegen Beihilfe. Erzählen Sie mir, was in Ahlainen wirklich passiert ist, und ich verspreche Ihnen, alles dafür zu tun, dass Sie fair behandelt werden.«

Mielonen erwiderte nichts. Oksman sah, wie es in ihm arbeitete und Mielonen ihn begutachtete wie ein Lügendetektor. Einen Moment lang taxierten sie sich wie zwei Boxer im Ring, bevor der Kampf beginnt.

»Schauen Sie sich doch an. Schauen Sie sich den Sumpf an, in den Sie nach jenem Sommer geraten sind: Knastspirale, Alkoholiker, kein Dach über dem Kopf. Alles, was Sie besitzen, passt in eine verschlissene Sporttasche.«

Immer noch sagte Mielonen nichts.

»Und wissen Sie was? Ihr Freund Jari hat ordentlich abgesahnt: ein nagelneues Designerhaus in Viikinäinen, eine richtige Villa, in der Garage ein SUV, daneben der Mercedes seiner Frau. Zwei Kinder und eine steile Karriere als Beamter. Jeden Winter fliegt die ganze Familie für zwei Wochen auf die Kanaren, im Frühjahr geht es zum Luxus-Skiurlaub nach Levi. Während Sie sich im Kinderheim Varkaus von den großen Jungs schikanieren lassen mussten, wurde Paloviita mit einem heißen Kakao vor dem Kamin verwöhnt. Das ist nicht gerecht, und das wissen Sie.«

»Und, wissen Sie was?«, fuhr Oksman fort. »Ich glaube – nein, ich bin mir sicher, dass es genau andersherum hätte laufen müssen. Nicht Sie haben Ihren Vater getötet, habe ich recht? Jari war es, nicht wahr? Jari hat Ihrem Vater den Kopf eingeschlagen. Ihrem Vater Tapani. Deswegen mussten Sie den Stein verschwinden lassen und die Leiche im See versenken. Sie mussten die Spuren verwischen. Sie sind es, der eine Familie, ein Auto und Geld besitzen sollte! Stattdessen sitzen Sie hier und werden beschuldigt, Ihren alten Kumpel Rami Nieminen umgebracht zu haben. Ja, ich weiß, dass Sie und Jari diesen Rami Nieminen seit Kindheitstagen kennen. Das reicht für eine Mordanklage, und damit sitzen

Sie lebenslänglich. Denken Sie mal darüber nach, was Ihnen alles verwehrt wurde. Wollen Sie wirklich auf all das verzichten, was Ihnen zusteht?«

Etwas in Mielonens Mimik regte sich. Aber Oksman konnte nicht entscheiden, ob es sich um erste Zweifel oder etwas anderes handelte. Er beschloss, den Druck zu erhöhen.

»Der Moment der Wahrheit ist gekommen. Sagen Sie mir, was an jenem Mittsommerwochenende 1991 passiert ist, und befreien Sie sich von der Last, die Sie sich siebenundzwanzig Jahre lang aufgebürdet haben. Ich versichere Ihnen, dass es bei der Verhandlung Ihres Falls Berücksichtigung finden wird. Sie sind Jari oder niemandem sonst etwas schuldig. Ihr Leben ist bisher ein einziges Trauerspiel. Es wird Zeit, das zu ändern. Sagen Sie die Wahrheit, geben Sie Ihrem Leben eine neue Richtung.«

Mielonen brach in Gelächter aus und genoss Oksmans verdutztes Gesicht: »Sie predigen hier die Wahrheit? Sie sind doch noch nicht einmal sich selbst gegenüber ehrlich!«

»Wovon reden Sie?«

»Über diese glatte Visage, die Sie jeden Morgen vor Dienstbeginn überstreifen. Wenn etwas gelogen ist, dann das. Sie wissen nichts über Freundschaft. Sonst würden Sie nicht so dämlich quatschen. Freundschaft hat nichts mit Recht oder Schuld zu tun. Das wüssten Sie, wenn Sie auch nur einmal in Ihrem Leben jemanden gekannt hätten, dem Sie bedingungslos vertrauen konnten. Sie bemitleiden mich? Ich sage Ihnen mal etwas, Sie sind es, der mir leidtut.«

Oksman wollte etwas erwidern, aber seine Kehle war wie zugeschnürt. Er konnte Mielonen nicht ansehen. Nicht eine Faser an diesem Mann hatte noch etwas von dem streunenden Säufer, den seine Kollegen im Wald abgeführt hatten.

»Was es mit dem Tod von Nieminen auf sich hat«, fuhr Mielonen fort und vergewisserte sich mit einem Blick zur Kamera, dass diese wirklich ausgeschaltet war, »das wird sich erst noch zeigen. Vielleicht kehrt meine Erinnerung zurück. Vielleicht fällt mir wieder ein, dass ich versucht habe, Nieminen zu helfen, meinem alten Schulkameraden, der brutal von hinten niedergestochen wurde. In der Hütte herrschte ein großes Durcheinander. Ich hatte Angst, dass man auch mir etwas antut, und bin in den Wald geflohen, um mich zu verstecken. Glücklicherweise hat die Polizei mich gefunden, bevor die anderen es taten.«

Jetzt grinste Mielonen. »Gerüchte verbreiten sich in Gefängnissen besonders schnell. Ich habe gehört, Ihnen ist die Tatwaffe abhandengekommen? O-oo! Das ist ja ungeheuerlich. Und peinlich. Aber wem wäre denn nicht schon mal ein Fehler passiert? Ich werde mich hier nicht als Moralapostel aufspielen. Hoffentlich hat die Angelegenheit keine unangenehmen Konsequenzen für Sie. Es wäre bedauerlich, wenn die Polizei einen so fähigen Mann verliert.«

Oksman fürchtete, die Beherrschung zu verlieren. Er bebte vor Wut, es fiel ihm schwer zu sprechen. Er schaltete die Kamera wieder ein, und im selben Moment, in dem das rote Licht aufleuchtete, erlosch der Glanz in Mielonens Augen, und er fiel zurück in die Rolle des Teilnahmslosen, die, wie Oksman jetzt sicher wusste, reine Fassade war.

Mit zitternder Stimme erklärte Oksman die Vernehmung für beendet, schaltete die Kamera wieder aus und verließ den Raum. Der Diensthabende konnte ein Grinsen nicht unterdrücken, als Oksman mit finsterer Miene an ihm vorbeistürmte, ganz wie ein durchgegangener Ochse.

XI

DIE MITTSOMMERFEUER ERLÖSCHEN

48

Das Feuer brennt langsam ab. Die Scheite stürzen funkenstiebend zusammen, glimmende Aschestückchen steigen in den Himmel wie Feuerfliegen. Die Männer kommen voll bekleidet aus der Sauna, die Haare nass, die Gesichter gerötet. In der Luft liegt Heiterkeit. Jukka und Tapani torkeln den Pfad hinauf, haben den Arm um die Schulter des anderen gelegt, und versuchen, zusammen ein Lied zu trällern. Als Jukka die Jungen bemerkt, nimmt er sie nacheinander unter den Achseln und hebt sie in die Luft. Sein Atem stinkt nach Schnaps.

»Noch kann ich euch Bengel hochheben, aber nicht mehr lange.«

Und zu Tapani gewandt sagt Jukka: »Einen hübschen Jungen hast du, fast ein echter Kerl. Du warst in dem Alter noch eine dürre Bohnenstange, aber Antti ist schon bald ein richtiger Mann.«

Tapani schaut Jukka in die Augen, lächelnd, aber mit einem unbestimmten Blitzen in den Augen. Er zündet sich eine Zigarette an, taumelt zum Tisch und greift nach seinem Kognakbecher. »Ja, von wem er die breiten Schultern wohl hat.«

»Auf Mittsommer!«, ruft Sami, und die Männer prosten sich zum wer-weiß-wievielten Mal am heutigen Abend zu.

»Auf den Sommer!«

Das Lagerfeuer ist zu einem rot glühenden Haufen zusammengesunken, der schwach zwischen den Birkenstämmen glimmt. Es ist gleich eins. Die beiden Jungen gähnen und machen sich auf den Weg zu ihrer Schlafhütte. Die Wände sind nicht isoliert, und drinnen ist es genauso kühl wie draußen. Antti schaltet den Heizkörper unter dem Fenster an. Sie killen alle Mücken, die sie erwischen, ziehen sich aus und kriechen unter die Decken. Die Laken riechen nach Waschpulver, aber Schlaf will sich nicht einstellen. Hin und wieder fällt ein Wort, aber zu einem echten Gespräch hat keiner von beiden noch genug Elan. Schließlich verstummen sie ganz. Von der Terrasse dringen Samis Gitarre und mehrstimmiger Gesang zu ihnen herüber. Die Stimmen sind laut, überlagern sich oft und werden gelegentlich von Johlen und Lachen unterbrochen.

Dann vermischen sich die Stimmen, werden gedämpfter, entfernen sich, und allmählich gleitet Jari in den Schlaf hinüber. Im Traum ist er wieder in dem Brunnen und pflügt mit den Händen durch die schwarze, stinkende Brühe. Er versucht, die an ein haariges Spinnenbein erinnernde Wurzel zu fassen, aber egal wie sehr er sich auch streckt, seine Finger können sie nicht erreichen. Das Wasser wird immer dickflüssiger, erst wie Öl und schließlich zäh wie flüssiges Karamell. Eine Hand umklammert seinen Nacken und drückt ihn nach unten. Jari kann nicht sehen, wessen Hand es ist, weiß aber, dass Tiinas pummeliger Arm ihn umklammert. Sein Kopf wird unter Wasser gedrückt, Schlammwasser dringt ihm in Augen, Ohren, Nase. Von irgendwoher kommen verhaltene Rufe und werden lauter. Sie erreichen ihn von außerhalb seines Traums. Er sinkt immer tiefer und tiefer und kann nicht länger die Luft anhalten. Kalt und brennend rinnt das schwarze Wasser seine Kehle hinunter.

Mit einem Schlag ist er wach und setzt sich auf. Sein Ohr schmerzt. Um ihn herum ist Dämmerlicht. Von draußen dringen laute Stimmen herein. Antti ist ebenfalls wach und steht am Fenster. Sie sehen sich in die Augen. Eine Frau schreit. Es klingt grauenhaft und angsteinflößend, und jagt Jari einen kalten Schauer über den Rücken. Glas geht klirrend zu Bruch. Antti zieht seine Hose an, und Jari tut es ihm gleich. Wieder ein Schrei, und jetzt kreischt auch eine zweite Frau.

Sie gehen nach draußen. Die Stimmen werden lauter. Sie wissen nicht, wie lange sie geschlafen haben, aber es wird schon fast wieder hell.

»Ich bringe euch um, ihr Hurensöhne! Ein Schritt und euer Gehirn spritzt ins Gras!« Das ist die Stimme von Anttis Vater. Sie sind mit einem Schlag hellwach, und rennen den Hang hinauf zur Terrasse. Tapani zerrt Anttis Mutter brutal an den Haaren, in der freien Hand hält er Jukkas Jagdflinte. Der Lauf ist auf Jukka und Sami gerichtet, deren Frauen aneinandergeklammert in einer Ecke der Terrasse kauern. Eines der beiden großen Glasfenster der Blockhütte ist zerborsten, überall sind Scherben.

»Tapani, leg die Waffe weg, bevor etwas Schlimmes passiert«, sagt Jukka und geht einen Schritt auf seinen Bruder zu. Dieser verstärkt den Zug an Sirpas Haaren, sie schreit vor Schmerz und Entsetzen auf. Jukka bleibt augenblicklich stehen.

»Johanna, geh und ruf die Polizei«, fordert Sami seine Frau auf.

Tapani richtet den Lauf auf die beiden Frauen, die aufschreien und sich noch fester aneinanderklammern. »Hier geht niemand irgendwohin!«

»Lass die Waffe fallen«, befiehlt jetzt Jukka und sieht kurz darauf in die Mündung. In kleinen Schritten weicht er zurück.

»Gib zu, dass du sie gefickt hast. Nun gib es schon zu!«

»Leg das Gewehr weg, dann reden wir.«

»Schnauze! Haltet das Maul! Jetzt rede ich! Ihr braucht mir nichts vorzumachen. Wie lange geht das schon? Wie lange?! Warst du bei uns, als ich weg war?«, fragt Tapani und richtet die Waffe auf Sami. »Oder du? Wer von euch beiden war es? Redet, sonst schieße ich euch alle über den Haufen!«

»Keiner war hier irgendetwas. Wie kannst du nur so etwas glauben?«

Antti und Jari stehen zwischen den Bäumen. Sie haben einen freien Blick auf die Terrasse, bleiben aber selbst im Schatten der Stämme verborgen.

»Habe ich nicht gesagt, ihr sollt die Schnauze halten? Fahrt zur Hölle, ihr Arschgeigen. Jetzt ist Schluss!«

Jukka geht ein paar Schritte auf ihn zu, erhebt seine Stimme und sagt scharf: »Jetzt her mit dem Gewehr! Es reicht. Und lass Sirpa los!«

Das Gewehr wird herumgerissen. Ein Schuss löst sich, dröhnt wie der Knall einer Kanone über den See und wird von den steilen Uferhängen zurückgeworfen. Die Frauen kreischen laut auf. Sami sinkt auf die Knie und hebt die Arme. Tapani haut Jukka mit der Gewehrmündung den Fuß weg wie mit einer Sense, dieser strauchelt, fällt gegen den Terrassentisch und reißt ihn um. Flaschen, Gläser und Teller landen klirrend auf dem Holzboden.

Jukka liegt inmitten der Scherben, windet sich, jault und wimmert. Die Bretter färben sich rot. Entgeistert verfolgen die Jungen, wie aus Jukkas aufgerissenem Hosenbein das Blut sprudelt wie in einem Gebirgsbach.

Jukkas Frau wirft sich neben ihren Mann, weint und schreit. Tapani geht rückwärts auf die Treppe zu, seine Frau an den Haaren hinter sich her schleifend, der Lauf der Flinte ist immer noch auf die anderen gerichtet.

Tapani schnauft: »Wieso vögelt der auch meine Alte. Ich weiß Bescheid, ich bin ja nicht behämmert.«

Er steigt die Treppe hinunter und geht den Pfad entlang. Sirpa jammert und schluchzt, Schnodder läuft ihr aus der Nase. »Lass los, du tust mir weh.«

Jukka verliert das Bewusstsein, das Jaulen reißt ab. Sami und die beiden Frauen kriechen zu ihm und drehen ihn in die stabile Seitenlage. Tapani zerrt Anttis Mutter in Richtung Ufer und brüllt:

»Ich gehe jetzt. Keiner folgt mir!«

Seine Zunge ist schwer, die Stimme leiert. »Wer mir nachkommt, wird kaltgemacht.«

»Komm«, flüstert Antti und stößt Jari leicht gegen die Schulter. Jari ist wie gelähmt, sein Inneres krampft sich vor Entsetzen zusammen. Es ist das gleiche Gefühl wie damals in dem verlassenen Haus, als Rami Nieminen ihm die Pistole seines Vaters in den Mund steckte. Tapani schleppt Anttis Mutter weiter hinunter zum See.

Jaris Beine versagen den Dienst, aber er wird von Antti mit Macht voran geschubst. Sie nehmen die Abkürzung durch das Wäldchen zum Ufer. Vor sich hören sie Tapanis Stimme und orientieren sich daran. Ihr Atem geht heftig, die Füße stolpern voran, und die Kraft weicht ihnen aus den Gliedern. Der Morgen schimmert durch die Kiefern, Zweige knacken. Vogelgesang.

Anttis Vater und Mutter bewegen sich auf die Spitze der Halbinsel und die umgestürzte Fichte zu, begleitet vom Jammern der Mutter und dem Lallen des Vaters.

»Ich jage dir eine Kugel in deine Fotze ... das geschieht dem Dreckskerl ganz recht ... dieser ... halts Maul, Hure! Jetzt rede ich!«

Als sie die geborstene Fichte erreichen, stößt Tapani seine Frau derb in den Rücken, und sie sinkt zwischen den Heidesträuchern auf die Knie. Er zieht sie an den Haaren, damit sie sich aufrichtet, und legt die Flintenmündung in ihren Nacken.

»Das ist jetzt vorbei«, keucht Tapani. Seine Stimme hat den aggressiven Klang verloren und klingt jetzt eher weinerlich, verzweifelt. »Warum hast du Schlampe das getan. Das ist jetzt vorbei!«

Sirpa versucht, etwas zu erwidern, bekommt aber nur ein schwaches, von Weinen und Angst geprägtes Wimmern heraus. Die beiden Jungen sind in etwa zwanzig Meter Entfernung stehen geblieben.

»Die werden mich hinter Gitter bringen, aber ich gehe nicht, verflucht, ich gehe nicht!« Tapani verstummt, facht dann aber die Wut in sich von Neuem an. Er stößt die Mündung in ihren Nacken, sodass Sirpa aufheult. »Dann kannst du es endlich treiben, mit wem du willst, bis dir die Fotze glüht.«

Tapani lässt das Kinn auf die Brust sinken und kneift die Augen zu, öffnet sie wieder und hebt den Kopf. Er verstärkt den Zug an Sirpas Haaren und drückt die Mündung heftiger gegen ihren Hals. Zieht sie weg, senkt den Kopf, hebt Flinte und Kopf wieder. Sein Körper zuckt, in seinem Gesicht arbeitet es.

Von der Hütte her sind Rufe zu hören. Tapani lauscht, aber weil sie nicht näher kommen, konzentriert er sich wieder auf seine vor ihm kniende Frau. Seine Gesichtszüge haben einen starren, vollkommen versteinerten Ausdruck angenommen. »Es ist vorbei«, flüstert er. Er fasst die Flinte fester. »Ich kann nicht mehr ... reden.«

Antti stürmt los, Zweige brechen laut knackend. Sein Vater dreht sich um, ein Schuss löst sich. Die Schrotkörner schaben an den Bäumen und rieseln ins Heidekraut. Anttis Mutter schreit auf und schlägt die Hände vors Gesicht. Antti wirft sich mit seinem ganzen Gewicht gegen seinen Vater und versucht, nach der Waffe zu greifen. Doch sein Vater reißt den Schaft herum und trifft Antti damit am Kinn. Tapani strauchelt, findet aber nach zwei Schritten sein Gleichgewicht wieder. Antti sinkt ins Gras, fällt erst auf die Knie und landet mit dem Gesicht vornüber im Moos.

Anttis Mutter kriecht zu ihrem Sohn und drückt ihn an sich. Antti ist bei Bewusstsein, aber seine Augen sind glasig. Tapani tritt auf sie zu, lädt die Waffe durch und zielt damit auf Frau und Sohn. An der Hütte werden wieder Rufe laut. Jemand schreit aus voller Kehle um Hilfe. Antti erhebt sich neben seiner Mutter auf die Knie.

Beim Knall des Schusses, hatte Jari sich zu Boden geworfen, und als er jetzt den Kopf hebt, sieht er, wie Tapani breitbeinig vor Antti und seiner Mutter steht und die Waffe auf sie richtet. Er hört Rufe von oben und hofft, sie würden sich nähern, aber niemand kommt. Ihm wird klar, dass er auf sich allein gestellt ist.

»Ich weiß nicht, wessen Junge du bist, meiner auf jeden Fall nicht. Einen verdammten Hurensohn habe ich großgezogen. Aber damit ist jetzt Schluss. Das war's. Das endet hier und jetzt.«

Tapani hält Antti die Mündung vors Gesicht. Seine Wangen und Augenlider zucken. Dann reißt er die Waffe herum und steckt sie sich in den Mund. Die Zähne treffen klirrend auf Metall, Rotz und Tränen laufen über sein Gesicht. Er schließt die Augen. Bange Sekunden vergehen. Jari rechnet jeden Moment damit, dass Tapani abdrückt, aber es bleibt still. Anttis Vater atmet schwer, bewegt den Kopf abwechselnd nach unten und nach oben, nimmt dann den Gewehrlauf aus dem Mund und richtet ihn wieder auf Frau und Sohn.

»Ich … nein … es ist so, dass …« Er bringt die Waffe in Anschlag, drückt den Schaft an seine Schulter, der Finger krümmt sich um den Abzug. »Dann gehen wir alle drauf, wenn nichts mehr …«

Jari steht auf. Ohne zu realisieren, dass er sich bewegt, er handelt wie fremdgesteuert. Eine Welle unerklärlichen Mutes erfasst ihn, und er greift nach einem mehr als faustgroßen Stein auf dem Boden.

Tapani heult jetzt wie ein Schlosshund, Rotz und Spucke laufen aus Nase und Mund. Mit einem Mal hört das Heulen auf, als ob jemand den Stecker gezogen hätte, sein Gesicht versteinert, und ein neuer Ausdruck der Entschlossenheit macht sich breit. Jari setzt sich in Bewegung und sprintet an den letzten Bäumen vorbei. Seine Füße scheinen zu fliegen. Dann läuft alles in Zeitlupe ab. Er durchschneidet einen Schwarm Insekten und erfasst jedes einzelne Tier mit den Augen. Eine Schwarzdrossel fliegt im Tiefflug über ihn hinweg, ein weiterer, kleinerer Vogel schwingt sich von einem Ast in die Luft. Seine Augen sind auf Tapanis Finger gerichtet, der sich immer weiter krümmt. Tapani korrigiert seine Haltung.

Jetzt ist Jari nur noch wenige Meter von ihm entfernt. Tapani hört etwas hinter sich und lässt die Waffe sinken. Kopf und Gewehrlauf fahren herum, aber es ist zu spät. Jari macht einen Satz, hebt den Stein und dreht in der Luft die scharfe Kante nach vorn. Der Stein trifft Tapani mit voller Wucht an der Schläfe. Jari fühlt, wie etwas aufplatzt. Als ob man mit einem Löffel die Folie eines Joghurtbechers durchsticht.

Die Waffe gleitet Tapani aus der Hand und fällt auf den Boden. Tapani bleibt stehen, geht einen Schritt und korrigiert mit dem zweiten Bein sein Gleichgewicht. Er wendet sehr, sehr langsam den Kopf. Das rechte Auge ist leuchtend rot. Der Mund öffnet sich, versucht, etwas zu sagen, aber die Worte bleiben an den Lippen hängen. Tapani taumelt, sein Kopf dreht sich erneut. Diesmal noch langsamer, als wären alle Halswirbel eingerostet. Die Hand hebt sich, tastet nach einem Halt, streift über einen Ast der umgestürzten Fichte, verfehlt ihn aber. Sein Körper schwankt, die Beine suchen einen festeren Stand, aber die Muskeln verweigern die Befehle des Gehirns. Jetzt versagen die Beine den Dienst und rutschen weg wie Gummimasse. Tapani fällt zu Boden, erst auf die Seite und dann wie wabbeliger Teig auf den Rücken. Seine Augen sind geöffnet und starr auf den von den ersten Sonnenstrahlen geröteten Himmel gerichtet. Aus seinem Augenwinkel tropft eine blutige Träne.

Jari steht wie paralysiert an seinem Platz. Obwohl alles nur wenige Sekunden gedauert hat, kommt es ihm vor wie eine Ewigkeit. Der Stein gleitet aus seiner Hand und rollt ins Moos.

Sirpas Schrei durchschneidet die Nacht. Das einzige wirkliche Geräusch in dieser Schleierwelt, in der Jari sich befindet. Und dieses Geräusch setzt die Zeit wieder in Gang. Verstrich sie eben noch langsam, eilt sie nun umso schneller voran. Antti zieht seine

Mutter an sich und schließt sie in die Arme. Sie drücken sich gegenseitig und weinen.

Von der Hütte dringen wieder Rufe zu ihnen herüber, und dieses Mal kommen sie näher.

Antti erhebt sich, hebt die Flinte auf und betrachtet sie lange, tritt dann zum Körper seines Vaters und stößt ihm den Lauf in die Seite. Der Körper wackelt, die Augen starren trüb in den Himmel. Antti fasst die Flinte am Riemen und schleudert sie so weit wie er kann in den See. Das Gewehr fliegt etwa zwanzig Meter durch die Luft, klatscht auf die Wasseroberfläche und versinkt.

Antti kehrt zu seiner Mutter zurück, geht neben ihr in die Knie und sagt: »Jetzt kann er dir nicht mehr wehtun. Du bist frei.«

Seine Mutter erwidert nichts, die Tränen rinnen über ihre Wange. Antti drückt sein Gesicht gegen ihres.

»Ich habe ihn umgebracht …«, sagt Jari. »Das wollte ich nicht … aber er hat sich plötzlich umgedreht …«

Antti erhebt sich, wischt mit dem Ärmel über sein Gesicht und schaut Jari in die Augen. Er weint nicht mehr und hat wieder diesen Ausdruck im Gesicht, der sich unmöglich deuten lässt. »Womit hast du zugeschlagen?«

Einen Moment lang begreift Jari nicht, was Antti meint und schaut seinen Freund verdutzt an.

»Womit hast du zugeschlagen?«, fragt Antti noch einmal und geht, als er immer noch keine Antwort bekommt, auf Jari zu und bückt sich selbst nach dem Stein im Moos. Er betrachtet ihn kurz und wirft dann auch ihn in hohem Bogen ins Wasser. Sirpa ist wieder in sich zusammengesunken und kann nicht aufhören zu weinen.

»Komm!«, befiehlt Antti und bleibt stehen, um zu lauschen. Aber außer dem Gesang der Vögel ist nur das Schluchzen seiner Mutter zu hören. »Nimm die Füße!«

Jari reagiert immer noch nicht.

»Komm her und nimm die Füße!«, wiederholt Antti. Er hat

die Leiche unter den Achseln gepackt. Jetzt wacht Jari aus seiner Erstarrung auf.

»Was machst du da?«

»Wir heben ihn ins Boot«, sagt Antti und nickt in Richtung Ufer.

»Warum?«

»Halt die Klappe«, ächzt Antti, »nun mach schon!«

Sie schleppen mit aller Kraft und haben das Gefühl, mit einem vollgesogenen Baumwollteppich zu kämpfen. Das kraftlose Fleisch wiegt eine Menge, und nirgends kann man richtig zupacken. Die Hände rutschen immer wieder ab. Irgendwie gelingt es ihnen trotzdem, die Leiche zum Boot zu schleppen und sie über den Rand rutschen zu lassen wie einen Sack Zement.

Jari setzt sich auf die Achterbank. Antti schiebt das Boot ins Wasser, balanciert zur Mittelbank und greift nach den Rudern. Die Leiche rollt auf den Bauch. Ein Arm liegt unnatürlich gebeugt unter dem Rücken, der linke Schuh hat sich gelöst und entblößt eine nackte Ferse.

Antti rudert. Sein Gesicht liegt im Schatten, auf seinen Augen liegt ein seltsamer Glanz. Sie sprechen nicht, es gibt nichts zu sagen.

Die Dollen knarzen im Holz, die Ruder bilden Strudel im Wasser. Hinter ihnen steht stumm der Wald. Die Nacht geht in den Morgen über, gleich ist es hell, aber in diesem Moment noch nicht. Die Gedanken klammern sich an die schmalen Strahlen, fliehen jedoch vor der Berührung und machen tiefen Klüften Platz. Irgendwo springt ein Fisch, eine Möwe schreit.

Antti lässt das Boot noch ein paar Meter auslaufen, fasst dann seinen Vater unter den Achseln und rollt ihn über die Brüstung. Das Boot neigt sich, die Leiche klatscht ins Wasser, und die Bordwand richtet sich wieder auf. Sein Vater schwimmt mit dem Gesicht nach unten auf der Wasseroberfläche, die Arme sind zur Seite ausgebreitet. Von weit her dringt das Heulen der Sirene eines Krankenwagens zu ihnen herüber. Das Boot entfernt sich von der Leiche, die langsam untergeht und schließlich ganz verschwunden ist.

Antti zieht eine Zigarette aus der Tasche und zündet sie an. Er bietet auch Jari eine an, aber der schüttelt den Kopf. Sie lassen das Boot treiben und lauschen den Geräuschen rund um den See. Die Vögel zwitschern in voller Lautstärke, die Sonne ist über die Bäume geklettert. Jetzt wird es überall hell, und das Schilf am gegenüberliegenden Ufer leuchtet in der Morgensonne. Es ist der 22. Juni 1991, und der letzte Tag ihrer Kindheit bricht an.

XII

X STEHT FÜR
EWIGE FREUNDSCHAFT

49

Fünfzehn Minuten nach eins stand Kriminaloberrat Tapio Vesalainen in Paloviitas Büro. Paloviita hatte seinen Vorgesetzten schon am Vormittag erwartet, war also über sein Erscheinen keineswegs überrascht. Vesalainen trug einen Stapel Papier bei sich, auf seinem Gesicht lag ein strenger Ausdruck.

Paloviita erhob sich in der Absicht, ihm die Hand zu schütteln, aber Vesalainen tat nichts dergleichen. Stattdessen zog er die Tür hinter sich zu und setzte sich auf den Stuhl vor Paloviitas Schreibtisch. Paloviita setzte sich ebenfalls wieder. Sein Herz hämmerte heftig, aber er versuchte, das zu ignorieren und vollkommen gelassen zu wirken.

»Henrik Oksman hat mich heute Vormittag aufgesucht«, setzte Vesalainen an. »Haben Sie eine Idee, in welcher Angelegenheit?«

»Im Fall Rami Nieminen«, erwiderte Paloviita und sah seinen Vorgesetzten an, der ihn genau beobachtete. Paloviita wusste, dass sein Chef ein erfahrener Vernehmer war und die Wahrheit leicht von einer Lüge unterscheiden konnte. Im Augenblick hatte er jedenfalls das Gefühl, Vesalainens Blick würde sich in sein Gehirn bohren.

Vesalainen schob das gleiche Klassenfoto vor Paloviita auf den Tisch, das ihm Oksman schon gezeigt hatte. »Henrik sagt, auf dem Foto rechts, das sind Sie. Und in der hinteren Reihe stehen sowohl Rami Nieminen als auch Antti Mielonen, der bezichtigt wird, Nieminen getötet zu haben. Ist das so?«

Paloviita schaut flüchtig auf das Foto. »Ja.«

»Warum haben Sie das nicht sofort zu Beginn der Ermittlungen zur Sprache gebracht?«

»Was genau? Dass wir vor dreißig Jahren zusammen in eine Klasse gegangen sind? Ich habe dem keine Bedeutung beigemessen. Das hatte mit den Ermittlungen rein gar nichts zu tun.«

»Ach nein?«

»Nicht das Geringste.«

»Henrik Oksman behauptet, Sie hätten die Ermittlungen von Anfang an in unzulässiger Weise beeinflusst und in eine falsche Richtung gelenkt.«

Paloviita schüttelte den Kopf. »Das mag Henriks Ansicht sein. Ich habe mich in dem Fall so verhalten, wie man es von mir erwartet. Die technischen Ermittlungen sind von Anfang an schiefgelaufen, und es hat auch darüber hinaus noch einige offene Fragen gegeben, die meiner Meinung nach geklärt werden mussten.«

Vesalainen legte weitere Papiere vor Paloviita auf den Tisch und beobachtete unablässig dessen Reaktion. Paloviita bemühte sich um äußere Gelassenheit, auch wenn seine Halsschlagader pulsierte wie der Ablaufschlauch einer Waschmaschine.

»Diese Unterlagen hat Oksman aus dem Regionalarchiv, und daraus geht hervor, dass Sie vor Ort waren, als Antti am 22. 6. 1991 seinen Vater am Ahmasjärvi-See in Eura getötet hat. Mielonen hat die Tat gestanden. Sein Motiv war die über Jahre hinweg andauernde Gewalt des Vaters gegenüber Sohn und Ehefrau. In der Folge wurde Antti in Obhut genommen, der Rest der Geschichte steht in Mielonens Kriminalakte.«

Paloviita nickte. »Auch das stimmt.«

Vesalainen sah Paloviita direkt in die Augen. Seine Züge waren angespannt und seine Augen eisig. »Und Sie finden nicht, dass Sie davon am Anfang der Ermittlungen etwas hätten erwähnen müssen? Oder behaupten Sie immer noch, dass auch das in keinerlei Bezug zu den Ermittlungen steht?«

»Aus heutiger Perspektive hätte ich es sicherlich ansprechen sollen. Aber damals habe ich keine Veranlassung gesehen.«

»Keine Veranlassung?«

»Warum hätte ich wegen eines so lange zurückliegenden Falles befangen sein sollen? Ich habe da keinen Grund gesehen. Als Leiter der Ermittlungen habe ich rein professionell agiert. Das alles ist vor sehr langer Zeit geschehen, und ich habe danach nie wieder etwas von Mielonen gehört. Davon ganz abgesehen, habe ich wirklich versucht, das Ganze zu vergessen. Mittsommer 1991 war ein überaus trauriges Ereignis. Aber es hat nichts mit dem aktuellen Fall zu tun.«

»Sie finden also nichts Seltsames dabei, dass Mielonen einen Klassenkameraden getötet hat, der auch Ihr Klassenkamerad war?«

»Natürlich hat sich das zunächst seltsam angefühlt, aber letztendlich war es bloßer Zufall. Pori ist nicht groß, das wissen Sie ja. Auch Ihnen sind sicherlich im Laufe Ihrer Karriere hin und wieder Personen aus Ihrer Vergangenheit begegnet. Rami Nieminen und Antti Mielonen sind beide Alkoholiker und Kriminelle. Dass ihre letzte Begegnung ein tragisches Ende nahm, ist keine Überraschung. Abgesehen davon, bin ich immer noch nicht davon überzeugt, dass wirklich Mielonen es war, der Nieminen getötet hat. Zumindest sind die Beweise, die mir bisher vorgelegt wurden, alles andere als lückenlos.«

»Henrik Oksman sieht das anders.«

»Ich kenne seine Einschätzung. Er sieht den Fall eher emotional, und es kann gut sein, dass er recht hat. Ich habe ja auch nie behauptet, dass Mielonen nicht der Schuldige ist. Aber es ist dennoch so, dass schlüssige Beweise fehlen. Und ich versichere Ihnen, dass ich das rein professionell betrachte.«

Vesalainens Blick wurde noch einmal schärfer, als er die Frage stellte, auf die Paloviita bereits gewartet hatte: »Die Tatwaffe, die gestern nach langer Suche gefunden wurde, ist heute Nacht verschwunden. Man hat überall gesucht, aber es sieht ganz danach aus, als wäre sie weg.«

»Ich weiß. Das ist eine ungeheuerliche Schlamperei von meinem Ermittlerteam.«

»Henrik Oksman sagt, beziehungsweise behauptet, dass Sie das Messer an sich genommen haben, um es verschwinden zu lassen.«

Paloviita schnaufte verächtlich. »Das ist absolut lächerlich, geradezu unerhört. Ich weiß wirklich nicht, wie er darauf kommt. Er konstruiert sich da etwas zusammen, das nicht den Tatsachen entspricht.«

Vesalainen schaute Paloviita noch einen Moment fest in die Augen, und Paloviita gab alles, um dem Blick standzuhalten und ebenso fest zurückzublicken. In seinem Bauch rumorte es, ihm war übel, aber es gelang ihm, die Fassung zu bewahren.

Dann glättete sich die Stirn seines Vorgesetzten. »Das ist zweifelsohne sehr ärgerlich. Ich kann mich nur an ein einziges Mal erinnern, dass ein Beweismittel verschwunden ist. Und damals ging es um einen gefälschten Scheck und nicht um eine Tatwaffe. Ich will auf keinen Fall, dass die Zeitung davon Wind bekommt.«

»Ich verstehe. Und sehe es genauso.«

»Zweitens: Sie hätten gleich zu Beginn sagen sollen, dass es eine Verbindung zwischen Ihnen und dem Verdächtigen gibt, wenn auch nur eine sehr entfernte. Dann hätte dieses ganze Schlamassel vermieden werden können.«

»Jetzt sehe ich das genauso.«

»Was, denken Sie, ist mit dem Messer passiert?«

Paloviita tat so, als müsste er nachdenken. »Ich kann mir eigentlich nur vorstellen, dass es versehentlich an einen falschen Platz gelegt und dann weggeräumt wurde. Aller Wahrscheinlichkeit nach handelt es sich um einen menschlichen Irrtum.«

»Sie glauben also nicht, dass es gestohlen wurde?«

Paloviita schüttelte den Kopf. »Warum sollte jemand so etwas tun?«

Vesalainen hielt ihm einen Ausdruck des Zutrittskontrollberichts hin. »Jemand hat sich vergangene Nacht um fünf nach drei mit dem Generalchip Zutritt zu den Räumen der Kriminaltechnik verschafft und diese dreizehn Minuten später wieder verlassen. Oksman ist fest davon überzeugt, dass dieser Jemand Sie waren.«

Paloviita schüttelte den Kopf, beugte sich über den Ausdruck und lehnte sich dann wieder in seinem Stuhl zurück. »Laut Bericht hat Henrik Oksman sich zum gleichen Zeitpunkt ebenfalls dort aufgehalten. Ein Zufall?«

»Das ist mir auch aufgefallen«, entgegnete Vesalainen. »Was hat das Ihrer Meinung nach zu bedeuten?«

Paloviita schürzte die Lippen. »Ich spreche nicht gern über Dinge, die ich nicht beweisen kann.«

Vesalainen nickte zustimmend. »Henrik fährt da einen anderen Kurs.«

»Was sagen die Überwachungskameras, die Bänder sind doch sicher ausgewertet worden. Ist auf ihnen außer Oksman noch jemand anderes zu sehen?«

»Ich habe schon im Überwachungsraum nachgefragt, aber Henrik Oksman hatte die Bänder morgens schon alle geholt. Es sind keine anderen Personen als die Diensthabenden zu sehen, und Henrik selbst, der das Polizeigebäude um kurz vor drei betreten hat.«

Vesalainen legte eine Pause ein und sagte dann: »Lassen Sie uns im Vertrauen sprechen.«

Paloviita nickte.

»Ehrlich gesagt mache ich mir Sorgen um Henrik Oksman. Ich finde, er verhält sich sonderbar. Er war sehr aufgebracht, wirkte geradezu besessen. Einmal habe ich beobachtet, wie er bei Dienstschluss seine Sachen durchgegangen ist. Er hat akribisch jeden einzelnen Knopf, jede Tasche und den Kragen kontrolliert. Er trainiert wie wahnsinnig im Fitnessstudio, wäscht sich endlos die Hände, isst ausschließlich von Einweggeschirr – ich weiß nicht, was ich davon halten soll. Er beschuldigt Sie der Lüge und der Protektion eines Verdächtigen – und stützt sich dabei auf den lange zurückliegenden Vorfall am Ufer des Ahmasjärvi-Sees. Glauben Sie … oder können Sie sich vorstellen, dass er das Messer an sich genommen hat und es Ihnen in die Schuhe schieben will?«

Paloviita sah Vesalainen an und wog zum Schein die Argumente ab, schüttelte dann aber den Kopf. »Nein, das glaube ich nicht. Henrik war schon immer seltsam, aber ich kann mir nicht vorstellen, dass er etwas Derartiges unternehmen würde. Ich glaube vielmehr, dass er völlig überarbeitet ist und dringend Urlaub braucht.«

Vesalainen nickte. »So sehe ich es auch. Sie sind ein guter Polizist und ein guter Chef. Sie halten zu Ihren Leuten, selbst wenn der eigene Hund Ihnen ans Bein gepinkelt hat.«

»Danke. Wie geht es nun mit den Ermittlungen weiter?«

Vesalainen verzog das Gesicht und rieb sich den Nacken. »Ehrlich gesagt, ich weiß es nicht. Die Sache mit dem Messer ist mehr als peinlich. Ich denke, Sie haben recht. Solange das Messer verschwunden bleibt, haben wir nicht genügend in der Hand, um Mielonen noch länger in Gewahrsam zu behalten. Und wie ich den Unterlagen entnehmen konnte, ist sich keiner der Anwesenden absolut sicher, was an jenem Abend in der Hütte tatsächlich vorgefallen ist. Mielonen erinnert sich an nichts oder will sich nicht erinnern. Das Vernünftigste wäre, ihn gehen zu lassen, zumindest so lange, bis die Ermittlungen abgeschlossen sind. Dann werden wir sehen, ob er doch wieder hinter Gitter muss.«

»Und Henrik Oksman?«

»Um ihn kümmere ich mich. Es ist wichtig, dass die Sache keine größeren Wellen schlägt. Ich schlage ihm vor, eine kurze Auszeit zu nehmen.«

»Und wenn er sich darauf nicht einlässt?«

»Dann werde ich ihm darlegen, dass ich Ermittlungen im Fall des verschwundenen Messers einleiten muss und dass er dabei der Hauptverdächtige ist. Ich denke, er wird dann einsehen, dass es das Beste für ihn ist, eine Auszeit zu nehmen und sich ruhig zu verhalten.«

Paloviita nickte. Vesalainen erhob sich, ging zur Tür und drehte sich noch einmal um. »Ich mag Sie, Jari. Das wissen Sie, aber Sie werden verstehen, dass diese Sache bei der Wahl von Heinonens Nachfolger nicht unberücksichtigt bleiben kann. Sie hätten mich darüber informieren müssen, dass Sie Mielonen und Nieminen kennen. Jetzt sieht es so aus, als hätten Sie es absichtlich verschwiegen. Das möchte ich nicht erklären müssen, falls die Wahl auf Sie gefallen wäre.«

Paloviita fühlte, wie eiskalte Finger in seinen Eingeweiden stocherten. »Ich verstehe.«

Vesalainen sah Paloviitas Enttäuschung und fügte hinzu: »Nicht den Mut verlieren. Solche Dinge geraten in Vergessenheit, wenn etwas Zeit vergangen ist. Kommissariatsstellen wird es auch in Zukunft geben. Richten Sie bitte Terhi meine Grüße aus.«

»Das werde ich.«

Als Vesalainen gegangen war, sackte Paloviita auf seinem Stuhl zusammen wie ein Bündel Seile. Seine Nerven waren bis zum Äußersten strapaziert worden. Er war am Ende seiner Kräfte.

50

Es war sechs Uhr abends und schon vollkommen dunkel, als Paloviita sich endlich auf den Heimweg machte. Feiner Regen nieselte vom Himmel, und die Scheibenwischer seines Honda CRV arbeiteten unaufhörlich. Im Haus war alles dunkel, Terhis Auto stand nicht in der Garage. Ohne sich um den Regen zu kümmern, lief Paloviita zum Haus und schloss auf.

Nirgends brannte Licht. Die Matschanzüge und Stiefel der Kinder fehlten, ebenso Terhis Mantel und Schuhe. Paloviita streifte seine Schuhe ab, schaltete im Flur das Licht an und ging ins Wohnzimmer. Dann ging er weiter in die Küche. Kein Essen war gekocht, nirgends fand sich ein Zettel oder eine Nachricht. Er stieg die Stufen nach oben. Das Bett war gemacht. Paloviita öffnete die Tür des Kleiderschranks und stellte fest, dass ein großer Teil von Terhis Sachen fehlte. Auch der große Koffer aus der Kleiderkammer war weg.

Er ging wieder nach unten und setzte seine Runde durch die Kinderzimmer fort. Auch sie waren halb leer. Als er wieder ins Wohnzimmer kam, ließ er sich aufs Sofa fallen. Die Stille im Haus dröhnte in seinem Kopf wie ein Jumbojet. Er nahm sein Hörgerät heraus, legte es auf den Couchtisch, streckte sich der Länge nach auf dem Sofa aus und starrte an die Decke, in deren Perlpaneelen Halogenlampen eingelassen waren. Eine flackerte.

51

Henrik Oksman nahm eine lange Dusche, wusch sich gründlich, aß Fleischbällchen und Kartoffelbrei aus der Mikrowelle und warf das Einwegbesteck in den Müll. Dann saß er untätig herum und starrte auf den dunklen Bildschirm seines Röhrenfernsehers.

Draußen regnete es, die Scheiben der Balkonverglasung waren nass. Die Regentropfen zeichneten eigentümliche Muster auf die Glasscheiben, wie die Karte oder den Wegenetzplan eines unbekannten Ortes. Oder wie ein Gesicht. Unvermittelt stand Oksman auf und zog die Regenjacke über. Er stieg in seinen Wagen und fuhr aus der Stadt hinaus.

Schon in der Kurve sah er, dass sein Vater zu Hause war. Sein Auto stand auf dem Hof. Oksman parkte seinen Wagen daneben und stieg aus. Der Köter Riki tobte im Käfig, dass das Gitter rasselte. Das Licht über dem Hallentor sprang an, und Oksman sah seinen Vater durch die Vorhänge nach draußen spähen. Er setzte sich in Bewegung und erklomm die Stufen, die zur Haustür führten.

EPILOG

Paloviita parkte seinen Wagen am Straßenrand und stieg aus. Der Wind fuhr ihm unter die Jacke, Regen peitschte ihm eisige Tropfen ins Gesicht. Er sah sich um. Früher konnte man diesen Ort nur zu Fuß erreichen. Nur eine Holzbrücke hatte über den Graben geführt und ein schmaler Pfad zum Waldrand. Jetzt war die Brücke weg und durch eine aus Stahl und Beton gebaute Straße ersetzt worden. Der Wald war gefällt, Hang und Feld mit Einfamilienhäusern bebaut, glatte Dächer so weit das Auge reichte. Nur der östlichste Teil des Waldes stand noch.

Paloviita holte einen Fiskars-Spaten aus dem Kofferraum, schloss die Heckklappe und sah sich um. Niemand zu sehen – kein Auto, kein Mensch. Ihm war es lieber so. Ein Mann mittleren Alters mit einem Spaten im Wald würde nur unnötige Aufmerksamkeit erregen, und die wollte er im Moment eher vermeiden. An der Stelle, wo der Pfad früher in den Wald geführt hatte, standen heute dicht gewachsene Weiden. Das Gestrüpp verlockte keinen dazu, sich hindurchzuzwängen. Paloviita wusste, dass es auch einen Pfad auf der anderen Seite gab. Aber er wollte nicht riskieren, gesehen zu werden, wenn er den Hang umrundete. Also stapfte er am Entwässerungsgraben zwischen Feld und Wald entlang, aber es war kein Durchkommen. Zweige klatschten ihm ins Gesicht, seine Kleidung wurde nass.

Dann fand er doch einen Durchschlupf und stand plötzlich im Wald. Ein eigentümliches Gefühl beschlich ihn. Der Platz, an dem er sich befand, sah völlig unverändert aus. Alles um ihn herum wirkte so vertraut, dass er das Gefühl hatte, per Zeitsprung in die Vergangenheit gereist zu sein. Eine natürliche Mauer aus undurchdringlichem Weidengestrüpp trennte Vergangenheit und Gegenwart. Er stand im Wald – wie vor siebenundzwanzig Jahren. Das Gefühl war so seltsam, dass es ihm fast die Luft abschnürte. Schlanke Kiefernstämme ragten in den Himmel wie Riesenspeere, über den Wipfeln kreisten Wolken in abgestuften Grautönen, Regen tropfte durch die Zweige. Der Wald duftete.

Paloviita folgte einem schmalen Trampelpfad, der ihm einst so vertraut gewesen war wie die Linien seiner Hand. Ein einsamer Vogel, den er nicht kannte, flog vor ihm her, ließ sich auf einem Ast nieder, kletterte kopfüber den Stamm hinunter und erhob sich wieder in die Luft, als er daran vorbeikam.

Paloviita erreichte die Anhöhe und blickte sich um. Zwischen den Stämmen schimmerte das fahle Licht der Häuser herüber. Der Ort hatte sich verblüffend wenig verändert. Ein plötzliches Gefühl ergriff ihn. Als ob ihn jemand durch dünnes Glas hindurch ansah. Obwohl um ihn herum alles still war, glaubte er, jemanden ganz in der Nähe zu spüren, der zu ihm herübersah. Ein Rauschen erklang, preschte in rasender Geschwindigkeit durch ihn hindurch. Die Glaswand verflüchtigte sich, und einen kurzen Augenblick lang vermochte er einen Blick auf die andere Seite zu werfen. Der Moment war zart und fragil wie ein Spinnennetz oder ein Raunen, das der Wind herüberträgt, aber er war real. Wie bei dem Märchen vom kleinen Mädchen mit den Schwefelhölzern, das im Glanz des kurzen Flämmchens die wunderbarsten Dinge gesehen hatte. Er stellte es sich nicht nur vor. Nein, er sah den kleinen Jungen auf der Schulbank förmlich vor sich. Der Junge hielt einen Kugelschreiber in der Hand, und ohne zu wissen, warum, fielen Paloviita die Worte ein:

Die Mine des Kugelschreibers ist dokumentenecht, denn der Junge beabsichtigt, durch die Zeit zu reisen.

Er musste über diesen seltsamen Gedanken selbst lachen, aber das Lachen klang hohl und unecht. Und ein weiterer Gedanke schoss ihm durch den Kopf wie ein Meteor durchs Weltall. Eine lange verschüttete Erinnerung, die mit einem Mal an die Oberfläche schoss.

Es ist ein Rauschen, dachte er, ohne zu verstehen, woher dieser Gedanke auf einmal kam. Er sagte es laut, weil er wusste, dass er es aussprechen musste, damit der Junge es hörte.

Es ist kosmisches Rauschen, antwortete ihm jemand. Es war die Stimme des Jungen. Jenes Jungen, der irgendwo in einer anderen Zeit an seinem Schreibtisch saß und sich mithilfe von Stift und Papier darauf vorbereitete, in der Zeit zu reisen. Paloviita und er lächelten sich durch die Zeit zu. Sie waren beide unterwegs, die Wolken wanderten, und sie alle zusammen jagten in unvorstellbarer Geschwindigkeit voran.

Mit einem Schlag löste sich alles auf. Paloviita stand im Wald. Der Regen hatte sich einen Weg in den Nacken und weiter den Rücken hinunter gebahnt. Paloviita stellte den Kragen auf und ging weiter. Der Findling lag an der höchsten Stelle der Anhöhe, so wie er es in Erinnerung hatte. Nicht weit davon entfernt stand jetzt ein Einfamilienhaus, dessen Fenster zum Feld hinausgingen. Jemand war zu Hause, Licht brannte, und der Schatten einer Frau ging am Fenster vorbei. Kinder hatten aus Brettern und Zweigen einen Unterstand neben dem Findling errichtet. Paloviita musste unwillkürlich lächeln. Er ging zum Stein und suchte nach dem Zeichen, das Antti seinerzeit dort eingraviert hatte, aber offensichtlich war es von der Zeit ausradiert worden. Er sah sich um und versuchte, sich zu erinnern, wo sie die Kapsel vergraben hatten. Er konnte sich erinnern, dass er oben auf dem Findling gehockt hatte, der ihm damals viel größer vorgekommen war. Dann entdeckte er die Stelle. Jemand war hier gewesen, die Erde am Fuß des Findlings war frisch. Als er den Spaten in die Erde stach, versank er im lockeren Torf. Sein Herz begann heftig zu schlagen. Er hob Sand und Gesteinsschichten aus und schichtete sie zu einem Haufen neben dem immer tiefer werdenden Loch.

Jemand hatte hier vor nicht allzu langer Zeit gegraben. Hatte vielleicht ein Kind die Kapsel gefunden? Doch in seinem Innersten wusste er, dass nur einer hier gegraben haben konnte. Jetzt stieß der Spaten auf etwas Hartes. Vorsichtig schaufelte er die Erde zur Seite, und etwas Orangefarbenes wurde sichtbar. Er bekam Gänsehaut. Instinktiv schaute er sich um. Der Regen hatte nachgelassen, in weiter Ferne riss der Himmel auf, und die Sonne schickte ihr klares Licht zur Erde. Wenn die Nacht sternenklar wurde, würde es Frost geben und der Winter Einzug halten.

Paloviita kniete sich an den Rand der Mulde und grub mit den Händen weiter, bis auch das andere Ende zum Vorschein kam. Er legte seine Finger um die Plastikkapsel und hob sie heraus. Sie löste sich aus der Erde wie ein überreifer Milchzahn. Er wischte den gröbsten Schmutz ab und betrachtete sie. Die Kapsel war erstaunlich gut erhalten.

Wieder schaute er sich um. Stille. Er versuchte, die Kapsel zu öffnen. Der Verschluss saß fest. Er musste sie zwischen seine Beine klemmen und mit beiden Händen und aller Kraft drehen, bevor der Deckel sich löste. Seine Nackenhaare sträubten sich. Er wischte die Hände am Schoß seiner Jacke sauber und warf einen Blick in den Behälter. Es roch muffig und nach Plastik, aber das Innere war trocken. Am Boden glänzten zwei Münzen, daneben lagen zwei Briefumschläge. Er schüttete die Münzen in seine Hand. Eine war eine Kupfernickellegierung im Wert von einer Finnmark. Sie sah vertraut und gleichzeitig fremd aus, als ob sie aus dem Universum gefallen wäre. Er drehte die Münze um: 1991. Die zweite Münze sah viel vertrauter aus. Es war eine Ein-Euro-Münze aus dem Jahr 2018. Er betrachtete sie lange, legte dann beide Münzen zurück und angelte die Briefumschläge heraus. Seinen eigenen Briefumschlag erkannte er an dessen hellblauer Farbe und dem rotweißen Rand.

Paloviita kroch unter das Reisigdach der Kinder, schaltete die Taschenlampe an seinem Handy ein und zog den Brief aus dem Umschlag. Lächelnd betrachtete er die krakelige Schrift des

Zwölfjährigen und begann zu lesen, was er vor über siebenundzwanzig Jahren seinem damals besten Freund geschrieben hatte. Dem besten Freund, den er je hatte und jemals haben würde.

Pori, 6. Mai im Jahr der Gnade 1991

Paloviita lachte zynisch. Das Jahr 1991 war für ihn und Antti alles andere als ein Jahr der Gnade gewesen. Er erinnerte sich, wie er damals dachte, dass es lustig wäre, seine Zukunft zu kennen. Doch in Wahrheit war es ein Segen, dass man sie nicht kannte. Denn dieses Wissen könnte einen Menschen zermalmen.

Zumindest er hätte es nicht ertragen.

Mann, bist du alt! Du siehst echt aus wie ein grauer, alter Esel ... ach Quatsch. Gut siehst du aus. Ist das echte Seide, die Du da trägst? Nein, nicht? Hihii! Qualität von Lidl, Preis wie in einer Edelboutique, oder was jetzt?

Hier sind wir nun. Wir haben die Jahre überstanden. Ist das nicht seltsam? Als wir diesen Brief vergraben haben, also, wenn wir diesen Brief morgen vergraben werden, ehrlich, ich glaube nicht, dass wir je hierher zurückkehren. Aber nun sind wir hier. Wir sind tatsächlich in der Zeit gereist! Unglaublich, wenn man darüber nachdenkt!

Und wie sind wir hierhergekommen? Mit dem Auto natürlich. Ich habe bestimmt einen Mercedes, und du vielleicht auch. Wir werden beide steinreich sein und jede Menge Knete haben. Aber vielleicht fahren wir auch mit etwas ganz anderem als einem Auto. Vielleicht darf man dann wegen der Luftverschmutzung nicht mehr mit dem Auto fahren.

Hier ist meine Prognose:
Zuerst einmal: Es wird regnen, stimmt's? Wusste ich es doch! Bei solchen Szenen regnet es in Filmen immer. Das war nicht schwer.

Und wenn das doch nicht stimmt, dann liege ich vielleicht auch mit allem anderen falsch. Aber ein Versuch ist es wert:

Es ist das Jahr 2018. Die Menschen gehen nicht mehr zur Arbeit, außer denen, die müssen. Solche, die Straßen bauen oder Häuser. Alle andere Arbeit wird von zu Hause aus mit dem Computer erledigt. Auch gibt es keine Geschäfte mehr, sondern Lebensmittel und alles andere wird nach Hause geliefert. Das Ozonloch hat ein riesiges Loch in die Atmosphäre gerissen und man kann nur noch im Raumanzug rausgehen. Sonst kriegt man sofort Hautkrebs oder furchtbare Brandwunden. Der saure Regen hat fast alle Nadelwälder zerstört. In Finnland lebt es sich trotzdem noch gut, weil hier die Luft sauberer ist und man hier noch ohne Anzug atmen kann.

Ich werde Architekt sein und Häuser entwerfen. Ich wohne in Helsinki, Turku oder Tampere, komme aber fast jedes Wochenende nach Pori. In den Ferien fahre ich immer nach Lappland zum Angeln. Mein größter Hecht wiegt fünfzehn Kilo und mein Rekordlachs über zwanzig. Mit beiden stecke ich dich mit deinem Angelrekord locker in die Tasche! Ätsch!

Ich bin nicht verheiratet und habe keine Kinder, aber eine schöne Freundin. Du wohnst auch in Helsinki und arbeitest bei der Bank. Oder vielleicht wirst du auch Pilot. Wir sehen uns fast jeden Tag und gehen zusammen angeln. Wir besitzen zusammen ein Boot mit einem irregroßen Motor und einem Rutenhalter für mindestens ein Dutzend Angeln. Unser Boot ist das größte Buster überhaupt! Du hast eine sehr schöne Frau, die sehr nett ist. Und ihr habt einen Sohn, der Jari heißt und der schon manchmal mit uns zum Angeln kommt.

Ich habe ein riesengroßes Haus am Meer mit einer Sauna und genau dem gleichen Saunaofen, den wir in dem Sommerhaus hatten, das wir verkauft haben, als Tiina geboren wurde. Du warst nie da, aber vielleicht sind wir später mal zu zweit mit dem Boot daran vorbeigefahren? Sicher sind wir das! Der Saunaofen sah aus wie eine Rakete mit einer Luke, und man musste ihn viele Stunden hei-

zen und die ersten Aufgüsse bei geschlossener Luke verdampfen lassen, bis die Steine sauber waren. Ich heize die Sauna fast jeden Tag und gehe mehrmals täglich schwimmen, so wie ich es in unserem Sommerhaus immer getan habe. Natürlich habe ich auch ein eigenes Wochenendhaus. In Luvia, nicht weit von unserem alten Sommerhaus entfernt. Das Wochenendhaus ist natürlich auch groß, aber ein Raum sieht genauso aus wie bei uns früher. Auf jeden Fall ist der Kamin der gleiche. Wir fahren jeden Herbst zusammen dorthin, um Hechte zu angeln, und dann grillen wir Würste im Kamin.

Aber, Mann verdammt, Du siehst echt alt aus. Du bist schon ein richtig alter grauer Greis! Und ich sehe auch aus wie Asbach. Aber wir sind zurechtgekommen und haben uns an unseren Schatz erinnert. Eigentlich irre, dass wir nicht in irgendeinem Krieg oder einer Atomexplosion gestorben sind. Stell dir vor, wenn wir den Schatz jetzt noch einmal vergraben und wieder siebenundzwanzig Jahre warten, dann ist es das Jahr 2045. und wir sind schon siebenundsechzig Jahre alt.

Antti, Du bist mein bester Kumpel. Mein einziger Freund. Ich bin sehr glücklich, dass Du mein Freund bist.

See you in the future!

P. S. Du schuldest mir übrigens noch drei Mark, die könntest du langsam mal springen lassen. Und vergiss nicht die Zinsen von siebenundzwanzig Jahren. Hihii!

* Jari »König der Welt« Paloviita *

Paloviita faltete den Brief und steckte ihn erst in den Umschlag und dann zurück in die Kapsel. Lange saß er einfach nur da, ohne sich zu rühren. Siebenundzwanzig Jahre später erinnerte er sich klar und deutlich an den Inhalt des Briefes. Es war tatsächlich möglich, durch die Zeit zu reisen. Aber egal wie sehr er sich auch anstrengte, es gelang ihm nicht, sich in das Gemüt des zwölfjährigen Jari zurückzuversetzen, das ihn aus jeder Zeile ansprang. Er überlegte, ob es ihm in dreißig Jahren gelänge, sich in den heutigen Jari und dessen Gefühle hineinzuversetzen. Wohl kaum.

Er griff nach dem zweiten Briefumschlag und drehte ihn in der Hand. Darauf stand sein Name, Antti hatte sich offensichtlich um Schönschrift bemüht, aber das Ergebnis war recht eckig und krakelig. Auch diesen Umschlag hatte jemand geöffnet, am Rand war ein öliger Fingerabdruck zurückgeblieben.

Jari zog das mehrfach gefaltete Blatt heraus, setzte sich zurecht und richtete die Handylampe auf den Brief. Antti hatte offensichtlich keine dokumentenechte Tinte benutzt, denn die Schrift war mit den Jahren an den Rändern verlaufen. Das Papier war normales Kopierpapier, und die unregelmäßige Schreibschrift wanderte in krummen Zeilen kreuz und quer über das Papier.

Hi Jari!

Gute Idee dieser Brief. Es ist nur, ich habe keinen Blassen, was ich schreiben soll. Das Schreiben war immer eher dein Ding. Heute ist Montag. Bald ist das Schuljahr zu Ende, und dann gehen wir in die Oberstufe. Ich weiß nicht, wie es Dir geht, aber ich bin nervös. Mathe und Chemie sind dann bestimmt richtig schwer. Hoffentlich kommen wir in die gleiche Klasse. Na ja, das werden wir dann ja wissen, schließlich sind wir dann schon vierzig Jahre alt, genau genommen bin ich sogar schon einundvierzig!

Ich habe letzte Nacht von diesem Brief geträumt. Du warst in dem Traum schon uralt. Schon ein richtiger Erwachsener. Du hattest einen Spaten dabei und hast unseren Schatz allein ausgegraben. Ich weiß nicht, was der Traum bedeuten soll, aber vielleicht bin ich schon gestorben. Natürlich werde ich noch nicht gestorben sein! Träume sind eben manchmal so. Ich träume total oft davon, dass ich irgendwo herunterstürze, und jedes Mal wache ich kurz vor dem Aufprall auf.

Ich prophezeie, dass aus mir ein Automechaniker geworden ist, und dass ich die größte Kfz-Werkstatt in Pori haben werde, am zentralsten Platz der Stadt. Ich bin der Chef von dem Betrieb, repariere aber trotzdem auch selbst, weil mir das Spaß macht. Alle langweiligen Arbeiten erledigen meine Angestellten. Ich mache nur noch, was ich will. Die Werkstatt läuft super, und der Präsident bringt sein Auto immer zum Reparieren zu mir, weil kein anderer es so gut macht wie ich. Mein Vater arbeitet auch da, obwohl er schon Rentner ist. Aber bei richtig kniffligen Fällen gibt er mir gute Tipps. Ich selbst habe einen Ford Mustang. So einen mit schrägem Heck aus den 60ern. So einen wie Kimis Vater hatte, außer, dass meiner rot ist. Oder vielleicht auch einen roten Thunderbird. Oder ich besitze beide und fahre abwechselnd mit ihnen.

Ich habe eine Freundin, die total toll aussieht, und wir wohnen in einem hohen Haus nicht weit weg vom Markt. Am besten gleich über meiner Werkstatt. Die Wohnung ist eine Eigentumswohnung und geht über die ganze Etage. Und sie hat einen riesigen Balkon. Ich brauche nur mit dem Fahrstuhl nach unten zu fahren und schon bin ich auf Arbeit. Du bist dann ein berühmter Schriftsteller und besitzt ein großes Haus am Ufer von diesem Teich in der Nähe des großen Autohauses Autokenno. Du hast auch eine große Familie. Eine Frau und drei Kinder, alles Jungs. Und alle gehen mit uns zum Angeln. Wir haben einen geheimen Hechtangelplatz am Kokemäenjoki, den sonst keiner kennt und an dem wir jedes Mal verdammt große Fische fangen.

Vor zehn Jahren, als wir dreißig wurden, sind wir mit einem uralten Cadillac quer durch Amerika von New York bis Los Angeles gefahren. So einen wie Clint Eastwood in dem Film »Mit Vollgas nach San Fernando« gefahren ist. Und falls wir es nicht gemacht haben, na, dann machen wir es jetzt und fahren die Route!

Mehr fällt mir nicht ein. Pori ist heutzutage bestimmt eine sehr große Stadt, und die Autos fahren wahnsinnig schnell. Aber fliegen oder so können sie nicht. Wer genug Geld hat, der kann in den Weltraum fliegen. Das Beste am Erwachsensein ist, dass man nicht mehr in die Schule gehen muss und so lange aufbleiben kann, wie man will. Und man braucht nicht mehr heimlich zu rauchen. Außerdem hat man viel Geld und kann sich kaufen, was man will, und keiner zwingt einen mehr, blöde Sachen zu essen. Wenn ich erwachsen bin, esse ich jeden Tag Pizza oder Hamburger und schlafe, so lange ich will.

Echt schwer zu schreiben. Es fühlt sich idiotisch an. Aber sicher kommt es uns noch viel idiotischer vor, diesen Mist mit vierzig zu lesen. Dabei bin ich mir eigentlich sicher, dass wir das Zeug hier vergessen. Oder jemand anders es ausgräbt. Aber falls jemand das hier liest: Mein Name ist übrigens Antti Johannes Mielonen aus Pori, und heute, am 6. 5. 1991, bin ich 13 Jahre alt. Sucht nach mir und Jari Paloviita, der auch aus Pori ist. Wir wohnen beide im Stadtteil Musa. Wenn ihr uns die Briefe bringt, zahlen wir euch eine Belohnung. Jari ist mein bester Freund, und ich wünschte mir, er wäre mein Bruder. Auch Jaris Vater und seine Mutter und seine Schwester sind total nett. Jari kann sehr gut zeichnen, und es macht Spaß, mit ihm angeln zu gehen.

Jari, falls du den Schatz allein ausgräbst, also, es war Klasse, dein Freund zu sein. Bis morgen, also bis 2018! Und im Sommer gehen wir baden und angeln so oft wir können!

P. S. X bedeutet ewige Freundschaft.

X

Antti

Unter dem Namen stand ein weiterer Satz mit Bleistift in der Handschrift eines Erwachsenen, der eindeutig erst unlängst hinzugefügt worden war:

Ich halte immer mein Versprechen.

Paloviita musste den Satz immer und immer wieder lesen, bis er sicher war, dass er ihn richtig verstand. Im benachbarten Haus war Bewegung zu erkennen, die Frau hatte kurz am Fenster gestanden und sich dann wieder entfernt. Paloviita nahm einen Stift aus der Tasche (diesmal keinen dokumentenechten), drehte Anttis Brief um und malte auf die Rückseite ein großes X. Dann faltete er das Blatt Papier wieder zusammen, steckte es in den Umschlag und tat auch diesen zurück in die Kapsel. Er legte die Kapsel zurück in das Loch, an die gleiche Stelle wie zuvor, glättete die Erde und ging gemächlichen Schrittes zurück zum Auto. Wieder setzte der Regen ein, doch diesmal ging er in Schnee über. Große Schneeflocken rieselten durch die Bäume und fielen sanft wie Federn auf die Erde.